소용돌이

소용돌이

전건우 장편소설

엘릭시르

차례

1

부고

나는 죽음의 뒤를 쫓는다. 그놈은 영악하고 재빠르다. 한발 먼저 움직이지 않으면 인간의 목줄을 틀어쥐고 우악스럽게 꺾어버리는 찰나를 놓치기 십상이다.

처음으로 죽음을 포착했던 순간을 아직 기억한다. 신당역이었는데, 한 남자가 선로로 뛰어내렸다. 지하철이 막 대가리를 들이밀던 참이었다. 나는 반사적으로 카메라를 들었다.

그때 나는 젖비린내 풍기는 애송이였다. 프리랜서 사진작가랍시고 돌아다니기는 했지만 아무도 알아주지 않았다. 내 사진은 번번이 퇴짜를 맞았다. 그날도 유명한 여성 잡지의 에디터를 만나 당신 사진에는 '소울'이 없다는 개뼈다귀 같은 소리를 듣고 돌아오는 길이었다.

"작가님. 사진은 말이에요, 그 뭐냐 소울이 있어야 하거든요. 소울, 아시죠? 영혼."

"아, 네."

나는 애매하게 대답할 수밖에 없었다. 내가 찍은 사진은 명품으로 치장한 여자와 그 옆에 쪼그려 앉은 채소 행상이었다. 채소 행상은 낡은 헝겊 인형처럼 쪼글쪼글한 노인네였다. 팽팽한 젊음과 쉬어빠진 늙음의 대비. 내가 생각해도 같잖은 수작이었다.

빵! 지하철이 비명을 질렀다. 뛰어내린 남자는 벌떡 일어나더니 승강장에 선 사람들을 향해 빙글 돌아섰다. 얼굴에는 웃음이 가득했다.

나는 그 얼굴에 초점을 맞췄다. 남자가 꾸벅 절을 했다. 이제 막 쇼를 보여주려는 마술사처럼. 셔터를 눌렀다. 찰칵, 찰칵. 경쾌한 소리가 울려 퍼지고, 비명이 울려 퍼지고, 둔탁한 파열음이 울려 퍼졌다. 남자는 사라져버렸다. 끈적끈적한 피와 졸도한 여성 몇 명만을 남긴 채. 마술은 그렇게 끝났다.

카메라에는 남자의 마지막 순간이 생생하게 찍혀 있었다. 일그러진 미소와 팽팽하게 당겨진 볼, 콧잔등을 타고 흐르는 땀방울과 벌겋게 달아오른 귀까지. 압권은 눈이었다. 흰자위는 모세혈관이 터져 숫제 빨간색이었고, 검은자위는 탁하고 흐물흐물했다. 승강장의 조명이 잘게 부서져 내린 눈에는 절망감이 떠올라 있었다.

나는 오랫동안 남자의 눈을 바라봤다. 마음속 저 깊은 곳에서 잠자고 있다가 끝내 남자를 죽음의 길로 이끈, 절망감이라는 이름의 심해어에게서 눈을 뗄 수 없었다. 구급대원이 여러 조각으로 나뉜 사체를 수습해 사이렌 소리를 울리며 사라질 때까지도.

그 사진은 시사 월간지에 팔렸다. 밀린 두 달 치 방세를 해결하고도 남는 금액이었다. 월간지 편집장은 앞으로도 이런 사진이 있으면 꼭 연락을 달라고 했다. 그때부터였다. 죽음 전문 사진작가가 되기로 마음먹은 건. 영혼은 개뿔, 나는 죽음을 선택했다.

그후 오 년 동안 수많은 죽음을 찍었다. 찍어서, 팔았다. 사람들은 나를 저승사자라고 불렀다. 그러거나 말거나, 나는 사고 현장에 제일 먼저 도착했고 죽음의 순간에 가장 가까이 다가갔다. 내 차에는 경찰의 무전을 엿들을 수 있는 무전기가 달렸다.

한번은 이런 일도 있었다. 무전기에 화재 소식이 잡혔다. 변두리의 오래된 아파트였다. 건질 만한 장면이 나올까? 나는 사고의 경중보다 값어치를 더 중요하게 생각했다. 화재는 모 아니면 도였다. 연기와 불길 때문에 현장에 접근하기도 어렵거니와 불에 타 죽은 시체는 '어떤 표정'을 잡아내기 힘들 만큼 상해 있는 경우가 대부분이었다.

그날의 화재는 경찰과 소방서의 비교적 느긋한 무전 내용으로 볼 때 그리 큰 규모가 아니다 싶었다. 그래도 차를 몰았다. 어떤 예감 때문이었다. 가슴을 두드려대는 기분 나쁜 느낌.

불길은 아파트 5층에서 치솟고 있었다. 시커먼 연기가 꾸역꾸역 밀려나와 소방관과 구경꾼 들을 굽어보며 하늘로 사라졌다. 나는 캐논의 삼백 밀리미터 대포 렌즈를 꺼내 5층 베란다를 향해 조준했다. 화재 현장에서의 극적인 장면은 베란다나 창가에서 목격된다. 절규하며 도움을 외치는 얼굴, 죽음의 공포 앞에서 정신을 놓아버린 얼굴 모두 그곳을 통해 생중계된다.

그때였다. 한 여자가 비명을 지르며 창가가 아닌 아파트 현관으로 달려나왔다.

"살려주세요, 살려주세요! 오빠와 동생이 있어요!"

나는 재빨리 여자에게 카메라를 들이댔다. 구경꾼들이 웅성거렸다. 얼굴이 연기에 그을렸을 뿐 무척 아름다운 여자였다. 여자는 공포와 고통에 울부짖고 있었다. 극적인 표정을 향해 연신 셔터를 눌렀다. 그날의 수확은 그게 전부였다. 불길은 일찍 잡혔다.

화재로부터 며칠 후, 나는 카메라에 담긴 사진을 컴퓨터에 다운로드했다. 수백 수천 장 중에 쓸 만한 놈은 하나가 될까 말까. 사진을 가르치던 늙은 교수는 사진이란 게 인생과 닮았다고 말하며 이렇게 덧붙였다.

"수천 개 인생 중에 겨우 한두 명 쓸 만한 인간이 나오잖아?"

나는 날짜별로 폴더를 만들어 사진을 집어넣고 한 장씩 확인했다. 드디어 화재 현장 사진이 나왔다. 커다란 모니터에는 새파란 하늘과 시뻘건 불길, 그리고 흑심을 품은 연기가 대비를 이루며 펼쳐졌다. 좋은 사진이었지만 팔아먹을 수는 없었다. 나는 반쯤 포기하는 심정으로 마지막 사진 몇 장을 클릭했다. 여자의 얼굴이 모니터를 가득채웠다.

순간, 나는 섬뜩한 사실을 깨달았다. 반사적으로 팔뚝에 소름이 돋았다.

여자의 눈은 웃고 있었다.

흥분과 설렘, 기대감으로 가득찬 두 눈이 반달 모양으로 내려간 찰나의 순간을 카메라가 잡아낸 것이다. 입은 절규하는 모양 그대로였다. 바로 다음 사진에서 여자의 얼굴은 다시 우는 표정으로 바뀌었다.

두 달이 채 지나지 않아 여자를 다시 보게 되었다. 텔레비전 뉴스에서였다. 보험금을 노리고 일가족을 죽인 희대의 사이코패스 연쇄살인마. 여자의 성姓 앞에는 긴 수식어가 붙었다. 화재도 그녀의 짓이었다. 오빠와 동생에게 수면제를 먹이고 불을 지른 후 자신은 밖으로 나왔다.

나는 그 사진을 팔아 돈을 두둑이 챙겼다. 눈만 웃고 있는 여자의 사진은 사건의 엽기성과 함께 한동안 꽤 화제가 되었다. 내 주가는 단번에 올라갔다. 나는 그 사진을 컴퓨터에서 지워버렸다. 찜찜했다. 웃기는 이야기지만, 언젠가 그 여자가 모니터를 뚫고 기어나올 것만 같았다. 주무기로 삼았다던 수면제와 바늘을 들고서. 한껏 웃는 얼굴로.

유민의 부고를 받았을 때도 나는 일을 하던 중이었다. 관광버스가 가드레일을 뚫고 육 미터 아래 강변으로 떨어진 사고였다. 안전벨트를 매지 않은 사람들은 창문을 뚫고 튀어나가 찌부러진 개구리 신세가 됐다. 46인승 버스에서 사망자만 스무 명이 넘었다. 나는 구급대와 거의 동시에 도착했다. 현장은 아수라장이었다. 그러거나 말거나, 여름 대목을 누리는 매미들은 그악스레 울어댔다.

헝클어진 퍼즐처럼 뒤죽박죽이 된 차 안을 향해 망원렌즈를 들이밀었다. 찬란한 여름의 한낮, 여유롭게 흘러가는 강물, 머릿결을 쓰다듬는 바람. 평화로워야 할 풍경 속에 갑자기 들이닥친 죽음은 비현실적이었기에 오히려 더 생생해 보였다.

작업은 순조로웠다. 경찰과 구급대원이 사고 처리에 정신없는 사이 나는 만족할 만큼 사진을 찍었다. 플래시가 터질 때마다 부상에 신음하는 사람들과 이미 죽음의 키스를 맛본 사람들이 카메라에 새겨졌다.

문제는 엉뚱한 곳에서 일어났다. 마지막이라 생각하고 버스 뒤쪽으로 카메라를 향한 순간, 뷰파인더에 그것이 잡혔다.

소용돌이 모양의 막대사탕.

그 파괴적인 상황에서 어떻게 살아남았는지 사탕은 둥그런 모양 그대로 좌석에 놓여 있었다. 사탕의 중심에서 시작된 하늘색과 분홍색의 소용돌이무늬가 햇빛을 받아 반짝였다.

사탕을 보는 순간, 소용돌이무늬라는 사실을 깨닫기도 전에 몸이 먼저 반응했다. 눈앞이 흐려지고 뒷골이 당겨왔다. 내가 술 취한 딱따구리라 부르는 편두통이 엇박자로 머리통을 쪼아댔다. 딱따닥, 따다다닥, 딱따라닥닥. 그에 맞춰 식은땀이 샘솟았다. 어지러웠다. 토하고 싶었다. 누가 목구멍을 억지로 벌리고 고무호스를 쑤셔넣는 기분이었다.

비틀거리면서 강가까지 걸어갔다. 중간에 부상자인 줄 알고 들것에 실으려는 구급대원과 실랑이를 벌여야 했다. 조금만 늦었으면 구급대원은 얼굴에 선짓국 세례를 받았으리라.

토하고 나니 정신이 맑아졌다. 빌어먹을 소용돌이. 나는 드러누웠다. 소용돌이 공포증은 꼭 그악스러운 빚쟁이 같다는 생각을 하면서. 그때 주머니에 넣어둔 휴대전화가 울었다.

"여보세요?"

목소리가 잘 나오지 않는데다가 입안도 텁텁했다. 톱밥을 삼킨 기분이었지만 전화를 끊을 수는 없었다. 언제 의뢰를 받을지 모르는 프리랜서의 비애였다.

"여보세요? 최민호 씨 핸드폰입니까?"

상대방은 흠흠, 헛기침을 하더니 그렇게 물었다.

"네, 그런데요?"

귀에 익은 말투였다.

"나다, 길태. 기억나나?"

이름을 듣는 순간 내 머릿속에는 복어를 닮은 통통한 얼굴의 소년이 떠올랐다. 덩치가 커서 똥돼지라고 놀림받던 녀석.

"길태? 박길태?"

하마터면 '똥돼지?' 하고 물을 뻔했지만 간신히 참았다. 내가 만약 몇십 년 만에 친구에게 전화를 걸었는데 그놈이 '아! 그 따라지?'라고 기억한다면 꽤나 슬플 것이기에.

"그래, 오랜만이다. 잘 지내냐?"

분명 기억 속의 길태가 맞았지만 왠지 모르게 느낌이 달랐다.

"나야 잘 지내지. 그런데 어쩐 일이야?"

반가움의 유효기간은 짧다. 만나지 못했던 시간에 비례해 경계심은 커진다. 길태의 목소리를 듣는 건 이십오 년 만이었다. 그 세월만큼의 온갖 의심이 짧은 순간 머릿속을 스치고 지나갔다. 보험? 다단계? 보증? 아니면 내가 기자 나부랭이라도 되는 줄 알고 부탁할 게 있어서일까? 이런저런 생각들은, 길태가 내뱉은 한마디에 쏙 들어가버렸다.

"유민이가 죽었다. 이유민이 그 자식이 죽었다, 어제."

지난 오 년 동안, 나는 그 누구보다도 죽음과 가깝게 지냈다. 대형 사고가 터질 때마다 제일 먼저 뛰어갔고, 일이 없을 때는 경찰과 구급대의 무전을 도청해 먹잇감을 찾아냈다. 구형 TRS 무전기에서는 하루에도 몇 번씩 죽음에 관한 소식이 흘러나왔다. 사바나의 창공을 맴돌며 썩은 고기를 찾는 독수리처럼, 피 냄새에 이끌려 기웃기웃 다가가는 하이에나처럼 나는 늘 죽음을 기다렸다.

하지만 유민의 부고를 들은 순간, 죽음이라는 단어가 처음으로 불편하게 느껴졌다. 옷 속에 숨어든 짧은 머리카락처럼 마음속 여기저기를 콕콕 쑤셔댔다.

유민이가 죽다니…….

한 번도 생각해보지 못한 일이었다. 아니, 부고를 받기 전까지만 하더라도 길태 녀석은 물론이고 유민과 다른 친구들을 아예 잊고 있었다. 하나로 똘똘 뭉쳐 죽음과 맞서 싸웠던 이십오 년 전 그때의 기억만을 지우개로 박박 문질러버린 느낌이었다.

나는 전화를 끊고 차에 올랐다. 여전히 속이 메스껍고 머리가 띵했다. 딱따구리가 쪼아댄 나무에는 구멍이 뚫리고 안으로 소소리바람이 불어들기 마련이다. 눈을 감고 오른손 엄지와 검지로 관자놀이를 꾹꾹 눌렀다. 꼭 오라고, 유민이 새끼가 우리 모두한테 편지를 남겨놨다고 말하던 길태의 목소리가 귓가에 생생했다.

안주시 안주읍 광선리.

내비게이션에 가야 할 곳을 찍었다. 초등학교 6학년 시절을 보냈던 그곳. 내 인생의 가장 비참했던 순간과 가장 찬란했던 순간이 교차했던 그곳을 향해 나는 고물 쏘나타의 시동을 걸었다. 기다렸다는 듯이 라디오에서 요란한 록 음악이 흘러나왔다. 머리가 지끈지끈 울렸다. 내가 언제 이렇게 볼륨을 높여놓았지? 핸들을 꺾어 도로로 진입하려다가 도저히 견딜 수 없어 차를 세웠다. 그 찰나의 순간, 구급차 한 대가 날 듯이 내 앞으로 튀어나왔다. 구급차는 휘청거리며 몇 미터 앞에 멈춰 섰다.

나는 놀란 가슴을 쓸어내렸다. 거의 종이 한 장 차이였다. 반대편이 비쳐 보일 정도로 얇은 습자지 한 장. 차를 세우는 게 조금만 늦었더라면, 반투명 경계 너머로 살짝만 더 들어갔더라면 구급차와 충돌했으리라.

상대방 운전자도 놀랐는지 구급차는 한동안 움직일 줄 몰랐다. 부상자 이송을 위해 켜둔 경광등과 벌겋게 달아오른 브레이크 등이 빛을 내고 있을 뿐이었다. 경광등은 쉴 새 없이 돌아갔다. 빨간불과 파란불이 시시각각 교차하며 위험을 알리고 있었다.

위험하다. 피해라. 어서, 저멀리 도망쳐.

내게는 그것이 일종의 경고처럼 보였다. 넌 이제 죽었어. 그러니 어서 도망쳐. 꽁지 빠지게 달아나라고. 경광등은 짓궂은 미소를 지으며 그렇게 말하는 것 같았다.

잠시 후 구급차는 숨고르기를 마쳤는지 긴 사이렌을 울리며 멀어져갔다. 나는 한동안 움직이지 못했다. 경광등 불빛이 머릿속에서 계속 껄껄껄 웃어댔기 때문에.

　유민은 왜 죽었을까? 다른 녀석들도 올까?
　혹시…… 혹시…… 그놈이 다시 돌아온 건 아니겠지?
　고속도로를 달리는 동안 수많은 질문들이 아지랑이처럼 피어올랐다. 불안했다.
　빵!
　마실 나온 노인네처럼 운전하는 앞차에다가 경적과 하이빔을 먹여준 다음 차선을 바꿔 가속페달을 밟았다. 쏘나타가 앓는 소리를 냈지만 발을 떼지 않았다. 속력을 줄이면, 끝도 없는 불안감에서 헤어 나오지 못할 것 같았다. 속도계가 140을 가리켰다. 차체가 떨렸다. 한여름의 찬란한 풍경이 휙휙 지나갔다.
　그때도 여름이었다. 더위가 기승을 부리고 모기가 몸을 불려가던 칠월. 여름방학, 수영, 서리, 저수지, 비밀 아지트, 독수리 오형제, 그리고…….
　내 인생을 바꿔놓았던 1991년 여름, 그때의 기억이 되살아났다.

2

익사

1
1991년의 여름 ①

그러니까, 문제는 겨드랑이 털이었다. 6학년이 되었지만 내 겨드랑이는 눈부시도록 깨끗했다. 털이 올라올 기미라고는 개미 똥구멍만큼도 안 보였다.

거울을 보며 오른쪽부터 왼쪽 겨드랑이까지 꼼꼼하게 살핀 뒤, 지각하겠다는 외할머니의 성화에 못 이겨 등교하는 것이 매일 아침의 일과였다.

나는 늘 꿀꿀한 기분으로 집을 나섰다. 우리 반에서 겨드랑이에 털이 안 난 건 나뿐이었다. 직접 보진 않았지만 키가 제일 큰 성배는 꼬치에도 털이 무성하다는 소문이 돌았다. 밀림이라나 뭐라나.

외할머니 집에서 광선 국민학교까지는 걸어서 삼십 분 거리였다. 논두렁을 따라서 이십여 분을 가면 아이들이 귀신의 집이라 부르는 폐가가 나온다. 거기서 왼쪽으로 꺾으면 학교까지 이어지는 신작로다. 나는 그 등굣길에 좀체 익숙해지지 않았다.

그해, 그러니까 1991년 4월에 아빠와 엄마가 이혼했다. 지겨울 정도로 자주 싸웠던 두 사람이라 예상은 하고 있었지만 그래도 제법 충격적이었다. 나는 엄마와 함께 살게 되었다. 엄마는 나를 외할머니에게 맡겼다. 같이 살려면 돈이 필요하고, 그러자면 부잣집에 파출부로 들어가서 돈을 모아야 된다는 게 엄마의 논리였다.

졸지에 나는 우주 대폭발의 순간에 튀어나온 떠돌이별 신세가 되어 외할머니 집에 추락하고 말았다. 그곳이 바로 광선리였다. 당연한 말이지만 전학도 하게 되었다. 광선 국민학교는 1학년부터 6학년까지 각 한 반씩밖에 없었다. 1학년 때부터 친구는 6학년 때까지 쭉 친구인 셈이다. 그랬기에 6학년, 그것도 학기 중간에 전학 온 서울 놈한테 먼저 다가오는 친구는 한 명도 없었다.

우라질. 나는 이 말을 입에 달고 살았다. 아빠가 자주 쓰던 욕이다. 내게는 그 어떤 것보다도 심한 욕이었다. 기분이 나쁠 때마다 우라질, 우라질 하고 중얼거렸다.

창현과 처음으로 대화한 날도 마찬가지였다. 학교를 마치고 돌아오면서 나는 계속 욕을 했다. 얼마나 많이 내뱉었던지 나중에 가서는 딸꾹질처럼 아예 멈추질 않았다. 이유야 뻔했다. 〈개구리 왕눈이〉에 나오는 투투를 닮은 만식이라는 자식이 나를 또 따지라고 부른 것이다.

따라지, 따라지, 삼팔따라지, 민둥민둥 삼팔따라지.

친구들은 내 왜소한 몸집을 보고 그렇게 놀려댔다. 선봉장은 항상 만식이었다. 마을 이장의 손자였던 그 우라질 놈은 목청도 어찌나 큰지 학교가 떠나가라 노래를 불렀다.

"우라질, 우라질."

나무에 매달린 매미처럼 내 귓가에서 극성맞게 울어대는 노래를 떨쳐버리려고 부러 더 큰 소리로 외쳤다. 발길에 차이는 돌멩이들은 논으로 뻥뻥 날려버렸다. 그러다가 비죽 솟은 바위를 차는 바람에 외마디 비명을 지르며 주저앉고 말았다. 물론 우라질도 잊지 않고. 창현이 말을 걸어온 건 그때였다.

"그게 무슨 말이야? 아까부터 자꾸 그 말만 하던데."

나는 놀라서 뒤를 돌아봤다. 낯익은 얼굴이 싱글싱글 웃으며 내려다보고 있었다. 회장. 김창현이라는 녀석의 이름보다도 그 단어가 먼저 떠올랐다. 마을에서 제일가는 과수원집 아들에 공부 일등, 게다가 전교 회장까지. 창현은 선생님과 친구들 모두에게 인기가 많았다. 잘난 척도 하지 않았고 회장이랍시고 쓸데없이 이래라저래라 하지도 않았다. 만식도 창현에게만은 꼼짝을 못했다.

"아무것도 아니야. 그냥 욕이야⋯⋯."

욕을 하다가 들켰다는 게 부끄러웠다. 그랬다. 창현은 다른 사람을 부끄럽게 만드는 재주가 있었다.

"우라질이 욕이라고?"

우라질, 아빠의 입에서 나올 때는 개똥보다도 더럽게 느껴지던 말이 창현의 입을 통과하자 내가 모르는 어떤 나라의 이름이나 외할머니가 돋보기를 놓고 읽는 성경책 속의 등장인물처럼 들렸다.

"그래."

나는 무릎을 털며 일어났다. 발끝이 여전히 찌릿찌릿했다. 우라질.

"그게 새끼나, 옛 먹어라 같은 욕이란 말이지?"

창현이 말했다. 헤실헤실 웃으며. 나는 놀라서 입을 벌렸다. 전교 일등, 전교 회장, 부잣집 도련님의 입에서 그런 말이 나오리라고는 상상도 하지 못했다.

"너, 욕도 할 줄 알아?"

바람 빠진 공갈빵처럼 멍청한 목소리로 내가 물었다.

"욕이 뭐 별건가. 또 해볼까? 미친놈, 병신, 육시랄 놈, 문둥이 콧구멍 같은……."

"그만해, 엄마가 욕하면 안 된댔어."

"그러는 넌 왜 욕을 하냐?"

나는 너랑 다르니까, 하마터면 그렇게 말할 뻔했다. 나는 아빠 엄마한테도 버림받고, 지지리 꼬질꼬질 가난하고, 공부도 못하고, 겨드랑이에 털도 안 났으니까.

"뭔 상관이야?"

무뚝뚝하게 내뱉은 후 걸음을 옮겼다. 왜 갑자기 말을 건 건지, 애초에 자기집하고는 반대 방향인 이 논두렁으로 온 이유가 뭔지 도무지 짐작할 수 없었다.

"너 그 자식 때문에 그러지? 만식이 그 뚱땡이."

나는 고개를 돌렸다. 반짝반짝 빛나는 눈이 모든 걸 알고 있다는 듯 나를 바라보고 있었다.

"만식이가 너 자꾸 놀리더라. 어때, 내가 혼내줄까?"

웃으며 말하는 게 영 나를 골리는 것만 같아 기분이 나빠졌다. 다시 몸을 돌려 걸으려는데 이번에는 어깨를 잡고 늘어졌다.

"왜 그래? 나 집에 갈 거야."

"그러지 말고 너, 나랑 같이 갈래?"

"어딜?"

뜬금없다 못해 엉뚱한 제안이었다. 전학을 하고 한 달이 지났지만 학교가 끝난 후 친구들과 어울린 적은 한 번도 없었다. 광선리 아이들은 하교 종이 땡땡땡 울면 논으로 계곡으로, 그리고 산과 저수지로 달려나갔다. 그냥 집으로 돌아오는 머저리는 나밖에 없었다. 창현은 왜 나에게 관심을 보이는 걸까?

"비밀 아지트."

창현은 소곤거렸다.

"그게 어디 있는데?"

"따라와보면 알아. 갈 거야, 말 거야?"

엄마가 무슨 말을 했건, 열세 살 소년에게 외로움이란 배고픔보다 참기 힘든 것이었다. 그 시절 나는 함께 놀아줄 친구만 있다면 아빠가 생일 선물로 준 내 보물 1호 카메라도 내줄 수 있다는 생각을, 실제로 꽤 진지하게 했다. 그런데 하물며 비밀 아지트라니!

광선리는 전형적인 시골 마을이었다. 중앙에 해당하는 마을 회관 옆에는 커다란 느티나무가 서 있고 그 아래에 펼쳐진 평상 서너 개가 노인들의 쉼터 역할을 했다. 느티나무 왼편에는 만복 슈퍼가, 오른편에는 새마을 문구가 자리잡고 있었다. 새마을 문구 뒤편이 바로 광선 국민학교였다. 학교 건너편의 논길을 따라 계속 걸으면 마을 뒷산으로 올라가는 입구가 나왔다. 창현과 나는 거기까지 걸어갔다.

"아직 멀었어?"

내가 물었다. 다리가 아팠다.

"조금만 더 가면 돼. 솥뚜껑까지 갈 거야."

"솥뚜껑?"

광선리 아이들이라면, 아니 광선리 사람들이라면 누구나 솥뚜껑을 알고 있었다. 이사 온 지 한 달밖에 되지 않은 나도 마찬가지였다. 물귀신이 나오는 저수지. 솥뚜껑은 이 한마디로 설명이 가능했다.

"그래, 솥뚜껑. 빨리 가자."

창현은 별일 아니라는 듯이 산길을 올랐다. 뒤를 따르긴 했지만 똥구멍이 실룩거리는 건 어쩔 수 없었다. 광선리에는 저수지가 네 개 있었다. 솥뚜껑을 뺀 다른 저수지는 논밭에 물을 댈 뿐만 아니라 마을 사람들의 수영장이자 낚시터로도 인기를 끌었다. 여름철이면 외지인들이 놀러오기도 했다.

반면에 솥뚜껑은 아무도 찾지 않는 저수지였다. 솥뚜껑에 가면 시퍼런 물귀신이 확 잡아당겨! 어른들은 항상 그렇게 말했다. 외할머니도 예외는 아니었다. 다른 데는 다 괜찮아도 거기만은 가지 말라고, 가면 수귀水鬼한테 홀려서 저세상 사람이 되는 거라고 잔뜩 겁을 줬다.

솥뚜껑에는 확인되지 않은, 그래서 더 진짜 같은 소문들이 성배 꼬치 털만큼이나 무성했다. 거기는 사시사철 안개가 자욱하고 여자 울음소리가 들린다거나 쓰레긴가 싶어 집어 올리면 시커먼 머리카락이라는 소문들.

한 달 내내 어디에서나 그런 이야기를 들었으므로 솥뚜껑에 대한 내 공포는 토박이들 못지않았다. 당연히, 올라가는 발걸음은 점점 무거워졌다.

"거기, 괜찮아?"

"뭐가?"

"그거, 귀신 말이야. 괜찮아?"

"뭔 귀신?"

"아, 솥뚜껑에서 나온다는 물귀신 말이야!"

내가 그렇게 외친 순간, 창현이 우뚝 멈춰 섰다. 서늘한 바람이 목덜미를 핥고 지나갔다. 창현은 나를 향해 천천히 고개를 돌렸다. 왜 이리 조용하지? 매미도, 풀벌레도 숨을 죽이고 있는 것만 같았다. 방금까지 멀쩡하던 창현의 눈빛이 이상했다.

"내가 창현이로 보이니?"

나는 비명을 지르고 말았다. 태어나서 그렇게 큰 소리를 지른 건 그때가 처음이었다. 덜컹거리던 심장이 뚝 떨어져 어디론가 달아나버린 것 같았다. 다리가 풀려 도망갈 수도 없었다.

"장난이야, 인마."

물귀신에 씌어 흐느적흐느적 다가오던 빌어먹을 우라질 아마추어 배우께서는 날름 혀를 내밀고는 냅다 뛰기 시작했다.

"야! 너 거기 안 서?"

녹아내린 아이스크림처럼 흐물흐물 말을 듣지 않던 몸 어디에 그런 힘이 남아 있었는지 나는 창현을 쫓아 산길을 달려 올라갔다. 초여름의 산속에는 상쾌한 명지바람이 불었다. 헐떡이며 숨을 쉴 때마다 콧속으로 파고드는 풀 냄새도 싫지 않았다. 목덜미에 맺히는 땀도, 숨이 차올라 뻐근해지는 가슴도 다 괜찮았다.

숨을 헐떡이며 창현을 따라잡았을 때는 이미 가파른 언덕을 다 오른 뒤였다. 나는 녀석의 옷깃을 잡았다. 내 손이나 창현의 옷이나 모두 땀으로 축축했다.

"내가 겁먹은 줄 알았지? 그건 그냥, 겁먹은 척해준 거야……."

창현은 허리를 숙인 채 양손으로 무릎을 짚고 쿡쿡 웃었다.

"알았어, 알았어. 장난쳐서 미안하고, 자, 여기가 솥뚜껑이야."

창현은 마술사처럼 멋지게 손을 들어 보였다. 그제야 나도 주위를 둘러봤다. 눈이 시릴 정도로 푸른 버즘나무들 사이로 솥뚜껑이 펼쳐져 있었다. 잘 익은 여름 햇살이 수면에 부딪혔고, 그때마다 은빛 물고기떼가 비늘을 번뜩이며 튀어 올랐다. 바람이 쏴아아 불었다. 물결이 부채처럼 접혔다가 펴지기를 반복했다. 솥뚜껑은 일요일 오전의 이불 속만큼이나 평화로웠다. 사람을 홀린다는 골안개도 없었고, 원한에 사무친 귀신의 노랫소리도 없었다. 없었다, 아무것도. 있는 거라고는 금방이라도 쓰러질 것 같은 낡은 시멘트 건물이 전부였다.

"어때, 멋지지?"

창현이 물었다.

"『잃어버린 세계』 같은데."

내가 말했다. 그랬다. 처음 본 솥뚜껑과 주위의 풍경은 학급문고에서 찾아 읽은 『잃어버린 세계』에 나오는 아마존의 원시 밀림

같아 보였다.

"그렇지? 마을 뒷산에 이런 곳이 있다는 게 신기하지 않냐?"

나는 말없이 고개를 끄덕였다. 창현도 그 책을 읽은 모양이었다. 만날 『전과』나 『다달학습』만 파는 줄 알았는데 왠지 모르게 동질감이 느껴지며 설핏 웃음이 나왔다. 풀씨처럼 달라붙어 있던 불안감도 어느덧 훨훨 날아가버렸고.

"우리도 여길 발견한 지 얼마 안 됐어. 앞으로 더 탐험해볼 생각이야."

창현이 탐험대를 이끄는 에드워드 같은 표정으로 말했다.

"우리?"

"응, 우리."

"또 누가 있는 거야? 그러니까 너랑 나 말고."

"있지, 세 명 더. 나랑 너까지 포함하면 완벽해."

"뭐가?"

"독수리 오형제."

"독수리 오형제?"

"그래, 혁."

창현은 내 대답도 듣지 않고 솥뚜껑가에 세워진 낡은 시멘트 건물을 향해 뛰어갔다. 엉겁결에 나도 따라 뛰었다. 비밀 아지트임이 분명한 그 건물 앞에는 다른 친구 셋이 벌써 나와 있었다. 유민과 길태, 그리고 명자. 각각 빵, 용, 수나를 맡았던 그들과는 모두 첫 만남이었다.

광선리 독수리 오형제는 그렇게 결성되었다.

2
재회

안주읍으로 들어섰을 때에는 이미 해가 저물고 있었다. 나는 에어컨을 끄고 창문을 열었다. 후텁지근한 바람과 함께 매캐한 냄새가 들어왔다. 이십오 년 만에 찾은 안주읍은 더이상 고즈넉한 곳이 아니었다. 강산이 두 번 변하고도 오 년이 더 흘렀으니 당연한 일이겠지만 논밭이 있던 자리에 거대한 공장이 들어선 모습은 무척 낯설었다.

나는 주유소로 들어섰다. 얼마 전 개업을 했는지 키 큰 바람 인형이 요란한 댄스곡에 맞춰 삐죽삐죽 춤을 추고 있었다.

"어서 오세요. 얼마나 넣어드릴까요?"

주유원은 나이 지긋한 노인이었다.

"만땅요."

절반만 채울까 하다가 그렇게 말했다. 유민의 영정 앞에 절이나 한번 하고 돈봉투나 건넨 다음 바로 돌아온다. 고속도로를 달리는 동안 내가 내린 결론이었다. 따라서 기름을 가득채워놓아야 언제든 필요할 때 전속력으로 도망칠 수 있을 것 같았다.

"다 됐습니다."

주유원이 말했다.

"많이 변했네요, 여기."

내가 말했다.

"안주요?"

"몰라볼 뻔했다니까요."

"지랄맞은 공장들 때문이지."

"그러게요. 정말 많아졌네요. 그래도 돈은 좀 들어오겠습니다."

"그렇지. 공장이 생기니까 집도 생기고, 집이 생기니까 술집이 생기고, 술집이 생기니까 병원이 생기고, 그래그래 계속 생기다 보니까 나 같은 늙은이도 할 일이 생기는 거지."

"그건 좋은 일이네요."

"나쁜 일이 있으면 좋은 일도 있어야지."

나쁜 일이 뭘까 물어보려다가 말았다. 대신 씩 웃어주었다. 주유원은 이야기에 목이 마른 눈치였지만 나는 매연 냄새 나는 이곳을 빨리 떠나고 싶었다.

"수고하세요."

나는 쏘나타에 시동을 걸었다. 배불리 먹은 녀석이 으르렁거리는 소리를 냈다. 좋아. 어서 달려갔다가 좆 빠지게 도망쳐 오자고.

"잠깐만 기다려."

주유원이 조수석 옆구리를 탕탕 쳤다.

"왜요?"

내가 물었다.

"카드 가져가야지."

주유원이 건네주는 카드를 받았다. 문득 궁금증이 일어 물어보기로 했다.

"광선리요, 거기도 많이 변했나요?"

주유원은 나를 빤히 바라봤다. 나는 그런 눈빛에 익숙했다. 사진을 찍으러 다니다 보면 종종 마주치는, 호기심과 경멸을 동시에 담은 눈빛이었다.

"뭐야? 그쪽 사람이야?"

그쪽이 어느 쪽인지는 몰라도 나는 아니었으므로 바로 대답했다.

"아뇨."

"거기는 완전 전쟁터야."

주유원은 무슨 뜻인지 알겠느냐는 투로 말했다. 몰랐지만 나는 고개를 끄덕인 후 진심을 담아 말했다.

"고맙습니다. 사장님 안 볼 때 쉬엄쉬엄 하세요."

주유원은 얼굴의 주름을 모두 사용하며 멋들어지게 웃었다.

"내가 사장이야."

삼십 분 후 나는 광선리에 도착했다. 궁서체로 '光線里'라고 쓴 표지석은 기억 속과 똑같았다. 까맣게 잊으려고 노력했고 실제로 어느 정도 성공에 이르렀다고 생각했지만 광선리에서의 기억은 사실 머릿속 깊이 잠들어 있던 것뿐이었다. 튀어나갈 때를 기다리며.

길태의 전화를 받고부터 기지개를 켜기 시작한 기억이 광선리에 가까워지면서는 춤을 추는 지경에까지 이르렀다. 표지석을 조금 지나면 왼편으로 미나리꽝이 나오고 거기서 조금 더 달려 산을 오르면 밤낮으로 똥 냄새를 풍겨대는 우사牛舍가 나온다.

그런 식으로 계속 기억이 떠올랐다. 하지만 미나리꽝은 보이지 않았다. 그곳이라 짐작되는 지점에는 물류 창고 같은 건물이 들어서 있었다. 소똥 냄새도 나지 않았다. 기억은 변하지 않았지만 현실은 변했다. 무엇보다 낯선 것은 마을 입구에서부터 쭉 이어진 현수막들이었다.

일방적인 도로 발표 마을을 두 동강 낸다!
시장은 나가 죽어라!
평화로운 마을에 용역 깡패가 웬 말이냐?

문구만으로도 충분히 분노가 느껴지는데 죄다 새빨간 페인트로 써서 더 강렬하게 다가오는 현수막들이 나무 사이에 걸려 있었다.

나는 전조등 불빛이 비추는 현수막을 보며 마을의 중앙, 내 기억으로는 느티나무가 우뚝 서 있던 곳으로 차를 몰았다. 구불구불한 시골길을 따라 핸들을 좌우로 돌리면서도 시선은 현수막에서 떼지 못했다. 그게 잘못이었다. 눈앞으로 무언가가 달려드는 걸 반 박자 늦게 알아챘다. 브레이크를 밟았을 때는 이미 늦었다. 요란한 비명을 지르며 차가 미끄러졌다. 쏘나타는 내 통제를 벗어나 오른쪽으로 꺾이더니 도로변에 툭 튀어나온 커다란 바위와 그대로 충돌했다.

정신을 잃지는 않았다. 끔찍한 충격이 손끝을 타고 몸 전체로 퍼져나가며 쓰나미를 일으키기는 했지만 다행히 허리쯤에서 빠져나갔다. 나는 끙끙거리며 차에서 내렸다. 피가 나거나 부러진 곳은 없는지 확인했다. 허리가 몹시 아팠지만 못 움직일 정도는 아니었다. 심각한 건 쏘나타 쪽이었다. 바위가 반쯤 파먹은 보닛을 살펴보자 저절로 욕이 튀어나왔다.

"우라질."

고물 쏘나타는 움직일 생각을 안 했다. 나는 시동 걸기를 포기하고 다시 차에서 빠져나왔다. 이번에는 휴대전화와 카메라를 챙겼다. 걸어가야 할 판이었다. 내 마음은 무조건 광선리 반대편이라고 외쳤지만 현실은 아니었다. 안주읍까지 걷는다는 건 멍청한 생각이었다. 결론은 하나, 광선리로 가서 도움을 받는 수밖에 없었다.

"우라질."

나는 한 번 더 욕을 하며 브레이크를 밟았던 지점으로 돌아갔다. 도대체 뭐가 튀어나온 거야? 들개? 아니면 너구리? 로드킬은 처음이라 찜찜했다. 피떡이 되어 있을 무언가를 상상하며 휴대전화 불빛으로 길바닥을 비췄다.

아무것도 없었다. 쏘나타가 미끄러지면서 남긴 스키드 마크뿐이었다. 근처도 비춰봤지만 마찬가지였다. 분명히 봤는데…….

찜찜한 마음을 누르며 휴대전화를 *끄려는데* 어둠과 불빛 사이의 경계쯤에서 무언가를 발견했다. 휴대전화를 더 가까이 들이대며 천천히 앉았다. 허리에 날카로운 통증이 느껴져 나도 모르게 얼굴을 찡그렸다.

타이어가 깊게 패고 지나간 비포장도로 위에 동그란 점들이 맺혀 있었다. 누가 뚝뚝뚝, 물을 떨어뜨린 것 같았다. 아니면 물에 젖은 무언가가 지나갔거나. 물자국은 내가 브레이크를 밟기 시작한 지점에서부터 도로변 끝, 완전히 어둠이 감싼 곳까지 이어져 있었다. 나는 휴대전화를 들고 그곳을 비췄다.

무언가가 서 있었다. 어둠 속, 휴대전화의 알량한 불빛으로는 결코 닿을 수 없는 그곳에 어둠보다 짙은 무언가가 존재했다. 물을 뚝뚝뚝 흘리면서.

나는 시침을 뚝 떼고 마치 아무 일도 없었다는 듯이 일어나 걷기 시작했다. 지난 몇 년 동안 숱한 죽음의 현장을 돌아다니면서 담력이 커졌다고 생각했는데 아니었다. 무서워서 심장이 벌렁거렸다. 길태의 전화를 받은 걸 후회했다. 아니라고 할걸. 최민호가 아니라고, 네가 알던 새끼는 죽어버렸다고 할걸. 전화를 받았더라도 광선리로는 오지 말걸. 그냥 계좌번호 불러. 한 오만 원 입금하면 되지? 무심한 듯 그렇게 말할걸.

자책하고 투덜거리는 사이 나는 광선리 중앙에 도착했다. 가로등 불빛이 우라지게 반가웠다. 여전한 마을 회관의 모습도 반가웠다. 현수막으로 뒤덮이긴 했지만 느티나무도 그대로였다. 심지어 사람들도 지나다녔다. 뭐였을까? 어둠 속에서 튀어나와 내 쏘나타를 처박은 놈은. 쓸데없는 질문이란 걸 알면서도 나는 멍하니 서서 생각에 빠졌다. 알고 있잖아? 어딘가에서 목소리가 들려왔다. 대답하지 않았다. 알고 있잖아? 다시 한번. 뒤쪽 어딘가, 내가 헤쳐 왔던 길에서 들린 듯도 했지만 뒤를 돌아보는 멍청한 짓은 하지 않았다. 대신에 고개를 한 번 끄덕였다. 그래, 나는 알고 있었다.

광선 국민학교에 있어. 유민이 빈소. 아니, 이제 초등학교구나.
광선 초등학교라는 낯선 어감보다도 빈소가 학교에 차려졌다는 말이 더 이상했지만 내가 이유를 묻기도 전에 길태의 전화는 끊어졌다. 나는 옛날부터 고목이었던 느티나무를 지나 학교로 향했다. 새마을 문구는 사라지고 없었다. 그 자리는 주차장으로 바뀌어 있었다. 마귀할멈이 아직까지 살아 있다면 그거야말로 무서운 일이겠지.
광선리는 전체적으로 번듯해졌다. 이십오 년 만에 찾은 내 인상은 그랬다. 위치만 그대로일 뿐 현대식으로 변한 마을 회관만 봐도 알 수 있었다. 세상에 이 층 건물이라니! 흙길이었던 도로는 깨끗하게 포장이 되었다. 길가에는 짐칸을 덮어놓은 덤프트럭이 여러 대 서 있었고 그 앞에는 "사유물. 접촉 금지"라고 적힌 현수막이 걸렸다.
살벌하군. 주유원이 전쟁터라 말한 이유를 알 것 같았다.
전쟁을 독려하는 깃발처럼 마을 전체에 나부끼는 현수막들을 뒤로한 채 나는 광선 초등학교로 들어섰다. 학교는 온통 어둠에 휩싸였는데 그 속에서도 낡은 목조건물이 현대식으로 바뀌었다는 사실은 알 수 있었다. 운동장 끝에 세워진 작은 시멘트 건물에서 불빛이 새어 나왔다. 사람들이 왔다갔다하는 걸 보니 그곳이 빈소인 모양이었다.

막상 빈소를 확인하니 발걸음이 더 무거워졌다. 유민이 죽었다는 슬픔과, 다시 광선리로 돌아오고 말았다는 공포, 그리고 무슨일이 생겼는지 알고 싶다는 호기심이 정확히 삼 등분으로 마음을 차지하고 힘겨루기를 벌였다.

유민은 왜 죽었을까? 질문이 다시 머릿속을 맴돌았지만 운동장은 너무 작았다. 미처 해답을 내놓기도 전에 시멘트 건물 앞에 도착했고 입구에 서 있던 검은 양복과 마주쳤다.

"조문객입니까?"

그가 물었다.

"이유민 씨 빈소 맞나요?"

그는 고개를 끄덕했다. 장례식과는 어울리지 않는 태도의 사내를 지나쳐 건물 안으로 들어갔다. 알싸한 향냄새가 풍겨 왔다. 싸구려 녹음테이프에서 흘러나오는 게 틀림없는 독경도 들렸다. 입구에는 근조 화환 한 개가 싱겁게 서 있었다. "실천 무역 안주지점".

시멘트 건물은 밖에서 본 것보다 작았다. 서너 평 남짓한 공간에 한쪽 구석은 빗자루와 쓰레받기 같은 청소 도구들의 차지였다. 조리 시설 같은 건 없었다. 누렇게 낡은 벽지에선 곰팡이가 서식처를 확대하는 중이었다. 그 방의 맨 끝에 비현실적인 모습으로 병풍이 서 있었다. 도무지 어울릴 것 같지 않은 물건이었고, 방의 분위기를 열 배는 더 흉흉하게 만드는 놈이었다.

그리고 병풍 앞에, 녀석이 웃고 있었다.

이유민.

내 친구.

이십오 년 전과 조금도 다르지 않은 얼굴을 하고, 그때나 지금이나 여전히 사람 좋아 보이는 미소를 지은 채 나를 바라보고 있었다.

슬픔은 힘이 세다. 고집스럽고 끈질기다. 참으려 애를 쓸수록 더 기승을 부린다. 혹은 전혀 대비할 새도 없는 상황에서 기를 쓰고 비집고 나온다. 유민의 영정과 마주한 순간, 나는 모래로 만든 두꺼비집이 무너져 내리듯 주저앉고 말았다.

"유민아."

실로 오랜만에 녀석의 이름을 불러봤다. 도수 높은 안경 너머에 맑은 눈을 가지고 있던 녀석. 그 눈으로 사물을 찬찬히 관찰하던 녀석. 손재주가 좋아 항상 무언가를 만들던 녀석, 유민이 죽었다. 그 옛날 우리가 한번 살려냈던 적이 있었는데 이번에는 죽고 말았다.

"왔냐?"

누가 내 어깨에 손을 얹으며 말했다. 뒤를 돌아봤다. 눈물을 한 번 훔쳤다. 낯익은 얼굴이 나를 보고 웃고 있었다. 통통한 얼굴에다가 큰 덩치, 조물주가 인심이 후하다는 증거를 보여주기 위해 송곳으로 뚫어놓은 듯한 작은 눈까지 이십오 년 전과 똑같았다.

"박길태."

"잘살았나?"

똥돼지가 물었다. 여전히 별명에 어울리는 몸집이었지만 그렇게 불리지는 않을 듯했다. 적어도 면전에서는. 외모는 변함이 없었지만 분위기는 완전히 달라졌다. 순해빠진 인상이 흐릿해지고 억센 기운이 느껴졌다.

"어떻게 된 거야?"

이번에는 내가 물었다. 길태는 복잡한 표정을 지으며 머리를 긁적거렸다.

"이야기가 길어. 일단 마무리하고 밖으로 나와."

녀석은 그렇게 말하더니 돌아서 나가기 전 한마디를 덧붙였다.

"창현이도 와 있어."

바깥공기는 상쾌했다. 향냄새 때문인지 머리가 지끈거렸다. 나는 숨을 한껏 들이쉬었다. 바람결에 축축한 기운이 서려 있었다. 그러고 보니 밤하늘에 별이 하나도 없었다. 어둠 속이었지만 먹구름이 꿈틀꿈틀 흘러가는 게 똑똑히 보였다.

"형님이 오시랍니다."

입구에 서 있던 검은 양복이 말했다. 그는 시멘트 건물 뒤편을 가리켰다.

"고맙습니다. 근데 조의금은 어디에 냅니까?"

검은 양복은 잠시 생각하는 눈치더니 곧 대답했다.

"저한테 주시면 됩니다."

이번에는 내가 생각할 차례였다. 뭐, 거짓말이야 하겠어?

"여기 있습니다."

나는 흰 봉투를 내밀었다. 검은 양복은 재빨리 낚아챈 후 말했다.

"감사합니다."

진심으로 감사하는 것 같아 마음에 걸렸지만 일단은 길태가 있는 곳으로 향했다. 건물 뒤편에 세워진 작은 천막 안에 몇 명이 앉아 있었다. 길태와 창현은 한쪽 구석에 앉아 이야기를 나누는 중이었다. 길태가 먼저 나를 발견하고 손을 번쩍 들었다.

"여기야."

창현도 나를 바라봤다. 세월이라는 게 별로 힘이 없구나. 알전구 불빛 아래 드러난 창현을 보며 그런 생각을 했다. 창현의 얼굴도 변함이 없었다. 씩 웃는 모습은 나를 아지트로 초대했을 때와 거의 똑같았다. 내 얼굴도 마찬가지일까?

"너도 안 변했구나."

내 마음을 읽었다는 듯 창현이 말했다.

"오랜만이다."

나는 손을 내밀었다. 이십오 년 전의 친구 두 놈이 번갈아 내 손을 잡았다. 유민의 죽음 때문인지 사소한 몸짓에도 가슴이 뭉클했다.

"응식아, 여기 뜨끈한 국하고 밥 하나 내와라."

길태가 외쳤다. 검은 양복을 입은 또 다른 사내가 달려오더니 꾸벅 인사를 했다.

"네, 형님!"

"저 새끼. 형님, 형님 하지 말라니까."

"네 동생들이야?"

내가 길태에게 물었다.

"그냥 뭐."

녀석이 히죽 웃었다.

"민호 넌 뭐하고 지내?"

창현이 물었다.

"찍사."

"찍사? 포토그래퍼?"

"거창한 건 아니고 그냥저냥 사진 찍어서 먹고 살아."

나는 카메라 가방을 들어 보였다.

"넌?"

내가 물었다.

"창현이 이 자식은 교수님이란다, 교수님. 완전 어울리지 않
냐?"

길태가 빈 잔에 소주를 따라 내게 건네며 말했다.

"축하한다, 김창현. 어디 교수야?"

"교수는 아니고, 그냥 강사야. 시간강사. 철학과. 학교는 들어
도 모를 거야. 지방 사립대라서."

세월은 우리의 외모를 건드리지는 않았지만 삶에는 꽤 날카로
운 메스를 들이댄 게 틀림없다. 한 명은 사고 현장을 쫓아다니는
삼류 찍사가 되었고, 사람 좋은 거 빼면 시체였던 똥돼지는 조폭

이 되었다. 그리고 우리 중 제일 잘나가리라 믿어 의심치 않았던 독수리 오형제의 리더는 시간강사가 되었다.

나는 말없이 잔을 들었다. 창현과 길태도 잔을 들었다. 그 순간, 누가 바람을 가르며 달려오는 소리가 들리더니 곧 폭풍 같은 울음소리가 더해졌다.

"유민 오빠!"

안 봐도 누구인지 뻔했다. 우리 셋은 서로 눈짓을 보냈다. 한 놈은 잠들어 있지만 비로소 독수리 오형제가 다 모인 것이다. 건물 안에서 명자의 우렁찬 곡성이 터져 나왔다. 이십오 년 만이었다. 그녀의 울음소리를 듣는 것이.

"명희라고 불러줘."

명자는 마스카라를 고치며 말했다. 우라질 세월은 명자에게도 장난을 쳤다. 없던 쌍꺼풀이 생겼고 진한 화장이 더덕더덕 달라붙었다. 호리호리한 몸매는 여전했지만 그녀 특유의 순박하고 풋풋한 느낌은 찾아볼 수가 없었다. 가슴이 깊게 파인 원피스와 싸구려 장신구, 툭툭 던지는 말투 속에서 명자의 직업을 짐작할 수 있었다.

"오빠들 생각하는 그거 맞아. 나, 술집 나가."

이번에는 담배를 꺼내 물었다. 길태가 얼른 라이터를 내밀었다.

"오빠들은 하나도 안 변했네?"

"넌 예뻐졌구나."

창현이 말했다.

"그래, 어릴 때는 완전 촌년이었는데."

길태가 웃음을 터뜨렸다.

"그래서 내가 이름도 바꿨잖수. 길태 오빠는 어깬가 봐? 출세했네."

"그렇지 뭐. 어쩌다 보니 이렇게 됐다. 그래도 실천 무역이라는 어엿한 이름을 내건 회사야."

나는 입구에서 본 화환을 떠올렸다. 어쩌다 보니 이렇게 됐다는 길태의 말이 귓가를 맴돌았다. 우리는 모두 어쩌다 보니 여기까지 왔다. 어쩌다 보니 카메라를 들게 되었고, 어쩌다 보니 술을 따르는 여자가 되었다. 어쩌다 보니 친구의 빈소를 지키는 조폭이 되었다. 어쩌다 보니, 우리는 살아남았다.

"민호 오빠는 왜 말이 없어?"

명자가 나를 빤히 쳐다봤다. 명희라는 이름보다도 그녀의 진한 눈화장이 더 낯설었다. 나는 그냥 피식 웃었다. 알전구 불빛에 홀려 나방이 날아들었다. 참 이상한 하루였다. 아침까지만 해도 관광버스 속에서 죽어 나자빠진 사람들을 찍고 있었는데 날이 바뀌기도 전에 이십오 년의 세월을 건너뛰어 옛친구들과 술잔을 기울이다니. 그것도 한 놈의 장례식장에서. 내가 웃자 명자도 따라 웃었다. 창현도 웃었다. 길태도 두툼한 볼살을 밀어 올리며 미소를 지었다. 모두 비슷한 마음이었으리라. 우리는 오랫동안 아무 말도 하지 않았다. 술잔도 비우지 않은 채 각자 어둠 속을 바라보고 있었다. 그해 여름 아지트에서도 마찬가지였다. 뻥 뚫린 창문으로 산바람이 드나들던 그곳에서 우리는 각자의 일에 몰두하곤 했다.

유민은 무언가를 만들고, 길태는 무언가를 먹었으며, 창현은 책을 읽었고, 명자는 늘 그 옆에 붙어 있었다. 나? 나는 주로 공상을 했다. 아무 일도 하지 않았지만 우리는 함께 있는 것만으로도 좋았다. 편했다.

꼭 그때처럼, 우리가 지루해질 무렵 새로운 놀이를 제안하던 때처럼 이번에도 창현이 침묵을 깼다.

"이제 이야기 좀 하자. 유민이 이야기."

드디어 올 것이 왔구나. 나는 자세를 고쳐 앉았다.

"나도 궁금했어. 유민 오빠, 왜 죽은 거야?"

명자가 빨간 립스틱이 묻은 담배를 국그릇에 담그며 물었다. 목소리가 떨렸다. 길태가 소주를 한입에 털어 넣더니 큼큼 목을 가다듬었다.

"어디서부터 이야기를 해야 할지 모르겠는데, 일단 한번 들어봐. 생각나는 대로 천천히 말해볼게. 그러니까 **그 일**이 있고 나서 말이야, 너희 둘은 여기를 떠났잖아?"

길태는 나와 창현을 가리켰다. 그 일이 있고 나서 나는 엄마를 따라 다시 서울로 올라갔다. 공교롭게도 창현도 광선리를 떠났다. 나보다 조금 더 먼저. 그 일 때문에 노발대발한 창현의 아버지가 6학년 2학기를 남기고 아들을 도시로 전학시킨 것이다. 졸지에 우리 둘은 도망자가 되어버렸다. 남은 녀석들은 우리를 원망했을까?

"몇 년 후에는 명자도 사라져버렸고. 결국 나랑 유민이 자식만 남았어. 우리는 중학교도 같이 다니고 안주시에 있는 고등학교까지 같이 갔는데. 나는 2학년 때 잘려버렸지."

길태는 자기 목을 긋는 시늉을 했다. 그때부터 소질을 발견한 거군.

"우리는 죽고 못 사는 사이였어. 유민이는 고등학교를 졸업하고 읍에 있는 농기구 수리점에 취직했지. 난 형님들한테 스카우트돼서 본격적으로 건달이 되었고. 그렇게 세월이 흘렀어. 뭉텅뭉텅 금방이더라고. 너희들도 그랬는지 모르겠지만 처음에는 무서워죽겠더라고. 꿈도 얼마나 자주 꿨던지. 솥뚜껑 근처가 뭐야, 그쪽 방향으로 오줌도 못 눴어. 소용돌이의 '소' 자만 들어도 경기를 일으켰지."

"그건 나도 그래."

내가 끼어들었다. 창현도 말없이 고개를 끄덕였다. 명자는 "젠장 똑같네"라고 중얼거렸다. 위안이 되었냐고? 아니, 세 배는 더 무서웠다.

"아무튼 당장 죽을 것처럼 무섭고 가위눌리고 하던 것도 몇 년이 지나니까 나아지더라. 그때부터였을 거야. 유민이 자식이랑 좀 드문드문해진 게. 나도 바빴지. 지역 조직들끼리 세력 다툼이 살벌했을 때거든. 하루에도 몇 명씩 병원에 실려갔어. 칼침을 안 맞으면 이상할 정도였지. 근데 열라 웃긴 게 뭔지 아냐? 나는 그런 칼 따위는 하나도 안 무섭더라고. **그거**에 비하면 칼은 그냥 애들 장난 같은 거야. 그래서 그냥 웃짱 까고 다녔어. 쑤실 테면 쑤셔봐라 이러면서. 그게 형님들 눈에는 좋아 보였나 봐. 그러다가 깜빵에 두 번 들어갔다 나오고 하니까 또 세월이 휙 지나간 거야. 유민이는 계속 광선리에 있었어. 딱 한 번 내 면회도 왔었는데 그 자식이 묻더라고. 넌 악몽 같은 거 안 꿔? 그제야 알아챘지. 그 착해빠진 자식은 그때까지 시달리고 있었던 거야. 그 지긋지긋한 놈한테."

나는 길태의 잔에 소주를 따랐다. 나는 어땠나? 분명 나도 두려움에 떨었고 한동안 힘들었지만 대학에 진학하고부터는 서서히 회복되었다. 애써 그때의 기억을 떠올리지 않으려 했던 것도 컸다. 하지만 광선리를 떠나지 못했던 유민은 내내 어두운 그늘에 갇혀 지냈다.

"내가 부장 자리 달고부터는 다시 유민이와 가까워졌어. 그게 오 년 전이야. 나도 그렇지만 유민이는 결혼을 안 했어. 여자를 사귄 적도 없어. 어머니 돌아가시고는 늘 혼자 지냈지. 광선리 사람들하고도 왕래가 적었어. 나 아니면 친구도 없었고. 계속 소문이 따라다닌 것도 한몫했을 거야. 사람들이 귀신 들려서 지 애비 잡아먹은 자식이라고 수군거렸거든. 최근에는 학교에서 소사 일을 하면서 벌어먹었어. 여기서 혼자 먹고 자고 했지."

"그럼 죽을 때도 혼자였어?"

창현이 물었다.

"그래."

길태는 금방 울음을 터뜨릴 것 같았다.

"내가 처음 발견했어. 바로 어제야. 시간이 나서 유민이랑 낚시라도 갈까 싶어서 찾아왔거든. 근데 내가 안주읍에서 출발하기 전에 전화를 했는데 안 받는 거야. 평소에도 전화 안 받을 때가 많긴 했는데 그때는 딱 감이 오더라고. 이상하지? 뭔 일이 벌어졌구나, 이런 생각이 들었다니까. 그래서 열나게 달려왔어. 차에서 내려서 이 건물을 바라보는데, 불알이 확 쪼그라들더라고. 꼭 그때 같았어, 그때. 쪽팔리는 얘긴데 진짜 열라 무서운 거야. 그래도 어쩌겠어? 문을 두드렸지. 그런데 쓱 열리는 거야. 들어가보니까 유민이 새끼가 방 한가운데 누워 있고. 눈을 시퍼렇게 떴는데 숨을 안 쉬어. 그래서 구급차를 불렀어. 진짜 내키진 않았지만 짭새도 불렀고. 그렇게 된 거야."

길태는 이야기를 하느라 내내 들고만 있던 술잔을 툭 하고 내려 놓았다. 소주가 넘쳤지만 녀석은 아무런 반응을 보이지 않았다. 힘이 빠진 듯했다. 통통한 볼살이 쑥 들어간 것처럼도 보였다. 진짜 괴로운 이야기는 이제부터 시작이리라. 진짜 무서운 이야기, 끝내 듣고 싶지 않았던 이야기 말이다. 나는 먼저 질문하기로 마음먹었다.

"그래서 사인은?"

내 물음에 길태는 우리의 얼굴을 천천히 바라봤다. 절망과 공포에 빠진 눈빛으로.

"익사."

녀석이 대답했다. 들릴락 말락 한 목소리였다.

"익사?"

"응. 구급차가 오긴 했는데 병원에 싣고 갈 필요도 없었어. 애를 건드리자마자 입에서 물이 주르륵 흘러내렸거든. 이미 죽은 상태였어. 구급대원도 그렇고, 그 뭐냐 형사들 따라온 의사 양반도 그러더라고. 익사라고. 어쨌든 부검은 하기로 했어. 지금 병풍 뒤에는 빈 관만 있어. 일주일 좀 넘게 걸린다나 봐. 보호자라고는 아무도 없으니까 내가 허락을 했지. 칼 대게 만들긴 싫었는데 어쩔수 없었어. 너희들도 오면서 봤을 거야. 요새 여기가 좀 흉흉하거든. 그래서 허락했어. 혹시 모르니까."

우리는 침묵했다. 과거의 악령이 슬금슬금 머리를 쳐들고 있었다. 나는 소용없는 걸 알면서도 지푸라기라도 잡는 심정으로 다시 질문을 던졌다.

"타살일 수도 있는 거야?"

길태는 고개를 저었다.

"형사들이 조사를 했는데 증거를 못 찾았어. 처음 발견했을 때 유민이는 머리카락 하나 안 젖었어. 베개도, 이불도. 속옷만 입고 있었는데 그것도 깨끗했어. 내 눈으로 확인한 거야. 그런데도……."

"그런데도 익사란 거야?"

창현은 거의 으르렁거리듯이 물었다.

"그래, 몸속이 페트병처럼 완전히 물로 가득찬 거야. 목구멍까지 찰랑찰랑. 입에서 자꾸 물이 쏟아지는데 그 안에 나뭇잎이며 이끼 같은 게 잔뜩 있었어. 의사가 그걸 보고 그러더라고. 아무래도 저수지 물 같다고."

"그만!"

명자가 벌떡 일어났다. 입술을 질끈 깨물고 있었다.

"그만해! 더 들을 필요 없어. 난 그냥 유민 오빠가 불쌍해서 왔을 뿐이야. 봤으니까 됐어. 그냥 갈래."

"명자야."

나는 돌아서 가려는 명자의 손목을 잡았다. 가느다란 손목에 그어진 붉은 줄이 보였다. 명자의 눈이 커졌다. 그녀는 잔뜩 겁을 먹은 채 떨고 있었다.

"내 이야기 좀 들어봐. 이대로 갈 수는 없잖아."

창현이 말했다. 명자의 몸이 움찔했다. 날아오르려고 준비하는 참새 같았다. 포수가 빵 하고 총을 쏘기 전에 어서 서둘러!

"왜 못 가는데? 내 맘이야."

창현의 말이라면 죽는 시늉까지 하던 과거의 명자는 없었다. 손목에 붉은 줄을 새길 때 사라졌는지도 모른다. 아니면 그보다 훨씬 전이나. 명자는 쏘아붙이긴 했으나 자리를 뜨지는 않았다. 대신에 주저앉아서 무릎에 얼굴을 파묻었다. 당겨 올라간 원피스 아래로 허연 허벅지가 드러났다. 나는 조금 민망해서 창현에게로 얼굴을 돌렸다. 자, 이제는 리더가 나설 때야.

"단도직입적으로 말할게."

창현은 잠시 숨을 골랐다. 아마 가르치는 학생들 앞에서도 똑같이 하겠지.

"유민이가 죽은 건 보통 일이 아니야. 더군다나 익사라면. 우리가 우려하던 일이 벌어진 걸 수도 있어."

그것은 일종의 선고였다. 탕탕탕. 너희들은 이제 큰일났습니다!

"보통 일이 아니면? 길태 오빠도 말했잖아. 문도 열려 있었다며? 이 동네 흉흉하다며? 어떤 미친놈이 유민 오빠 죽인 걸지도 모르잖아!"

명자가 다시 악을 썼다.

"명자 말도 일리가 있어."

제발 그러기를 바라며 내가 거들고 나섰다.

"오는 길에 보니까 현수막이 장난 아니던데 무슨 일이야?"

"여기 국도가 난단다."

길태가 한숨을 쉬었다. 나는 안주시로 진입하면서 본 도로 공사 현장을 떠올렸다. 어떤 식인지는 모르겠지만 그 도로가 촌구석 광선리까지 들어오는 모양이었다.

"그것 때문에 마을 사람들이 반대하는 거야?"

"광선리 한가운데를 통과한다는 거야! 그게 말이 되냐? 느티나무도 베야 하고 마을 회관도 허물어야 한다는데 졸지에 마을이 둘로 나뉘는 거잖아."

"그거하고 유민이 죽은 거하고는 무슨 관계야?"

"사람들이 공사 반대한다고 데모도 하고 그랬거든. 그러니까 이놈들이 용역을 쓴 거야. 나도 떳떳하지는 않지만 용역 그 자식들은 완전 양아치야. 양아치 새끼들이 매일 마을을 들락거리니까 촌구석 늙은이들이 어쩌겠어? 완전 쫄아가지고 공사를 허락하네 마네 그러는데 그때 현수막 다 붙이고 한 놈이 바로 유민이야."

"넌 뭐했냐?"

가만히 듣고만 있던 창현이 불쑥 물었다. 길태는 명치에 스트레이트를 한 방 맞은 듯 눈을 크게 뜨고 창현을 노려봤다. 눈빛이 제법 매서웠다.

"바빴다, 왜? 요즘 조폭이 그냥 동네 건달인 줄 아냐? 아무데나 간섭하고 다니면 술술 풀리디?"

"자자, 왜들 그래."

오랜만에 만난 친구와 술, 그리고 옛이야기. 하나하나 떼놓고 보면 눈부시게 아름다운 것들이 한 공간에 모여 화학반응을 일으키면 종종 싸움이 되고 만다. 그 끝은 언제나 펑! 나는 폭발물 처리반이 된 듯한 심정으로 둘 사이에 끼어들었다.

"오빠들 너무 오버했다. 듣고 보니까 용역인지 뭔지 하는 놈들이 유민 오빠한테 앙심을 품었을 수도 있겠네, 그치?"

명자는 불안한 듯 눈을 이리저리 굴리며 말했다.

"시꺼! 명자 넌 아직도 그 타령이냐? 유민이가 누구 때문에 죽었는데, 엉? 나쁜 년이……."

길태가 던진 또 다른 칼날이 명자에게로 향했고, 미처 말릴 새도 없이 명자가 폭발했다.

"뭐? 내가 어쨌는데?"

"너만 아니었으면 우리가 그 일을 겪었겠냐? 네가 방정만 안 떨었으면 지금 이 모양 이 꼴이 났겠냐고!"

"어떻게 그런 말을 할 수가 있어? 조폭이라는 인간이 진짜 비겁하다."

"뭐, 비겁?"

"다들 그만해. 조용히 못 해?"

이 정도 소란으로는 부족하다 생각했는지 창현도 거들고 나섰다. 내가 알던 믿음직한 창현이 아니었다. 내가 알던 순한 길태가 아니었다. 내가 알던 귀여운 명자가 아니었다.

"빌어먹을 그 주문만 없었으면."

"내가 얼마나 힘들었는데, 오빠라는 인간들이 어떻게 그런 말을."

"내 말 안 들려? 조용히 해."

이제는 숫제 서로의 말을 듣지도 않고 자기 말만 쏟아냈다. 머리가 아팠다. 우라질 편두통이 이때를 노리며 일보 후퇴를 한 게 아닐까 의심될 정도였다. 뒷머리가 얼얼할 정도로 쑤셨다. 딱따구리가 존재감을 알리기 시작했다. 셋은 저마다 고래고래 소리를 지르고 있었다.

3
1991년의 여름 ②

유민과 길태는 나와 다른 반이었고, 명자는 우리보다 한 학년 아래였다. 길태는 넉넉한 볼살과 6학년이라고는 믿기지 않는 덩치 때문에 이미 유명했지만 유민과 명자는 그야말로 초면이었다.

유민은 갓 태어난 초식동물 같은 인상을 풍겼다. 작고 호리호리한 체격에, 쓰고 있는 뿔테안경은 다리 양쪽이 모두 부러져 반창고로 감아놓았다. 게다가 녀석은 오른쪽 눈에 커다란 멍을 달고 있었다.

명자는 유민과 정반대였다. 같은 초식동물이긴 했지만 유민이 나무늘보나 코알라에 가깝다면 명자는 〈동물의 왕국〉에 자주 등장하는 임팔라나 가젤을 닮았다. 체육복 반바지 아래로 드러난 까맣게 탄 다리는 드넓은 초원을 누비기에 적합해 보였고 커다란 눈은 호기심으로 빛났다.

콧물을 훌쩍이며 입속에서는 무언가를 끊임없이 우물거리고 있던 길태는 덩치 크고 순해빠진 판다 곰 자체였다.

창현은 세 명을 차례로 소개하며 녀석들이 맡은 역할도 알려주었다.

"유민이는 만들기를 잘하니까 무기를 제작할 거야. 고무줄 총 같은 것들 말이야."

당시 우리 사이에서는 나무젓가락이나 하드 막대기로 만든 고무줄 총이 대유행이었다. 5연발 '슈퍼 울트라 파워' 고무줄 총 같은 걸 들고 있으면 어깨에 힘이 들어갔다. 쉬는 시간만 되면 교실 뒤편에 모여 누구 총이 제일 센지 내기를 했다. 나도 고무줄 총을 가지고 있었다. 이름은 '검은 흑표범'.

유민은 내 검은 흑표범과는 비교도 안 되는 멋진 총을 들고 있었다. 나무젓가락과 하드 막대기를 섞어서 만든 기관총. 깎아놓은 무처럼 무뚝뚝한 얼굴의 람보가 적들을 향해 갈길 법한 커다랗고 무시무시해 보이는 놈이었다. 나는 솔직히 감탄했다.

"이걸 네가 만들었어? 죽인다."

부끄러운 듯 고개를 숙이는 유민을 뒤로하고 창현이 명자를 가리키며 말했다.

"명자는 달리기를 잘해. 자기 반 계주 선수야. 미행과 연락 담당이지."

임팔라가 나를 향해 씩 웃어 보였다. 얼굴도 새까맸다. 머리카락은 뒤로 홀렁 넘겨 노란 고무줄로 묶었다. 반질반질한 이마에는 옥수수 알갱이 같은 땀방울이 맺혀 있었다.

"마지막으로 길태는…… 음…… 길태는……."

창현이 할말을 찾으려고 무진장 애쓴다는 건, 눈 대신 단추를 달아놓은 욕쟁이 할아버지네 허수아비라도 알아챌 수 있었다. 어려운 방정식도 척척 푸는 창현이 땀을 뻘뻘 흘리며 당황하는 모습을 보는 건 재미있기도 했지만 한편으로는 씁쓸했다. 그러거나 말거나 길태는 새로 뜯은 뽀빠이를 먹느라 정신이 없었다. 싯누런 콧물은 마치 신체의 일부분이기라도 한 것처럼 절묘한 리듬으로 길태의 콧구멍과 윗입술 사이를 오르내렸다.

"힘이 세."

모기의 날갯짓 소리보다 더 작은 목소리로 유민이 말했다.

"그래! 길태는 힘이 세지."

창현이 신나서 소리쳤다.

"그것도 엄청."

명자가 눈치 빠르게 거들었다.

"그래서 길태는 우리 독수리 오형제에서 제일 중요한 힘쓰기를 담당하고 있어."

창현이 덧붙였다. 길태는 보는 사람까지도 기분 좋아지는 미소를 지으며 별사탕을 털어 넣었다. 우물우물. 볼살을 출렁이며 사탕을 씹는 그 모습에 나도 모르게 웃음이 터졌다.

웃음과 하품은 다래끼만큼이나 전염성이 높다. 바라만 봐도 옮으니까. 미친놈처럼 깔깔대던 나를 당황한 얼굴로 보고 있던 창현과 유민, 그리고 명자도 하나둘 따라 웃기 시작했다. 내가 왜 웃는지도 모르면서 같이 웃는 꼴이 우스워서 나는 데굴데굴 굴렀다.

"왜 웃어?"

꿀꿀. 길태가 물었다.

"너 때문이잖아."

숨을 몰아쉬며 내가 대답했다. 이번에는 길태도 따라 웃었다. 무언가 웃기는 짓을 했다는 게 뿌듯한 모양이었다. 헤헤, 길태가 웃을 때마다 두툼하게 접힌 턱살이 흔들렸다. 우리 다섯은 지쳐서 진이 빠질 때까지 미친듯이 웃었다. 한번 발동이 걸린 웃음은 길고 가느다란 손가락이 되어 우리의 예민한 부분을 집요하게 간질였다. 나중에는 서로의 얼굴만 봐도 웃었다. 결국 창현과 나, 명자와 유민이 차례대로 주저앉고 나서야 웃음의 신은 만족한 듯 천천히 물러갔다. 길태는 예전에 나가떨어졌고.

"자, 이제 다 모였으니까 발대식을 해야지?"

정신을 차린 창현이 리더답게 진지한 얼굴로 말했다.

"발대식이 뭐야?"

길태가 물었다.

"뭔가를 새로 시작한다는 거야. 지금부터 시작한다, 뭐 이런 거지."

"무슨 발대식인데?"

내가 물었다.

"아까 말했잖아. 독수리 오형제, 광선리 독수리 오형제라고."

명자가 벌떡 일어나더니 짝짝짝 박수를 쳤다. 길태도 엉겁결에 따라서 박수를 쳤고 유민은 순해 보이는 눈을 껌벅거릴 뿐이었다. 나는 도시 아이답게 머리를 살살 굴렸다. 웃는 것도 좋고 친구가 생기는 것도 좋았지만 창현이 왜 나를 독수리 오형제에 넣었는지 여전히 궁금했다. 바로 어제까지도 말 한 번 하지 않았으면서.

"오빠, 그럼 앞으로 뭘 하는 거야?"

이번에는 명자가 물었다. 나중에 안 일이지만 명자는 창현의 집에서 일하는 파출부의 딸이었다. 엄마를 따라 가끔 놀러오면서 창현과는 오래전부터 친하게 지내던 사이였다.

"뭘 하긴. 광선리를 지키는 거지."

"나쁜 놈들한테서?"

"그럼."

"어떻게 지키는데?"

"나쁜 놈들을 미행해서 경찰에 신고도 하고 우리가 힘을 합쳐서 물리치기도 하는 거야."

"에이, 그게 말이 되냐?"

내가 말했다. 비밀 아지트에다가 독수리 오형제, 게다가 미행까지. 초등학생이라면 누구나 흥분할 만한 이야기였지만 나는 현실주의자였다. 우라질 현실은 '바베크 탐정과 검은별'이 탈을 쓰고 돌아다니는 〈모여라 꿈동산〉이 아니라는 사실을, 나는 꽤 오래전에 알아버렸다.

"왜 말이 안 되는데?"

창현 대신 명자가 되물었다. 큰 눈으로 나를 쏘아보면서.

"우리가 무슨 힘이 있어서 나쁜 놈들을 잡아? 그것보다도, 이런 촌구석에 나쁜 놈들이 많을 것 같아?"

"많아, 나쁜 놈들."

창현이 대답했다. 바베크 탐정 같은 얼굴이었다. 입은 웃고 있지만 까만 점으로 표현된 눈은 저멀리 어딘가를 바라보는 듯 무표정한 얼굴. 나는 초점 없는 눈 속에서 이글거리는 분노를 읽을 수 있었다.

 광선리 독수리 오형제의 활동은 주로 방과후에 이루어졌다. 하교 종이 울리면 우리는 운동장 제일 구석의 커다란 참나무 아래에 모였다. 대부분 명자가 일등으로 왔고, 그다음이 나와 창현, 그리고 유민 순이었다. 꼴찌는 늘 길태였다. 길태가 꼴찌인 이유는 나머지 청소 때문이었다. 밥먹듯이 지각을 했던 길태는 소사 아저씨보다도 더 자주, 더 열심히 화장실 청소를 했다. 길태가 땀냄새와 나프탈렌 냄새, 그리고 암모니아 냄새를 달고 어슬렁어슬렁 걸어오면 우리는 비로소 출동 준비를 마쳤다.
 "혁, 준비됐어?"
 동그랗게 둘러서서 머리를 맞댄 우리. 창현이 나를 향해 묻는다. 만화 속 혁은 늘 크레파스를 씹은 것 같은 표정이다. 나도 짐짓 비장하게 고개를 끄덕인다.
 "뼁?"
 유민의 눈동자가 빛난다.
 "용?"
 길태도 이 순간만큼은 진지한 얼굴이다.
 "수나?"
 마지막으로 명자가 힘차게 고개를 끄덕이면 우리는 손을 맞대고 다 함께 외친다.

"출동 준비 완료!"

사실, 처음 몇 번은 못 견디게 창피했다. 준비됐느냐는 건의 물음에 고개를 끄덕이는 것까지는 어찌어찌해도 마지막 출동 준비 완료만은 차마 입 밖으로 내지 못하고 얼버무리기 일쑤였다. 그렇게 외치느니 민둥민둥한 겨드랑이를 드러낸 채 철봉에서 오래매달리기를 하는 게 낫겠다는 생각이 들 정도였다.

제일 먼저, 그리고 제일 많이 비웃은 건 역시 투투 만식이었다.

"야! 따라지. 너 옆 반 똥돼지랑 비실이 자식하고 매일 흘레붙는다며?"

만식은 악당답게 "우헤헤" 하고 웃었다. 주위의 다른 애들도 박장대소를 했다. 광선리 독수리 오형제가 결성된 지 딱 나흘 만의 일이었다. 충분히 예상 가능한 공격이었지만 나는 적의 도발에 넘어가고 말았다.

"그런 거 아니거든."

"그런 거 아니거든."

만식의 꼬붕 칠성이 내 말을 따라 했다.

"흘레붙는 거 맞잖아."

흘레붙는다는 게 무슨 말인지는 몰랐지만 검지와 중지 사이로 엄지를 밀어넣고 까딱거리는 만식의 손동작만으로도 의미를 대충 짐작할 수 있었다.

"애들이 다 봤어. 나도 봤고. 운동장 구석에서 너희들끼리 모여서 낑낑거렸잖아. 낑낑."

내 얼굴은 분노로 달아올랐다. 그러거나 말거나 만식은 꼬붕들과 함께 나를 놀리기에 바빴다. 물에 퉁퉁 분 오뎅처럼 생긴 엄지 네 개가 눈앞에서 꿈틀거렸다. 당장이라도 달려들고 싶었지만 만식의 우락부락한 얼굴을 보니 나도 모르게 주눅이 들었다. 우라질. 속으로 그 말만 수없이 되풀이했다.

"장만식, 조용히 못 해?"

구원의 표창을 날린 건 창현, 아니 '건'이었다.

모두의 시선이 교탁 앞에 선 창현에게로 쏠렸다. 만식의 얼굴이 구겨졌다. 안 그래도 못생긴 얼굴이 똥 닦은 신문지처럼 변하니 보기만 해도 토할 것 같았다.

"왜 그래, 회장? 지금 점심시간이잖아."

만식이 더듬거리며 말했다. 폭군 만식도 창현 앞에서는 쥐새끼였다. 그 옛날의 우리에게도 보이지는 않지만 계급이라는 게 있었다. 만식의 할아버지가 아무리 이장이라 해도 창현 아빠의 땅에서 농사를 짓는 건 변하지 않는 사실이었다. 게다가 창현은 공부도 겁나게 잘했고 선생님은 물론이고 마을 어른 모두의 기대를 한몸에 받는 광선리의 자랑거리였다. 볼품없는 개구리 따위가 어떻게 해볼 상대가 아니었다.

"쉬는 시간이라도 떠들면 안 된다는 거 몰라?"

창현은 전에 없이 차가웠다. 그 모습이 끝장나게 멋있었다. 만식은 이러지도 못하고 저러지도 못한 채 엉거주춤 서 있었다. 바로 자리에 앉자니 알량한 자존심이 허락하지 않고, 그렇다고 대들자니 엄두가 나지 않는 모양이었다.

"아니…… . 난 따라지 이 새끼가…… ."

"누가 따라지야? 교장 선생님 말씀도 못 들었어? 친구를 놀리면 지옥 간다고 하셨잖아."

멍청이 투투는 아무래도 독수리 오형제의 대장이 창현이라는 사실을 몰랐던 모양이다. 아니면 믿고 싶지 않았거나. 만식은 잘 들리지 않게 뭐라고 중얼거리더니 자기 자리에 앉았다. 똘마니들도 하나둘 흩어졌다. 창현은 칠판 한쪽 구석에 "떠든 사람"이라고 적고는 만식의 이름 석 자를 또박또박 새겨넣었다. 장만식.

"앞으로 우리 반에서 친구를 괴롭히고 놀리는 일이 없었으면 좋겠다."

창현은 그렇게 말하고는 들고 있던 분필을 휙 던져 쓰레기통에 넣은 뒤 나를 향해 다가왔다. 백 개가 넘는 눈동자가 먹이사슬의 정점에 선 한 마리 고고한 독수리를 향했다. 당시의 계급대로라면 나는 개구리에게도 못 당하는 똥파리여야 했다. 외할머니가 창현의 과수원에서 과일 따는 일을 했으니까.

"민호야, 오늘 우리집에 놀러올래?"

창현이 나를 향해 손을 내밀었다. 나는 그 손을 뜨겁게 맞잡았다. 계급 따위는 가뿐하게 뛰어넘는 것, 그게 바로 우정이다.

우리의 처음이자 마지막 임무는 '똥철 식당의 사라진 닭 사건'이었다.

똥철 식당은 원래 간판이 없다. 저수지로 올라가는 입구에 자리잡은 허름한 집인데 여름이 되면 식당으로 변해서 매운탕이며 피라미 튀김 같은 것들을 팔았다. 우리가 그곳을 똥철 식당이라 부르는 이유는 그 집 아들 때문이었다. 이름이 동철인데 3학년 때 교실에서 설사를 지린 후 똥철이라는 불명예스러운 별명이 붙어버렸다. 동철이 우리 독수리 오형제를 찾아온 건 여름방학 일주일 전이었다.

"너희들이 사건을 해결해준다며?"

우리는 그때 참나무 아래 모여서 막 출동 준비 완료를 외치려던 참이었다. 맨날 출동을 하긴 했으나 사실 그다지 할 일은 없었다. 대부분은 비밀 아지트에서 만화책을 읽거나 잡담을 하는 게 일이었다. 비밀 아지트는 원래 산림 감시원이 사용하던 숙소였다. 귀신이 나온다는 소문 때문인지 몰라도 언젠가부터 버려져 있었고, 그걸 발견한 창현이 아지트로 쓸 생각을 했던 것이다. 아무튼, 동철의 질문은 우리를 적잖이 당황하게 만들었다.

"그렇긴 한데, 왜?"

제일 먼저 정신을 차린 건 역시 창현이었다.

"나 부탁할 일이 있어."

"무슨?"

"범인을 좀 잡아줘."

앗싸 가오리! 하마터면 그렇게 소리지를 뻔했다. 무표정을 가장하기는 했지만 창현도 흥분한 목소리였다.

"사건을 의뢰하는 거야?"

"의뢰가 뭐야?"

동철이 되물었다.

"범인을 잡아달라고 말하는 거야."

명자가 끼어들었다.

"그래, 그러니까 내 말이 그거야."

"그러니까 의뢰하는 거 아니냐고."

내가 말했다.

"자, 그런 건 됐고 무슨 이야긴지 들어보자."

창현은 우리를 끌고 참나무 그늘 아래 앉았다.

"며칠 전부터였어. 우리집 닭들이 없어지기 시작한 거야."

"그거 족제비가 한 짓이다."

길태가 우물거리며 말했다.

"오빠는 건빵이나 먹어."

명자가 통을 줬다.

"족제비는 아니야. 엄마 아빠도 아니라고 했어. 누가 훔쳐간 거야."

"자세히 말해봐. 왜 족제비가 아닌지, 무슨 일이 일어났는지."

창현의 말에 동철은 고개를 끄덕였다. 나는 침을 삼키며 손을 바지에 문질러 닦았다. 땀이 흥건했다. 왠지 모를 긴장감이 느껴졌다.

똥철 식당을 덮친 비극적인 사건의 전말은 이랬다.

며칠 전 동철이네 닭 한 마리가 없어졌다. 동철이 부모님도 처음에는 족제비 소행이라 생각했는데 아무리 찾아봐도 구멍은커녕 족제비가 쑤시고 들어올 만한 틈이 보이지 않았다. 핏자국도 없었다. 이틀 뒤 닭 한 마리가 또 없어졌다. 동철이네 부모님은 교대로 망을 보기로 했다. 야구방망이와 낫 같은 무기도 준비했다. 하지만 소용없었다. 바로 그제, 닭이 또 사라졌다. 씨암탉이었다. 나도 그놈을 본 적이 있었다. 척 보기에도 귀부인 같은, 아주 예쁘게 생긴 닭이었다. 동철이 부모님은 서로 망을 잘 못 본 탓이라며 대판 싸웠다. 동철이 말을 빌리자면 야구방망이와 낫을 상대방을 향해 사용할 뻔했단다. 결국 경찰을 부르게 되었는데, 덕분에 똥철 식당 주위의 인심도 사나워지고 부모님도 아직까지 으르렁거리는 상태란다.

"근데, 난 범인이 누군지 알 것 같아."

동철은 이야기를 마치면서 겁먹은 목소리로 말했다.

"누구?"

내가 물었다.

"그 왜 있잖아. 귀신 본다는 아저씨. 그 사람이야."

"남 법사?"

명자가 물었다.

"응, 그 아저씨."

우리는 모두 할말을 잃었다. 내내 냉정함을 유지하고 있던 창현도 당황한 얼굴이었다.

남 법사는 최근 마을에 들어온 외지인이었는데, 여름 한철 저수지를 찾아 떠돌아다니는 낚시꾼들과는 달랐다. 언제부턴가 마을에 나타난 그는 동쪽 저수지 근처의 빈집 하나를 얻어서 아예 들어앉았다. 오랫동안 비어 있어서 잡초가 무성하고 지붕도 군데군데 깨진 집을 남 법사는 몇 날 며칠 동안 혼자서 수리했다. 소문은 금세 돌았다. 워낙 좁아터진 마을이라 당연한 일이었지만 남 법사의 범상치 않은 외모가 한몫했다는 데 나는 내 카메라와 딱지 모두를 걸 수도 있었다.

그는 머리카락을 길게 길러 〈전설의 고향〉에 나오는 여자처럼 땋았다. 수염도 길었다. 염소수염이 거짓말 조금 보태서 세 뼘은 되어 보였다. 옷은 한복이었는데 색깔이 머리가 어지러울 정도로 화려했다. 저고리는 새빨간 색이고 바지는 파란색, 머리에 맨 띠는 병아리가 울고 갈 정도로 짙은 노란색이었다.

남 법사를 목격했다는 아이들이 늘어나면서 정체에 대해서도 수많은 이야기들이 오갔는데 그중 가장 신뢰할 만한 이야기는 의외로 만식의 입에서 나왔다.

"내가 우리 할아버지한테 들었는데 그 아저씨는, 뭐더라⋯⋯ 음, 그러니까 무당이래."

"에이, 남자 무당이 어디 있냐?"

"딱 봐도 각설이타령하는 사람이라니까. 내가 읍내 장에서 똑같은 옷 입은 사람도 봤어."

"이 새끼들이, 내가 거짓말하는 줄 아나. 우리 할아버지가 그랬다니까."

만식의 말은 정확했다. 얼마 안 가 마을 사람 모두가 남 법사의 정체를 알게 되었다. 기껏 고쳐놓은 집이 다시 귀신 소굴처럼 변한 탓이다. 색색의 화려한 천들이 집 전체를 뒤덮었고 지붕에는 빨간색 깃발이 내걸렸다. 대문 앞에는 나무를 깎아서 만든 간판까지 달렸다.

승천원 남궁 법사

남 법사가 무슨 이유로 촌구석 광선리까지 오게 되었는지는 아무도 몰랐다. 뜬소문만 무성했다. 남 법사가 귀신을 보고 귀신과 말을 튼 사이라는 이야기도 숱한 소문 중 하나였다. 아무리 독한 귀신도 남 법사의 말 한마디면 나가떨어진다고 했다. 그 소문 덕분인지 승천원을 찾는 마을 사람들이 갈수록 늘어났다.

"왜 그 아저씨가 범인이야?"

명자가 물었다.

"내가 들었거든."

"뭘?"

창현이 물었다.

"방울 소리 말이야."

"방울 소리?"

나도 모르게 목소리가 커졌다.

"왜 있잖아. 딸랑딸랑하는 소리. 우리집 씨암탉이 없어졌던 그날 밤 밖에서 그 소리가 들리더라고. 딸랑딸랑. 딸랑딸랑."

우리는 서로의 얼굴을 쳐다봤다. 남 법사가 허리춤에 방울을 달고 다닌다는 사실은 마을 사람이라면 누구나 알고 있었다.

"좋아. 우리가 맡을게."

나는 선뜻 대답한 창현의 입을 막고 싶었다. 밤중에 울리는 방울 소리라니. 상상만 해도 불알이 오그라들었다.

"대신에 범인이 남 법사라는 걸 밝혀내면 너희 집에서 사이다

다섯 병 가져오는 거다?"

여름날 사이다라니! 기막힌 제안을 한 창현에게 뽀뽀라도 하고 싶었지만, 마음 저 깊은 곳에서 기포처럼 뽕뽕 터지는 불안감은 사이다를 마신 후에 밀려오는 트림처럼 도무지 막을 길이 없었다. 내 마음과는 상관없이 동철은 고개를 끄덕였고, 그 길로 우리는 땅에 침을 뱉고 손가락을 걸었다. 물론, 엄지로 도장을 찍는 것도 잊지 않았다.

우리의 여름방학은 뜨겁게 달아오르고 있었다.

텔레비전에서 〈독수리 오형제〉를 보면 왠지 가슴이 답답했다. 조류 오남매가 알렉터 군단의 괴상한 로봇들과 맞서 싸우는 활극 속에는 설명하기 힘든 우울함과 비장함, 그리고 냉소주의가 숨어 있었다. 나에게는 〈독수리 오형제〉 속 주인공들의 고뇌와 아픔이 손에 잡힐 듯이 보였다. 송충이 수십 마리를 붙여놓은 것 같은 혁의 진한 눈썹이 꿈틀거릴 때면 내 눈썹도 덩달아 움직였고, 특유의 무표정으로 적을 바라볼 때면 내 마음도 시베리아 벌판처럼 차가워졌다. 바야흐로, 사춘기였다.

진통을 겪는 건 나뿐만이 아니었다. 〈독수리 오형제〉 속에서 우울을 찾아내고 저무는 해를 바라보며 한숨짓기는, 광선리 독수리 오형제의 다른 멤버들도 마찬가지였다.

우리는 또래 친구들과 고민의 깊이가 달랐다. 영웅에게는 우울한 유년 시절과 말못할 속사정 하나쯤은 있어야 한다는 사실을 창현은 어린 나이에 이미 알았던 것일까? 그가 모은 멤버, 그러니까 우리는 하나같이 어두운 사연의 주인공이었다.

부모님이 이혼한 나야 두말할 필요도 없고 세상에서 제일 마음 편해 보이는 길태도 고민을 안고 있었다. 녀석은 전교, 아니 전국 꼴찌였다. 등수를 안 내봐도 뻔했다. 맨날 빵점이었으니까. 길태는 머리 쓰는 일과는 인연이 없었다. 녀석의 거대한 몸에 비해 자그마한 머리는 뭘 먹을까 같은 일차원적인 사고만 가능했다. 문제는 길태의 부모님들이 그 사실을 인정하지 않는다는 것이었다.

"길태는 머리가 좋아요. 노력을 안 해서 그렇지 마음만 먹으면 당장 성적이 오를걸요."

언젠가 길태 어머니가 담임에게 말하는 걸 들었다. 처음에는 지독한 농담인 줄 알았는데 자세히 보니 아니었다. 눈이 반짝이고 있었다. 아! 그릇된 신념을 가진 자는 보는 이를 얼마나 슬프게 하는지.

나는 길태 자식은 바보라고, 천하의 멍청이라고, 그러니 제발 행복하게 살도록 내버려두라고 외치고 싶었다. 아무리 바보라도 행복해질 권리는 있는 거니까.

아무튼, 길태의 고민은 성적이었다. 창현에게 특별 과외를 받아도 빵점짜리 시험지는 변하지 않았다. 성격 좋은 창현이 화를 낼 정도였으니 말 다했지, 뭐.

명자는 찢어지게 가난했다. 옷도 죄다 찢어진 것뿐이었다. 운동화 밑창도 찢어졌고 가방 손잡이도 찢어졌고 심지어 공책도 다 찢어져 너덜너덜했다. 거의 매일 학교 체육복을 입고 다녔는데 그나마도 명자에게는 작아서 동생 옷을 뺏어 입은 것처럼 보였다.

나는 명자를 보고 있으면 차가운 쭈쭈바를 갑자기 들이켰을 때처럼 가슴이 얼얼하고 명치끝이 뻐근했다. 병이라도 난 게 아닐까? 처음에는 그렇게 생각했다. 명자가 솥뚜껑으로 향하는 산길을 달려 올라가다가 뒤를 돌아보며 "오빠도 빨리 와"라고 말할 때 작고 여윈 가슴이 체육복 속에서 오르내리는 모습을 보면 몸속의 피가 아랫도리로 몰리곤 했다. 또래보다 한참이나 늦됐던 나는 명자를 향한 내 감정이 무엇인지 정확히 알지 못했다. 다만 명자가 창현을 좋아한다는 사실만은 확실히 알았다. 그것도 끔찍이. 창현을 위해서라면 광선리에서 서울까지 쉬지 않고 달리기라도 할 명자였다. 명자가 창현을 좋아하는 것은 멍청이 길태라도 알 수 있었다. 아니, 이건 확실치 않다. 당시 녀석의 관심사라고는 문방구에서 파는 불량 식품을 죄다 먹어보는 것뿐이었으니까.

한번은 길태와 단둘이서 아지트를 향해 가고 있는데 녀석이 이렇게 물었다.

"넌 꿈이란 게 있냐?"

우물우물. 쥐포를 뜯어먹는 중간에 할 이야기는 아니었다.

"꿈?"

"우리 엄마가 나한테 꿈을 가지라 했거든. 의사나 판사가 되래."

길태의 입에서 꿈이라는 단어가 나왔다는 사실만으로도 놀랐지만 의사나 판사라는 말 앞에서는 기억을 잃은 독고탁처럼 정신이 아득해졌다.

"그래서 넌 의사할 거야, 판사할 거야?"

"아니, 내 꿈은 그거야. 문방구에 있는 과자들 전부 먹어보는 거. 아폴로, 쫄쫄이, 꽃가마, 라면땅, 콜라맛 제리…….”

녀석은 정말로 행복한 표정으로 말했다. 무언가, 내가 절대로 알 수 없는 거대하고 거창한 꿈을 들여다본 것만 같아 어린 마음에도 뭉클할 정도였다. 길태에 비하면 내 꿈은 형편없었다.

좋은 아빠.

별다를 것도 없는 꿈이었다.

당시 우리의 가장 큰 걱정거리는 ‘빵’, 바로 유민이었다. 의사나 판사가 되어야 하는 길태보다도, 더이상 찢어질 게 없을 정도로 찢어지게 가난한 명자보다도, 그리고 물론 나보다도 유민의 상태가 제일 심각했다.

유민의 얼굴은 자주 변했다. 어떤 날은 오른쪽 눈탱이가 시퍼 랬다가 어떤 날에는 멍이 왼쪽으로 옮겨가기도 했다. 마치 의지를 가진 생물처럼. 코가 끔찍할 정도로 부은 적도 있었고 입술이 터 져 쉴 새 없이 피가 흐른 적도 있었다. 가장 심각했던 건 뒤통수의 상처였다. 유민의 아빠, 마을 사람 모두가 ‘미친개’라 불렀던 그 지랄 같은 새끼가 던진 재떨이가 유민의 뒤통수를 강타했던 것이 다. 죽지 않은 게 다행이었다. 미친개의 폭력은 멈추지 않았다. 유 민의 엄마보다 무려 열 살이나 어린 그 인간은 어디서 굴러먹다 왔 는지 몰라도 진짜로 개쓰레기였다. 이 정도가 그나마 술이 들어가 지 않았을 때였다. 일단 술을 먹었다 하면 유민의 아빠는 ‘미친개 쓰레기’로 변했다.

“오늘은 괜찮아?”

유민을 만나면 그것부터 묻는 게 우리 독수리 오형제의 일과였다.

"그 새끼가 안 때렸어?"

"새끼라고 하지 마. 우리 아빠야."

바보같이 착한 유민은 그렇게 말하며 새로운 상처를 조심스레 보여줬다. 폭행의 흔적이 얼굴에 선명하게 남은 날도 있었고 몸 구석구석 낙인처럼 찍혀 있는 날도 있었다. 안경은 부지기수로 부서져서 동강난 마디마다 테이프를 붙여놓았다.

유민의 꿈은 단 하나였다. 의붓아빠의 손아귀에서 벗어나는 것. 6학년에게는, 특히 마을 사람 모두가 빌어먹을 가족 같아서 아이 때리는 것쯤은 눈감아주자는 세상에서는, 달에 가겠다는 것만큼이나 이루기 힘든 꿈이었다.

동철이네 닭이 또 한 마리 없어졌다. 우리가 동철이 녀석에게서 의뢰를 받은 지 이틀 뒤의 일이었다. 이틀 동안 우리는 각자 맡은 임무를 수행했다. 창현과 유민은 직접 현장을 찾아가 조사를 펼쳤고 나와 명자는 마을 사람들의 이야기를 듣고 다녔다. 이른바 탐문 수사.

길태는 남 법사를 감시하는 역할을 맡았다. 길태에게 중책이 주어진 이유에 대해 나뿐만 아니라 명자도 의문을 가졌다.

"그건 민호 오빠가 하는 게 더 좋지 않을까?"

자신은 없었지만 나도 마찬가지 생각이었다. 게다가 명자가 추천하지 않는가.

창현이 대꾸했다.

"우리가 남 법사 뒤를 아무리 따라다녀도 얻을 게 별로 없다고 생각해. 진짜 닭을 훔쳤다고 해도 대낮에 그럴 리도 없고 그러니까 그냥……."

그냥 깍두기다 그거지. 창현과 나, 명자 우리 셋은 말없이 고개를 끄덕였다.

"학교 마치면 남 법사 아저씨네 집 앞에서 기다리고 있을게. 식량도 많이 챙겼어. 봐, 엄마 몰래 삼양라면도 빼벼 왔고 고구마하고 감자도 가져왔어. 그런데 나 진짜로 뭐하면 돼?"

길태는 먹을거리로 가득찬 가방을 들어 보이며 우리에게 물었다. 녀석의 교과서는 언제나 학교 책상 서랍 속에 들어 있었다.

"용 너는 그것들 먹으면서 짱박혀 있어."

창현이 말했다.

"어디에?"

"그건 네가 알아서 찾아야지."

내가 말했다. 그 큰 덩치를 숨기려면 꽤 애를 먹겠지만.

"짱박혀 있다가 남 법사가 외출하거나 그러면 슬쩍 따라가봐. 어디 가는지."

창현의 말에 길태는 고개를 끄덕였다. 턱살이 출렁거렸다.

그렇게 우리 독수리 오형제는 첫 번째 사건을 해결하기 위해 부지런히 돌아다녔다. 하지만 별다른 소득이 없었다. 창현과 유민은 동철이와 논다는 핑계로 식당에 찾아갔지만 닭장 속에 갇힌 닭들을 확인하는 데 만족해야 했다. 나와 명자도 마찬가지였다. 마을 어른들은 우리를 상대조차 해주지 않았다.

이틀째 되는 날 저녁, 수업이 끝나자마자 마을을 돌아다녔던 우리는 아지트에 모였다. 성과가 없었는지 모두 지친 얼굴이었다. 한 명만 빼고는. 길태가 보이지 않았다.

"길태는?"

내가 길태와 같은 반인 유민에게 물었다.

"남 법사 아저씨 감시한다고 가던데……."

"모이기로 한 약속 까먹은 거 아닐까?"

명자가 말했다. 일리 있는 말이었다. 만약에 약속이란 게 음식이었다면, 녀석은 분명 그것이 아무리 중요하다 해도 날름 까먹었을 것이다.

"아닐 거야. 어제도 모였는걸."

"어떻게 해? 나 빨리 돌아가야 하는데."

명자는 울상을 지었다. 내 사정도 비슷했다. 외할머니에게 방과 후 환경 미화 때문에 늦는다고 뻥을 쳐놓긴 했지만 저녁밥 먹기 전에는 들어가야 했다. 나는 창현의 눈치를 살폈다.

"찾으러 가자."

우라질. 창현은 진지한 눈빛으로 우리 한 명 한 명을 바라보며 말했다.

"용하고는 오늘 점심시간에 만났어. 근데 한 가지 마음에 걸리는 이야기를 하더라고."

"응, 나한테도 했어."

유민이 소곤소곤 말했다.

"그랬구나. 아무튼 무슨 이야기였냐면, 어제는 까먹고 말을 못했다는데."

"그것 봐. 잘 까먹잖아."

내가 끼어들었다.

"오빠 좀 조용히 해."

명자가 퉁을 주었다. 나쁜 년. 누구 때문에 거드는 건데…….

"오후 내내 집안에만 있던 남 법사가 딱 한 번 대문 밖으로 나왔대. 나와서는 솥뚜껑 쪽을 바라보면서 이렇게 말했다는 거야."

"뭐라고?"

내가 물었다.

"'아직도 배가 고프다는 거냐?'"

우라질. 그 상황에서 어떻게 웃지 않고 배길까? 나와 명자는 거의 동시에 웃음을 터뜨렸고 꾹 참고 있던 유민도 우리가 바닥을 데굴데굴 구르자마자 견디지 못하고 폭소에 동참했다.

"야, 그거 길태가 잘못 들은 거 아냐?"

새어 나오려는 웃음의 여진을 간신히 누르며 내가 물었다. 우라질 창현이 새끼는 여전히 진지한 얼굴이었다. 철가면이 틀림없다, 저 얼굴은.

"아냐, 분명히 그랬대. 나도 처음에는 너희들처럼 그냥 흘려들었는데 지금 생각해보니 좀 이상해. 아직 돌아오지 않는 것도 그렇고."

"내가 들은 건 좀 달라."

유민이 말했다. 입가가 실룩거리는 걸 보니 나와 마찬가지인 모양이었다.

"어떻게?"

"나한테는 법당에서 나오던 아줌마 두 명이 하던 이야기를 들었다고 하던데. 요즘 우리 법사님이 아파 보인다고 그랬대, 그 아줌마들이."

길태가 주워 온 두 가지 정보를 가지고 무언가를 추리해내기는 바베크 탐정도 힘들 판이었다. 한 가지 확실한 사실은 길태가 오지 않았다는 것뿐이었다. 단순히 잊은 걸까? 어쩌면 배가 고파서 집으로 돌아간 걸지도 모른다. 아지트로 향하다가 엄마에게 들켜서 두툼한 볼살을 꼬집혀 끌려간 걸지도 모르고.

그런데 아니었다. 웃음의 여파가 잦아들고 먼지 냄새 가득한 아지트에 침묵이 감돌수록 우리 넷의 마음속에는 불안한 예감이 싹트기 시작했다. 무슨 일이 생길 것 같다. 아니, 무슨 일이 생겼다. 우리는 거의 동시에 그런 느낌을 받았다. 사춘기 아이들에게서 흔히 발현되는 뛰어난 직감이었던 걸까, 아니면 솥뚜껑의 음울한 기운이 우리의 머릿속에 훅, 하고 찰나의 깨달음을 불어넣었던 것일까? 지금에 와서 생각해보면 아무래도 후자 쪽으로 기운다.

"찾으러 가자."

창현이 다시 한번 말했고 우리는 곧바로 일어났다.

저녁이었지만 하늘에는 아직 여름 햇살이 쨍쨍했다. 우리는 산길을 달려 내려갔다. 그 시절에는 걷는 것보다 달리는 게 더 쉬웠다. 힘껏 달려야 파릇파릇한 청춘을 겨우 따라잡을 수 있었다.

"명자 너는 먼저 집으로 가."

마을 입구에서 창현이 명자에게 말했다. 이미 꽤 늦은 시간이었다. 마을 전체에 애국가가 울려 퍼진 지도 한참이나 지났다. 명자는 금방이라도 울음을 터뜨릴 것 같은 얼굴로 우리 모두를 차례차례 바라봤다. 그러고는 집을 향해 뛰기 시작했다. 가젤처럼 빠르고 우아하게.

나도 외할머니가 신경쓰였다. 외할머니는 분명 밥도 안 드시고 나를 기다리고 계실 것이다. 그렇다고 친구들을 버리고 집으로 갈 수는 없었다. 절대. 하늘이 두 쪽 나도 해서는 안 되는 짓이 있는데, 대개 그런 건 국민학생이라도 알 법한 간단한 선택인 경우가 많다. 그때가 그랬다. 그 순간 친구들을 배신한다면, 나는 그야말로 삼팔따라지보다 못한 놈이 될 터였다.

우리 셋은 나름대로 비장한 각오를 다지며 마을을 가로질러 법당으로 향했다. 다행히 어른들과는 마주치지 않았다. 학교 앞을 지날 때는 괜히 심장이 뛰었다. 별다른 이유 없이 아이들이 저녁까지 쏘다닌다는 건 있을 수 없는 일이었다. 우리가 특히 조심한 사람은 개눈깔 교장이었다. 한쪽 눈이 찌그러져 늘 선글라스를 끼고 다니는 교장 선생님을 우리는 개눈깔이라 불렀다. 개눈깔 교장은 왼쪽 입꼬리도 비뚜름했는데 그래서인지 더욱 심술궂고 기괴하게 보였다. 개눈깔 교장은 방과후에도 학교 주위를 돌아다니며 학생들을 감시하기 일쑤였다.

우리는 학교 정문에서 왼쪽으로 꺾어 동쪽 저수지 길로 접어들었다. 학교에서 조금만 더 가면 통철 식당이고 거기서 또 얼마간 올라가면 남 법사의 법당 승천원이었다.

"잠깐 기다려봐."

창현이 말했다. 똥철 식당 앞이었다.

"아무 일 없는지 살펴보자."

우리는 불 켜진 똥철 식당 앞으로 다가갔다. 어둠이 서서히 몰려왔다. 아무리 빨리 달려도 해를 집어삼키는 어둠을 당할 수는 없었다. 창현이 맨 앞에 서고 유민이 가운데, 내가 마지막이었다. 우리 셋은 잘못한 게 없는데도 괜히 주눅이 들어 주뼛주뼛 움직였다. 유민의 긴 그림자가 땅거미가 내려앉기 시작한 저수지 진입로에 맺혀 어른거렸다. 마치 물결에 나부끼는 나뭇잎 배 같았다. 그걸 보는 순간 웬일인지 팔뚝에 소름이 돋았다.

창현이 귀를 기울여보라고 손짓했다. 식당 안에서는 두런두런 말소리가 들렸다. 웃음소리도 들렸다. 소리만으로도 얇은 새시 문 너머의 안온하고 평화로운 분위기를 알아챌 수 있었다. 닭이 없어져 서로를 죽이네 마네 하는 상태가 아니라는 사실은 분명했다.

우리는 다시 발걸음을 옮겼다. 어둠은 더욱 두터워졌다. 보이지 않는 누군가가 형형색색으로 칠한 스케치북 위를 검은색 크레파스로 덧칠하는 느낌이었다. 왼쪽 귀퉁이에서부터 서서히, 우리를 향해 어둠이 죄어왔다. 차곡차곡 빈틈을 메워가며. 점점 발이 무거워졌다. 유민은 내 뒤로 처졌다. 창현도 힘들어 보였다. 솥뚜껑에서부터 달린데다가 저녁까지 걸렀으니 쪽쪽 빨아먹은 아폴로처럼 체력이 바닥날 수밖에. 그러고 보니 아폴로 생각이 간절했다. 뭐라도 좋으니 단걸 먹고 싶었다. 나와 같은 마음이었는지 유민이

혼잣말을 하듯 중얼거렸다.

"길태가 지금까지 거기 있다면 얼마나 배가 고플까?"

길태에게 배고픔을 참는다는 건 있을 수 없는 일이다. 분명히 그냥 가버렸을 거야. 아마 일찌감치 내려가서 지금쯤 밥 두 그릇을 뚝딱 비운 뒤에 자기가 좋아하는 불량 식품을 우걱우걱 쑤셔넣고 있을걸.

만일 그랬단 봐라, 녀석의 입에 내 발을 쑤셔넣어줄 테다.

제발 똥돼지 길태의 입에 새로운 간식을 선사해줄 수 있기를 바라며 나는 고요하고 컴컴한 산길을 올랐다. 다리가 아팠지만 묵묵히 발을 옮겼다. 나중에야 알게 된 사실이지만 한계에 다다랐던 건 나뿐만이 아니었다. 유민은 물론이고 창현마저도 그냥 내려가자는 말을 하고 싶었단다. 그러지 않았던 건, 그래, 그놈의 자존심 때문이었다.

그 자존심이 친구의 목숨을 구하게 되리라고는 당시에는 알지 못했다.

"다 왔어."

창현이 말했다. 목이 잠긴 것 같았다.

우리 바로 앞에서 승천원이 시커먼 입을 벌리고 있었다. 어느새 주위가 완전히 깜깜해졌다. 어둠이 드디어 우리를 따라잡은 것이다.

"어떻게 할까?"

내가 물었다. 목소리가 잘 나오지 않았다.

"글쎄……. 일단 둘로 나누자. 주위를 둘러보는 사람과 승천원을 살펴보는 사람."

승천원을 살펴보는 일은 솔직히 맡고 싶지 않았다. 낮에 볼 때는 몰랐는데 어둠이 한입 베어 문 승천원은 지옥으로 통하는 입구처럼 무시무시해 보였다. 우스꽝스럽다 여겼던 천 쪼가리들은 미친년 머리카락처럼 너풀거리고 있었다. 새빨간 깃발이 나를 노려보는 것 같았다.

"설마 길태가 승천원에 갔을라고?"

"모르는 일이야. 용은 원하지 않았지만……."

그다음 말은 굳이 듣지 않아도 상관없었다. 남 법사가 길태를 끌고 갔다. 상상만 해도 끔찍한 일이었다.

"어른들 불러와야 하는 거 아냐?"

"내가 가볼게. 내가 살펴볼게."

유민이 나섰다. 나는 자존심이 약간 상했지만 우라질 자존심을 접어야 하는 순간도 있다.

"좋아, 그럼 나랑 뼁이 한번 둘러보자. 잠깐만 살펴보는 거야. 만일 무슨 일이 있으면 어른들 불러오고. 혁, 넌 이 근처를 살펴봐."

전능하신 건이 상황을 정리했다.

"뚱땡이 자식 없기만 해봐."

내가 말했다.

"그게 우리가 바라는 거야."

창현이 말했다. 우라지게 멋진 목소리로.

"길태야, 박길태."

어둠 속에서 속삭였다. 큰 소리를 냈다가는 재수없는 일이 생길 것 같았다. 입가에 시뻘건 피를 묻히고 한 손에는 죽은 닭을, 한 손에는 식칼을 든 남 법사가 뛰쳐나온다든지.

"야, 대답해. 용."

오로지 달빛에 의존해 산길을 걷는 건 쉬운 일이 아니었다.

"씹할 박뚱땡! 어디 있어?"

소리를 질러버렸다. 어둠이 후드득 날아가면 좋으련만 쨍하고 맞받아칠 뿐이었다. 그 뒤에 차가운 정적이 물결처럼 번져 와 나를 집어삼켰다. 심장이 얼어붙었다. 미친듯이 뛰어올 남 법사를 상상했으나 나를 깨운 건 너무나 작아서 오히려 더 생생하게 들리는 신음 소리였다.

"으으으."

나는 펄쩍 뛰어올랐다. 용케 비명은 지르지 않았다.

"나으으으 여으으으 기이이이."

소리는 다시 들렸다. 이번에는 방금 전보다 분명했다. 적어도 호시탐탐 사람의 간을 노리며 산속을 헤매는 구미호나 훔쳐간 다리를 달라며 깨금발로 뛰어다니는 귀신은 아니었다.

"길태야? 너야?"

소리가 난 방향을 향해 물었다.

"도오오 와아아 줘어어."

틀림없었다. 길태였다. 그것도 위기에 빠진 길태! 우라지게 위험한 길태! 나는 산길을 달려 올라갔다. "으으으", "오오오", "우우우" 하는 신음 소리 내지는 억눌린 비명이 길을 안내했다. 산길은 자꾸만 내 발을 걸었다. 몇 번이나 구르고 넘어졌다. 무릎이 까졌는지 화끈한 통증이 느껴졌다. 얼마나 달렸을까, 먹이에게 달려드는 고양이처럼 고약한 냄새가 나를 와락 덮쳤다.

"길태야, 어디 있어?"

"여기."

희미한 목소리를 따라 고개를 돌렸다. 어둠에 익숙해진 덕분인지 주위 풍경이 눈에 들어왔다. 저수지로 올라가기 전 산중턱에 펼쳐진 넓은 평원이었다. 하얀 말뚝과 말뚝 사이에 빨간색 나일론 줄이 연결되어 있었다. 이곳이 어디인지는 냄새만으로 알아챌 수 있었다. 우리가 '똥 지옥'이라 부르는 곳. 마을에서 공동으로 사용하는 비료를 만들기 위해 똥을 모아 놓는, 이른바 거름 구덩이였다.

길태는 똥 지옥의 가장자리에 얼굴만 내놓은 채 빠져 있었다.

"야, 이 병신아. 여기서 뭐해?"

"빠졌어."

뭐하냐고 물어보는 나나 빠졌다고 대답하는 녀석이나…….

"어쩌다가?"

"몰라, 얼른 도와줘."

녀석은 울음을 터뜨렸다. 어쨌든 길태를 찾아서 긴장이 풀린데다가 똥 지옥에 빠진 똥돼지를 보니 슬며시 웃음이 밀려왔다.

"네가 헤엄쳐 나와."

"못 해, 못 해, 못 해. 점점 빠져."

길태가 고개를 젓는 순간, 녀석의 말을 증명이라도 하듯 쿨렁 소리와 함께 뚱뚱한 몸이 조금 가라앉았다.

"나 힘이 없어. 빨리 도와줘."

길태의 목소리는 정말 절박했다.

"무슨 소리야?"

냄새 때문에 주저하긴 했지만 녀석 곁으로 조금 더 다가가 자세히 살폈다. 길태는 똥물 위로 튀어나온 바위 같은 걸 붙들고 있었다. 말이 좋아 붙든 거지 오동통한 손가락 몇 개를 간신히 걸쳤을 뿐이었다. 그마저도 눈에 띄게 빠른 속도로 미끄러지는 중이었다.

"민호야!"

길태가 외쳤다. 나는 손을 뻗었다. 찰나의 순간 녀석의 손가락과 내 손가락이 스치듯 맞닿았다. 어두운 밤이었지만 겁에 질려 휘둥그레 뜬 녀석의 눈을 똑똑히 볼 수 있었고, 내 신발 안으로 물컹거리며 들어온 똥의 감촉을 똑똑히 느낄 수 있었다. 그것으로 끝이었다.

길태가 똥 지옥 밑으로 쑥 가라앉았다.

"길태야!"

똥물 안으로 몸을 날렸다.

"야, 이 새끼야, 어디 있어?"

녀석이 마지막으로 고개를 내밀고 있던 곳 근처에 손을 넣고 미친듯이 똥물을 휘저었다. 무언가가 손가락에 걸렸다. 나는 움켜쥐고 힘껏 잡아당겼다. 더 세게. 세상의 모든 악의를 빨아들여 걸쭉해진 똥물은 한사코 길태를 놓아주지 않았다. 우라질. 이를 악물고 팔에 온 힘을 집중시켰다. 다시 한번. 길태의 머리가 불쑥 올라왔다. 두 팔로 녀석의 어깨를 잡고 원래 매달려 있던 바위 위에다가 빨래처럼 걸쳤다.

"꽉 잡아."

길태는 콧구멍과 입으로 들어간 똥 때문에 정신을 차리지 못했다. 나는 녀석의 얼굴을 훔쳐주려고 손을 뻗었다. 발밑에서 쿨렁쿨렁하는 기분 나쁜 소리가 들렸다. 불길한 예감이 스친 것도 잠시, 내 몸이 똥물 아래로 서서히 가라앉고 있다는 사실을 깨달았다. 이미 종아리까지 잠겼다. 움직일 수가 없었다. 똥물은 『해저 이만 리』에 나오는 심해 괴물처럼 나를 잡아먹는 중이었다. 최악의 상황이었다.

"정신 차려봐."

한 팔로는 길태를 흔들고 나머지 팔로는 바위를 붙잡았다. 빠지지 않으려면 나도 바위에 매달릴 수밖에 없었다.

"꺼억."

녀석은 트림을 하며 눈을 떴다. 얼굴이 온통 똥 범벅이었다. 전쟁 영화에서 보았던 베트콩 같았다. 위장한 채 미군을 기다렸다가 죽창이 비죽비죽 솟은 함정에 빠뜨리는.

"나도 빠졌어."

"바보야!"

길태가 입에서 똥물을 쏟아내며 울부짖었다. 녀석의 울음이 무의식 속에 잠들어 있던 불안이라는 이름의 방아쇠를 당겨버렸다. 공포가 총알과 같은 속도로 엄습했다. 나는 다리를 버둥거렸다.

아니, 버둥거리려고 했지만 꼼짝도 할 수 없었다. 이미 몇 분 전에 깨달았으면서도 끈끈이에 붙은 파리가 이따금 격렬하게 꿈틀거리듯이 소용없는 몸짓을 반복했다.

"민호야, 미안해. 나 때문에 너까지. 진짜 미안해."

"씹할, 뭐가 미안하냐?"

가슴속 깊은 곳에서 뜨거운 덩어리가 올라와 목구멍을 막았다. 슬픔, 분노, 고통, 좌절감 등 똥 색깔만큼이나 어둡고 칙칙한 감정들이 소용돌이쳤다. 지금까지의 삶이 텔레비전 만화영화의 지난 회처럼 눈앞을 스치고 지나갔다. 엄마와 아빠, 이혼, 광선리, 그리고 독수리 오형제…… 바야흐로 내 인생의 마지막 회가 비극으로 끝나려는 순간 나는 죽음을 함께할 친구의 손을 꼭 잡았다. 눈물이 쉴 새 없이 흘렀다. 눈물 너머로 얼굴에 똥칠을 한 채 목놓아 우는 길태가 보였다.

"어떻게 해? 엄마가 잡채 해주신댔는데."

그래, 녀석은 죽음의 순간까지도 참으로 길태다웠다. 그래서 더 비극적이었다.

"너희들이랑 친구여서 정말 좋았어."

부끄러움 같은 건 똥 지옥 너머로 던진 나는 눈물 섞인 고백을 했다. 그 순간 친구라는 단어가 머릿속을 스치고 지나갔다. 친구, 바로 그거였다!

"야. 박길태, 소리쳐. 빨리."

"엉?"

"좆나 소리지르라고. 친구들이 와 있어."

"뭐?"

"독수리 오형제가 와 있다고!"

그래봐야 두 명뿐이지만 우리를 살릴 사람은 바로 녀석들이었다. 내가 길태의 신음 소리를 들은 걸로 봐서 힘껏 소리를 지른다면 창현과 유민도 우리의 외침을 들을 확률이 컸다.

"살려줘!"

내가 먼저 소리쳤다.

"살려저어어어어!"

목까지 똥물에 잠긴 길태는 간신히 외쳤다. 어느새 나도 허리까지 빠졌다. 똥 지옥은 지독하게 힘이 세고 눈치가 빨랐다. 우리가 도움을 청한다는 걸 알자마자 무서운 속도로 빨아당기기 시작했다.

"도와줘!"

우리는 목이 터져라 외쳤다. 냄새 때문인지 아니면 똥독이 위력을 발휘한 건지 눈이 따갑고 목도 불에 타는 것 같았다.

"도와줘!"

도와줘. 도와줘. 제발 도와줘. 눈물이 흘러서, 눈이 따가워서, 내 앞에 놓인 죽음이 너무 무서워서 나는 눈을 질끈 감고 외쳤다.

도와줘, 친구들아 도와줘!

"혁!"

소리가 들렸다. 저멀리서, 아니 가까이에서인가?

"혁!"

다시 한번. 누가 독수리 오형제 중에서 가장 멋지고 터프하며 남자다운 인물의 이름을 부르고 있었다. 한 명뿐이었다. 현실에서도 낯뜨거운 줄 모르고 뻔뻔하게 혁이라고 부를 놈은 딱 한 명뿐.

"창현아!"

나는 눈을 떴다. 달빛 아래 두 녀석이 서 있었다. 똥 지옥의 가장자리에서 구원의 손길을 내밀어줄 내 친구들. 내, 친구들.

"창현아, 유민아!"

옆에서 길태가 소리쳤다. 나는 녀석의 팔을 단단히 붙들었다. 나를 만났을 때처럼 또 정신 줄을 놓아버리면 안 되니까. 그리고 나도. 구출될지도 모른다고 생각한 순간, 바위를 잡은 손을 놓아버리라는 무지무지 강렬한 유혹이 덮쳐 왔다. 온몸에 힘이 빠지고 잠이 쏟아졌다.

"정신 차려. 우리가 구해줄게."

창현이 말했다. 얼마나 듬직하던지.

"빨리 구해줘. 나 배고파."

길태야, 넌 오래오래 살 거야.

유민은 길태가 쓰러뜨리고 들어온 것이 분명한 말뚝에서 나일론 줄을 풀어내기 시작했다.

"조금만 참아."

둘은 나와 길태를 향해 줄을 던졌다. 한쪽 끝에 말뚝이 매달린 줄은 밤하늘을 가로질러 똥 지옥의 사나운 욕심을 끊어내며 우리를 향해 날아왔다. 아름다운 붉은 포물선을 보는 순간 다시 왈칵 울음이 쏟아졌다. 줄은 정확히 우리 옆에 떨어졌다.

"어서 잡아. 근데 한 명씩 끌어내야 할 것 같아."

당연한 소리. 나는 망설이지 않았다. 똥물을 그렇게 마시고도 배가 고프다는 돼지 녀석을 기다리게 할 수는 없었다.

"길태야, 너 먼저 가."

"어? 고, 고마워."

나는 녀석에게 줄을 건넸고, 길태는 잠시 머뭇거리다가 줄을 꽉 움켜쥐었다. 녀석에게는 충분히 그럴 자격이 있었다. 먼저 살아날 자격이. 똥 지옥에서 그 오랜 시간을 버텼다니 정말로 대단한 일이었다.

"창현아, 당겨!"

내가 소리쳤다. 창현과 유민은 줄을 잡고 끌어당기기 시작했다. 똥 지옥의 힘이냐 우정의 힘이냐 한판 대결이었다. 길태라는 제법 무거운 돼지를 차지하기 위해서는 둘 다 힘깨나 써야 할 판이었다. 끈끈하고 걸쭉한 똥물을 가르며 길태가 조금씩 움직였다. 건과 뼝이 알렉터 군단을 물리칠 때보다도 더 용을 쓰는 모습이 어둠 속에서도 똑똑히 보였다.

"힘내."

나는 두 사람을 힘껏 응원했다. 그래야 나도 사니까. 실제로는 얼마 아니었겠지만 마음속에서는 영원처럼 긴 시간이 흐른 후 줄이 날아왔다.

"혁, 꽉 잡아."

나는 길태가 먹을 걸 향해 달려들 때처럼 줄에 매달렸다. 끊어지지는 않을까? 친구들이 힘들다고 나를 두고 도망가지는 않을까? 똥 지옥이 나를 놓아주지 않으면 어쩌지? 별별 걱정이 머릿속을 두드리는 사이 나는 점점 가장자리를 향해 나아갔다. 허리가 가벼워지고, 허벅지가 편해지고, 종아리가 자유로워졌다. 창현과 유민의 얼굴이 또렷이 보였다.

"제발 놓지 마!"

그 순간 나는 왜 그렇게 외쳤을까? 절대 그럴 리가 없다고 생각하면서도 마음속 깊이 잠들어 있던 생존 욕구가 나도 모르게 입에서 튀어나왔다.

"절대 안 놔!"

창현이 소리쳤다. 이를 악물고 있었다.

"절대 안 놓을 거야. 절대. 이번에는 놓치지 않을 거야. 이번에는, 절대로!"

창현은 뜻 모를 소리를 계속 중얼거렸다. 녀석도 똥 지옥의 광기에 물들었다, 당시에는 그렇게 생각했다. 중요한 것은 내가 가장자리에 다다랐다는 사실이었다. 한 발, 딱 한 발이면 다시 단단한 땅이었다. 나는 뒤를 돌아봤다. 어떻게 된 영문인지 우리가 붙들고 있었던 바위가 사라졌다. 똥 지옥이 집어삼킨 것이다. 화가 났다. 우리를 잡아먹지 못해서 똥 지옥이 화가 났다! 똥물이 하늘로 치솟으며 거대한 손 모양으로 변해 다시 나를 낚아채는 모습을 잠시 상상했으나 그런 일은 일어나지 않았다. 우리가 빠졌던 곳 근처가 부글부글 끓어올랐을 뿐이었다.

나는 살아났다.

그후의 상황은 더 끔찍했다. 길태와 나는 똥 범벅이었고 지독한 냄새를 풍겼다. 길태는 거의 정신을 잃기 직전이었다. 내 상태도 좋지 않았다. 창현과 유민도 탈진 직전이었다. 처음에는 우리 넷다 똥 지옥 가장자리에 쓰러져 있었지만 길태의 상태가 심각해서 더이상 쉴 수도 없었다. 길태 녀석은 계속해서 트림을 했고 그때마다 똥물을 한 바가지씩 토했다.

"내려가자."

창현의 말에 우리는 끙끙거리며 일어나 산길을 내려갔다. 예상대로 몇 번이나 넘어졌다. 돌아가는 길은 너무나 멀었다. 한참을 걸었다 생각하며 앞을 보니 겨우 승천원이었다. 우리는 길태를 번갈아가며 부축해야 했으므로 결국에는 넷 다 똥칠을 하게 되었다. 아주 공평한 일이었다.

"남 법사는?"

뭐라도 말하지 않으면 쓰러져서 그대로 잠이 들 것 같아 창현에게 물었다.

"없었어. 그래서 너랑 용을 찾으려고 돌아다니다가……."

"길태는 왜 똥 지옥에 간 거래?"

유민이 물었다.

"몰라, 물어볼 정신이 없었어."

내가 대답했다. 그때 산바람을 타고 익숙한 소리가 들려왔다. 딸랑딸랑. 딸랑딸랑. 방울 소리. 바람결에 울리는 작고 동그란 쇠 구슬. 끝에는 형형색색의 끈이 달려 있는.

남 법사?

우리는 우뚝 멈춰 섰다. 산길 아래에서 방울 소리에 뒤이어 누가 올라오는 것이 보였다.

"어쩌지?"

창현에게 물었다. 녀석도 당황한 표정이었다. 나는 한편으로는 반갑기도 했다. 누구라도 좋으니 어른의 도움을 받고 싶었다. 승천원에서 마을 입구까지 똥돼지를 끌고 똥 냄새를 풍기며 내려가야 한다는 생각만 해도 울고 싶어졌다.

"거기 누구요?"

남 법사가 우리를 향해 물었다. 그도 의외의 장소에서 사람과 마주쳐 놀란 모양이었다. 우리는 가만히 있었다. 뭐라 대답할 말이 없기도 했거니와, 사실은 입을 열면 금방이라도 울음이 터질 것 같아 꾹 참고 있었다.

"너희들……."

우리에게 다가온 남 법사는 지극히 당연한 반응을 순서대로 보였다. 먼저 놀랐고, 그다음 코를 막았으며, 마지막으로 헛구역질을 했다. 우리도 상식적인 반응을 보였다. 제일 처음 유민이 쓰러졌다. 나도 주저앉았다. 마지막까지 버티던 창현도 길태와 함께 무너졌다.

"살려주세요."

누가 먼저랄 것도 없이 우리는 울기 시작했다. 울면서도 나는 똑똑히 봤다. 남 법사가 한 손에 닭을 쥐고 있는 것을.

동네는 발칵 뒤집어졌다. 당연한 일이었다. 애들 넷이 저녁밥도 먹지 않은 채 사라졌으니. 특히 길태네 집에서는 있을 수 없는 상황이었다. 우리가 남 법사와 만난 것은 어른들이 눈에 불을 켜고 우리를 찾다가 명자네 집으로 쳐들어가다시피 한 순간이었다. 남 법사는 이장님에게 전화해 우리가 승천원에 있다는 사실을 알렸다. 바야흐로 마을 사람 절반이 승천원으로 달려왔다.

나는 바로 그 직전에 깨어났다. 길고 지독한 악몽을 꾼 기분이었다. 꿈에서 깨어났는데도 여전히 똥 냄새가 코를 찔렀다.

"괜찮아?"

유민이 허옇게 질린 얼굴로 나를 바라보며 물었다. 대답을 하고 싶었지만 입을 열면 토할 것 같았다. 죽는 한이 있더라도 친구들 앞에서 토하는 모습을 보일 순 없었다.

"너희 부모님들이 여기로 오실 거다."

남 법사가 말했다. 그는 코를 틀어막은 채 길태의 입에서 똥을 빼내는 중이었다. 우리는 승천원 마당에 널브러져 있었다.

"고맙습니다."

창현이 말했다. 녀석의 표정도 좋지 않았다.

"도대체 어떻게 된 일이냐?"

남 법사는 우리를 힐끗 돌아봤다. 길태의 입에서는 시커먼 똥이 하염없이 흘러나왔다. 우리는 대답할 말을 찾지 못했다. 대답할 힘도 없었다. 가까이서 본 남 법사는 미친 것 같지도, 생닭을 우두둑 뜯어먹을 것 같지도 않았다.

그런데 저 닭은 뭐냐고?

나는 마당 한구석에 묶인 동철이네 닭을 바라봤다. 그러다가 창현과 눈이 마주쳤다.

"아저씨, 저 닭은 뭐예요?"

창현이 물었다.

"아차차, 저걸 치워야지."

남 법사는 마당으로 내려와 퍼덕거리는 닭을 쥐고 부엌으로 들어가려고 했다.

"아저씨, 왜 닭을 훔치는 거예요?"

이번에도 창현이었다. 매서운 질문을 연달아 던졌다. 표창을 날리듯이.

남 법사는 어둠에 휩싸인 마당 구석에 서서 날아오는 표창을 무거운 얼굴로 맞았다. 분위기가 바뀌었다. 그는 우리 얼굴을 하나하나 천천히 바라봤다.

"너희들…… 알고 있었냐?"

남 법사의 목소리가 이상하게 변했다. 굵고 우렁우렁하던 목소리가 사라지고 손톱으로 칠판을 긁는 것 같은 날카로운 목소리가 튀어나왔다. 나는 숨을 삼켰다.

"알고 있었구나. 알고 있었어. 내가 닭을 갖다 바치는 걸. 앙큼한 녀석들이 알고 있었어. 왜 닭을 훔치느냐고? 그야 저수지 때문이지. 끊임없이 피를 원하는 솥뚜껑 말이다."

그는 혼잣말을 하듯 중얼거렸다. 그 순간까지도 코를 막고 있어서 음산하게도 우스꽝스럽게도 들렸다. 남 법사는 솥뚜껑이라는 말을 반복하면서 마당을 빙글빙글 돌았다.

"솥뚜껑에 있는 그놈을 막아야 해. 저수지가 울고 있어. 피를 달라고 울고 있어."

남 법사는 우뚝 멈춰 서더니 어두운 밤하늘을 바라봤다. 허연 눈동자가 드러난 시선의 끝에 무엇이 있는지는 말할 필요도 없었다.

"솥뚜껑이래."

유민이 창현과 나를 바라보며 말했다. 불길한 예감이 들었다. 내 불길한 예감은 몇 시간 전부터 기가 막히게 잘 맞았다. 그것을 증명하듯 남 법사가 우리 쪽으로 고개를 홱 돌렸다.

"그러고 보니 너희들한테서도 냄새가 나는구나. 솥뚜껑 냄새. 지독한 귀신 냄새."

바람이 불었다. 길태가 깔고 누운 돗자리 끝이 살아 있는 것처럼 펄럭펄럭 움직였다. 남 법사의 허리춤에 매달린 방울이 깔깔거리며 웃어댔다. 산바람이 아니었다. 겁에 질려 꼼짝도 못하고 있던 우리를 스쳐지났던 바람은 축축하고 끈적끈적했다. 마치 보이지 않는 거대한 혀가 목덜미를 핥는 것 같았다.

내가 몸서리를 치던 그때 승천원의 대문이 벌컥 열리며 사람들이 뛰어들었다.

"아이고, 길태야!"

똥 범벅이 된 자식을 본 길태의 엄마는 그대로 주저앉았다. 창현의 아빠는 말없이 노려보기만 했다. 외할머니는 숨을 헐떡이며 내게로 다가왔다. 겁에 질린 얼굴로 어른들 사이에서 고개를 내민 명자를 발견하지 못했다면 나는 아마 질질 짜고 말았을 것이다.

그후에는 정신없이 일이 흘러갔다. 멀리 읍내에서 구급차가 달려왔고, 어른들의 잔소리가 이어졌으며, 도대체 왜 하고많은 저수지를 놔두고 거름 구덩이에서 멱을 감았느냐는 당연한 추궁이 뒤따랐다. 그 와중에도 모두 단단히 코를 막고 있었다. 덕분에 한밤중 승천원에는 코맹맹이 소리가 가득했다. 요란하고 무시무시했던 밤은 그렇게 지나갔다.

나와 길태는 죽지 않은 게 다행이었다. 길태는 결국 읍내 병원으로 실려가 장세척인가 뭔가를 했다. 나도 피부과 신세를 져야했다. 똥 지옥이 남겨놓은 악의와 집착은 부스럼이 되어 온몸을 뒤덮었다. 당연히, 우리 모두 외출 금지 신세가 됐다. 개눈깔 교장은 우리를 막지 못한 자신을 탓하며 방학식에서 학생들에게 일몰후 외출 금지령을 내렸다.

"특히 거름 구덩이 근처에는 가지 마십시오. 앞으로 똥물에 빠지는 학생이 있다면 졸업할 때까지 '똥 덩어리'라는 이름표를 달고 다니게 할 겁니다."

창현이 교장의 목소리까지 흉내내며 전화로 말해준 덕에 나는 마음껏 웃을 수 있었다.

"길태 그 새끼는 도대체 거기 왜 간 거래?"

나는 창현에게 물었다. 우리의 극적인 만남 이후 길태와 나는 한 번도 만나지 못했다. 그날 밤 길태가 왜 똥 지옥에 빠지게 되었는지는 여전히 모르는 채였다.

"아, 그거? 남 법사를 감시하다가 깜박 잠이 들었던가 봐. 깼는데 이미 어두워진 후라 엄청 무서웠대. 근데 이상한 소리가 들렸다는 거야. 누가 '길태야' 하고 부르는데 우린 줄 알았다고 하더라. 그래서 자꾸자꾸 걷다가 정신을 차려보니 똥 지옥 안이더래."

"뭐야? 귀신에 홀린 거야?"

"몰라."

우리는 방학이 되기까지 창현의 전화를 통해 서로의 소식을 들을 수 있었다. 길태는 하루가 다르게 나아져 평소처럼 밥을 먹기 시작했고, 명자는 동생을 돌보느라 정신이 없었다. 내 부스럼도 차츰차츰 가라앉았다. 문제는 유민이었다. 제일 큰 피해를 입은 것도 그 녀석이었다.

방학이 시작되고 사흘 후, 우리는 드디어 만났다. 모처럼 외출 허락을 받은 나는 뛰는 가슴을 누르며 솥뚜껑으로 향했다. 참! 그날 이후 동철이네 닭은 더이상 없어지지 않았다. 남 법사가 닭 훔치는 걸 그만둔 것이다.

도대체 왜?

"우리한테 들켰으니까."

창현의 추리는 간단했다. 나는 그날 밤 남 법사가 했던 이야기를 어떻게 생각하느냐고 묻고 싶었지만 참았다. 골치 아픈 생각은 하기 싫었다.

아지트에는 이미 창현과 명자, 길태가 와 있었다. 길태와 나는 서로를 바라보며 씩 웃었다. 그걸로 충분했다. 다른 말은 필요하지 않았다. 녀석에게 고맙다는 말을 들었다면 나는 아마 너 때문에 죽을 뻔했다고 쏘아붙였을지도 모른다.

"유민이는?"

내가 물었다. 모두의 표정이 무거워졌다.

"온다고는 했는데 잘 모르겠어. 어제도 아빠한테 맞은 모양이야."

창현이 말했다. 목소리가 무거웠다. 그때 기다렸다는 듯이 아지트 문이 열렸다. 유민이 들어왔다. 오랜만에 보는 녀석의 얼굴은 또 달라져 있었다. 코가 부었고 얼굴 전체가 시퍼렇게 멍들었으며 안경이 사라지고 없었다. 입술에도 피딱지가 달라붙어 있었다. 북경 아시안게임 라이트 플라이급 복싱 경기에서 우리나라의 양석진에게 패한 태국 선수 얼굴을 보는 것 같았다. 총알 탄 사나이 양석진은 희한한 이름의 태국 선수를 시원하게 두드려 팼다.

그 미친개새끼는 자기가 권투 선수라도 되는 줄 아는 걸까?

"유민아."

나도 모르게 목소리가 잠겼다.

"역시 민호 너였구나. 앞이 잘 안 보여서 긴가민가했네."

유민이 헤벌쭉 웃으며 입을 벌리는 순간, 우리 모두 알아챘다. 녀석의 앞니 두 개가 사라진 것을. 아무도 말은 안 했지만 전부 화가 치밀어오른다는 사실은 분명했다. 조용한 분노가 아지트에 감돌았다. 정적을 깬 것은 명자였다.

"창현 오빠. 유민 오빠를 위해서 우리 그거 하자, 응? 진짜로 하자."

명자는 창현의 팔을 붙잡고 흔들었다. 흥분해서 얼굴이 빨갰다.

"그거라니?"

"내가 알아 왔어. 나쁜 놈들 잡아가는 주문. 물귀신 부르기."

명자가 눈을 반짝이며 대답했다. 그것이 파멸의 시작이었다.

물귀신

1
독수리 오형제

"물귀신!"

누가 소리쳤고, 셋은 동시에 입을 다물었다. 그 단어의 효과는 대단했다. 우리는 탈옥하려다 걸린 죄수들처럼 얼어붙은 채로 서 있었다. 물귀신이라는 이름의 서치라이트가 우리를 하나하나 비췄다.

기분 나쁜 한기가 짓궂은 장난이라도 치듯이 땀에 젖은 내 목덜미를 지나 셔츠 안으로 쑥 들어왔다. 길태의 빌어먹을 동생들은 어디에 짱박혔는지 천막 안에는 우리뿐이었다.

우리는 이십오 년 전 그때로 돌아갔다. 명자의 입에서 물귀신이라는 말이 나왔던 그때. 거부할 수 없는 호기심과 잔인한 공포가 소년과 소녀의 예민한 감수성을 자극했던 그때로.

길태의 어마어마하게 큰 몸뚱이가 풀썩 내려앉았다. 녀석은 결국 울음을 터뜨렸다.

"너희들도 알잖아. 창현이 말이 맞아. 그거야, 그게 돌아왔어. 그게 유민이를 데려갔어."

나도 알고 있었다. 몰랐다면 바보 멍청이지. 모르는 척하고 싶었을 뿐이다. 길태에게서 유민의 죽음을 전해 들었던 순간부터 그것의 숨결을 느끼기 시작했다. 광선리에 발을 들이면서 더 확실해졌다. 그 옛날 우리가 불러냈던 그것이 돌아왔다. 어둠, 악의, 공포, 뭐라고 불러도 좋았다. 하지만 우리는 그 이름을 정확히 알고 있었다.

물귀신.

그 빌어먹을 존재가 유민을 끌고 갔다. 차갑고 축축한 저수지, 솥뚜껑 속으로.

아무도 입을 열지 않았다. 길태를 따라 명자도 흐느꼈다. 차갑고 무거운 공기가 우리를 감쌌다. 편두통은 초 단위로 위력을 더해갔다. 비참하고 무서웠다. 서른을 훌쩍 넘긴 나이지만 이십오 년 전과 아무것도 달라지지 않았다. 여전히 두려웠고 어찌할 바를 몰랐다.

"어떻게 하면 좋지?"

내가 물었다. 무슨 말이라도 좋으니 침묵을 깨고 싶었다.

"이대로 그냥 돌아가면 안 돼? 유민이 오빠한테는 미안하지만 아무것도 모르는 척 집으로 돌아가면 안 될까?"

명자가 떨리는 목소리로 물었다.

"우리를 놓아주지 않을 거야."

창현이 말했다. 나는 맛이 간 내 쏘나타를 떠올렸다.

"그러면 어떻게 해?"

명자가 다시 물었다.

"몰라, 나도 답이 없어."

"오빠가 우리 대장이잖아."

"난 그냥 시간강사야."

창현은 갑자기 늙어버린 것 같았다. 우리는 또 침묵에 빠졌다. 잠시 후 창현이 혼잣말처럼 중얼거렸다.

"어떻게 돌아온 거지?"

나도 그게 궁금했다. 무슨 이유로 긴 세월이 지난 지금에서야 돌아왔는지, 그리고 어떻게 돌아왔는지.

"씹할. 또 누가 주문을 외웠겠지."

길태가 말했다. 창현은 고개를 저었다.

"그때 분명 부적을 붙였잖아. 남 법사가 했던 말 너희들도 기억하지? 결계로 가두면 다시는 밖으로 못 나올 거라고."

"그때가 언제야? 그리고 아저씨야 워낙 돌팔이니까……."

내 말이 끝나기 무섭게 그날의 혼란에 종지부를 찍을 목소리가 들렸다. 마치 극적인 등장을 기다리고 있었다는 듯이. 하기야 워낙 그런 걸 좋아하는 양반이니.

"너희도 다 늙었구나."

우리는 동시에 뒤를 돌아봤다. 형형색색의 한복 차림, 길게 기른 머리카락과 수염까지 옛날과 똑같은 모습으로 그가 서 있었다. 달라진 거라고는 머리카락과 수염이 새하얘졌다는 정도.

"남 법사님!"

명자가 소리쳤다. 이제는 백발의 할아버지가 된 남 법사가 걸걸한 목소리로 말했다.

"유민이 녀석이 찾아왔더구나. 가서 너희들을 도와주라고."

남 법사의 입에서 유민의 이름이 나온 순간 우리는 모두 얼어붙었다. 돌팔이에다가 하는 말 중 절반이 허풍인 양반이었지만 이십오 년 만에 만난 자리에서 죽은 유민을 들먹일 정도로 몰상식하지는 않았다. 그것도 유민의 빈소에서.

"다들 많이 늙었구나. 허허허."

특유의 너털웃음을 터뜨리며 남 법사는 명자 옆에 앉았다. 이제 그때의 멤버들이 다 모였다. 남 법사를 보자 비로소 실감이 났다. 누가 우리를 불러모은 것이다.

"오랜만이네요. 길태한테 연락받으셨어요?"

창현이 말을 꺼냈다.

"아냐, 난 연락 안 했어."

길태가 황급히 입을 열었다.

"말했잖느냐. 유민이가 찾아왔다고. 안 그러면 내가 무슨 이유로 이 시간에 여길 왔겠느냐. 난 말이다, 광선리라면 아주 지긋지긋하다."

말은 그렇게 하면서도 남 법사는 싱글싱글 웃고 있었다. 참다못한 내가 물었다.

"조금 더 설명을 해주시면 안 될까요? 유민이가 남 법사님을 찾아갔다니 그게 무슨 말입니까? 아시다시피 녀석은 지금……."

저기 빈소에, 아니 부검을 기다리며 차가운 냉동고 속에 누워 있잖아요. 그 말이 목구멍을 비집고 올라왔지만 간신히 삼켰다.

"말 그대로다. 어젯밤에 자다가 깼는데 녀석이 내 침대 옆에 서 있지 뭐냐. 온몸에서 물을 뚝뚝 흘리고 있더라고. 유민이 녀석 그 곱상한 얼굴이 하나도 안 변했기에 망정이지 하마터면 천하의 나도 놀라서 졸도를 할 뻔했지. 귀신을 본 건 오랜만이었거든. 게다가 내 나이가 되면 말이다, 사소한 일에도 깜짝깜짝 놀라게 된단다. 심장도 헐거워져서 수시로 덜커덩거리거든. 내 몸도 이젠 예전 같지 않아. 어제도 오줌이 마려워서 일어났던 게야. 전립선이 안 좋거든. 그러면……."

"됐어요!"

명자가 귀를 막으며 소리쳤다. 남 법사는 입을 다물었고 동시에 바람마저 잠잠해졌다. 명자의 얼굴에서 다시 눈물이 흘렀다. 화장을 고친 보람도 없이 마스카라가 번져 흘러내렸다.

"그딴 거 안 믿어요. 유민 오빠는 그냥 죽은 거라고요. 좆나게 불쌍하게 살다가 좆나게 불쌍하게 죽었어요. 그거면 됐어요. 그러니까 귀신이다 뭐다 이상한 소리 제발 그만해요."

명자는 훌쩍거렸다. 금방이라도 벌떡 일어나 달아날 것만 같았다. 광선리에 빈틈없이 내려앉은 어둠 속으로. 햇볕에 그을린 다리를 힘차게 내디디며 달려나가던 옛날처럼.

"그놈이 돌아왔다."

남 법사가 말했다. 말기 암환자에게 남은 수명을 선고하는 의사처럼 고뇌에 찬 목소리로.

"유민이가 그러더구나. 그게 솥뚜껑 밖으로 나왔다고. 너희들이 위험하니까 가서 도와주라고."

"그럼 유민이를 죽인 것도……?"

창현이 물었다. 녀석은 두 눈을 부릅뜨고 있었다.

"그래, 그놈이다. 그게 나와서 여기를 돌아다니고 있는 게야. 이십오 년 전 그때처럼."

찰랑. 작지만 확실하게 그런 소리가 들렸다. 누가 손가락으로 물을 휘젓는 것 같은 소리. 나는 무심결에 아래를 내려다봤다. 술잔에 담긴 소주가 빙글빙글 돌고 있었다. 소용돌이. 뒷골이 당겨왔다. 그보다 먼저 한기가 등줄기를 타고 몰려오고 있었다. 소주는 알전구 빛을 받아 새빨갛게 빛나며 계속 원을 그렸다. 의식이 소용돌이 속으로 점점 빨려 들어갔다.

"야, 최민호."

길태가 내 어깨를 툭 치자 나는 정신을 차렸다.

"뭐해? 남 법사님이 묻잖아."

"그냥 좀……."

술잔은 아무 일도 없었다는 듯 시침을 떼고 있었다. 심지어 소주는커녕 아무것도 들어 있지 않았다.

"그래, 넌 어쩌면 좋겠냐?"

남 법사가 나를 바라봤다. 자세히 보니 그도 세월을 피하지는 못한 모양이었다. 여전히 잘생긴 얼굴이었지만 눈가에는 주름이 가득했고 볼살도 팽팽함을 잃고 무너져 내렸다.

"뭘요?"

"어쩔 거냐고? 이대로 돌아갈래, 아니면 남아서 그 뭐냐, 옛날처럼 조사를 할래?"

길태가 말했다. '옛날처럼'이라고 말할 때 녀석의 목소리가 살며시 떨렸다. 나는 옛날과는 다르다고 말하고 싶었다. 그때는 어렸다. 진짜로 두려운 게 무엇인지도 몰랐고 잃을 것도 별로 없었다. 우리는 하루 종일 달려도 지치지 않았다. 친구를 위해서라면 똥물에도 뛰어들 수 있었다. 그 시절의 나는 죽음을 찍어 파는 장사꾼이 되리라고는 상상도 하지 못했다.

"난 딱히 바쁜 일도 없으니까 유민이 발인까지 있으려고."

생각과는 달리 그렇게 말했다. 그래야 할 것 같았다. 정말로 물귀신이 돌아왔다면 아무리 멀리 도망간다고 해도 소용없을 터였다. 차라리 다시 한번 부딪치자 싶었다.

"나도 민호랑 마찬가지로 여기에 며칠 머물 거야. 이것저것 좀 알아보자."

창현이 말했다. 우리의 시선은 자연스레 명자에게로 향했다.

"몰라, 난 오줌이나 싸러 갈래."

명자는 담배 하나를 꺼내 들면서 벌떡 일어났다.

학교 건물은 문이 잠겨서 운동장 한구석의 야외 화장실을 쓸 수밖에 없었다. 건물은 몰라보게 달라졌지만 야외 화장실만은 이십오 년 전과 변한 게 없었다. 타일에는 물때가 가득했고, 지린내와 구린내가 하모니를 이루며 풍겨 왔다. 불이 들어오지 않는 것도 옛날과 똑같았다. 광선리에서 오직 이 화장실만이 세월을 그대로 간직하고 있는 것 같았다.

"씹할, 진짜 그지같다. 이게 뭐야?"

명자는 화장실 안에서 욕을 해댔고 나는 밖에서 듣고 있었다. 무서우니까 같이 가달라고 말한 건 명자 쪽이었다.

"오빠, 여자 오줌 누는 소리 처음 듣는 거 아니지?"

명자는 말해놓고 깔깔 웃었다.

"오줌이 뭐냐, 똥 누는 소리도 들어봤다."

"결혼은 했수?"

명자가 물었다.

"했지. 한 번. 지금은 돌싱이야."

화장실 문을 닫지 않고 똥을 싸게 될 때쯤 나는 아내와 갈라섰다. 결혼한 지 딱 이 년 만이었다. 별다른 이유는 없었다. 그저 서로에게 지쳤을 뿐.

"좋겠네, 진정한 자유인이네."

명자의 오줌 누는 소리가 졸졸졸 들렸다.

"넌?"

"나야 처녀지. 남자들이 줄을 섰는데 뭐하러 한 놈만 골라 평생 살겠어."

"좋겠구나."

"졸라 좋지."

우리는 같이 웃었다. 명자도 옛날에는 자신의 운명을 예상하지 못했으리라. 현모양처. 그게 명자의 꿈이었다. 어린 시절의 꿈은 늘 담배 연기처럼 흔적도 없이 사라진다. 내 꿈은 좋은 아빠였으나 근처에도 가보지 못하고 사그라졌다.

졸졸졸. 오줌 소리는 계속 이어졌다. 어지간히 참았던 모양이네. 그런 생각을 할 때쯤 뭔가 다른 소리가 섞여 들었다.

짤랑짤랑.

"오빠, 휴지 가진 거 없지?"

"쉿! 잠깐만."

"왜?"

"이상한 소리가 들려."

나는 속삭였다.

"무섭게 왜 그래? 장난치는 거면 가만 안 둬!"

"나도 무서우니까 거기 가만히 있어."

정말로, 나도 무서웠다. 짤랑짤랑. 짤랑짤랑. 소리는 규칙적으로 계속 들렸다. 나는 숨을 죽이고 화장실 밖으로 나갔다.

별빛마저 사라진 한밤이라고 해도 밖은 이상하리만큼 어두웠다. 어둠은 질척하고 끈끈했으며 한 치의 빈틈도 없이 꽉 들어차 있었다.

나는 휴대전화 불빛에 의지해 조심조심 걸어나갔다. 마음속에서 누가 속삭였다. 아마 또 다른 자아, 이십오 년 전의 나인지도 모른다. 줄곧 생각해왔다. 광선리를 떠나고 난 뒤에도 내 의식의 일부분은 여전히 이곳에 남아 공포에 젖어 떨고 있다고. 그 녀석이, 어린 시절의 내가, 삼팔따라지가 자꾸만 등을 떠밀었다.

가. 가서 확인해봐.

한 걸음씩 옮길 때마다 발밑의 모래가 버스럭거렸다.

짤랑짤랑. 짤랑짤랑.

소리는 계속 들렸다. 휴대전화 불빛 너머로 수돗가가 어슴푸레 보였다. 화장실이 그대로인 것처럼 수돗가 역시 변하지 않았다. 회색 시멘트 덩어리에 수도꼭지가 튀어나와 있었다.

"응, 그냥 목이 말라서."

어느 날, 명자가 수돗물을 마시는 모습을 봤다. 점심시간이었다. 전날 먹었던 오징어 튀김 때문에 속이 좋지 않아 도시락을 길태에게 넘기고 운동장으로 막 나온 참이었다. 나는 상황을 한눈에 이해했다. 즉시 길태네 교실로 돌아가 도시락을 뺏어 들고 다시 운동장으로 나왔다. 길태는 거의 울 것 같은 표정을 지었지만 그러거나 말거나 나는 깍두기에 연근 조림이 다인 보잘것없는 도시락을 명자에게 내밀었다.

"진짜 괜찮은데……."

말은 그렇게 하면서도 명자는 도시락을 받아들고 활짝 웃었다. 명자가 창현이 아닌 나를 바라보며 그런 식으로 환하게 웃었던 건 그때가 처음이었다.

그날의 공기와 바람, 명자의 새까만 피부와 맺혀 있던 땀방울 같은 것들이 생생하게 떠올랐다. 마치 어제의 일처럼.

나는 설핏 미소를 지었다가 현실로 돌아왔다. 짤랑짤랑하는 소리는 집요할 정도로 계속 들렸다.

"누구 있습니까?"

기대감을 담아 어둠 속에 대고 물었다. 혹시 모르는 일 아닌가. 길태의 동생들이라는 깍두기 머리 사내들이 옹기종기 모여 짤짤이라도 하고 있을지. 물론 허황된 기대였고 누구의 대답도 돌아오지 않았다. 대신에 짤랑짤랑하는 소리가 더 선명하고 날카롭게 울려 퍼졌다. 귀에 익은 소리였다. 어디선가 들어봤고 다시는 듣고 싶지 않다고 생각했던 소리. 그게 뭔지 떠오르지 않았다. 내 머릿속은 출퇴근 시간의 병목 구간이었다. 어지럽게 늘어선 기억들이 두서없이 불쑥불쑥 끼어드는 탓에 생각의 속도가 더뎠다. 정리가 필요했다.

마음먹고 크게 한 발을 내딛는 순간 조금 전과 다른 감촉이 느껴졌다. 발밑을 내려다봤다. 마른 모래가 아닌 진흙이었다. 물이 고여 있었다. 질척질척한 진흙을 따라 휴대전화 불빛을 비췄다. 물길은 수돗가까지 이어졌다.

조심조심 다가갔다. 수돗가에는 물이 가득차 넘실거리고 있었다. 배수구가 막힌 모양이었다. 수도꼭지 하나가 조금 열린 상태였고 거기서 물이 떨어져 내렸다. 그때마다 꽉꽉 눌러 담겨 있던 물이 아래로 흘러내렸다.

"누가 물을 틀어놨어?"

허공에 대고 말을 했다. 방금 전까지 누가 있었다. 그런 느낌이 들었다. 아니, 확신이었다. 나는 수도꼭지를 잠갔다. 순간, 몸이 먼저 반응했다. 등에 소름이 돋고 머리카락이 쭈뼛 섰다. 다른 놈들에 비해 유독 반들반들한 수도꼭지 하나에 희미한 형상이 비친다는 사실은 조금 뒤에야 깨달았다. 휴대전화 불빛은 한없이 약했지만 내 뒤에 선 여자의 모습을 보여주기에는 충분했다.

머리를 길게 기른 여자가 서 있었다.

바로 뒤, 입김이 닿을 만큼 가까운 거리에.

목덜미에 서늘한 바람이 느껴졌다. 나는 꼼짝도 하지 못하고 수도꼭지만 들여다봤다. 여자의 머리카락은 물에 젖어 번들거렸다. 나보다 훨씬 키가 컸다. 창백하고 허연 얼굴로 나를 내려다본다. 눈이 있어야 할 자리에는 시커먼 구멍뿐이다. 휴대전화 불빛이 꺼졌다. 온 세상이 암흑에 잠겼다. 차가운 손이 내 어깨에 닿았다. 나는 참지 못하고 비명을 질렀다.

"으악!"

"꺅!"

여자도 비명을 질렀다. 나보다도 더 크게.

"놀랐잖아!"

내가 소리쳤다.

"오빠 뭐야, 내가 더 놀랐거든."

명자는 하얗게 질린 얼굴로 숨을 헐떡이고 있었다.

"어, 언제부터 서 있었어?"

"방금, 방금 온 거야. 계속 불렀는데 아무 대답이 없어서……."

명자는 우물쭈물 말을 이었다. 그녀 역시 놀랐고 두려움에 떨고 있었다.

"미안해, 딴생각을 하고 있었거든."

수도꼭지에 비친 여자가 명자일 리는 없었다. 명자는 파마를 했지만 그녀는 생머리였다. 그것도 지독하게 긴. 명자는 키가 작았지만 그녀는 컸다.

"오빠, 괜찮아?"

"응?"

명자의 물음에 비로소 정신을 차렸다.

"혹시……."

"아니, 아니야. 별일 없었어. 그냥 좀 놀랐을 뿐이야. 내가 그 뭐냐, 겁이 많잖아?"

내가 억지로 웃어 보이자 그제야 명자도 미소를 지었다.

"난 또 귀신이라도 본 줄 알았수."

무심코 말한 명자도, 아직 여자의 잔영을 지우지 못한 나도 몸이 굳었다. 서서히 가라앉던 소름이 다시 돋아났다.

"무슨 일이야?"

길태가 운동장을 가로질러 달려왔다. 손전등 불빛이 우리를 향해 요란한 춤을 춰댔다. 창현과 남 법사도 보였다.

"갑자기 비명이 들려서."

창현이 숨을 헐떡이며 말했다. 나와 명자가 내지른 비명은 밤하늘에 울려 퍼지며 천막 안의 세 남자에게도 닿은 모양이었다. 친구들의 얼굴을 다시 보니 우라지게 반가웠다.

"그냥 소리 좀 질러봤어. 노래 연습하느라고."

아무도 웃지 않았다.

"얼마나 연습을 했기에 금방 쓰러질 것 같은 얼굴이냐?"

남 법사의 물음에 나는 어딘가에 눕고 싶다는 맹렬한 욕구를 느껐다. 다리에 힘이 풀려 금방이라도 주저앉을 것 같았다. 오줌을 지리지 않은 게 불행 중 다행이었다.

"두 번 화장실에 보냈다가는 가수 되겠네."

길태의 말에 다들 웃었다. 아주 조금, 앓는 소리와 다름없을 정도로. 그때 또다시 짤랑거리는 소리가 들렸다. 소동이 가라앉기를 기다렸다는 듯이.

"뭔 소리래?"

길태가 물었다.

"아까도 들렸어, 이 소리."

내가 말했다.

짤랑짤랑. 짤랑짤랑.

소리는 이렇게 말하고 있는 듯했다. 자, 어서 나를 찾아봐. 그리고 똑똑히 깨달아. 너희들이 완전히 덫에 빠졌다는 사실을. 아주 우라질 상황에 놓였다는 사실을 뼈저리게 느껴봐.

"저기다."

남 법사가 수돗가 바로 옆의 소나무를 가리켰다. 우리는 그쪽으로 달려갔다. 솔직히 나는 그대로 있고 싶었지만 잠깐이라도 어둠 속에 혼자 남겨지느니 빌어먹을 소리의 정체를 파헤치러 친구들과 함께 달려가는 편이 나을 것 같았다. 아무렴, 그렇고말고.

"이건······."

길태가 나뭇가지에 걸린 동그란 물체를 가리켰다.

"방울?"

명자가 중얼거렸다.

"그래, 방울이다. 여기 있어야 할 물건이 아니지."

남 법사가 말했다.

방울은 아주 작았고 끝에는 붉은 실이 묶여 있었다. 바람이 불 때마다 일곱 개의 동그란 금속이 서로 부딪히며 짤랑짤랑 스산한 소리를 냈다.

우리는 방울의 정체를 단번에 알아챘다. 무령巫鈴. 남 법사가 늘 가지고 다니던 물건. 물귀신을 솥뚜껑에 밀어넣으며 부적과 함께 방울을 저수지 주변 나무에 매달아놓았다.

바로 그 방울이 솥뚜껑과는 전혀 상관없는 초등학교 운동장 나뭇가지에서 울어대고 있었다.

"차갑군."

남 법사는 방울을 집어 들었다. 비로소 소리가 멈췄다. 나도 모르게 한숨을 쉬었다. 그제야 오른손으로 휴대전화를 꽉 쥐고 있다는 사실을 깨달았다. 휴대전화는 배터리가 방전되어 저 혼자 깊은 안식을 취하는 중이었다.

"누가 걸어놓은 걸까요?"

창현이 물었다.

"누구긴, 뻔하지. 유민을 데려간 그놈이 우리에게 보내는 경고다. 자기가 돌아왔다는 사실을 알리는 게지."

남 법사는 아무렇지 않은 투로 말했지만 목소리의 떨림까지 감추지는 못했다. 나는 내가 본 여자에 대해 말하려고 입을 열었다가 그만두었다. 내 이야기를 덧붙이지 않더라도 우리는 충분히 두려움에 떨고 있었다.

그리고 곧 만날 터였다. 우리 모두가, 그 여자를. 그런 예감이 들었고, 불행하게도 광선리에서만은 내 빌어먹을 예감이 우라지게 잘 맞았다.

패잔병 같은 꼴을 하고서 천막으로 돌아왔다. 전투는 아직 시작하지도 않았는데 이미 진 기분이었다. 모두의 얼굴에 공포와 좌절감이 떠올랐다. 수다쟁이 남 법사마저도 입을 꾹 다물고 방울, 그 지랄맞은 방울만 바라볼 뿐이었다.

"나도 남을게. 남아서 해보자. 죽이 되든 밥이 되든."

명자가 입을 연 것은 불편한 침묵이 정점에 이르던 참이었다.

"괜찮겠어?"

기다렸다는 듯 창현이 물었다.

"안 괜찮으면? 뾰족한 수가 없다는 건 나도 알아. 그, 그게 돌아왔다는 것도 알고. 이대로 도망쳐봐야 결국⋯⋯."

명자는 말끝을 흐렸다.

결국, 우리도 죽겠지. 나는 명자가 삼킨 말을 짐작할 수 있었다.

"자, 그러면 앞으로의 계획에 대해 한번 정리를 해보죠."

이러니저러니 해도 결국 리더는 창현이었다. 녀석은 우리를 쭉 훑어본 후 말을 이었다.

"인정하기 싫지만, 물귀신이 돌아온 건 사실입니다."

창현은 모두의 동의를 구하는 듯 한동안 뜸을 들였다. 학급 회의 때처럼 동의와 재청이라도 나와야 다시 입을 열 것 같은 분위기였다.

"그놈이 결국 유민이를 데리고 갔습니다. 그다음은 뭘까요? 남 법사님은 어떻게 생각하세요?"

"나도 잘은 모르겠다만, 아마 그때처럼 또다시 사람들을 죽이고 다닐 게야. 사람에 대한 원한으로 똘똘 뭉친 놈이니까."

"마을이 뒤집어지겠군."

길태가 중얼거렸다.

"그래, 바로 그거야."

창현의 갑작스러운 대꾸에 길태의 눈이 휘둥그레졌다. 창현이 길태의 말에 맞장구를 치는 건 아주 드문 일이었다. 어쩌면 처음인지도 모른다.

"뭐, 뭐가?"

"마을이 발칵 뒤집힐 거야. 옛날처럼 말이야. 그때는 우리도 잘 몰랐으니까 어쩔 수가 없었어. 하지만 이제는 아니야. 물귀신이 광선리 주민들을 노리고 있다는 걸 알아. 그러니 피해가 가지 않도록 막아야 돼."

"무슨 수로?"

길태가 물었다.

"경찰에도 알리고 마을 사람들한테도 알려야지."

"소용없다는 거 알잖아. 그때도 안 믿어줬는데."

내가 말했다. 그때 우리를 믿어준 건 남 법사뿐이었다. 이십오 년 전 광선리를 덮쳤던 의문의 죽음은 결국 미해결인 채로 흐지부지 마무리되었다. 물귀신의 저주라는 이야기는 경찰은커녕 우리의 부모님에게도 먹히지 않았다.

"그래도 해봐야지. 이대로 가만히 있으면 몇 사람이나 죽어
나갈지 몰라. 아침이 되면 관할 지구대와 마을 이장부터 찾아가
야 돼."

"맞는 말이구나. 그런 다음에 조사를 시작해보자. 왜, 어떤 이
유로 그놈이 다시 기어나왔는지, 지금 어디를 떠돌고 있는지."

남 법사가 말했다.

"다시…… 물리칠 수 있겠죠?"

길태가 물었다. 영 자신 없는 투였다. 나도 같은 마음이었다.

"그래야지."

자신 없는 건 남 법사도 똑같았다.

"오늘은 이쯤하고 일단 좀 잡시다. 다들 안 피곤해요?"

명자가 하품을 하며 말했다. 아닌 게 아니라 정말로 피곤했다.
명자의 말을 듣고서야 그 사실을 깨달았다.

"나도 찬성. 눈을 좀 붙여야 머리도 돌아갈 것 같아. 차 타고
조금만 가면 안 쓰는 펜션이 있어. 우리 회사에서 빚 대신 압류
한 건데 며칠 자는 데는 문제없을 거야. 필요한 물건은 가다가 사
면 돼."

"편의점이라도 생겼나 봐?"

명자가 물었다.

"편의점뿐이냐? 안주로 나가면 대형 마트도 있다."

자랑하듯 말하는 길태의 표정이 재미있어 우리는 또 미소를 지
었다. 이십오 년은 한 마을의 모습을 송두리째 바꾸기에도, 몇 사
람의 인생을 전혀 다른 방향으로 인도하기에도 충분한 세월이었

다. 하지만 끝내 바꾸지 못하는 것도 있다. 명자의 유쾌한 웃음이나 길태의 순진함, 그리고 창현의 리더십 같은 것들. 나야 뭐, 늘 삐딱한 아웃사이더였고.

"형님!"

어둠 속에서 겁에 질린 외침이 들려온 건 내가 잠시 딴생각을 하던 그때였다.

우리는 모두 입을 닫았다. 느슨했던 분위기가 일순 팽팽하게 당겨졌다. 길태의 표정도 변했다. 폭력의 중심에서 치열하게 살아남은 한 남자의 이십여 년이 단번에 드러났다.

"무슨 일이야?"

길태는 소리가 들려온 쪽에 대고 외쳤다.

시끄러운 발소리가 들리더니 검은 양복 두 명이 허옇게 질린 얼굴로 달려왔다.

"그, 그게, 큰일났습니다."

덩치 큰 쪽이 입을 열었다. 그는 조폭에는 어울리지 않을 정도로 크고 맑은 눈을 가졌는데, 나는 눈 한가운데 떠오른 차가운 공포의 흔적을 어렵지 않게 읽을 수 있었다.

"이 새끼들이! 그러니까 무슨 일이냐고?"

길태가 버럭 소리를 질렀다.

호통은 효과가 있었다. 적어도 잠시 동안은. 처음 말을 꺼냈던 쪽이 다시 입을 열었다.

"종수가 오줌을 눈다고 갔는데, 한참 안 돌아와서, 이상하다 싶어서 가봤더니, 그 뭐냐, 벽에 기댄 채로 쓰러져 있어서, 저, 저는 술에 취한 줄 알고, 뺨도 때리고 발로 차기도 했는데…… 그랬는데, 보니까…… 조, 종수가 죽었습니다."

숨 한번 쉬지 않고 이어진 말이 끝나고서야 나는 조의금을 받아갔던 검은 양복의 이름이 종수라는 사실을 깨달았다.

"어디야?"

길태가 벌떡 일어났다. 덩달아 우리도 일어났다.

"저기, 뒤쪽입니다."

두 사람의 안내를 받아 유민의 빈소가 차려진 창고의 뒤편으로 달려갔다. 불과 몇 미터밖에 되지 않는 그 거리가 서울에서 광선리만큼이나 멀게 느껴졌다.

종수라는 남자, 내게 조의금을 받아들며 고개를 꾸벅 숙였던 남자는 벽에 기댄 채 모로 쓰러져 있었다. 한눈에 봐도 죽었다는 걸 알 수 있었다. 의사의 소견 같은 건 필요 없었다. 죽은 자만이 내뿜을 수 있는 특유의 기운, 죽음의 현장에서만 느낄 수 있는 서늘하고 불쾌한 공기가 사방에 가득했다.

길태가 손전등을 들어 종수의 얼굴을 비췄다.

"헉!"

명자가 숨을 들이쉬며 내 팔뚝을 세게 잡았다. 그때와 똑같은 상황이었다. 이십오 년 전 그때, 유민의 의붓아빠가 죽은 모습을 목격했을 때도 명자는 뒤에 숨어 멍이 들도록 내 팔뚝을 움켜쥐었다.

종수의 입에서 물이 줄줄 흘러나오고 있었다. 귀에서도 코에서도. 하얗게 치켜뜬 눈은 자신보다 큰 누군가를 올려다본 듯 검은

자위가 위로 쏠려 있었다.

"나무아미타불……."

남 법사가 조용히 중얼거렸다. 길태는 아무 말 없이 손전등 불빛을 아래로 향했다. 종수가 쓰러진 자리에는 물이 잔뜩 고여 있었다. 바람이 불었다. 물결이 일었다. 물결은 소용돌이 모양으로 빙글빙글 돌기 시작했다.

나는 그 순간 이십오 년 전 그때를 똑똑히 떠올렸다. 태어나서 처음으로 죽음을 봤던 그때를.

2
1991년의 여름 ③

그날을 생각하면 금방이라도 비를 쏟아부을 것 같던 회색빛 하늘이 제일 먼저 떠오른다. 무겁게 내려앉은 공기와 그 속에 스며 있던 축축한 기운이 떠오른다. 유독 그악스레 울어대던 매미와 솥뚜껑에서 불어오던 텁텁하고 묵직한 바람이 떠오른다.

그리고 소용돌이가 떠오른다. 빙글빙글 돌아가던 새빨간 물.

우리는 아지트에 모였다. 명자에게서 물귀신 이야기를 들은 지 꼭 이틀 만이었다.

이틀 동안 내 머릿속에서는 물귀신이라는 단어가 떠나지 않았다. 심지어 꿈도 꿨다. 머리를 길게 기른 여자가 물을 뚝뚝 흘리며 방문을 열고 들어오는 꿈이었다. 놀라서 눈을 떴더니 아무도 없는 방안이었다. 해질녘이었고 불그죽죽한 햇살이 굼실굼실 비쳐 들고 있었다. 저녁을 먹고 『세계의 불가사의』를 읽다가 깜박 잠이 들었다는 사실이 생각났다. 저수지 방죽을 보수하는 문제로 어른들이 마을 회관에 모두 모인다던 외할머니의 말도.

나는 어두운 방에 홀로 앉아 숨을 골랐다. 명자가 했던 이야기를 떠올렸다.

"물귀신 부르기?"

내가 물었다. 아마 흥분에 가득찬 목소리였으리라.

"응, 우리 둘째 언니한테 들었던 이야기가 생각났어. 언니가 그랬는데 물귀신을 부를 수 있는 주문이 있대. 진짜야! 언니가 진짜랬어. 언니네 고등학교 친구들도 해봤대. 물귀신을 불러서 부탁을 하면 뭐든지 다 들어준대. 물에 빠져 죽은 사람들은 밖으로 엄청 나오고 싶어 한대. 어둡고 차가워서 싫은가 봐. 그래서 물귀신을 불러내서 너를 꺼내줄 테니까 내 소원을 들어줘, 나쁜 놈을 데리고 가줘, 이렇게 부탁하면 된대."

명자는 진짜 물귀신에 홀리기라도 한 것처럼 눈을 번뜩이며 이야기를 쏟아냈다. 명자가 그렇게 재잘거리는 건 처음이었다.

우리는 아무도 말을 하지 않았다. 길태는 겁먹은 얼굴이었다. 유민은 하얗게 질려서 눈치를 살피고 있었다. 나는 허파가 쫀득쫀득해져서 손바닥만 한 아지트 안을 계속 서성였다. 그러다가 여전히 무표정으로 앉아 있던 창현과 눈이 마주쳤다. 나는 창현이 반대할 거라 생각했다. 황당한 이야기니까. 소원을 들어주는 물귀신을 불러낸다니, 솔직히 믿을 수 없었다.

하지만 내 예상은 완전히 빗나갔다.

"좋아, 한번 해보자."

창현은 조용히 중얼거렸는데, 그때의 분위기가 워낙 무거워서 더 극적으로 들렸다.

"엥? 진짜?"

되물은 건 나였다.

"응, 뭐라도 해봐야지."

창현은 굳은 얼굴이었다. 그제야 나는 알 것 같았다. 우리에게는 방법이 별로 없었다. 유민을 그냥 놔두면 안 된다는 마음은 있었지만 어떻게 해야 할지 몰랐다. 우리의 한계였다. 안경이 날아가고 앞니 두 개가 사라진 그날의 유민은 우리를 더욱 절망적으로 만들었다. 무슨 수를 쓰지 않으면 녀석은 언젠가 반드시 안경이나 앞니 두 개와 똑같은 꼴이 될 터였다.

한마디로 와지직.

창현의 말이 맞았다. 뭐라도 해봐야 했다.

"넌 어때? 할래?"

창현이 유민을 향해 물었다.

사냥꾼에게서 간신히 도망친 사슴 같은 얼굴로 한동안 생각에 잠겨 있던 유민은 천천히 고개를 끄덕였다. 그걸로 끝이었다. 우리는 정말로 '뭐라도 해보기'로 한 것이다.

숭고한 목적에 비장한 각오가 더해졌지만 사실 나는 반은 장난이라고 생각하고 있었다. 조금 더 섬뜩하고 짜릿한 장난.

하지만 물귀신 꿈을 꾸고 깨어난 그 저녁, 혼자서 방안에 앉아 전날의 이야기를 곱씹는 동안 머릿속에는 서서히 두려움이 퍼져나갔다. 내 마음은 햇살이 자취를 감추기 시작한 저녁 하늘처럼 급속도로 어두워졌다. 어둠 가운데서 누가 속삭였다.

장난으로 끝나지 않을지도 몰라.

일종의 경고였다. 무의식이라는 눈치 빠른 녀석이 보내는 경고. 정신을 차려보니 나는 머리끝까지 이불을 뒤집어쓴 채 떨고 있었다. 그러거나 말거나 내가 할 수 있는 일은 아무것도 없었다. 어쨌든 유민이 자식은 살려야 했으니까. 설령 진짜로 물귀신을 부르는 일이라 할지라도.

그것이 꼬맹이들이 보여줄 수 있는 최대한의 우정이었다.

물귀신 부르기는 의외로 간단했다.

준비물은 큰 대야와 물, 그리고 양초와 칼이었다. 대야는 내가 준비했고 양초와 칼은 창현이 가지고 왔다. 칼이라고 해봐야 연필 깎을 때 쓰는 작은 놈이었지만 창현이 그걸 꺼내 드는 순간 우리는 침을 꿀꺽 삼켰다.

대야를 가운데 놓고 둘러앉았다. 명자의 말대로라면 물귀신 부르기를 할 때 참여하는 사람은 홀수여야 했다.

"그래야 귀신이 낄 자리가 있지."

그 말을 들은 우리는, 심지어 창현마저도 고개를 휙 돌려 옆을 확인했다. 그러다가 나는 유민과 눈이 딱 마주쳤다. 녀석은 마치 설사가 몰려오기 직전 같은 얼굴을 하고 있었다. 그것도 꽉 막힌 고속도로 위에서.

"시작하자."

창현이 말했다. 여전히 무표정한 얼굴에 무뚝뚝한 목소리로. 철 가면 같은 놈.

나는 대야를 바라봤다. 대야 속에는 솥뚜껑에서 퍼 온 물이 가득했다. 가운데에 유민이 《아이큐 점프》에 부록으로 따라온 채시라 브로마이드를 접어서 만든 컵받침이 떠 있었다. 채시라 누나의 예쁜 얼굴을 볼 수 없는 건 안타까운 일이었지만 초를 물에 띄우려면 어쩔 수 없었다. 어차피 중요한 건 매달 부록으로 따라오던 「드래곤 볼」이었다. 나는 물귀신인지 뭔지를 어서 불러내고 편한 마음으로 만화책이라도 읽고 싶었다. 제발.

내 바람과 달리 일은 빨리 진행되지 않았다. 성냥이 말썽이었다. 몇 개비째 당겨도 매캐한 냄새만 날 뿐 불이 안 붙었다.

"날씨 때문인가 봐."

창현이 갑 안에 든 성냥을 유심히 골라내며 말했다.

사방이 습기로 가득했다. 끈적끈적하고 무거운 공기가 아지트는 물론이고 광선리 전체를 옥죄고 있었다. 아침부터 남쪽에서 몰려온 회색 구름은 이제 하늘을 뒤덮은 채 눌러앉았다.

"붙었다."

길태가 나지막하게 말했다. 녀석은 아무것도 우물거리지 않았다.

창현은 성냥을 조심스레 양초에 가져다 댔다. 불이 심지에 옮겨 붙었다. 어른거리는 불꽃이 대야 속을 비추고 아지트에 긴 그림자를 만들었다. 양초가 타오르자 분위기가 더욱 가라앉았다. 솥뚜껑에서 퍼 온 물은 불빛을 받아 검은색으로 빛났다.

우리를 향해 상큼한 미소를 짓고 있는 채시라의 얼굴이 컵받침 모양으로 접혀서는 나를 바라보고 있었다. 오른쪽 눈만 보였다. 입꼬리도 반만. 물에 뜬 채로 점점이 떨어지는 촛농을 받아내던 그 얼굴이 씨익, 미소를 지었다. 촛농 하나가 채시라의 오른쪽 눈을 지졌다. 우라질. 진짜 끔찍했다.

"이제 피."

그때만큼은 명자가 물귀신보다 무서웠다. 명자는 창현이 가져온 칼을 들고 우리를 쓱 둘러봤는데, 촛불에 비친 핼쑥한 얼굴이 꼭 〈전설의 고향〉 속 구미호 같았다.

"아프겠지?"

길태가 말했다. 녀석은 울기 일보 직전이었다.

"그래도 유민이만 하겠냐?"

창현이 말했다.

나는 망가진 장난감처럼 뭉개진 유민의 얼굴을 힐끗 바라봤다. 그러고는 말없이 손가락을 내밀었다. 명자가 칼끝으로 내 검지를 찔렀다. 따끔했다. 생각보다 아프지는 않았지만 흘러내린 피가 대야 속의 물로 떨어지는 걸 보자 심장이 찌릿했다.

다음은 창현이었다. 그다음은 명자. 길태는 한참을 망설이다가 손가락을 내밀고 훌쩍거리기 시작했다. 마지막은 유민이었다. 녀석의 얼굴은 창백했고 생각에 빠져 있는 것 같았다.

우리의 피는 물속에서 흐물흐물 풀어졌다. 살아 있는 것처럼 꿈틀꿈틀 움직이더니 서로 엉켜서 녹아들었다. 촛불 아래 드러나는 광경은 기묘하면서도 섬뜩했고, 환상적이었다.

"진짜 데려가는 걸까? 우리 아빠……."

긴 침묵을 깨고 유민이 말했다. 안경잡이가 맨얼굴을 드러낸 모습을 보는 건 어딘지 불편한 일이었다. 전에도 그랬다. 아빠는 엄마와 대판 싸우고 난 다음이면 안경을 벗고 얼굴을 문지르곤 했다. 그럴 때의 아빠는 무척 낯설게 보였다. 이곳에 있지만 **존재**하지 않는 것 같은 느낌. 이를테면 멀고 먼 우주 어딘가에서 보내오는 영상 같았다. 초점이 맞지 않고 지글거리는, 영상의 주인공은 이미 오래전 사라져버린, 그런.

유민은 나나 길태처럼 겁에 질려 있지도, 창현이나 명자처럼 덤덤하지도 않았다.

"싫으면 안 해도 돼."

창현이 말했다.

"우리 엄마가 슬퍼할 거야."

"네가 그 개쓰레기한테 맞아서 뒈지면 더 슬퍼하실걸."

유민은 잠시 말이 없다가 몸을 부르르 떨었다.

"지겹지 않냐?"

창현이 조용히 물었다.

"지겨워."

한참 만에 유민이 대답했고, 그걸로 끝이었다. 아무도 토를 달지 않았다. 심지어 길태조차도 훌쩍이는 걸 멈추고 조용히 앉아 있었다. 둥글게 둘러앉은 우리는 서로 손을 잡았다. 그사이 구름이 두 겹은 더 두꺼워진 듯했다. 정말로 물귀신이 나타나 유민의 아빠, 미친개쓰레기를 데려갈까? 아주 잠깐 그런 의문이 머리를 스쳤다. 하지만 유민은 진짜로 믿고 있었다. 물귀신이 정말로 튀어나오리라고 확신한 건 바로 그 순간이었다. 전날의 꿈이 건전지를 갈아끼운 정도였다면, 스위치를 눌러 불안과 공포를 작동시킨 건 바로 유민의 믿음이었다.

"우리는 준비가 되었습니다."

명자가 주문을 외기 시작했다. 우리도 따라 했다.

"우리는 준비가 되었습니다."

"당신이 깃든 물이 있습니다."

"당신이 깃든 물이 있습니다."

"거짓을 밝힐 불이 있습니다."

"거짓을 밝힐 불이 있습니다."

"당신에게 드릴 피도 있습니다."

"당신에게 드릴 피도 있습니다."

바람이 불었다. 끈적끈적하고 질척한 바람이 내 목덜미를 더듬었다. 홀린 듯 주문을 되풀이하는 명자의 앞머리가 바람에 들썩들썩 춤을 췄다. 아직까지는 아무 일도 일어나지 않았다.

"우리에게 오셔서……."

명자는 둘째 언니가 가르쳐주었다는 주문을 잘도 외웠다. 읍내에서 제일가는 양아치와 배가 맞아 가출했다는 언니는 어떻게 지내고 있을까?

"우리에게 오셔서……."

우리는 말 잘 듣는 학생처럼 명자를 그대로 따라 했다.

"소원을 들어주시고……."

"제물을 끌고……."

"물속으로 돌아가시길 바랍니다."

명자는 입을 다물었다. 우리는 숨을 삼켰다. 소리를 내는 건 아무것도 없었다. 움직이는 것도 없었다. 양초가 녹아내릴 뿐이었다. 나는 친구들의 옆자리를 바라봤다. 다행인지 불행인지 물귀신의 흔적은 보이지 않았다.

"끝난 거야?"

내가 물었다.

"응."

명자가 대답했다.

"아무 일도 없잖아?"

"유민이 오빠가 소원만 빌면 돼."

상상했던 일은 벌어지지 않았다. 흔히 들었던 귀신 이야기처럼 머리를 길게 기른 여자가 질질 짜면서 나타나지도 않았고 새빨간 손을 내밀며 어떤 화장지를 쓸지 묻지도 않았다.

"헤헤. 그, 그냥 안 오나 봐."

길태가 웃으며 말했다. 녀석의 얼굴은 땀범벅이었다.

그때였다. 대야가 요동쳤다. 덜그럭덜그럭 나사 빠진 수레처럼 요란한 소리를 내며 아래위로 마구 흔들렸다. 잠잠하던 수면이 일그러진다 싶더니 곧 개수대의 물이 빠지듯 가운데부터 소용돌이가 일기 시작했다. 채시라의 접힌 얼굴이 빙글빙글 돌았다. 그 위에 올려놓은 양초도. 촛불이 일렁일 때마다 그림자가 커졌다가 작아졌다. 먼 하늘에서 으르렁대는 소리가 들렸다. 더위와 습기를 한데 모아 꽉꽉 눌러 뭉친 것 같은 텁텁한 바람이 불어왔다.

모든 일이 순식간에 벌어졌다. 그야말로 눈 깜박할 사이. 우리는 입을 딱 벌리고 대야를 바라봤다. 눈을 뗄 수가 없었다. 방금 전까지 잔잔하던 솥뚜껑의 일부가 돌고, 돌고, 돌고, 또 돌며 밖으로 기어나오려 애를 썼다.

이제는 아예 핏빛으로 변해버린 소용돌이를 바라보는 동안 내 몸도 이상해졌다. 어지럽다 싶더니 곧 역한 기운이 몰려왔다. 바람이 새어 나오듯 희미한 소리가 들렸다.

"히히히."

가슴이 답답하고 숨을 쉴 수가 없었다. 화장지를 꾸역꾸역 밀어 넣은 듯 코끝이 묵직했다. 몸이 흐물흐물 늘어졌다. 문득, 내가 있는 곳이 물속이라는 생각이 들었다. 그래야 모든 게 맞아떨어졌다. 물귀신이 검고 기다란 머리카락을 너풀거리며 활개치는 솥뚜껑 속.

"뻥. 어서, 어서 소원을 빌어."

창현이 말했다. 다 쓴 치약을 쥐어짜는 듯한 목소리였다.

우엑. 길태가 토하기 시작했다.

명자는 허옇게 눈이 뒤집힌 채로 몸을 마구 흔들어댔다.

"물귀신님……."

유민이 입을 열었다. 소용돌이는 더 거세졌다. 아지트의 모든 것이 흔들렸다.

"빨리!"

내가 외쳤다. 속이 울렁거렸다.

"아빠를…… 데려가주세요. 제발…… 다시 돌아올 수 없는 곳으로 데려가주세요!"

유민은 숫제 비명을 질렀다.

순간 모든 것이 멈췄다. 하늘도 으르렁거리지 않았다. 아지트도 흔들리지 않았다. 울렁거림과 어지럼도 언제 그랬느냐는 듯 사라졌다. 대야도 움직임을 멈췄다. 물도 잠잠했다.

우리는 서로의 얼굴을 바라봤다. 아무도 입을 열지 않았다. 길태가 쏟아낸 음식물의 잔해가 시큼한 냄새를 풍길 뿐이었다.

"끝난 거야?"

길태가 물었다.

"아니, 이제부터 진짜 시작일 거야."

창현이 말했고, 나 역시 그렇게 생각했다. 되돌릴 수 없다. 이미 엎질러진 물이었다.

나는 밉살스러울 정도로 잠잠한 대야를 바라봤다. 물귀신은 진짜로 있었다. 엉터리라 생각했던 주문에 덜컥 반응했다. 어쩌면 기다리고 있었던 건지도 모른다. 바깥쪽에서 잠겨 있던 문이 열리기를.

"이제 뭘 하면 돼?"

떨리는 마음을 애써 누르며 명자에게 물었다. 명자는 넋이 나간 얼굴로 앉아 있다가 나를 향해 천천히 고개를 돌렸다.

"뭐?"

"이대로 집에 가면 되는 거야, 아니면 아직도 뭘 더 해야 돼?"

제발 집으로 돌아가고 싶었다.

"나도 몰라. 뒤, 뒤에는 뭘 하는지 못 들었어."

명자는 겁을 먹은 듯했다. 눈에 보일 정도로 온몸을 떨고 있었다.

"괜찮아. 이걸로 됐어. 오늘은 일단 돌아가자. 그리고 기다려보는 거야."

창현은 이 상황에서도 냉정했다.

"진짜로 물귀신이 나타나면 어떡해?"

길태는 명자 이상으로 겁에 질린 것 같았다. 왜 아니겠는가. 태어나서 음식을 토하는 경험은 처음이었을 것이다. 물귀신이 선사하는 공포는 그 정도로 강력했다.

"앞으로 무슨 일이 생기든지 오늘 우리가 한 건 비밀이다. 알겠지?"

비현실적인 상황에 대처하는 창현의 방법은 지극히 현실적이었다. 녀석은 우리 모두와 눈을 맞췄다. 다른 친구들은 어땠는지 모르겠지만, 나는 눈이 마주친 짧은 순간 창현의 눈동자에 떠오른 두려움을 읽을 수 있었다. 어쨌든 녀석도 우리와 같은 나이였다. 공포를 감지하는 예민하고 성능 좋은 안테나가 삐죽 솟아나는 나이.

"광선리 독수리 오형제의 이름을 걸고 비밀을 지키는 거야."

창현이 강조했다. 우리는 고개를 끄덕였다. 명자는 특히 더 열렬히 동의를 표했다.

나는 길태가 했던 질문을 창현에게 다시 던지고 싶었다.

진짜로 물귀신이 나타나면 어쩔 건데?

녀석은 교묘하게 대답을 피했다. 우리가 무언가를 불러냈다는 사실은 명백했다. 그게 진짜로 물귀신인지, 아니면 다른 무엇인지는 모르겠지만 물이 가득 든 대야를 뒤흔들었고 우리의 입과 코를 틀어막았으며 길태에게 난생처음으로 구토를 선사했다는 사실 또한 분명했다.

"이제 그만 돌아가자."

창현이 먼저 일어섰다.

"이것들은?"

나는 골치 아픈 질문을 하는 대신에 턱으로 대야와 초를 가리켰다. 촛농이 눌어붙은 채시라의 얼굴은 강시처럼 창백하고 으스스해 보였다.

"그냥 놔두자. 나중에 치우지, 뭐."

다행이었다. 저 대야를 들고 집으로 돌아간다고 생각만 해도 끔찍했다. 당장 내일 세수할 때 쓸 대야가 없었지만 물귀신의 출입구나 다름없는 것에 대고 얼굴을 씻고 싶지는 않았다.

"그럼 빨리 가자."

길태는 안절부절못하며 말했다. 멀리서 하늘이 으르렁거렸다. 우리는 아지트 밖으로 뛰어나왔다. 먹구름이 몰려들고 있었다. 배탈 난 사람처럼 얼굴을 찌푸리고 있던 하늘이 드디어 한바탕 쏟아낼 모양이었다. 먹구름은 간신히 빛나던 태양을 가리며 점점 불어났다. 바람이 심상치 않았다. 바람이 불 때마다 나무들이 몸을 떨어댔고 솥뚜껑에는 꿈틀꿈틀 물결이 일었다.

우리는 멍하니 서서 압도적으로 쌓여가는, 한 층 한 층 두꺼워지는, 그리하여 금방이라도 우리를 내리누를 것만 같은 먹구름을 바라봤다. 순간 먹구름의 한가운데가 쩍 갈라진다 싶더니 그 사이를 번개가 가로질렀다. 번개를 그렇게 가까이서 본 건 그때가 처음이었다. 뒤이어 귀를 찢을 듯한 천둥소리가 이어졌다. 정말로 큰 소리였다. 나도 모르게 비명이 튀어나왔다.

"달리자!"

창현의 말이 떨어지기 무섭게 우리는 내달리기 시작했다. 제일 먼저 명자가 튀어나갔고, 놀랍게도 그 뒤를 길태가 따랐다. 다음은 창현, 그리고 유민이었다. 나는 제일 마지막이었다. 물론 나도 미친개처럼 달려나가고 싶었지만 무언가가 내 시선을 사로잡았다.

솥뚜껑이 소용돌이치고 있었다. 빙글빙글 돌았다. 다시 번개가 쳤다. 찰나의 순간 솥뚜껑의 물살을 뚫고 솟아오르는 검은색의 무언가를 봤다.

"같이 가!"

목이 터져라 외치며 달렸다. 기다렸다는 듯이 세찬 빗줄기가 내리그었다.

쾅.

천둥이 쳤다. 빗소리는 더 요란했다. 모든 것보다 산길을 달려 내려가는 내 숨소리와 심장 뛰는 소리가 더 컸다. 비는 우라지게 쏟아졌다. 하늘은 그동안의 가뭄을 한 방에 만회하려고 작정한 것 같았다.

번쩍. 그리고 쾅.

딴생각할 틈을 주지 않으려는 듯 다시 번개와 천둥이 산을 뒤흔들었다. 저만치 앞에서 명자가 내지르는 비명이 들렸다. 빗줄기가 워낙 거세 눈을 뜨기도 힘들 정도였다. 온몸이 흠뻑 젖었고 금세 진창으로 변한 흙길은 내 발을 자꾸만 붙들었다.

앞서 달리던 유민이 휘청하더니 엉덩방아를 찧었다. 녀석의 작고 빼빼 마른 몸은 쏟아지는 비에 바스라질 것만 같았다.

"괜찮아?"

유민은 거칠게 숨을 몰아쉬고 있었다. 평소에도 운동은 젬병인 녀석이었다. 달리기도 꼴등, 뜀틀도 꼴등, 축구는 개발.

"먼저 가."

녀석이 가느다란 목소리로 말했다. 빗소리에 파묻혀 들릴락 말락 할 정도였다.

"빨리 와!"

나는 유민을 억지로 일으켰다.

"못 가겠어. 다리에 힘이 없어."

"우라질 새끼야. 안 뛰면 큰일난다니까!"

유민은 안경이 떨어져나간 얼굴로 나를 올려다봤다. 눈에 초점이 없었다. 피부가 창백했다. 개구리 같았다. 과학실 선반에 나란히 진열된 참개구리, 청개구리, 무당개구리 표본. 포르말린 용액에 담겨 내장을 훤히 드러내고 있는 그것들.

한기가 몰려왔다. 한여름의 뜨뜻미지근한 비와는 전혀 다른 차갑고 서늘한 기운. 온몸이 찌릿찌릿했다. 냉탕에서 신나게 놀다가 온탕으로 뛰어들었을 때처럼, 혹은 그 반대의 경우처럼 손발 끝이 근질근질하고 피부가 따가웠다.

"온다!"

유민이 소리를 질렀다. 그러고는 뒤쪽을 향해, 우리가 도망쳐온 곳을 향해, 솥뚜껑을 향해 고개를 확 돌렸다. 두 눈이 개구리 왕눈이처럼 커졌다.

사방을 두드려대는 빗소리를 뚫고 귀에 거슬리는 소리가 들렸다. 무언가가 재빠르게 풀숲을 헤치며 다가오는 소리. 목구멍 안쪽에서부터 새어 나오는 날카로운 웃음소리. 그리고…….

어디어디 숨었니?

노랫소리가 들렸다. 내리는 비를 따라, 불어제치는 바람을 따라 노랫소리가 들렸다.

어디어디 숨었니?

여자 목소리였다. 축축하고 차가운 목소리. 꽁꽁 언 손으로 심장을 움켜잡고 흔들어대는 것 같은 목소리가 우리를 찾고 있었다. 자신을 불러낸 우리를.

번쩍.

시뻘건 번개가 하늘을 훑고 지나갔다. 먹구름 아래 내리눌린 숲이 일순간 밝아졌다. 비에 젖고 바람에 날리는 나뭇가지들이 똑똑히 보였다. 저멀리 빽빽한 나무들 사이로 검고 가느다란 무언가가 휘날리고 있었다. 나는 순간적으로 그것의 정체를 알아챘다. 머리카락이었다.

"어서 달려!"

유민의 손을 잡고 뛰기 시작했다.

"절대 죽으면 안 돼!"

결국 참지 못하고 소리를 지르고 말았다. 비명 대신이었다. 내 방 책상 위에는 유민이 만들어준 고무줄 총이 놓여 있었다. 한 번에 세 개의 고무줄이 발사되는, 마치 기관총처럼 생긴 놈이었다. 아이스크림 막대기와 나무젓가락만으로 이런 기똥찬 총을 만들 수 있는 건 오직 유민뿐이었다. 유민의 꿈은 미친개쓰레기한테서 벗어나는 거였지만 녀석이 진짜 하고 싶은 일은 따로 있었다.

"난 장난감을 만드는 사람이 되고 싶어."

녀석은 내게 고무줄 총을 건네며 말했다.

넌 할 수 있을 거야. 너라면 가능해. 네가 장난감을 만들면 내가 제일 먼저 사줄게.

"알겠지, 유민아?"

나는 다시 한번 소리쳤고, 다음 순간 그대로 미끄러지고 말았다. 발밑이 훅 꺼졌다. 방금 전까지 아래에 펼쳐져 있던 흙길이 내 눈앞으로 달려들었다. 손을 뻗었지만 헛수고였다. 제일 먼저 무릎이 돌부리에 부딪혔다. 무릎에서 시작된 고통이 온몸으로 퍼지기도 전에 손목 근처에서 화끈한 폭죽이 터졌고 질세라 가슴팍과 얼굴에서도 새로운 통증이 시작됐다. 따갑고, 찌릿하고, 욱신거리고, 쿡쿡 쑤셨다. 진창이 된 내리막길을 몇 미터나 미끄러져 내려가며 흙탕물을 잔뜩 마셨다. 눈에도 튀었다. 제대로 눈을 뜰 수가 없었다.

나는 억지로 일어났다.

물귀신.

그 단어가 나를 고통에서 건져냈다. 나는 거의 비슷한 위치에 비슷한 몰골로 쓰러져 있는 유민을 향해 외쳤다.

"다시 달려!"

유민은 꿈짝도 하지 않았다. 상체를 비스듬히 세운 채로 우리가 미끄러져 내려온 길을 바라볼 뿐이었다. 눈에 진흙이 들어간 탓에 녀석의 모습이 흐릿하게 보였다.

"뭐하는 거야? 어서!"

"틀렸어."

유민이 중얼거렸다. 비바람 속에서도 나는 그 가냘픈 소리를 똑똑히 알아들었다.

"뭐, 뭐가? 뭐가, 이 새끼야?"

"물귀신이 왔어."

녀석의 한마디가 내 머릿속에서 소용돌이 모양으로 팽팽 돌고 있던 공포를 자극했다. 더 세게, 더 거칠게. 억지로 눈을 비벼 진흙을 씻어냈다. 눈을 깜박였다. 여자는 보이지 않았다. 우라질 물귀신의 머리카락 따위는 한 가닥도 보이지 않았다. 대신에 무언가가 우거진 풀숲을 헤치며 내려오고 있었다. 땅을 기는 듯한 사사삭 소리가 들릴 때마다 풀들이 쓰러졌다.

찾았다!

귓가에, 아니 머릿속에 기쁨에 찬 목소리가 울려 퍼졌다.
"으악!"
이번에는 움직이지 못했다. 비명을 내지르는 게 다였다. 내가
이겨낼 수 있는 공포의 한계점을 넘어버렸다. 눈을 질끈 감았다.
사사삭. 물귀신이 젖은 풀잎을 쓰러뜨리며 빠른 속도로 다가왔
다. 유민이 비명인지 신음인지 모를 소리를 토해냈다. 숨을 쉴 수
가 없었다. 가슴이 답답하고 현기증이 일었다. 쓰러질 것 같았다.
쓰러져서 유민과 함께 이대로…….
누가 내 팔을 강하게 잡아당겼다.
"오빠. 빨리."
명자였다. 가느다란 손가락이 내 팔목을 아플 정도로 움켜쥐
었다.
"엉?"
알고는 있었지만 몸이 움직이지 않았다.
"뼝은 우리가 맡을게."
어느새 달려온 창현이 유민을 일으켜 세웠다. 길태가 금방이라
도 울 것 같은 표정으로 나를 힐끗 돌아봤다.
물귀신은?
보이지 않았다. 산길 위쪽에는 비를 맞으며 울어대는 나무들뿐

이었다.

"봤어?"

명자에게 물었다.

"봤냐고?"

소리를 질렀다. 명자는 그저 울 뿐이었다. 얼굴에 달라붙은 두려움의 자국은 쏟아지는 비에도 씻겨 내려가지 않았다. 나도 마찬가지 표정으로 마구 악을 썼다.

"그게 오고 있어!"

"알고 있어. 그러니 빨리 가자."

창현은 무서울 정도로 침착했다. 한 손으로 유민을 부축한 채로 내 어깨에 손을 올려놓았다. 손끝이 파르르 떨렸다. 녀석도 필사적으로 참고 있는 거야. 그 생각이 머릿속에 떠오르는 순간 나도 정신이 돌아왔다.

"가자!"

내가 말했다. 그것이 어디로 사라졌는지 알 수 없었다. 어쩌면 우리를 앞질러 마을로 향하고 있을지도 모를 일이었다.

사사삭. 물귀신이 꼬리 잘린 도롱뇽처럼 팔다리를 휘저으며 산길을 기어가는 모습이 눈앞에 그려졌다.

번쩍.

다시 번개가 쳤고 기다렸다는 듯 천둥이 산을 울렸다. 바람은 보이지 않는 거대한 손이었다. 나무의 머리채를 잡고 한껏 잡아당기고 있었다. 아무리 달려도 마을은 나오지 않았다. 몇 번이나, 셀 수도 없을 만큼 넘겨졌다. 어딘가에서 물귀신이 불쑥 튀어나올 것 같았다. 숨이 차오르다 못해 목이 따갑고 혀끝에 비릿한 맛이 느껴졌다. 정신을 차릴 수가 없었다. 나는 물속에서 허우적거리고 있었다.

"오빠!"

명자가 나를 불렀다.

"민호 오빠!"

또 한 번.

이상하다? 물속에서도 명자 목소리가 들리네.

"다 왔어."

명자의 외침이 수면 아래 잠긴 의식을 깨우는 것과 동시에 막혀 있던 귀가 뻥 뚫렸다. 눈앞이 환해졌다. 심장은 여전히 두근거렸지만 떨어져나갈 정도는 아니었다. 무엇보다도 두 다리가 단단하고 믿음직한 아스팔트를 밟고 있었다.

"내려왔구나."

나도 모르게 중얼거렸다. 빗줄기도 한결 약해졌다.

"큰일날 뻔했어."

길태가 훌쩍거리며 말했다.

"그래, 큰일날 뻔했어."

내가 대답했다. 고개를 돌렸다. 방금 도망쳐 나온 산속을 바라봤다. 여전히 어둠에 휩싸여 있었다. 산속 저 깊은 곳에서 으르렁거리는 소리가 들렸다. 먹잇감을 놓친 맹수처럼, 보이지 않는 무언가가 분노에 찬 울음을 터뜨렸다.

물귀신은 어디로 갔을까?

그 생각을 하자마자 또다시 추위가 몰려왔다.

"이제 어떻게 해?"

명자가 물었다.

"각자 집으로 돌아가자. 이대로는 비가 너무 많이 와서 안 되겠어."

창현이 말했다. 맞는 말이었다. 온몸이 쫄딱 젖은 건 둘째 치고 미끄러지고 넘어지면서 생긴 상처와 멍 때문에 서 있기도 힘들었다.

"안 돼!"

지금껏 한마디도 않던 유민이 갑자기 입을 열었다. 우리는 모두 깜짝 놀랐다. 녀석이 그처럼 크고 강한 목소리로 주장한 건 그때가 처음이자 마지막이었다.

"난 봤어. 물귀신이 아빠를 죽일 거야."

유민의 표정은 잠에 취한 듯 멍했지만 눈빛만은 달랐다. 활활 타오르다 못해 에스퍼맨처럼 레이저라도 쏠 기세였다. 나는 녀석의 마음을 알 것 같았다. 미친개쓰레기가 이 세상에서 없어져야 하는 건 맞다. 하지만 이런 방법은 아니었다. 물귀신이 누군가를 데려간다, 사사삭 기어서. 그런 상상을 하는 것만으로도 죄를 짓는 느낌이었다.

"그게 네가 원하는 거 아냐?"

창현이 물었다. 녀석의 눈빛 또한 만만치 않았다.

"아냐, 아빠가 없어지면 좋겠지만 이건 아냐. 물귀신은 멈추지 않을 거야. 난 알 수 있어. 너희들도 알잖아?"

누구 하나 반박하지 못했다.

"같이 우리집으로 가줘. 가서, 도와줘. 물귀신이 아빠를 데려가
지 못하도록."

유민은 애원했다. 마치 다른 사람이 된 것 같았다.

우리는 서로 눈길을 한 번씩 주고받았고 그걸로 끝이었다. 우정
은 무모함을 동반한다. 그때도 마찬가지였다. 아무 대책도 없었지
만 광선리 독수리 오형제는 뻥의 집을 향해 달렸다.

비에 젖고 진흙이 잔뜩 묻은 몰골로 유민의 집 앞에 도착했다.
아지트에서부터 줄곧 달려온 탓에 다리가 후들거렸다. 팬티까지
다 젖어 으슬으슬 추위가 몰려왔다. 유민은 창백한 얼굴로 숨을
몰아쉬면서도 곧장 마당으로 달려 들어갔다.

"아빠!"

아무런 대답이 없었다.

"아빠!"

유민은 더 크게 소리를 질렀다.

"왜 소리를 지르고 지랄이야?"

벼락처럼 화장실 문이 열리면서 그 인간이 걸어나왔다. 유민의
의붓아빠, 개쓰레기. 눈이 풀리고 코끝이 빨갰다. 언제 빨았는지
알 수 없는 누리끼리한 런닝은 지저분한 사각 팬티 위로 삐져나와
있었고 팬티 역시 엉덩이에 반쯤 걸린 상태였다. 오른쪽 어깨에는
닻 모양의 문신이 있었다. 유민의 말에 의하면 예전에는 배를 탔
단다. 일 년 삼백육십오 일 술을 들이붓는 탓에 몸매가 점점 술통

처럼 변하긴 했지만 팔과 다리의 근육은 아직 튼실했다.

"아빠 괜찮으세요?"

유민은 속도 없이 물었다. 분위기가 좋지 않다는 사실은 뚜렷이 느낄 수 있었다. 유민의 아빠는 온몸으로 위험하고 불쾌한 기운을 내뿜었다.

"괜찮으세요? 똥통에 빠져 확 뒈졌으면 좋았겠냐?"

혀가 꼬인 걸 보니 이미 낮술을 거하게 들이켠 모양이었다. 그 말은 곧 그냥 개쓰레기가 아니라 미친개쓰레기가 되었다는 뜻이 었다.

"그게 아니라……."

"어디서 놀다가 좆같은 꼴을 해가지고 들어온 거냐?"

미친개쓰레기는 엉덩이를 벅벅 긁으며 유민을 향해 다가갔다. 슬리퍼를 신은 발이 물웅덩이를 밟았다. 찰방, 하는 소리가 유독 크게 들렸다.

"씹할, 갑자기 비는 쏟아져가지고."

미친개쓰레기는 손으로 눈을 가리면서 하늘을 올려다봤다. 수 염이 거뭇거뭇 자라 있었다.

"아빠, 혹시 이상한 일 없었어요?"

유민의 몸이 긴장으로 뻣뻣해졌다. 덩달아 우리도 마른침을 삼 켰다.

"비도 오는데 배는 살살 아프고 말이야, 씹할 재수도 더럽게 없 지, 이 몸이 요런 촌구석에 박혀서 늙은 여편네랑 애새끼하고……. 안 그러냐?"

미친개쓰레기는 혼잣말처럼 구시렁거리더니 대뜸 우리를 향해 물었다.

"네?"

길태는 턱살이 흔들릴 정도로 깜짝 놀랐다.

"정말 열 뻗쳐서."

미친개쓰레기는 씩 웃었다. 비가 그의 매끈한 얼굴 위로 떨어져 내렸다. 누런 이가 활짝 드러난 건 순식간이었다. 곧 입을 꾹 다문다 싶더니 다음 순간 유민의 얼굴을 후려쳤다.

"윽."

외마디 신음을 뱉으며 유민이 나가떨어졌다.

"내가 아빠라고 부르지 말랬지?"

그는 유민의 머리카락을 잡고 억지로 일으켜 세웠다. 나는 유민의 입술에서 흐르는 피를 똑똑히 봤다. 몸이 부들부들 떨렸는데 그게 추위 때문인지 두려움 때문인지 아니면 분노 때문인지 알 길이 없었다.

"몇 번을 말해야 알아듣겠냐? 이 좆만 한 새끼야."

퍽.

큼지막한 주먹이 다시 유민에게로 날아들었다. 이번에는 명치였다. 나도 모르게 몸이 움찔했다. 길태는 아예 자기 배를 움켜쥐었다. 명자도 숨을 들이켰다.

"아, 아빠."

"애새끼들을 줄줄 달고 오면 내가 오냐 잘 놀다 가라고 해줄 거라 생각했냐?"

미친개쓰레기의 목소리는 점점 커졌다. 두 눈이 이글이글 타올랐다. 무자비한 폭력이 이어졌다. 미친개쓰레기는 유민의 목을 움켜쥐고 몇 번이나 뺨을 때렸다. 얼마 안 가 코피가 터졌다. 얼굴이 통통 부어올랐다.

"비도 오고 아주 기분 더러운데 오늘 끝장을 보자."

카악, 퉤. 싯누런 가래를 끌어올려 마당에 뱉은 그는 발로 유민을 걷어찼다. 그러고는 주위를 휘휘 둘러봤다. 무언가에 홀린 듯한 행동이 심상치 않았다. 술 때문인지, 비 때문인지, 아니면 다른 무언가가 시커먼 마음을 부채질한 건지 그 순간의 미친개쓰레기는 분명 평소보다 더 미쳐 있었다. 그러지 않고서야 도끼를 빼 들었을 리가 없다. 나는 미친개쓰레기가 통나무에 한쪽 발을 대고 도끼를 뽑을 때만 해도 설마설마하는 마음이었다.

하지만 그 괴물 같은 놈은 도끼를 치켜들었고 그제야 내 마음속 설마가 공포로 바뀌었다. 유민은 멍한 얼굴로, 쪼개지기를 기다리는 메마른 장작처럼 쓰러져 있었다.

미친개쓰레기는 정말로 유민을 죽이려 했던 걸까? 아니면 그저 시늉만 했던 걸까? 이제는 그 인간의 의도를 영영 알 수 없게 되어버렸지만 나는 아마도 전자가 아니었을까 짐작한다.

"안 돼요!"

창현이 유민의 앞으로 뛰어든 건 정말로 찰나의 순간이었다. 내가 입을 딱 벌리고 길태가 눈을 질끈 감고 명자가 비명을 터뜨렸던 바로 그 순간, 우리의 리더이자 철가면 창현은 용감하게 앞으로 나섰다.

도끼는 창현의 머리 위 몇 센티미터에서 딱 멈췄다. 아무 소리도 들리지 않았다. 모든 장면이 한 장의 사진처럼 내 눈에 들어와 꼭 박혔다. 쓰러진 유민, 십자가 위의 예수님처럼 두 팔을 벌린 채 버티고 선 창현, 그리고 공중에 멈춰 선 도끼.

"이 새끼가……."

미친개쓰레기는 모아이 석상처럼 굳은 얼굴로 창현을 바라봤다.

"아이고."

정말로 그렇게 우스꽝스러운 소리를 하며 길태가 주저앉았다. 나도 동감이었다. 아이고, 살았다. 혹은 아이고, 죽었다. 어느 쪽이 되었든 주저앉고 싶은 마음은 똑같았다.

"그만하세요. 이제 됐잖아요."

창현이 말했다.

"그만하세요. 이제 됐잖아요. 크크크."

미친개쓰레기가 그 말을 따라 했다. 소름 끼치는 웃음을 섞어서.

"이놈이나 저놈이나 다 좆같구나."

웃고 있었지만 눈빛은 여전히 광기로 번뜩였다. 나는 미친개쓰레기의 눈알을 보면서 물귀신보다 더 무서운 게 존재한다는 사실을 뼈저리게 깨달았다. 그리고 진심으로 사라져주기를 바랐다. 우리를 쫓아오던 물귀신을 생각하면 여전히 똥구멍이 근질댔지만 유민의 인생에서 저 미친 인간이 지워졌으면 싶었다. 영원히, 다시는 돌아올 수 없는 곳으로.

"비켜."

미친개쓰레기가 으르렁거렸다.

"못 비켜요."

창현은 단호했다.

"그럼 너한테도 뜨거운 맛을 보여주지."

미친개쓰레기가 다시 도끼를 치켜들었다.

"우리 아빠가 누군지 알죠? 만약에 그랬다가는 아저씨도 뜨거운 맛을 보게 될 거예요."

창현이 그런 식으로 말하는 건 처음이었다. 미친개쓰레기는 도끼를 든 채 한동안 창현을 노려봤다. 비는 계속해서 쏟아졌다. 문득 전보다 하늘이 더 어두워졌다는 사실을 깨달았다. 먹구름이 하늘을 꽉 메울 듯 쌓여 있었다.

"씹할. 그 애비에 그 아들이구먼."

효과가 있었다. 창현의 협박은, 어떤 힘을 발휘했는지는 모르지만 미친개쓰레기의 정신을 어느 정도 돌아오게 만들었다.

"좆같은 것들이 술 생각나게 만드네."

그는 중얼거렸다. 도끼를 든 손이 축 늘어졌다. 갑자기 그 무게를 깨달은 것 같았다. 창현은 여전히 같은 자세로 서 있었다.

"너 이 새끼 나중에 죽을 줄 알아."

미친개쓰레기는 그 말을 마지막으로 도끼를 마당에 던진 후 마루를 향해 걸어갔다. 찰방찰방. 걸을 때마다 물 튀는 소리가 따라갔다. 그는 슬리퍼를 아무렇게나 벗어던지고는 젖은 몸 그대로 방안으로 들어가버렸다. 너무나도 극적인 변화가 섬뜩했다.

"괘, 괜찮아?"

"오빠."

나는 길태와 명자가 유민에게 달려가는 모습을 멍하니 바라봤다. 유민은 창현의 부축을 받아 힘겹게 일어났다. 명자는 내내 울었다.

위험해.

그 말이 목구멍을 비집고 올라왔다. 솥뚜껑에서의 감각이 생생히 되살아났다. 내가 느낀 걸 친구들에게 말하고 싶었지만 입이 떨어지지 않았다.

쉿. 보이지 않는 누군가가 귓가에 대고 그렇게 말했다. 길고 긴 손가락을 새빨간 입술에 갖다 대며. 손가락 끝에는 날카로운 손톱이……

"좀 도와줘. 일단 방으로 들어가자."

"알았어."

나는 창현의 말에 순순히 따랐다. 당장 할 수 있는 건 그것밖에 없었다.

"피가 계속 흘러."

명자가 울먹이며 말했다. 유민의 얼굴은 바라보기 힘들 정도로 끔찍했다. 입술은 터지고 코피는 쏟아지고 뺨은 풍선처럼 부어올랐다. 그래도 녀석은 우리를 보고 씩 웃었다.

우리는 유민의 방으로 들어가 녀석을 눕힌 후 말없이 둘러앉았다. 너무 춥고 힘들어서 누구 하나 입을 열지 않았다. 명자는 휴지로 유민의 피를 계속 닦아주었다. 나는 벽에 기댔다. 심장은 여전히 두근거렸지만 온몸에 힘이 빠져 손가락 하나 움직이기도 힘들었다. 얼마나 시간이 지났을까, 마침내 길태가 말을 꺼냈다.

"그, 그래도 너네 아빠는 물귀신도 이길 것 같아."

차라리 그냥 입다물고 있지.

내 마음과 같았는지 명자가 길태를 째려보며 두루마리 화장지를 휙 던졌다.

"왜?"

녀석이 되물었다.

"병원에 안 가도 될까?"

내가 물었다. 유민의 얼굴은 갈수록 더 부어올랐다.

"괜찮아. 신경 안 써도 돼."

유민이 말했다. 그러고는 덧붙였다.

"길태 말처럼 어쩌면 우리 아빠는 물귀신도 이길 것 같다. 그치? 다. 다행이야."

바보 같은 새끼. 나는 헤헤 웃다가 아파서 얼굴을 찡그리는 유민을 보며 눈물이 나려는 걸 꾹 참았다. 창현은 아예 눈을 감아버렸다.

그때 잠잠하던 번개가 다시 번쩍였다. 다음 순간 우리 모두는 똑똑히 봤다. 창호지 문 바로 앞에 서 있는 긴 그림자를. 바람에 나부끼는 머리카락이 뱀처럼 꿈틀거리는 모습을.

어디어디 숨었니?

우리는 누구 하나 입을 열지 않은 채 그대로 굳어 있었다. 나는 아예 숨쉬는 것도 잊었다. 아주 잠깐이라도 몸을 움직였다가는, 그게 비록 숨을 쉬는 일이라 해도 들킬 것 같았다.

그림자는 천천히 움직이기 시작했다. 유민의 방문을 지나 집안으로. 창호지가 부들부들 떨렸다. 바람 때문이 아니었다. 물귀신이 뿜어내는 차갑고 축축한 기운이 먹잇감을 찾는 뱀처럼 문을 두드려대고 있었다. 키가 컸다. 정말로 컸다. 학교 운동장의 제일 높은 철봉보다도 더 컸고 고등학생 때 배구 선수를 했다고 자랑 삼아 떠들고 다니는 5학년 주임 선생님보다도 더 컸다. 그림자는 어림도 없는 높이에서 어른거렸다. 대나무 꼬챙이처럼 빼빼 말라서 더 커 보였다. 그 높이에서 눈을 뒤룩인다면 우리가 어디에 숨었든 죄다 찾아낼 것 같았다. 우리를 가려주기에 창호지 문은 너무 얇고 보잘것없었다.

기분 나쁜 감각이 되살아났다. 물에 빠진 것 같은 느낌.

딸꾹. 상황과 전혀 어울리지 않는 소리가 유민의 작은 방안에 울려 퍼졌다. 막 사라지던 물귀신이 그 자리에 멈춰 섰다. 길태가 당황한 얼굴로 자기 입을 틀어막았다. 등이 찌릿찌릿했다. 문 너머의 그림자가 고개를 갸우뚱하며 방안을 향해 귀를 쫑긋 세우고 있는 모습이 무섭도록 생생하게 그려졌다. 공포와 긴장이 만들어낸 불협화음이 길태의 목을 통과해 다시 한번 쏟아지려 했다. 녀석의 눈이 커졌다. 막을 수 없다. 이제 끝장이다. 명자가 소리 없는 비명을 질렀다. 창현이 입술을 깨물었다. 나는 눈을 감았다.

"야! 술 좀 더 사 와라."

딸꾹. 거의 동시였다. 아니, 미친개쓰레기가 내지른 고함이 조금 더 빨랐는지도 모르겠다. 물귀신이 스르르 사라졌다. 목적지는 뻔했다. 유민의 의붓아빠가 술을 퍼마시고 있는 안방. 유민의 소원을 들어주기 위해 물귀신이 그곳으로 향하고 있었다.

"안……!"

창현이 유민의 입을 막았다.

"그냥 있어."

녀석은 낮은 목소리로 말했다. 몸을 부들부들 떨면서도 눈빛만은 흔들리지 않았다.

"아빠가…… 아빠가…….."

유민이 창현의 품안에서 버둥거렸다.

"괜찮아. 조금만 있으면 끝날 거야. 조금만, 조금만."

창현은 주문이라도 외는 것처럼 중얼거렸다. 유민의 눈에서 눈물이 흘러내렸다. 아무 소리도 들리지 않았다. 조용했다. 누가 소리란 소리는 모두 모아서 꾹꾹 누른 후에 저멀리 다시는 돌아오지 못할 곳으로 던져버린 것 같았다. 다음 순간…….

쾅!

갑자기 커다란 소리가 날아들었다.

"으악!"

길태가 비명을 지르며 이불 속으로 파고들었다. 우리를 감싸고 있던 정적이 산산조각 났다.

"가봐야 돼."

말을 내뱉는 것과 동시에 유민이 벌떡 일어났다.

"안 돼!"

이번에는 내가 소리쳤다. 본능적으로 나온 말이었다.

방문을 열면 물귀신이 있어.

나는 유민에게 눈빛으로 말했다. 녀석은 살짝, 아주 살짝 고개를 저었다. 여전히 겁에 질리긴 했지만 방안의 누구보다도 평온한 표정이었다.

"괜찮아. 알고 있어."

유민은 한마디를 던진 뒤 방문을 열었다. 아무도 막지 못했다. 맨 마지막까지 주춤거리던 길태가 마루로 나왔을 때 유민은 이미 안방 앞에 서 있었다.

빗줄기는 눈에 띄게 가늘어졌다. 제 할 일을 다 했다는 듯 서서히 물러가는 중이었다. 세차게 부는 바람을 따라 구름이 빠르게 흘러갔다.

"아빠?"

유민이 말했다. 차분한 목소리였다. 마치 '아빠, 식사하세요'라고 말하는 듯. 나는 소름이 오싹 돋았다. 유민은 안방 문을 열기 전 우리 한 명 한 명을 찬찬히 바라봤다. 눈에는 아무런 감정도 담겨 있지 않았다. 문을 열었다. 드르륵 소리가 유독 크게 들렸다. 방안은 컴컴했다. 한 점의 빛도 새어 나오지 않았다. 질척질척하고 서늘한 공기가 흘렀다.

"아빠……."

유민의 목소리는 다정하게 들릴 정도였다. 나를 때린 건 용서할게. 내 안경을 부숴버린 것도 괜찮아. 도끼로 나를 반 토막 내려

했던 것도 눈감아줄게. 그러니…….

우리는 문 앞에 우뚝 서 있는 유민의 등뒤로 다가갔다. 그때만큼은 유민이 왜소해 보이지 않았다. 오히려 다 큰 어른처럼 여겨졌다. 아니면 벌써 늙어버렸거나.

미친개쓰레기는 방 가운데 누워 있었다. 눈은 똑바로 뜨고 입은 앙다물었다. 왼손은 갈퀴처럼 구부러졌고 오른손은 주먹을 쥔 채 바닥에 놓여 있었다. 우리가 들었던 소리의 정체는 어쩌면 미친개쓰레기가 방바닥을 내리친 소리였을지도 모른다. 상상도 할 수 없는 고통에 몸부림치며.

"죽은…… 거야?"

길태가 얼빠진 목소리로 물었다. 때마침 미친개쓰레기의 입에서 물이 줄줄 새어 나왔다. 명자가 내 팔을 아프도록 세게 쥐었다.

딸꾹. 다시 딸꾹질이 시작됐다. 우리의 눈은 생전 처음 본 시체에서 떨어질 줄 몰랐다. 죽음의 기운이 고여 있는 방 앞에서 광선리 독수리 오형제는 오랫동안 말없이 떨었다.

"어른들한테 알리자."

이윽고 창현이 입을 열었다.

"남 법사 아저씨한테도."

3
오합지졸

"남궁현 씨. 전과가 아주 화려하네. 부녀자 추행에 사기까지. 보자……. 제일 최근에는 절도구먼. 딱 일 년 살다 나오셨네."

말처럼 얼굴이 길쭉한 형사는 잔뜩 충혈된 눈으로 모니터와 남 법사를 번갈아 바라봤다. 졸린 것처럼도 보이고 예상치 못한 살인 사건에 골치 아파하는 것처럼도 보였다.

"그게, 절도라기보다는 다른 사람이 놓고 간 걸 주운 겁니다. 하필이면 집행유예 기간이라서 가중처벌을 받은 거지 원래 그 정도는 그냥 넘어가잖아요. 안 그렇습니까, 형사님?"

남 법사는 실실 웃으며 말했다. 눈을 가늘게 뜨고 연신 고개를 주억거리는 모습이 꼴불견이었다. 형광등 불빛 아래 드러난 남 법사의 얼굴은 훨씬 더 늙어 보였다.

"야! 내가 누군지 알아?"

경찰서 구석 벤치에 쓰러져 있던 남자가 대뜸 소리를 질렀다.

머리부터 발끝까지 술에 푹 담긴 사람이었다.

"거 좀 조용히 해요!"

형사가 고함을 쳤다. 앞에서 꾸벅꾸벅 졸던 순경이 놀라서 고개를 들다가 의자와 함께 뒤로 넘어갔다.

"쯧쯧. 잘 돌아간다."

말상 형사는 못마땅한 표정으로 혀를 차더니 다시 남 법사에게로 고개를 돌렸다.

"언제까지 기다려야 돼?"

명자가 구시렁댔다. 눈가에 졸음과 피로가 달라붙어 있었다. 열심히 덧칠했던 화장도 서른 후반에 들어선 그녀의 나이를 감추지는 못했다. 어쩔 수 없는 세월의 흔적을 엿보며 나는 약간 서글퍼졌다. 동시에 나 역시 쏟아지는 하품을 참기 힘들었다.

어느덧 새벽 2시였다. 종수라는 이름의 똘마니가 시체로 발견된 후 정신없이 시간이 흘렀다. 경찰과 구급대가 달려오고, 목격자이자 용의자인 우리는 길태의 나머지 동생 두 명을 포함해 굴비 엮이듯 줄줄이 안주 경찰서로 끌려왔다.

"자, 다시 한번 물을게요. 거기 일곱 분이 현장에 갔을 땐 이미 죽어 있었다 이거죠?"

형사가 물었다.

"도대체 몇 번을 이야기해요? 삼십 분 전에도 똑같은 걸 물었잖아요!"

명자가 쏘아붙였다.

"이것 보세요, 조명자 씨."

"명자가 아니라 명희거든요."

"명희든 명자든 상관없고, 사람이 죽었습니다, 네? 그것도 한밤중에 초등학교 운동장에서. 흉기는 발견되지 않았고 사인은 익사로 추정. 씹할, 이것만 해도 찜찜한데 죽은 사람은 조폭, 목격자라는 인간들은 별 다섯 개짜리 전과자에 조직폭력배들, 그리고 공무집행방해를 밥먹듯이 하는 사진작가라는 양반과 술집 여자까지 섞여 있으니 골치가 아파요, 안 아파요?"

"우리가 죽이기라도 했단 거예요?"

발끈한 명자가 소리를 질렀다. 공무집행방해를 밥먹듯이 하는 사진작가인 나는 그녀에게 조용히 속삭였다.

"그냥 가만히 있어. 떠들어봐야 좋을 게 없어."

"오빠들도 뭐라고 말 좀 해봐. 이게 몇 시간째야!"

"증거가 없으니까 곧 풀려날 게야. 걱정하지 않아도 된다."

남 법사가 이런 일에는 이골이 났다는 투로 태연하게 말했다.

"아저씨는 가만히 계세요!"

"입 좀 다물어요!"

명자와 형사가 동시에 소리를 친 덕분에 전과 5범이자 희대의 사기꾼이며 난봉꾼인 형형색색 한복 입은 남자는 자라처럼 고개를 쑥 집어넣었다.

"최 형사님, 오늘은 그만하시고 내일 다시……."

내내 눈치만 살피던 길태가 결국 나섰다. 녀석은 말상 형사와 구면인 듯했다. 하긴, 좁은 안주 바닥에서 주먹질로 먹고살려면 모를 수가 없겠지.

"야, 박길태. 넌 네 식구가 죽었는데도 그런 말이 나와?"

최 형사가 말했다.

"속이 쓰리죠. 가슴이 찢어질 것 같습니다. 형사님, 아시잖아요? 제가 동생들 아끼는 거. 종수 저 새끼는 그중에서도 제일 좋아하던 놈이었습니다. 범인이 이 자리에 있다면 당장 죽여버리고 싶어요. 그런데 이건 아니에요. 제 친구들 중 누구도 종수 털끝 하나 건드리지 않았어요. 저기 남 법사님도 마찬가지고요. 범인은 따로 있어요."

"그러니까 그 범인이 누구냐고?"

"그게…… 말씀드려도 못 믿을 거라서."

길태는 주뼛거리며 우리 눈치를 살폈다. 명자와 나, 창현은 동시에 고개를 가로저었다.

입다물어! 물귀신 운운했다가는 유치장이 아니라 정신병원에 끌려갈 확률이 높았다.

"하, 미치겠네. 너희 사장부터 싹 다 불러들여서 3박 4일 동안 잔치 한번 벌여볼까, 엉? 너 요즘 광선리 도로 개발 건 때문에 부딪치고 다닌다더니만 그것 때문에 사달 난 거 아냐?"

"그런 건 아니고요."

최 형사는 다시 한번 우리를 훑어보더니 혼자서 중얼거렸다.

"며칠 사이에 익사 사고가 두 건이라니, 씹할."

"물 하나 없는 곳에서 말이죠?"

남 법사가 눈을 반짝이며 끼어들었다.

"이 양반은 도대체 정체가 뭐야?"

최 형사가 길태를 향해 버럭 화를 냈다.

"사기꾼이지, 뭐."

내가 중얼거렸다.

"내가 누군지 아냐고!"

자기도 빠질 수 없다는 듯 취객 역시 소리를 지르고 나섰다. 새벽이었지만 안주 경찰서 안은 북적댔다. 널브러졌다 일어나기를 반복하는 술꾼 말고도 형사들 앞에서 뭔가를 하소연하는 사람들이 한둘이 아니었다.

"우리 보내줄 거예요, 말 거예요?"

명자가 또 나섰다.

"거 좀 가만히 있어봐요."

최 형사의 얼굴은 그새 더 길어진 것처럼 보였다.

"무슨 일이야?"

우리 뒤편, 경찰서 출입문 쪽에서 걸걸한 목소리가 들려왔다. 늙수그레한 남자가 이쑤시개를 입에 문 채 걸어 들어왔다. 느긋한 팔자걸음이었지만 등은 꼿꼿했고 키도 상당히 컸다. 새벽에도 푹푹 찌기는 마찬가지인데 아래위로 짙은 회색 정장을 차려입고 있었다. 거의 백발이 된 머리카락과 새까맣게 탄 얼굴, 그 위에 새겨진 주름이 썩 잘 어울렸다.

"선배님."

최 형사가 자리에서 벌떡 일어났다.

"사건이야?"

선배라 불린 남자가 우리를 힐끗 쳐다보다가 길태에게 시선을 고정했다.

"박길태, 너 이 새끼 또 사고 쳤어? 내가 조용히 살라고 했지?"

아무래도 길태는 안주 경찰서의 스타인 모양이었다. 스타 양반은 엉거주춤 일어서더니 머리를 긁적였다.

"아이고, 김 형사님. 제가 사고 친 게 아니라……."

"사망 사고가 있었습니다. 실천파 똘마니인데 몇 시간 전에 광선 초등학교에서 죽은 채로 발견됐어요. 저분들은 목격자고."

최 형사가 얼른 대답했다.

"광선 초등학교? 또 거기야?"

주름 속에 파묻혀 있던 김 형사의 눈이 날카롭게 빛났다. 최 형사가 말상이라면 김 형사라는 늙은 경찰은 핏불테리어를 연상시켰다. 그것도 아주 잘빠진 순종.

"네, 게다가 사인도 같습니다. 아직 검시 결과가 나온 건 아닌데……."

"익사라는 거야? 이유민이처럼?"

김 형사는 후배의 대답을 기다리지도 않은 채 우리를 향해 뚜벅뚜벅 걸어왔다. 그러고 보니 구두도 먼지 한 점 없이 반짝반짝 빛나고 있었다.

"박길태. 무슨 일이 벌어지고 있는지 털어놔봐."

미간을 잔뜩 찌푸린 김 형사의 얼굴을 가까이서 보는 순간 불쑥 기억 하나가 떠올랐다. 이십오 년 전에도 그는 똑같은 표정으로 우리를 바라봤다. 물론 그때는 백발도 아니었고 주름도 없었다. 다만 사는 게 지긋지긋하다는 듯한 표정만은 여전했다.

"이십오 년 전하고 같은 거냐?"

김 형사는 나지막이 물었다.

그래, 모든 게 생각났다. 그 옛날 우리 이야기를 들어준 사람은 제복을 멋들어지게 차려입었던 젊은 순경이었다. 이십오 년이 지난 지금, 그는 백발이 성성한 노년 형사가 되어 우리와 다시 마주쳤다. 나는 그의 얼굴에 언뜻 두려움이 스치는 걸 놓치지 않았다.

경찰서에서 나왔을 때는 모두 파김치가 되어 있었다. 온몸을 뜨겁게 달구던 공포도 쏟아지는 졸음 앞에서는 한발 물러설 정도였다. 새벽 공기는 탁하고 미지근했다. 바람 끝에 매캐한 냄새가 섞여 있었다.

"여기도 매연 냄새가 쩌네."

명자가 자기 두 팔을 감싸며 말했다.

"이게 다 개똥 같은 개발 때문이지. 싼 땅값에 공장들이 줄줄이 들어섰거든."

김 형사는 눈가를 슬쩍 찌푸리며 담배를 피워 물었다.

"저도 한 대 줄래요?"

명자가 말했다. 김 형사는 말없이 담배를 내밀었다. 창현은 내내 말없이 먼 하늘을 바라보고 있을 뿐이었다. 여전히 흐리고 침울한 밤하늘이었다. 경찰서 정문 앞에 쏟아져 내리는 한줌의 가로등 불빛이 피곤에 지치고 공포에 시달린 우리의 창백한 얼굴을 비췄다.

"고맙습니다, 김 형사님. 덕분에 수월하게 나왔습니다."

뒤늦게 밖으로 나온 길태가 김 형사를 향해 꾸벅 절을 했다. 녀석의 동생 두 명은 경찰서 유치장에 남았다. 이른바 볼모로 잡힌 것이다.

"아직 끝난 게 아냐. 정말 그때 일이 다시 시작된 건지, 아니면 그냥 사건인지 날 밝으면 조사해봐야지."

김 형사가 내뿜는 희뿌연 담배 연기가 어둠 속으로 흩어졌다.

"진짜로 믿습니까?"

창현이 입을 열었다. 각진 뿔테안경 너머로 김 형사의 눈을 찬찬히 들여다보고 있었다. 녀석의 눈빛은 언제나 깊고 강렬했다. 우리가 독수리 오형제로 천방지축 날뛸 때도 마찬가지였다. 장난을 치며 웃다가도 녀석은 문득 진지한 눈빛으로 우리를 바라보곤 했다.

"뭘? 이유민이하고 조폭 똘마니 새끼가 익사했다는 거? 물 한 방울 없는 퍽퍽한 땅바닥에서 폐에 물이 가득차서 죽었다는 거? 아니면 너희들이 말하는 물귀신인지 뭔지가 돌아다닌다는 거?"

으르렁대며 말하는 김 형사는 정말로 핏불테리어를 연상시켰다. 그는 반쯤 남은 담배를 뱉더니 구둣발로 짓이겨버렸다.

"옛날에 너희들이 했던 말은 똑똑히 기억하고 있지. 물귀신 운운하던 거. 저기 꼬까옷 입은 양반도 그 얘기를 했고. 너희들 말처럼 그게 진짜 물귀신이라 해도 난 잡고 말 거다. 다른 사람을 죽이는 건 나쁜 놈들이 하는 일이고, 나쁜 놈 잡는 게 내가 잘하는 유일한 일이거든. 물론 진짜 물귀신이 아니기를 빌어야겠지만. 그럼……"

그는 무언가 더 말할 게 있다는 듯 잠시 망설이다가 인사도 없이 경찰서 안으로 들어가버렸다.

"이제 진짜로 다 모인 거네."

명자가 중얼거렸다. 불도 붙이지 않은 담배를 입에 물고서 멍한 표정으로.

"내가 택시 불러줄 테니까 아까 말한 펜션으로 먼저 가. 가서 좀 쉬어. 먼길 왔는데 너무 고생했다."

길태가 말했다. 내내 차분한 표정이었지만 분노와 공포가 뒤섞인 눈빛만은 감추지 못했다. 아무렴, 녀석은 유민과 종수의 죽음 모두를 목격했지 않은가. 길태의 마음은 아마 얼음장처럼 차가워져 있을 것이다.

"넌 어쩌고?"

내가 물었다.

"내 직속 부하가 죽었으니까 일단 형님들한테 보고를 하고 수습해야지. 골치 아파질 것 같다."

녀석은 씩 웃었다.

"건달 세계도 빡빡하구나."

"이럴 땐 나도 프리랜서면 좋겠다."

"어쭈? 프리랜서도 알고 박길태 많이 유식해졌네?"

"옛날의 내가 아니라니까."

우리는 마주보며 웃었다.

"그런데 우리 연락처는 어떻게 안 거야?"

창현이 물었다. 뜬금없는 질문이기는 했지만 창현의 성격상 내

내 궁금했던 게 틀림없다. 나도 궁금했다. 우리의 인연은 6학년 때 이후로 완전히 끊어졌는데 내 전화번호를 어떻게 알아냈을까?

"그거야 뭐, 오빠 백으로 안 거 아냐?"

명자가 말했지만 길태는 고개를 저었다. 그러고는 양복 안주머니에서 낡은 수첩을 꺼냈다.

"안 그래도 보여주려고 했는데 깜박했다. 이거 유민이 녀석 수첩이야."

지독하게 낡아서 모서리가 말려 들어갔다는 걸 빼고는 평범한 수첩이었다. 옛날 새마을 문구에서나 팔 법한 가로줄이 그어진 수첩.

창현은 길태에게서 건네받은 수첩을 펼쳤다. 나와 명자, 남 법사도 창현 곁에 모여들어 유민의 손때 묻은 기록을 들여다봤다. 그것은 일기장이었다. 그날그날의 감정이나 소감 같은 것들이 짧게 적혀 있었다. 특유의 반듯한 글씨체로.

아이들이 웃으며 인사를 건넸다. 더 열심히 교문을 쓸었다.

나무젓가락으로 장난감 총을 만들어 아이들에게 건넸다. 아무도 받지 않았다. 시시하다고 했다.

마을 한가운데로 도로를 낸다니 있을 수 없는 일이다. 험상궂게 생긴 사람들이 찾아와서 협박을 했다. 마음대로 안 될 거라고 대꾸해줬다.

꿈을 꾸느라 제대로 자지 못했다. 늘 물에 빠져 가라앉는 꿈을 꾼다. 물속에서 누군가 내 다리를 잡아당긴다. 내려다보면, 죽은 아빠다.

"맨 뒤를 봐. 녀석이 죽기 전에 쓴 거야. 자기가 그렇게 될 거란 걸 알았던 것처럼 유서 비슷한 걸 써놨어."

길태가 말했다. 창현은 수첩을 끝까지 넘겼다. 맨 끝에서 몇 장 전 쯤 유민이 남긴 마지막 일기가 있었다. 어찌나 눌러썼는지 흰 종이에 자국이 패어 있었다.

방울 소리가 들린다. 그 노래도 들린다. 처음에는 꿈이라고 생각했지만 아니다. 꿈이 아니다. 그곳에 가볼까 하다가 도저히 용기가 안 생겨 발길을 돌렸다. 무슨 일이 벌어지고 있다. 어쩌면 그게 돌아온 건지도 모른다. 생각만으로도 손이 덜덜 떨린다. 차라리 내가 미친 거라면 좋겠다. 평생 날 괴롭히던 공포와 죄책감 때문에 끝내 머릿속 어딘가가 이상해져버린 거라면.

친구들이 보고 싶다. 창현, 민호, 길태, 명자.

우리가 함께했던 짧은 순간이 내 인생에서 가장 행복했던 시기였다. 친구들에게는 한낱 놀이였을지 모르겠지만 광선리 독수리 오형제가 있었기에 나는 살 수 있었다.

어렵게 친구들의 연락처를 알아냈다. 돈이 들었지만 후회하지 않는다. 다만 친구들에게 연락하는 게 망설여질 뿐이다. 내 목소리가 그날의 악몽을 일깨우지 않을까 걱정스럽다. 한편으로는 친구들이 못 견디게 그립다. 지금 이 순간, 광선리 독수리 오형제와 함께라면 이렇게 무섭지는 않을 텐데.

설령 그 여자가 돌아왔다고 해도, 그래서 나를 데려간다고 해도, 친구들에게만은 손을 못 대게 할 것이다. 이번에는 내가 도와줄 차례다.

끝이었다. 유민의 일기는 거기서 끝났다.

맨 마지막, 우리의 전화번호가 적힌 줄 위로 눈물 한 방울이 떨어져 내렸다. 눈물은 주황빛 가로등 아래서 슬프도록 맑게 빛나다가 서서히 종이로 스며들었다. 볼펜으로 쓴 몇 자리의 숫자가 지나온 세월처럼 소리 없이 번지기 시작했다. 창현이 눈물 젖은 얼굴로 고개를 들었다. 내 눈에서도 후드득 눈물이 떨어졌다. 명자도 울었다. 길태는 이미 오래전부터 눈물을 흘리고 있었다. 남 법사가 작게 한숨을 쉬었다.

"이 병신 새끼는 왜 전화를 안 한 거야?"

유민이 앞에 있다면 멱살이라도 잡고 흔들고 싶었다.

"몇 번이나 망설였을 거야. 그러다가 결국……."

길태가 말했다.

"일단 솥뚜껑부터 가봐야 해. 가봐야 무슨 일이 일어났는지 확실히 알 수 있을 거야."

어느새 냉정한 표정으로 돌아온 창현이 우리 모두를 둘러봤다.

"지금 가자는 건 아니겠지?"

명자가 물었다.

"아니지. 나중에, 날 밝으면."

창현이 잠시 뜸을 들이다가 대답했다. 나는 가슴을 쓸어내렸다. 물귀신에 대한 복수심이 아무리 활활 타올라도 불빛 한 점 없는 새벽에 가기는 싫었다. 아마 창현도 마찬가지였으리라.

택시는 컴컴한 시골길을 달려 '저수지 펜션' 앞에 섰다.

우리는 지친 몸을 이끌고 택시에서 내렸다. 장기 입원 환자처럼 보이는 어둡고 낡은 펜션 때문에 피로와 좌절감이 두 배는 더 커지는 것 같았다.

몇 분 후, 나는 샤워도 하지 않은 채 침대에서 곯아떨어졌다. 무시무시하고 끔찍한 꿈을 꾸면서.

저수지 속에서 유민이 내 다리를 잡아당겼다. 유민의 발은 녀석의 의붓아빠가, 그리고 미친개쓰레기는 물귀신이…….

아침은 최악이었다. 머릿속 딱따구리가 집요하게 쪼아대는 통에 서너 시간도 못 자고 깨고 말았다. 편두통으로 머리가 욱신거릴 때마다 귓가에서 '에헤헤헤' 하는 딱따구리 웃음소리가 들리는 것 같았다.

"괜찮아?"

창현은 이미 일어나 있었다.

"넌 안 잤어?"

"잠이 안 오더라고."

창현 역시 나와 비슷한 꿈을 꾸었을 거라는 생각이 들었다.

"집에 연락은 했어? 우라질 물귀신 때문에 당분간 못 들어간다고."

내 말에 창현은 피식 웃었다.

"별거중이야. 애들 둘은 와이프랑 친정에 있어. 넌?"

"난 예전에 그 단계 넘어섰다. 돌싱 된 지 한참이야."

말을 해놓고 보니 서글퍼졌다. 이미 이혼을 했고, 이혼의 문턱에 선 남자 둘이 한방에 앉아 피곤에 전 얼굴로 이야기를 한다.

"우리, 왜 이렇게 된 걸까?"

나는 중얼거렸다. 갑자기 궁금해졌다. 빌어먹을 삶은 왜 늘 기대를 배반하는 걸까? 그 옛날 꿈 많던 소년 소녀들은 어느 시점부터 늙어버린 걸까?

"이제 8시야. 긴 하루가 될 것 같으니까 서두르자."

창현은 침대에서 일어났다. 기절하듯 자느라 몰랐지만 침대는 낡고, 더럽고, 눅눅했다. 꼭 내 기분 같았다.

"길태는?"

"들어온 지 얼마 안 되었나 봐. 지금 자고 있어."

나도 일어났다. 어쨌든 새 아침이 밝았고 열기를 뿜어내기 시작한 햇살이 커다란 창으로 비쳐 드는 중이었다. 하늘에는 여전히 먹구름이 가득했지만 그 너머의 햇살은 변함이 없었다. 그 사실만으로도 어느 정도 기운이 났다.

"둘이서 아침 준비라도 할까?"

창현이 물었다.

"좋지. 든든하게 먹어야 하니까. 돌싱 경력을 살려보지, 뭐."

"나도 만만치 않거든."

우리는 주섬주섬 옷을 꿰어 입고 밖으로 나갔다. 간밤에 봤던 것과는 전혀 다른 풍경이 펼쳐졌다. 낡긴 했지만 펜션은 제법 운치 있어 보였고 아슬아슬하다고만 생각했던 진입로는 꽤 넓었다. 무엇보다 탁 트인 전망이 일품이었다. 나무가 우거진 계곡과 그 아래 펼쳐진 광선리의 모습이 한눈에 들어왔다.

"거짓말 같지 않냐?"

풍경을 바라보고 있자니 문득 그런 생각이 들었다.

"뭐가?"

"모든 일들 말이야. 물귀신이 나타나서 사람을 죽인다니 아무도 안 믿을 이야기잖아. 소설이나 영화로 봤다면 유치하다고 웃어넘겼을걸."

"그래도 엄연한 현실이야."

녀석은 무표정한 얼굴로 말했다. 나는 그 얼굴을 한 대 때려주고 싶었다.

4

솥뚜껑

솥뚜껑으로 향하는 산길은 변함없었다. 그 흔한 산책로도 생기지 않았다. 마을을 휩쓸고 있는 개발의 열풍도 이곳만은 슬쩍 비켜간 모양이었다. 날씨는 흐렸지만 한여름 더위는 그대로였고 덕분에 온몸이 땀으로 흠뻑 젖었다.

운동화라도 한 켤레 사서 올걸. 뒤늦게 후회해봐야 소용없었다. 싸구려 구두 안에서 발가락은 이미 비명을 지르는 중이었고 필시 커다란 물집이 잡힐 터였다.

"조금 쉬었다 가자."

명자가 결국 바위 위에 주저앉았다. 화장을 지운 얼굴은 낯설기보다는 친근했다. 서른이 훌쩍 넘었지만 아직 어릴 때 얼굴이 남아 있었다.

"졸라 덥네."

늘 싱글싱글 웃던 아이는 이제 욕을 능숙하게 구사하는 어른이 되었다.

"그래, 좀 쉬자."

내가 말했다.

"아이고, 무릎이야."

기다렸다는 듯 남 법사도 주저앉았다. 길태의 얼굴에서는 땀이 뚝뚝 떨어져 내렸다. 잠을 못 자 눈이 빨갰다. 고집스레 입고 있던 정장 재킷을 한 손에 걸치고 싸움이라도 걸 것 같은 눈빛으로 솥뚜껑 쪽을 바라봤다.

"잘 해결됐냐? 그 뭐냐, 형님들하고."

내 물음에 녀석이 돌아보더니 싱긋 웃었다.

"어쩌겠냐. 이미 사달은 났는데. 어떤 놈들이 조졌는지 꼭 찾아내라고 난리더라."

"그래서?"

"슬쩍 그 얘기를 꺼냈어. 익사했다고. 며칠 전 내 친구가 죽은 곳에서 똑같은 식으로 죽었다고 하니까 형님들 기겁을 하더라고. 여기 토박이들한테는 옛날 일이 전설처럼 내려오거든. 그 여자를 본 거야 우리뿐이지만 소문은 쫙 돌았잖아. 물귀신의 저주를 받았다고. 그 이야기가 커지고 커져서 아직도 겁을 주고 있는 거지. 내가 그년을 불러냈다고 털어놓기라도 하면 그 양반들 까무러칠걸."

길태는 껄껄 웃었다.

"이십몇 년이 지나도 이 지긋지긋한 산속은 하나도 안 변했네."

명자가 말했다.

"당연하지. 누구도 이쪽으로는 안 오니까. 나도 그때 이후로 처음이야."

길태가 말하는 그때란 물귀신을 솥뚜껑 속에 가두고 부적을 둘러쳤던 날이리라. 유독 더웠던 그날. 하지만 턱까지 덜덜 떨릴 정도로 한기가 몰아쳤던 그날.

그날의 주역이자 우리의 은인이나 다름없는 남 법사는 어느새 꾸벅꾸벅 졸고 있었다. 젊은 시절에도 그다지 믿음이 가는 사람은 아니었지만 지금은 더 그래 보였다.

"남 법사님, 이제 그만 가시죠."

창현이 말했다.

"응?"

화들짝 놀라 깨는 모습이 꼭 늙은 잡종 개 같아 보였다. 나는 남 법사를 향해 손을 내밀었다. 그가 주름진 손으로 내 손을 잡고는 끙차, 하는 소리를 내며 일어났다. 어젯밤 유민의 빈소에서 만났을 때는 힘이 넘치던 양반이었는데 불과 몇 시간 만에 시든 오이처럼 변해버렸다.

"너무 신경쓰지 마세요. 전과 같은 거 우리는 상관 안 해요."

맨 뒤에서 남 법사를 부축해 올라가며 내가 속삭였다.

"그런 게 아니네. 나도 그런 건 신경 안 써."

하기야. 이 양반은 6학년이었던 우리에게도 사기를 치려 했었으니.

"진짜로 예감이 안 좋아. 아주 무시무시한 일이 일어날 게야. 그걸 막지 못하면 자네나 나나 저기 있는 친구들이나 모두 무사하지 못할 테지. 이 마을 사람들도."

거짓말 전문에다가 난봉꾼이지만 남 법사의 영감靈感만은 진짜였다. 내 팔을 움켜쥐는 남 법사의 손바닥이 축축했다. 더워서 흐르는 땀이 아니라 긴장이 짜내는 서늘하고 불쾌한 땀.

솥뚜껑에 가까워질수록 남 법사의 얼굴은 눈에 띄게 변했다. 흙빛이었다가 점점 하얘졌다. 나도 별반 다르지 않을 것이다. 심장이 두근거리고 입이 말라 자꾸만 침을 삼켰다. 산이라기보다는 낮은 언덕 수준인데도 마을 입구와는 공기의 밀도가 다른 것 같았다. 온몸의 잔털이 잔뜩 곤두섰다. 위쪽에서 잔뜩 긴장한 길태 목소리가 들려왔다.

"다 왔다."

우리는 솥뚜껑에 도착했다. 이십오 년 만이다. 나는 한껏 숨을 들이쉰 채 솥뚜껑을 향해, 다른 차원의 세계를 향해, 물귀신이 지배하는 공간을 향해 한 발을 내디뎠다.

그 순간 명자가 비명을 질렀다.

눈앞에 펼쳐진 광경에 나는 거의 본능적으로 카메라를 들이댔다.

새까맣게 그을린 고양이 사체들이 솥뚜껑 바로 옆, 이름 모를 풀들이 드문드문 자란 공터에 드러누워 있었다. 족히 열 마리 이상은 되어 보였다. 일부는 이미 썩어서 구더기가 들끓었다. 나무에 목이 매달린 고양이도 있었다. 파리떼가 학살의 현장 위를 비행하고 있었다.

"도대체 누가……."

남 법사가 중얼거렸다. 명자는 아예 고개를 돌려버렸다.

"끔찍하네."

내가 말했다. 사고의 현장과 사건의 현장은 다르다. 수도 없이 죽음의 뒤를 쫓으면서 깨달았다. 사고는 아무리 참혹한 상황이라도 비극적인 분위기가 감돈다. 사건은 악의와 분노, 혹은 처절한 고통의 기운이 물씬 풍긴다. 뷰파인더로 바라보면 차이를 더 뚜렷하게 느낄 수 있다.

"어떤 미친놈들이."

길태의 눈이 번득였다. 명자를 제외한 우리는 사건 현장으로 다가갔다. 죽음이 풍기는 특유의 냄새가 코를 찔렀다. 가까이서 본 광경은 더 참혹했다. 고양이들의 목에는 가느다란 쇠줄이 감겨 있었다. 도망치지 못하게 목을 매어둔 채로 불을 지른 것 같았다.

"동네 양아치들 짓 아닐까?"

명자가 멀찌감치 떨어진 곳에서 코를 막고 소리쳤다.

"이런 짓 할 만큼 철없는 놈들은 없어. 있다고 해도 다 고향을 떠나버렸지."

"여길 보게. 아예 작정을 한 것 같군."

남 법사가 가리킨 곳에는 휘발유가 담긴 페트병과 돌돌 말린 철사가 놓여 있었다.

"그런데 이 많은 고양이들을 어떻게 잡았을까?"

내 의문은 곧 풀렸다. 숲을 서성이던 명자가 다시 한번 비명을 질렀던 것이다. 명자에게 달려가보니 생쥐 한 마리가 다리에 줄이 묶인 채 나무에 매달려 있었다. 생쥐의 입가에는 거품이 맺혔다.

약을 먹였다.

순간적으로 그런 생각이 스치고 지나갔다. 약 먹인 생쥐를 미끼로 삼아 야생 고양이들을 잡아들인다. 그리고는…….

"솥뚜껑에서 이런 일이 벌어졌다는 게 영 찜찜한데."

길태의 말에 나도 고개를 끄덕였다. 우연치고는 수상쩍은 부분이 많았다. 아무도 찾지 않는 버려진 저수지, 귀신이 나온다 해서 어른들마저 발길을 끊은 곳에 누가 찾아와 잔인한 살육을 벌였다. 그리고 물귀신이 다시 나타났다.

"공양일지도 모르겠구나."

심각한 얼굴로 서 있던 남 법사가 신음처럼 한마디를 내뱉었다.

"물귀신에게 바친 공양?"

창현이 중얼거렸다.

"물귀신을 불러내기 위해 일부러……."

내가 말해놓고도 흠칫 놀라 입을 닫았다. 어느새 땀은 흔적도 없이 말라버렸다. 그 자리를 서늘한 기운이 채웠다. 한기를 가득 담은 보이지 않는 손이 등뼈를 훑는 것만 같았다.

"옛날에 우리가 그랬던 것처럼 누군가가 그 여자를 불러냈을 수도 있지."

창현은 강의라도 하는 것처럼 우리의 눈을 바라보며 또박또박 말했다.

"일단 솥뚜껑 주위를 한번 둘러보지. 저수지 가까이로는 절대 가지 말고."

남 법사가 말했다. 애초에 저수지 가까이에 갈 생각 따위는 없었던 나는 부패하기 시작한 생쥐를 피해 숲 가장자리로 걸어갔다.

이십오 년 전 우리는 극적으로 물귀신을 몰아넣은 뒤 그 둘레에 부적과 방울을 달았다.

"일종의 결계지. 이게 있는 한 다시 나올 수는 없을 게야."

옛날의 남 법사 목소리가 바로 어제 일처럼 생생하게 떠올랐지만 부적은 어디에서도 찾을 수 없었다. 부적을 달아놓았던 것으로 기억하는 나무는 마치 누가 빨대를 꽂고 수액을 쪽쪽 빨아먹기라도 한 것처럼 말라비틀어져 있었다. 부적은 모두 사라졌다.

"이런, 이런."

남 법사가 혀를 찼다.

"누가 이랬을까요?"

길태가 물었다.

"누군지는 모르겠지만 일부러 했다는 것만은 분명해."

"워낙 긴 세월이 흘렀잖아요. 무려 이십오 년이라고요. 자연히 이렇게 된 걸 수도 있잖아요."

스스로도 확신이 없는 말을 지푸라기라도 잡고 싶은 심정으로 늘어놓았다. 사라진 부적, 고양이의 죽음, 그리고 물귀신. 삼박자가 척척 맞아떨어지는 불길한 장송곡 속에서 단 하나의 불협화음이라도 찾고 싶었다.

"한번 가볼까? 우리 아지트."

창현이 말했다. 말라버린 나무만 쳐다본다고 해답이 나올 것 같지는 않았다.

우리는 별다른 대꾸도 없이 아지트를 향해 걸었다. 숲속에서 빠져나오니 자연스레 솥뚜껑의 전경이 드러났다. 맑고 깨끗한 모습 그대로였다. 처음 솥뚜껑을 봤을 때처럼. 다만 이제는 그 맑음 뒤에 가라앉아 있는 시커먼 집념이 느껴졌다.

바람이 불었다. 층층이 쌓인 커다란 먹구름 몇 덩이가 태양을 가렸다. 어둑해진 저수지 위에 잔물결이 일었다. 우리는 누가 먼저랄 것도 없이 솥뚜껑에서 고개를 돌렸다.

"누가 우리를 보고 있는 것 같아."

명자가 잔뜩 잠긴 목소리로 속삭였다. 나도 느꼈다. 끈끈한 시선이 뒤통수에 달라붙었다. 찰랑찰랑. 물결치는 소리가 들렸다. 누가 물속에서 기어나온다. 우리를 향해. 터무니없는 생각에 나도 모르게 발걸음이 빨라졌다.

"뒤돌아보지 마라."

남 법사가 말했다.

그럴 일 없다고요. 그러고 싶지도 않고요. 보이지 않는 시선은 끈덕지게 따라붙었다. 우라질 빚쟁이 같았다. 돌아보면 안 된다는 건 알고 있었다. 소금 기둥이 되지는 않겠지만 영화나 소설에서는 돌아보는 인간이 제일 먼저 당한다. 나도 그렇게 멍청한 인간은 아니다. 절대······.

결국 돌아봤다.

아무것도 없었다. 대신 소용돌이가 치고 있었다. 솥뚜껑 한가운데에서 시작된 소용돌이가 점점, 점점 더 커지며 나를 불렀다.

이리 와. 잘 돌아왔어. 어서 이리 와.

"빨리 와."

짧은 말과 함께 창현이 내 손목을 잡고 끌어당겼다. 머릿속에서 맴돌던 무언가가 쓰윽 빠져나갔다.

"봤어? 방금."

내가 물었다.

창현은 보일 듯 말 듯 고개를 끄덕였다. 녀석 역시 쓰러지기 일보 직전의, 만성 빈혈 환자처럼 핼쑥한 얼굴이었다.

아지트는 온갖 넝쿨식물들이 장악한 상태였다. 담쟁이며 수세미, 그리고 정체를 알 수 없는 넝쿨들이 죽음을 앞둔 환자를 지탱하는 각종 호스들처럼 허물어지기 직전의 건물을 부여잡고 있었다. 이십오 년 동안 누구의 발길도 닿지 않은 듯했다. 지난 세월동안 솥뚜껑과 그 주변은 광선리 사람들에게 없는 공간이나 다름없었다.

"여기 봐. 그때 그대로야."

명자가 아지트 안을 바라보며 말했다. 목소리 끝이 가늘게 떨렸다. 아무도 안으로 들어가지 않은 채 뻥 뚫린 창문으로 아지트 내부를 들여다봤다.

내가 외할머니 몰래 가져왔던 대야가 한가운데 놓여 있었다. 가득차 있었던 물은 마른 지 오래였고 대신 짙푸른 곰팡이가 바닥을 뒤덮고 있었다. 삭고 문드러져 형체를 알아볼 수 없는 덩어리는 채시라 브로마이드이리라.

아지트는 우리가 도망치듯 나왔던 그때 이후로 시간의 문을 꼭꼭 걸어 잠근 채 조용히 잠들어 있었다.

나는 마른침을 삼켰다. 혀는 물론이고 입술까지 잔뜩 말라붙어 꺼끌꺼끌했다. 물 생각이 간절했지만 한편으로는 물로 가득한 이곳에서 어서 떠나고 싶었다. 나는 카메라를 들어 아지트를 찍었다. 특별한 이유 때문은 아니었다. 나는 죽음을 찍는 사진가였고, 아지트는 그 어떤 곳보다 확실하게 우리의 동심이 죽어나간 곳이기에……

"너무 변한 게 없어서 더 기분 나빠."

명자가 얼굴을 찌푸렸다. 그때 벽 사이에서 고양이 한 마리가 쓱 모습을 드러냈다.

"아!"

갑자기 벌어진 일이라 모두 깜짝 놀랐다. 꼬리가 뭉툭한 갈색 줄무늬 고양이었다. 녀석은 갈비뼈가 도드라져 보일 정도로 비쩍 말랐지만 금방이라도 달려들 듯 도전적인 눈빛으로 우리를 노려보고 서 있었다.

"저것 봐."

창현이 소곤거렸다.

고양이 목에 가느다란 철사가 걸려 있었다. 상황이 금세 이해됐다. 저 녀석은 살육의 현장에서 유일하게 탈출한 놈일지도 모른다. 그리고 무엇이건 간에 모든 것을 생생하게 목격한 놈일지도.

고양이는 털을 바짝 세우며 우리를 향해 적의를 드러냈다. 몸속 깊은 곳에서 떨려 나오는 목울음은 작은 덩치에 비해 상당히 위협적이었다. 하지만 철사를 제거하지 못하면 얼마 못 가 동료들을 따라갈 수밖에 없는 상황이었다.

"불쌍해. 어떻게 좀 해봐."

나는 명자의 말에 아지트 안으로 한 발짝 들어갔다.

"나비야."

조용히 고양이를 불렀다. 식상하기는 했지만 마땅히 부를 이름이 없었다. 고양이는 자신의 이름이 아무래도 못마땅한 모양이었다. 등을 잔뜩 구부리고 한층 더 사납게 울었다.

"가만히 있어. 도와줄게."

알아들을 리는 없겠지만 어쨌든 말을 건넸다. 나는 대화에 소질이 없었다. 헤어진 아내는 나를 향해 텔레비전보다 못한 존재라고 했다. 나도 인정하는 바였다.

"텔레비전은 웃음이나 슬픔이라도 주지. 하다못해 짜증이라도 나게 만들어. 그런데 당신은 아무것도 없어. 빈껍데기야."

고양이 역시 아내와 같은 의견인 모양이었다. 내가 한 발 다가가면 서너 발씩 뒷걸음질쳤다. 나는 몸을 잔뜩 웅크리고 거의 기다시피 움직였다. 목에 매달린 카메라가 거추장스러웠다. 고양이는 한동안 꼼짝도 않고 나를 바라보더니 이내 결심을 굳힌 듯 꼬리를 내리고 커다란 눈을 감았다 떴다.

"자, 착하지. 해치지 않아."

가만히, 아주 천천히, 녀석을 향해 손을 뻗었다. 고양이는 도망가지 않았다. 그렇다고 경계를 완전히 풀지도 않았다. 손바닥으로 녀석의 공포와 망설임이 고스란히 전해졌다. 믿을 수 없을 정도로 따뜻하고 부드러운 느낌도……

"됐어."

명자가 말을 했지만 내 귀에는 들어오지 않았다. 온 신경을 고양이에게 집중했다. 녀석은 작디작은 생명체였고, 지옥의 구덩이에서 빠져나오며 상처를 입었다. 할 수만 있다면 돕고 싶었다. 구하고 싶었다. 진심으로.

고양이는 내 품에 안겼다. 시큼한 냄새와 함께 살아 움직이는 것 특유의 맥박이 전해졌다. 철사는 이미 목에 제법 파고들어 주위에 피가 말라붙어 있었다.

"무슨 도구 없을까? 이걸 끊어야겠어."

손으로 끊기는 힘들었다. 한 치의 틈도 없는데다가 공구를 이용해 꽉꽉 매듭을 지어놓았다. 정체 모를 학살자는 아주 잔혹하면서도 빈틈없는 놈이 틀림없었다.

"자, 여기."

어느새 뒤로 다가온 길태가 단추를 누르면 칼날이 튀어나오는 잭나이프를 건넸다.

"항상 이런 걸 들고 다녀?"

"직업이 직업이니까."

그렇지. 직업이 직업이지. 아무리 덥고 힘들어도 카메라를 들고 다니는 나 역시 직업이 직업이니까.

"조심해."

명자가 말했다. 나는 시퍼런 칼날을 보고 아무래도 이쪽에 경험이 많은 길태에게 양보를 할까 하다가 마음을 고쳐먹었다. 이건 내 몫이다.

"지금부터 이걸 풀 거야. 좀 아프더라도 참고 절대 움직이면 안 돼."

고양이는 나를 가만히 바라봤다. 눈이 컸다. 가까이서 고양이의 눈을 들여다본 건 생전 처음이었다. 물론 다른 동물의 눈도 들여다본 적 없지만. 녀석의 눈은 아주 맑고 깨끗했다. 까만 눈동자 속에 잔뜩 긴장한 내 얼굴이 비쳐 보였다.

나는 고양이의 목덜미를 살며시 잡고 칼끝을 철사와 녀석의 털 사이에 밀어넣었다. 고양이가 품안에서 잠시 꿈틀거렸다. 시간을 오래 끌 수는 없었다. 고양이의 마음이 언제 바뀔지 알지 못하는 상태에서 마냥 철사에 매달려 있는 건 무모한 짓이었다.

"조금만 참아!"

고양이를 꽉 누르고 힘껏 철사를 잘라냈다. 첫 번째는 실패였다. 얼굴에서 땀이 후드득 떨어졌다. 다시 한번 칼끝에 온 신경을 집중한 채 밀어 올렸다. 툭, 소리와 함께 철사가 잘려 나갔다. 우라질 철사는 힘없는 소리를 내며 아지트 바닥에 떨어졌다.

"됐다!"

나도 모르게 소리를 지르는 바람에 깜짝 놀란 고양이가 펄쩍 뛰어올랐지만 달아나지는 않았다. 녀석도 해방됐다는 사실을 아는지 목을 이리저리 돌리며 만족한 표정을 지었다. 적어도 내 눈에는 그렇게 보였다.

"빨리 데리고 가서 뭘 좀 먹여야겠어. 철사 때문에 아무것도 못 넘겼을 거야."

내 말에 길태가 또 뭔가를 내밀었다. '천하장사' 소시지였다.

"항상 이런 걸 들고 다녀?"

이번에는 대답 대신 멋쩍은 미소만 지었다. 역시, 어릴 때나 어른이 되어서나 변하지 않는 것도 있는 법이다.

소시지를 까서 내밀자 녀석은 냄새를 맡더니 금세 다가와 먹기 시작했다. 목이 아픈 듯 아주 천천히 씹어 넘겼다. 말라비틀어진 옆구리가 부풀었다가 가라앉기를 반복했다.

명치끝에서 뜨거운 덩어리가 올라왔다. 알아채기도 전에 눈물이 뺨을 타고 흘러내렸다.

"뭐야, 오빠 우는 거야?"

명자가 외쳤다. 눈치 없는 년…….

"울기는, 긴장했더니 땀이 흐르는 거지."

나는 황급히 눈물을 닦았다. 고양이가 고개를 갸웃거리며 나를 바라봤다.

"잠깐!"

남 법사가 소리쳤다. 그러고는 재빨리 뒤를 돌아봤다.

"거기 누구요?"

우리는 숨을 죽인 채 고개를 길게 빼고 숲속을 바라봤다. 솥뚜껑이 시야에 들어왔고 그 너머 숲은 바람마저 멎은 채 잠잠할 뿐이었다.

"호, 혹시?"

길태가 말을 더듬었다. 고양이가 내 품으로 풀쩍 뛰어들었다. 나는 엉겁결에 녀석을 안았다. 놀라울 정도로 가벼웠다. 고양이는 바들바들 떨었다.

"아니다, 사람이야."

남 법사가 말했다. 그때 웃자란 잡초와 무성한 풀들이 바람에 갈라지듯 움직였다. 모습은 보이지 않았지만 누가 산 아래로 도망치는 모양이었다.

"저기! 어서."

남 법사의 말이 떨어지기도 전에 창현과 길태가 달려나갔다. 명자와 남 법사도 뒤를 따랐다. 나는 고양이를 안고 뛰었다.

숨어서 우리를 지켜보던 그는 무척 재빨랐다. 먼저 도착한 건 창현이었지만 그는 이미 사라지고 없었다.

"야! 거기 서!"

길태가 뒤늦게 산길을 달려 내려갔다. 육중한 몸이 풀숲을 헤치며 시야에서 사라졌다.

"오빠, 조심해!"

명자가 소리쳤다.

"누구일까요?"

남 법사는 숨을 헐떡이느라 창현의 질문에 제대로 대답하지 못했다.

"인기척을 느껴서 뒤를 돌아봤는데 나무 그늘 아래 머리통 같은 게 보이더구나."

남 법사가 여전히 헉헉대며 말했다.

"쭉 지켜보고 있었다는 건가."

"어떤 놈인지는 몰라도 저 짓을 해놓은 새끼거나 적어도 한패일 거야."

창현의 말을 명자가 받았다. 길태가 숨을 몰아쉬며 올라왔다. 새빨갛게 잘 익은 동그란 얼굴이 구겨놓은 것처럼 일그러졌다.

"하아, 그 자식 쥐새끼처럼 빠르네."

길태가 가래침을 탁 뱉었다.

"못 봤어?"

내가 물었다.

"좆 빠지게 도망갔나 봐. 아니면 어디 숨었거나. 코빼기도 안 보여. 이제 어째?"

다들 고민에 빠졌다. 솥뚜껑에서 확인하고 싶었던 것 이상의 정보를 모았다. 그 점이 문제였다. 머리만 더 복잡해졌다. 고양이를 죽인 놈과 부적을 떼 간 놈이 동일 인물인지, 그렇다면 무얼 노린 것인지 그것부터 궁금했다.

"마을로 내려가는 게 좋지 않겠나? 여기에 있어봐야 더 찾을 것도 없고, 난 아까부터 찜찜해서 견딜 수가 없구나."

남 법사가 말했다.

"네. 내려가서 그 뭐냐, 밥이라도 먹죠."

길태가 말했다. 현실적인 발언이었지만 녀석의 입을 통해 나오니 사심을 가득 담은 말처럼 들렸다.

"안주 쪽에 동물병원이 있을까?"

내가 길태에게 물었다.

"왜? 고양이 때문에?"

"아무래도 치료를 해줘야 할 것 같아."

"원래 고양이 같은 걸 키워?"

나는 고개를 저었다.

"우리집에서는 화분도 다 죽어."

일전에는 누군가에게 받은 햄스터를 잠깐 키웠는데 녀석도 얼마 못 가 눈을 허옇게 뒤집고 죽어버렸다. 아무래도 난 살아 있는 것들과는 맞지 않는다고, 그때를 기점으로 확신했다.

산을 내려왔을 때는 해가 중천이었다. 지칠 대로 지친 우리는 땀범벅이 된 채로 마을로 들어섰다.

"이야, 진짜 많이 변했네."

명자가 말했다.

그러고 보니 대낮에 광선리를 보는 건 이십오 년 만이었다. 명자의 말처럼 광선리는 정말 많이 변했다. 간밤에도 그런 인상을 받았지만 전체적으로 깨끗하고 번듯해졌다. 유명 체인점 슈퍼마켓이며 자동차 정비소, 심지어 커피숍도 도로변에 자리하고 있었다.

하지만 어딘가 어울리지 않은 옷을 입은 느낌이었다. 군데군데 아직 논밭이 자리하고 있는데다가 마을 곳곳에 나부끼는 현수막들, 무뚝뚝한 감시병처럼 늘어서 있는 공사 차량들이 뒤섞여 더 그런 분위기를 자아냈다. 변하지 않은 건 느티나무뿐이었다. 원래도 우람했던 나무는 세월이 지나 어느덧 중년이 되어버린 우리에게도 여전히 커 보였다.

"이걸 없애버린다는 말이지."

창현이 말했다.

"싹 밀고 도로를 만들겠다는 거지. 그래야 마을이 발전한다나 뭐라나. 광선리가 아니고 광선동을 만들어주겠단다, 도로를 내면."

길태가 한숨을 푹 쉬었다.

"그러면 뭐가 좋아지는데?"

명자가 물었다.

"몰라. 경제적인 효과가 엄청나대나? 대형 마트도 들어설 거고 그러면 동네 사람들 일자리도 늘어날 거고 하여간 말만 들으면 금방이라도 천국이 될 것 같더라고."

"그게 개발 논리라는 게지. 추억의 가치를 희생하고 자본의 투입을 독려한다."

남 법사가 말했다.

"밥 먹으러 가야죠?"

길태가 말했다. 그 말을 들으니 배가 고팠다.

"아침을 컵라면으로 때웠더니 나도 배고파."

명자가 창현과 내게 눈을 흘기며 말했다. 돌싱남과 예비 돌싱남이 할 수 있는 요리란 결국 라면이 전부였다. 그것도 삼각 김밥과 컵라면.

"저쪽에 괜찮은 백반집이 있으니까 거기로 가죠."

길태가 남 법사를 일으켜 세우며 말했다. 어지간히 급한 모양이었다. 속에 들어간 컵라면이 소화된 건 까마득한 옛날 일이라 나도 군말 없이 따라나섰다. 그래, 다 먹고살려고 하는 일인데.

"안 그래, 나비야?"

아무도 모르게 고양이에게 속삭였지만 녀석은 눈을 감고 슬금슬금 졸고 있었다. 고양이를 어찌 처리할지도 또 다른 문제였다.

우리는 "광선 백반"이라 적힌 허름한 식당으로 갔다. 옛날에는 논이 있던 자리였다. 지금은 광선 백반 말고도 '김밥 천국'이며 '24시간 해장국' 같은 음식점들이 죽 늘어서 있었다.

"아줌마, 저 왔어요."

길태는 단골인 듯 허물없이 인사를 건네며 문을 열었다.

내가 제일 먼저 본 것은 긴장으로 딱딱하게 굳는 길태의 등이었다. 그리고 곧 난처한 표정으로 어쩔 줄 몰라 하는 아줌마와 할머니 중간쯤 되는 여자가 보였다.

"이것들 봐라."

"그, 그게 저……."

주인 아줌마의 말이 끝나기도 전에 길태가 씩씩거리며 안으로 돌진했다. 우리도 엉겁결에 따라 들어갔다. 성난 멧돼지의 뒷발에 삐삐 마른 의자 하나가 바닥으로 나뒹굴었다.

"네놈들이 왜 여기서 밥을 처먹어?"

길태가 소리쳤다.

식당 안에는 길태에 비하면 왜소하지만 그래도 제법 덩치가 큰 남자 다섯이 둘러앉아 밥을 먹고 있었다. 험악한 인상과 길태의 호통에도 꿈쩍 않는 걸 보니 남자들의 직업도 알 만했다.

"왜? 여기 전세 냈어? 네가 광선리 대표야, 뭐야?"

제일 안쪽에 앉은 남자가 말을 꺼내자 별 웃기지 않은 이야기인데도 다른 남자들이 와하고 웃음을 터뜨렸다. 분위기가 안 좋게 돌아간다는 건 어린애라도 알 수 있었다. 싸움이라도 나면 어쩌지? 그때였다. 모든 상황을 한 방에 정리하는 요란한 소리가 들렸다.

구급차와 경찰차의 사이렌 소리가 매미 울음소리를 집어삼키며
점점 가까워졌다.

어디어디 숨었니?

1
1991년의 여름 ④

턱이 덜덜 떨렸다. 몸은 벌써 바싹 말랐는데도 한기는 가시지 않았다. 비는 그쳤다. 언제 그랬냐는 듯 맑은 하늘 위에서 독기 오른 햇살이 내려와 창문을 비집고 들어왔다. 우리는 병원 복도에 나란히 서 있었다. 의자에 앉을 생각도 하지 못한 채 차가운 벽에 기댄 그대로.

순식간에 너무 많은 일들이 벌어졌다. 잡동사니가 가득찬 서랍 속처럼 내 머리는 새로운 정보가 들어갈 틈이 없었다. 누가 신고를 했다. 그래, 역시 창현이었다. 하지만 창현도 112를 눌러야 할지, 119를 눌러야 할지 고민하느라 한참을 멍하니 앉아 있었다.

"113은 어떨까?"

길태가 엉뚱한 소리를 하지 않았다면 우리의 고통스럽고 외로운 시간은 더 길어졌으리라. 가끔은, 녀석도 도움이 된다.

결국 경찰이 출동했고 마을 사람들이 몰려왔으며 생전 처음 보는 구급차가 요란한 소리를 내며 달려왔다. 유민의 엄마, 그러니까 미친개쓰레기의 '마누라'는 일하던 공장에서 연락을 받자마자 택시를 집어타고 바람처럼 날아왔다.

모든 일이 불과 삼십 분 안에 벌어졌다. 가분수 머리를 갸우뚱하며 생각에 잠기는 바베크 탐정 같은 건 없었다. 물론 홈스와 왓슨도. 〈수사반장〉에 나오던 형사들도 찾아볼 수 없었다. 읍내 파출소의 순경 둘이 뒷짐을 지고 마루로 올라와서는 죽어 나자빠진 미친개쓰레기를 향해 두어 번 혀를 찼을 뿐이다. 그게 수사의 전부였다.

"맨날 술 먹고 지랄이더니 내 이럴 줄 알았네."

당나귀처럼 생긴 경찰이 말을 하자 그보다 젊어 보이는 경찰이 옆구리를 쿡 찌르며 눈짓을 했다. 시선 끝에는 유민이 있었다. 당나귀는 꼬리가 축 처진 눈을 끔벅거리며 유민을 바라보더니 별다른 감정을 담지 않고 물었다.

"슬프냐?"

유민은, 처음부터 그런 질문을 기다렸다는 듯 열심히 고개를 끄덕였다.

"그래도 애비라고…… ."

당나귀와 또 다른 경찰은 구급차가 달려올 때까지 별다른 말도 없이 멀뚱히 서 있었다. 잠시 후 구급차의 사이렌 소리가 들렸다.

"수고하십니다."

"사고요?"

"물에 젖었더라고. 비 맞고 들어와서 술 퍼마시다가 갑자기 골로 간 거지, 뭐."

"골치 아프네요."

"골치 아프지."

가벼운 대화가 오갔고, 유민의 아빠가 들것에 실려 나왔으며, 때마침 마을 사람들이 몰려와 수군대기 시작했다. 유민의 엄마가 대성통곡을 하며 들이닥쳤다.

"너희들도 병원으로 갈래?"

당나귀가 물었다. 왜 그 상황에서 그런 질문을 했는지 알 수가 없었다. 알 수 없었지만, 우리는 약속이나 한 듯 다 같이 고개를 끄덕였다.

그것이 우리가 읍내 종합병원 영안실 복도에 서 있게 된 이유였다. 우라질.

시간이 지나면서, 얼음이 녹듯 우리를 감싸고 있던 공포와 절망의 두께도 얇아지기 시작했다. 여전히 커다란 돌멩이가 가슴을 내리누르고 있었지만 입을 열어 말을 할 수는 있었다.

"우리 약속 기억하지?"

창현이 단호한 목소리로 물었다.

"오늘 우리는 그냥 산에서 놀다 온 거야. 아무것도 못 봤고 아무 소리도 못 들었어."

스스로에게 다짐하듯, 혹은 시험에 나올 만한 부분을 외우듯 창현이 중얼거렸다.

"아무것도 못 봤고, 아무 소리도 못 들었다."

명자가 그대로 따라 했다.

"집에는 언제 돌아가?"

길태가 물었다.

"몰라. 조금 있으면 어른들이 오겠지."

"난 정말로 그렇게 될 줄은 몰랐어."

유민이 속엣것을 토해내듯 울음과 함께 말을 내뱉었다.

"넌, 아니 우리는 아무 잘못도 없어. 그 인간은 그럴 만해서 그렇게 된 거야."

창현의 말은 어떻게 보면 참 잔인하게 들렸다. 그러나 맞는 말이었다. 그런 변명조차 할 수 없었다면 우리는 진즉에 죄책감에 짓눌려 쓰러져버렸을 것이다.

"이게 끝일까? 정말, 이대로 끝난 걸까?"

유민이 벌게진 눈으로 우리를 바라봤다. 아마 그때부터였으리라. 녀석은 무언가를 눈치채고 있었다. 창현도 짐작 못 한 끔찍한 결말을 어렴풋이나마 느끼고 있었을 것이다.

"아직도 여기 있냐?"

우리를 병원에 내려놓고 일언반구 말도 없이 휑하니 떠나버렸던 당나귀가 돌아왔다. 애초에 여기 서 있게 만든 게 누군데! 나는 괜스레 화가 났지만 아무리 당나귀를 닮았다고 해도 경찰에게 뭐라 할 수는 없었다.

"집에 가고 싶어요."

창현이 말했다.

"음……. 너희 부모님이 지금 여기로 달려오고 있을 것이구먼."

당나귀는 그렇게 말하더니 영안실 안으로 들어가버렸다. 잠시 열린 죽음의 문 너머에서 찌릿한 냉기와 유민이 엄마의 울음이 흘러나왔다. 우리는 또다시 덩그러니 남았다. 이번에는 경찰관 한 명도 함께였다. 유민의 집에서 만났던 아저씨가 아니라 꽤 젊고 잘생긴 경찰이었다.

"너희들이 최초 목격자구나."

경찰관이 입을 열었다. 드디어 〈수사반장〉에서나 나올 법한 단어가 등장하는 순간 나는 감동 비슷한 걸 느꼈다. 게다가 주머니에서 수첩과 볼펜까지 꺼내 드는 게 아닌가!

"발견 당시 상황이 어땠는지 말해줄래?"

목소리는 부드러웠지만 눈빛은 매서웠다.

김철식.

가슴에 새겨진 이름 석 자가 내 눈에 들어왔다. 고개를 들자 경찰이 나를 바라보고 있었다. 대답을 기다리고 있었다. 거짓말하면 알지? 눈빛 속에서 그런 위협을 읽었다.

"다 같이 놀다가 유민이 집으로 갔는데 그렇게 된 걸 봤어요. 그뿐이에요."

창현이 끼어들었다. 경찰은 창현에게 고개를 돌렸다가 이내 다시 나를 바라봤다.

"그랬구나. 그럼 혹시 수상한 사람을 보거나 이상한 소리를 듣거나 뭐 그런 건 없었니? 뭐라도 좋아. 이번에는 네가 한번 말해보렴."

이번에는 네가 한번, 이라고 말하며 경찰은 볼펜 끝으로 나를 가리켰다. 정확하게 보셨습니다. 키가 엄청나게 큰 물귀신을 보고 노랫소리를 들었죠. 어디어디 숨었니? 어디어디 숨었니? 어디어디 숨었니?

"왜 그러니? 속이 안 좋아?"

아마 토할 것 같은 표정이었나 보다. 경찰이 한발 뒤로 슬쩍 물러나며 조심스레 물었다. 그제야 나는 그의 구두가 아주 반질반질하게 닦여 있는 걸 발견했다. 경찰관이 구두라니, 그때도 뭔가 어울리지 않는다는 느낌을 받았다.

"야, 너 뭐하고 있냐?"

당나귀가 나왔다. 김철식이라는 경찰은 갑자기 뻣뻣하게 굳으며 차렷 자세를 취했다.

"그냥 몇 가지 조사를 하고 있었습니다."

"지랄, 조사는 무슨. 애들한테 뭘 들을 게 있다고 조사야?"

"그래도 사인이 사인이니 만큼……."

"사인이 뭐?"

"물도 없는 방안에서 익사라니……."

"아직 확실하게 밝혀진 게 아니라잖아. 방금 그 뭐냐, 의사 양반도 만나고 왔는데 몸안에 물이 가득찬 게 이상하긴 해도 아직 확실히 모른대. 그러니까 쓸데없는 짓 하지 말고 뒤처리나 똑바로 해."

당나귀는 왔을 때처럼 눈길 한번 주지 않고 계단 쪽으로 걸어가 버렸다. 잠시 눈치를 살피던 젊은 경찰이 우리를 향해 나지막이 속삭였다.

"난 안주 파출소 김 순경이야. 혹시 뭐가 생각나면 알려줘."

"빨리 안 와!"

당나귀의 호통에 김 순경은 후다닥 달려갔다.

"우와, 나 오줌 싸는 줄 알았어."

길태가 한숨을 토해냈다. 나도 마찬가지였다. 다리가 후들거려서 서 있기도 힘들었다.

얼마 후 창현의 부모님을 비롯해서 우리 외할머니까지 병원으로 몰려왔다. 너희들이 왜 여기까지 따라왔어? 참 별꼴이네. 다들 한마디씩 남기며 우리를 데리고 어둡고 냄새나는 복도를 빠져나갔다. 나는 외할머니 손에 이끌려 걸어가면서 슬쩍 뒤를 돌아봤다. 혼자 남은 유민이 텅 빈 눈으로 우리를 바라보고 있었다. 겁에 질린 것 같기도 하고 체념한 것 같기도 했다.

"오랜만에 초상이네."

마을 어른 중 누가 그렇게 말했다.

"그러게. 흉상이라 찝찝하긴 하지만 그 인간이 워낙 골치였으니……."

또 다른 누군가가 말끝을 흐렸다.

"후딱 해치워버리면 좋겠는데."

"맞어, 안 그래도 바쁜데."

정말로 바쁜 일은 며칠 후 벌어졌다. 사람들이 줄줄이 익사한 그 일주일간 광선리의 논과 밭은 돌보는 이 없이 버려져 있었다.

꿈을 꿨다.

꿈이라는 사실을 알면서도 깨어날 수 없는 그런 꿈.

어둑어둑한 저녁이었다. 슬금슬금 비가 내리고 있었다. 외할머니는 어디로 가셨는지 나 혼자뿐이었다. 보리차를 마시려고 냉장고를 열었다. 왠지 목이 말랐다. 냉장고에서 쏟아져 나오는 불빛이 어둑한 방안을 비췄다.

그러고 보니 왜 방이 캄캄할까?

그런 생각을 하며 보리차가 담긴 투명한 유리병으로 손을 뻗었다. 유리병이 생각보다 차갑고 미끈해 소름이 돋았다. 나는 외할머니가 안 계시다는 걸 알고는 병 주둥이에 입을 대고 벌컥벌컥 들이켰다. 보리차는 논에 떠다니는 개구리알처럼 이상하게 걸쭉했다. 알갱이 같은 것들이 목구멍을 누르며 몸속으로 들어갔다. 그러거나 말거나 나는 계속 마셨다. 갈증을 참을 수가 없었다. 병 속에 든 보리차를 다 마시고 외할머니가 약으로 드시는 구연산을 풀어놓은 물까지 모두 들이켜도 갈증은 사라지지 않을 것 같았다.

목구멍을 타고 계속 물이 넘어갔다. 배가 부풀어올랐지만 멈추지 않았다. 뱃속이 꿀렁거렸다. 마치 소용돌이가 이는 것처럼. 그때 노랫소리가 들렸다. 아주 익숙한, 하지만 다시 듣고 싶지 않은 노래.

어디어디 숨었니?

나는 병을 떨어뜨렸다. 유리병이 깨지며 남은 보리차가 사방으로 튀었다. 마셨던 물이 목구멍을 비집고 올라왔다. 토했다. 아로

미의 아빠처럼 양쪽 볼을 잔뜩 부풀리며 토하고 또 토했다.

어디어디 숨었니?

노래는 그치지 않았다. 누가 문을 두드렸다. 간유리로 된 새시 문이 덜컹덜컹 흔들릴 때마다 끼익끼익 소리가 들렸다. 냉장고 불빛이 꺼졌다. 서늘한 냉기만 쏟아져 나왔다. 나는 숨을 죽인 채 꼼짝도 않고 서 있었다. 노랫소리도 문을 두드리는 소리도 더이상 들리지 않았다. 부엌을 나와 현관과 맞닿아 있는 마루까지 조용히 걸어갔다. 불투명한 유리 너머로 밤하늘에 내리긋는 빗줄기가 보였다.

아직도 누가 서 있는 게 아닐까?

미친듯이 뛰는 심장을 누르며 현관문 유리에 눈을 바싹 가져다 댔다.

쾅!

길고 검은 그림자가 확 달려들어 문을 때렸다. 술래에게 들키고 말았다! 나는 비명도 지르지 못한 채 주저앉은 그대로 엉덩이걸음으로 부엌까지 들어갔다. 누가 집안을 들여다보고 있었다. 쏘는 듯한 시선에 온몸이 따끔거렸다. 숨이 턱 막혔다.

나는 도망칠 곳을 찾아 두리번거리다가 다락으로 올라갔다. 팔 다리가 제대로 움직이지 않아 엉금엉금 기다시피 계단을 올랐다. 잡동사니로 가득찬 다락은 쥐새끼와 거미줄 때문에 평소에는 눈 길조차 주지 않는 곳이다. 낡은 서랍장과 말아놓은 고무호스 더미

사이에 쏙 들어갔다. 다락에 난 작은 창문으로 골목 어귀의 가로
등 불빛이 보였다. 다락문은 안에서 걸어 잠갔다. 아무도 들어올
수 없다. 그 어떤 술래도 나를 잡을 수는 없다. 그렇게 중얼거리며
눈을 꼭 감았다.

그때 이마 위로 물 한 방울이 떨어졌다.

소름 끼치도록 차가운 물이었다. 동시에 물비린내가 확 풍겼다.
축축하고 번들거리는 머리카락이 내 얼굴을 스치며…….

꿈에서 깼을 때는 동이 틀 무렵이었다. 옆방에서 외할머니의 코
고는 소리가 들렸다. 희뿌연 햇살이 비쳐 들었다. 오래된 선풍기
가 툴툴거리며 돌아가고 있었다.

"괜찮아. 아무 일도 없어."

일부러 소리를 내서 중얼거렸다.

평소와 똑같은 여름 아침이다. 방학인데도 조금 일찍 일어났을
뿐. 조금 있으면 외할머니도 깨시겠지. 곧 밥 짓는 냄새가 솔솔 풍
길 것이고, 없는 돈에도 널 위해 받았으니 한 방울도 남기지 말고
먹어야 한다는 잔소리와 함께 흰 우유 한 잔을 건네시겠지.

어제를 경계로 평범한 하루는 사라졌다. 우리가 불러낸 물귀신
이 미친개쓰레기를 죽이면서 내 일상도 틀어져버렸다. 아무리 어
리고 공부를 못해도 그런 것쯤은 알 수 있었다. 이를테면, 굳이 펼
쳐 보지 않아도 알 수 있는 통지표 같은 거였다. 수나 우로 채워지
지 않았으리라는 것은 뻔한 일이다. 미나 양이 대부분이겠지. 어
쩌면 전부 가일지도.

걷잡을 수 없는 공포가 몰아닥쳤다. 나는 흐느끼기 시작했다. 세상에 혼자 남겨진 기분이었다. 홀로 남아서 숨어 있다. 술래는 나를 찾는 중이다. 끔찍한 노래를 부르면서.

톡.

흐느낌이 점점 심해질 때쯤, 창문 쪽에서 작은 소리가 났다. 눈물을 닦으며 고개를 드니 작은 돌멩이 한 개가 창문을 때렸다.

톡.

나는 벌떡 일어났다.

"혁."

밖에서 목소리가 들렸다. 창현이었다. 녀석이 속삭이듯 불렀다.

"혁."

반가운 마음에 눈물을 닦을 생각도 못 하고 창가로 달려갔다. 까치발을 하고 밖을 내다보니 녀석들이 서 있었다.

건, 용, 그리고 수나까지.

비록 만화 속 독수리 오형제처럼 멋진 모습은 아니었지만, 길태는 잠이 덜 깬 부스스한 모습인데다가 입가에 침 자국까지 있었지만, 내게는 최고의 동료들이었다.

"어, 어쩐 일이야?"

외할머니가 깨실까 봐 나도 목소리를 낮췄다.

"남 법사 아저씨 찾아가자."

창현이 말했다.

"이 새벽에?"

"응, 서둘러야 해. 시간이 없어."

"왜?"

"나와봐. 자세히 말해줄게."

창현은 피곤해 보이는 얼굴로 말했다. 길태는 선 채로 거의 졸고 있었고 명자는 뒷머리가 잔뜩 눌린 상태였다. 아마 모두 창현이 깨웠겠지. 도대체 무슨 일일까?

얼른 옷을 주워 입고 외할머니 몰래 집을 빠져나왔다. 새벽 공기는 제법 쌀쌀했다.

"너도 꿈꿨어?"

길태가 나를 보더니 대뜸 물었다.

"너희들도?"

창현과 길태, 명자는 힘없이 고개를 끄덕였다.

"물귀신이 쫓아오는 바람에 진짜로 오줌을 쌀 뻔했어."

길태가 말했다.

모두가 같은 꿈을 꾸다니…….

"유민이 녀석은 장례식장에 있어서 못 데리고 왔어."

아마 유민도 그 꿈을 꿨겠지. 물귀신이 나오는 꿈을. 어쩌면 우리 꿈보다 더 무섭고 흉측한 꿈일지도 모르겠다는 생각이 드는 것과 동시에 녀석이 정말로 불쌍하게 여겨졌다.

"그것 때문이야?"

창현에게 물었다.

"아니, 다른 일. 새벽에 우리집으로 이장님이 찾아오셨어."

이장이라면 만식의 할아버지다. 만식부터 그 우라질 놈의 아빠, 그리고 할아버지까지 삼대가 모두 심술궂게 생겼다. 통통한 볼살과 툭 튀어나온 눈은 세 명이 똑같다.

"투투가 사고 쳤어?"

제발 그러기를 바랐지만 창현은 냉정하게 고개를 저었다.

"두칠이네 할머니가 돌아가셨대. 어젯밤 늦게 갑자기."

불안감이 스멀스멀 피어올랐다.

"이장님 말로는 아무래도 익사인 것 같대. 죽은 할머니 입에서 물이 계속 쏟아졌다는 거야."

두칠이네 할머니라면 욕 잘하고 건강하기로 유명했다. 우리가 축구를 하다가 할머니네 밭으로 공이라도 차 넣으면 마녀 같은 얼굴로 부지깽이를 들고 달려오곤 했다.

"야, 이 후레자식들아!"

욕도 빼놓지 않았다.

"두칠이네 집이라면……."

"그래, 유민이네 집과 가깝지."

가까운 정도가 아니잖아. 바로 옆이지!

"물귀신 짓일까?"

내가 물었다. 명자의 얼굴이 딱딱하게 굳었다.

"몰라. 아니, 아무래도……. 그래서 남 법사 아저씨를 찾아가자는 거야. 그 사람은 아무래도 뭔가를 알고 있는 것 같아."

몇 집 건너에서 닭이 울었다. 아침은 이제 시작이었다. 아주 긴 하루가 될 것 같았다. 평범함하고는 서울과 광선리만큼이나 먼.

2
연쇄살인

우라질. 아주 긴 하루가 되겠구먼.

나는 여름 뙤약볕 아래에서 쉼 없이 움직이는 개미들을 바라보며 생각했다. 작고 새까만 개미들은 죽은 지렁이의 사체를 조각조각 잘라낸 뒤 집으로 가져가고 있었다. 한 마리당 한 조각씩. 개미들은 요란한 사이렌 소리나 번쩍이는 경광등 불빛 따위에는 관심도 없었다. 오직 눈앞에 닥친 일에 몰두할 뿐이었다. 개미가 수백마리라고는 해도 제법 기다란 지렁이를 옮기려면 꽤 오랜 시간이걸릴 것 같았다. 하루 온종일, 아니면 그보다 더 오래.

"며칠 사이 이게 무슨 일이래?"

"굿이라도 해야 하나."

모여든 사람들이 저마다 떠들어댔다.

"나온다!"

누가 소리쳤다. 일순간 사방이 고요해졌다. 나는 카메라를 들었다. 뷰파인더 속으로 오렌지빛 들것이 모습을 드러냈다. 들것을 에워싸듯 제복 경찰관 네 명과 형사 둘이 걸어나왔다. 형사 중 한 명은 낯익은 얼굴이었다.

"저것 봐. 최 형사야."

맞아, 그 말상. 나는 명자의 말에 속으로 동의하며 쉬지 않고 셔터를 눌렀다. 찰칵찰칵. 비극의 현장은 경쾌한 셔터 소리에 맞춰 매끈하게 재단되어 메모리에 쌓여갔다.

죽은 이는 광선리 청년회장이었다. 길태의 단골 식당에서 엎어지면 코 닿을 거리에 집이 있었다. 빛에 이끌려 달려드는 부나방처럼 사이렌 소리를 따라 무작정 밖으로 뛰쳐나온 우리는 경찰차와 구급차가 몇 미터 떨어진 양옥집 앞에 멈추는 걸 봤다.

"이번에도…… 그럴까?"

내 옆에 꼭 붙어 선 명자가 작은 소리로 물었다. 고양이는 그녀 품에 안겨 있었다. 나는 살짝 고개를 끄덕인 후 다시 사진을 찍었다. 두말하면 잔소리지. 이번에도 물귀신의 소행이라는 사실에 내 카메라를 걸 수도 있다.

"가자."

창현이 말했다. 더 볼 필요가 없다는 투였다. 우리도 같은 생각이었다. 유민을 죽이고 길태의 부하를 죽인 물귀신이 청년회장의 몸안 가득 물을 밀어넣었다는 사실은 단번에 알 수 있었다. 코끝에 비릿한 물 냄새가 감돌았다. 시큼하면서도 텁텁한, 고인 물 특유의 냄새.

"죽은 청년회장은 어떤 사람이야?"

나는 아직 이름조차 몰랐다.

"청년회장이라 해봐야 오십 대야. 광수 아저씨라고. 쭉 노총각으로 살다가 몇 달 뒤에 베트남인가 필리핀인가 아무튼 외국 여자와 결혼한다고 맨날 싱글벙글 웃고 다니던 양반이었어. 사람도 좋고 마을 일도 열심이었는데…… ."

길태는 인상을 구기며 담배 연기를 뿜어냈다.

"근데 물귀신이 왜 아저씨를 노렸을까?"

명자가 물었다.

"낸들 아냐. 용량 초과야. 머리 터지기 일보 직전이라고."

"그것보다는 어떻게 죽였느냐가 더 문제야."

창현이 말했다. 동의하듯, 고양이가 야옹 하고 울었다. 내 품으로 돌아온 녀석은 큰 눈을 깜박이며 꼬리를 흔들었다.

"자네 말이 맞네. 이번에는 확실히 이상해. 옛날에는 닥치는 대로 사람을 끌고 갔지. 그래도 한 가지 공통점이 있었어. 그건 바로…… ."

"비죠. 그리고 물."

남 법사의 말을 창현이 받았다.

"그렇지. 그때도 내가 설명했을 게야. 물귀신은 물이 있어야 힘을 발휘한다고. 일주일 내내 비가 쏟아졌던 그때는 그년이 충분히 활개칠 수 있었지. 그런데 지금은 아니야."

남 법사는 그렇게 말하며 하늘을 올려다봤다. 하늘은 배탈 난 술꾼처럼 잔뜩 얼굴을 찌푸리고 있었지만 비를 쏟아내지는 않았다.

"그러면 물귀신 짓이 아니라는 말이에요?"

명자가 물었다.

"아니, 그 말이 아닐세. 그때 물귀신이 유민이에게 하려던 일, 옛날에는 실패했던 그 일을 이번에는 성공했다면 어떤가?"

나 역시 그럴 가능성을 어렴풋이 떠올리고 있었다. 이상하다는 사실을 느낀 건 어젯밤 길태의 부하가 죽었을 때부터였다. 그 죽음에는 명백히 '의도'가 들어 있었다.

"그러니까 법사님 말은 물귀신이 사람 몸을 차지했다는 거죠?"

창현이 천천히 말했다. 그 말의 의미가 무엇인지 우리 모두에게 알려주겠다는 듯. 남 법사는 말없이 고개를 끄덕였다.

물귀신이 원했던 건 '몸'이었다. 이십오 년 전의 그 여자는 유민의 몸을 차지하려 했고, 성공 일보 직전까지 갔다. 우리가 방해하지 않았더라면 유민의 몸에 깃든 채로 광선리 사람들과 죽음의 숨바꼭질을 계속했을 것이다.

그랬는데 이번에는 성공했다. 밝은 대낮에 돌아다니며 사람을 죽이고 다닐 수 있는 것도 그 때문이다. 우리에게 경고를 던지기 위해, 아니면 일종의 선전포고를 날리기 위해 길태의 부하를 죽였다. 몸이 있다면 충분히 가능한 일이다.

"골치 아파졌네요."

내가 말했다.

"그렇지. 하지만 아직 확실한 건 아무것도 없네. 만약 사람 몸에 들어갔다면 그게 누구인지, 앞으로 무슨 짓을 할 건지, 그리고 솥뚜껑의 고양이 사체와는 무슨 상관이 있는지 조사를 해봐야겠지."

"답답하네. 어디서부터 시작할지 감도 안 와, 나는."

감이 안 오는 건 길태만이 아니라 나도 마찬가지였다. 내 두뇌 용량도 서서히 바닥을 드러내는 중이었다. 한꺼번에 너무 많은 일이 일어났다. 내 품에 안겨 있는 고양이도 문제였다.

"또 만났군."

뒤에서 들려온 목소리에 나는 고개를 돌렸다. 한 치의 흐트러짐도 없이 정장을 차려입은 김 형사가 우리를 향해 걸어왔다. 재킷 품안으로 손을 넣어 담배를 꺼낸다. 잠시 멈춰 서더니 성냥으로 불을 붙인 후 다시 걷기 시작한다. 마치 홍콩 영화 주인공처럼. 바람에 흩어지는 담배 연기는 숫제 특수 효과 같았다.

"영감탱이가 똥폼 잡기는."

명자가 속삭이듯 말했다.

"형사님도 출동하셨어요?"

길태가 깍듯이 허리를 숙였다.

"이걸로 벌써 세 건이야. 새끼들은 과학수사다 검시다 말을 늘어놓지만, 딱 봐도 그거야. 익사. 몸안이 아예 물로 가득찼어."

"이래도 그냥 연쇄살인이라는 건가요?"

창현이 물었다.

"그럼. 불과 며칠 사이에 세 명이 같은 꼴로 죽었어. 이러면 확실히 연쇄살인이지. 범인이 동일 인물이라는 전제하에 말이야."

김 형사는 웃었다. 얼굴 전체에 멋진 주름이 만들어졌다.

"형사님은 사람이 다른 사람 몸에 물을 꾸역꾸역 밀어넣어 죽일 수 있다고 생각하세요?"

창현은 물러서지 않았다.

"불가능한 일이지. 하지만 물귀신 운운하는 건 더 불가능한 소리야. 안 그런가?"

"저희들이 진짜로 봤단 말이에요!"

명자가 소리쳤다.

"이십오 년 전, 고작 초등학생일 때 말이지. 그맘때 애새끼들은 상상력이 풍부한 법이야. 물론 난 너희 말에도 일말의 여지를 두고 있어. 어쩌면 정말 물귀신의 짓일지도 모르니까."

"옛날에 어떤 일이 있었는지 형사님은 모르세요."

창현이 말했다.

"제일 먼저 너희 친구, 그러니까 이번에 죽은 유민이라는 녀석의 아버지가 죽었지. 사인은 익사. 그다음 바로 옆집의 할망구가 죽었어. 역시 사인은 익사. 이틀 뒤, 식당을 하던 여자가 부엌에서 시체로 발견됐지. 그 사건 기억이 제일 또렷해. 내가 제일 먼저 달려갔으니까. 물론 그 여자도 익사였지. 입에서, 코에서, 귀에서, 심지어 눈에서도, 온몸의 구멍이라는 구멍에서는 모두 물을 쏟아내며 죽어 있었지. 옆에는 아들이 정신 나간 표정으로 앉아 있었고. 이래도 내가 모른다는 거냐?"

김 형사는 쉬지 않고 말을 쏟아낸 후 날카로운 눈빛으로 우리를 쏘아봤다.

"그 인간 참 말 많구먼."

옆에 선 내게만 겨우 들릴 정도로 남 법사가 속삭였다. 그때 경찰차 한 대가 우리 옆으로 다가왔다. 활짝 열린 조수석 창문으로 말상이 고개를 내밀었다.

"선배, 안 가세요?"

"가야지. 다 정리됐나?"

"순경 애들이 하고 있습니다. 그나저나 반장이 빨리 들어오라고 난리예요. 기자들이 들이닥칠 거라고."

"한바탕 시끄럽겠군, 오랜만에."

김 형사는 우리에게 눈길도 주지 않고 경찰차 뒷좌석에 올라탔다. 최 형사는 못마땅한 눈빛을 감추지 않은 채 우리를 쓰윽 훑어봤다. 수상쩍은 외지인들이 설치고 다니자마자 연달아 사람이 죽어나간다. 나라도 의심을 품을 것 같았다.

"혹시 쓸 만한 정보가 생기면 언제라도 연락을 달라고. 이십오 년 만에 돌아온 연쇄살인마, 경찰은 속수무책. 이런 헤드라인으로 이곳이 알려지는 건 싫으니까 말이야."

김 형사의 말이 채 끝나기도 전에 경찰차는 출발했다. 사이렌 소리에 고양이가 움찔 놀라며 몸을 떨었다.

구경꾼들은 하나둘 흩어졌다. 얼굴에 불안과 공포가 떠올라 있었다. 이십오 년 전의 참극을 아직도 기억하는 이가 많을 것이다. 물과는 전혀 상관없는 곳에서의 익사. 불가사의한 죽음이 던져놓은 그림자는 금세 사라질 것이 아니었다.

"우리도 가자."

길태가 말했다.

"어디로?"

내가 물었다.

"밥 먹으러. 아직 못 먹었잖아."

그러고 보니, 여전히 점심 식사 전이었다.

우리는 식당으로 돌아가 늦은 점심을 먹었다. 내심 걱정을 했는데 아까 마주친 그치들은 자리를 떠난 뒤였다. 오천 원짜리 정식은 기가 막히게 맛있었다. 특히 청국장이 일품이었다. 내내 마음속을 떠돌던 서늘한 공포도 식욕을 앗아가지는 못했다. 아침을 컵라면으로 때웠으니 어쩌면 당연한 일이었다. 게다가 길태가 무언가를 먹고 있는 모습을 보면, 그게 설령 독약이라 해도 입맛이 당길 수밖에 없었다.

"어머니. 청국장 비결이 뭐예요?"

명자가 눈웃음을 지으며 물었다. 마른 몸매와는 다르게 뺨이 두둑하게 밥을 밀어넣는 모습이 꽤 신선했다. 고슬고슬한 보리밥 위에다 청국장과 두부를 올려 쓱쓱 비벼 크게 한 숟가락을 뜬다. 그러고는 한입에 꿀꺽.

"뭐라고?"

선풍기 앞에 앉아 졸고 있던 주인 할머니가 퍼뜩 눈을 떴다.

"청국장 비결요. 먹어본 것 중에서 제일 맛있어요."

"요즘 그런 말 자주 들어."

할머니는 별일 아니라는 듯 시큰둥하게 대답했다.

"이야, 우리 엄마 떼돈 벌겠네."

길태가 싱글거리며 농담을 건넸다.

"떼돈은 무슨. 맘 같아서는 우리 마을 두 쪽 내려고 달라붙는 놈들 소금 뿌려서 싹 쫓아내고 싶지만……."

할머니는 말끝을 흐리며 혀를 찼다.

"됐어요, 됐어. 그런 놈들은 제가, 이 박길태가 책임지고 쫓아낼 테니까 어머니는 장사나 열심히 하세요."

너스레를 떠는 길태의 모습에 모두 피식 웃었다.

"아까 그놈들도 용역이었어?"

내가 물었다. 눈빛이 사납고 매서운 사내들이었다. 다른 사람 눈에서 흐르는 피눈물을 받아먹고 사는 인간만이 가질 수 있는 눈빛이었다. 방심하고 있을 때의 길태에게서도 언뜻언뜻 비치는 그 눈빛. 그리고 매일 아침 거울을 들여다볼 때마다 마주치는 그 눈빛.

"응, 시공 업체 새끼들이 불러온 놈들이야. 서울 쪽 조직이라는데 완전 양아치야. 우리하고도 벌써 몇 번 부딪힐 뻔했어. 자기네 땅처럼 마을을 돌아다니면서 사람들을 겁주는데, 어휴 이 새끼들 한번 걸리기만 하면……."

"구체적으로 어떤 상황이야?"

창현이 물었다.

"어제 설명했던 그대로야. 나라에서는 마을 가운데로 국도를 내겠다는 거고, 우리는 반대하는 거지. 벌써 대치한 지 좀 됐어. 문제는 마을 사람들 중에서도 찬성하는 인간들이 슬슬 나온다는 거야. 보상금 받고 넘어가자는 쪽하고 절대 물러설 수 없다는 쪽 때문에 마을 인심도 흉흉해."

"아이고, 내가 그것 때문에 죽겠다니까. 어제도 이장이 몇 번씩 찾아와서 얼마나 설득을 하던지."

할머니가 청국장 한 사발을 더 가져와서 뚝배기에 넣어주며 말했다. 엄지가 청국장에 들어가 있었지만 그 정도는 애교로 넘길 만했다.

"뭐라고요? 이장 이 인간 진짜!"

길태는 얼굴이 벌게질 정도로 화를 내더니 청국장을 듬뿍 떠서 입에 넣었다. 특이한 방식으로 화를 푸는 인간이었다. 녀석은.

"이장은 찬성 쪽인가 봐?"

창현이 다시 물었다.

"얼마 전까지만 해도 반대를 했는데 갑자기 돌아섰어. 뒷돈을 받은 게 틀림없어. 쥐새끼 같은 자식."

길태의 분노는 점점 거세졌고 청국장은 빠른 속도로 없어졌다.

"아무튼 이 사건만 해결하면 다음엔 가스통 들고 청와대 앞에 가서 시위인지 뭔지를 해서라도 꼭 계획을 변경시켜야겠어."

"아서라, 그러다가 뉴스에 나온다."

내가 말했다.

"그게 내가 원하는 거라니까. 높은 양반들은 이런 작은 마을 하나쯤 반으로 뚝 잘라도 개발인지 개좆인지만 할 수 있으면 된다고 생각하니까, 그런 게 아니라고 이런 억울한 일도 있다고 국민들한테 알려야지."

길태의 분노는 녀석의 목구멍으로 쉴 새 없이 들어가는 음식을 통해 충분히 짐작할 수 있었다. 일찌감치 광선리를 떠나버린 우리

셋과 달리 유민과 길태는 끝까지 마을을 지켰다. 물귀신이니 뭐니 해도 녀석들에게는 이곳이 고향인 것이다.

"자, 다 먹었으면 슬슬 움직이지."

남 법사가 말했다.

"잠시만요."

길태는 남은 청국장을 싹싹 긁어먹고는 거하게 트림까지 했다. 그 소리에 놀란 고양이가 발라놓은 고등어 가시를 핥다 말고 홱 고개를 들었다.

"그런데 막막하네요. 어디서부터 시작해야 할지."

내가 말했다. 식당을 나가 한여름 뙤약볕 아래를 아무리 열심히 돌아다닌다 해도 목적과 방향이 없으면 말짱 도루묵이다.

"생각해봤는데, 아무래도 옛날 승천원 자리에 가봐야 할 것 같다."

남 법사가 말했다.

"어? 승천원은 한참 전에 없어졌어요."

길태가 말했다.

"나도 알고 있다네. 중요한 건 건물이 아니라 근처에 묻어놓은 무구들이야."

"무구라면 부적이나 방울 같은 것들요?"

명자가 물었다.

"그렇지."

남 법사가 대답했다.

"그럼 난 이 녀석 병원에 좀 보였다가 합류할게."

내가 말했다.

"걔를 계속 데리고 다닐 거야?"

길태가 눈을 동그랗게 떴다.

"몰라, 어쨌든 치료는 해줘야지."

한낱 길고양이에게 이토록 애정을 쏟는 이유를 스스로도 알 수 없었다. 하지만 때로는 알 수 없는 일이라도 해야만 하는 게 인생이다. 서른이 넘어서야 어렴풋이 그런 이치들을 이해하게 되었다. 만약 더 빨리 깨달았다면 이혼을 막을 수 있었을까? 가끔 거울 속의 사내, 죽음을 판매하는 비열한 인간에게 물어보지만 그놈은 아무런 대답도 내놓지 않았다. 인생에는 만약이라는 게 없다는 것, 그것 또한 여러 이치 중 하나였다.

만약 그날 물귀신을 불러내지 않았더라면 내 인생이 조금 달라졌을까?

대답할 필요조차 없는 질문. 우라질.

"그럼 나도 민호 오빠 따라갈게."

명자의 말에 나는 정신을 차렸다.

"시내에 나가서 살 것도 있고."

명자는 재빨리 덧붙였다.

"그래. 그럼 따로 움직였다가 나중에 만나자. 뭔 일 있으면 전화하고."

창현이 말했다.

"오케이."

나는 일부러 크게 말하며 자리에서 일어났다. 기다렸다는 듯 고양이가 품으로 뛰어올랐다. 녀석의 커다란 눈이 나를 응시했다. 왜 이리 가슴이 두근거리는지 묻고 있는 것 같았다. 시끄러워, 인마!

"잘 먹었습니다."

명자가 살갑게 인사를 하며 식당 문을 열었다. 한사코 말리는 우리를 무시하고 길태가 계산을 했다. 열린 문으로 후끈한 열기가 밀려 들어왔다. 바람은 제법 불었지만 끝이 묵직한데다 습도도 높아 기분만 더 나빠졌다. 우라질 여름이었다.

"예쁜 처자 잠깐만."

할머니가 식당 앞까지 따라 나와 명자를 불렀다. 그러고는 명자의 귀에다가 몇 마디를 속삭였다.

내 옆으로 다가온 명자는 웃음을 꾹 참고 있었다.

"왜?"

"비결."

"응?"

"청국장 말이야, 미원을 많이 넣으면 된대."

명자는 참지 못하고 깔깔대며 웃었다. 나도 웃었다. 다른 사람들은 영문을 몰라 우리 둘을 멀뚱히 바라봤다.

역시, 비결은 미원이구나.

역시, 웃는 건 좋구나.

역시, 옛친구는 좋구나.

3
충돌

옛친구와 나는 길태가 불러준 콜택시를 타고 안주읍까지 나갔다. 휴대전화로 검색을 해보니 제일 가까운 동물병원이 읍내에 있었다. 말이 읍이지 커다란 아파트 단지가 들어서면서 안주는 별천지로 변했다.

"자, 이제 됐습니다."

치료는 간단한 소독과 주사 한 대로 끝났다.

"밀렵꾼이나 동네 고약한 어른이 놓은 올무에 야생 고양이들이 종종 걸려요. 얘들이 영리한 것 같으면서도 어리숙한 면이 있거든요. 아무튼 좋은 분 만나서 이놈은 다행이네요."

넙데데한 얼굴에 사람 좋아 보이는 미소를 걸친 의사는 시원스레 말했다.

"올무나 덫 같은 걸 쉽게 만들 수 있나 봐요?"

명자가 물었다.

"인터넷만 검색해도 금방 나오죠. 재료야 철물점에서 구하면 되고."

우리는 의사의 인사를 뒤로하고 병원에서 나왔다. 다음은 마트에 갈 차례였다. 길 건너에 대형 마트가 떡하니 자리잡고 있었다.

"많이 좋아졌네."

명자가 말했다.

"웬 할머니 같은 소리야."

"이십몇 년 만에 처음이라고. 이쪽으로는 오줌도 안 눌 줄 알았는데."

"나도 마찬가지야."

"아냐, 오빠는 몰라. 난 여기서 태어나고 자랐단 말이야. 여긴 죄다 논밭뿐이었어. 내가 빈병 주운 걸 팔려고 여길 얼마나 자주 왔는지 알아? 조금만 가면 고물상이 있었거든. 광선리에서 거기까지 걸어 다녔어. 막둥이를 업고."

명자 목소리가 떨렸다.

"우냐?"

"울기는. 생각하니까 하도 좆같아서 그런다."

"막내는 뭘 해?"

"몰라. 그 새끼하고도 연락 끊긴 지 오래야. 우리 가족 모두 뿔뿔이 흩어졌어."

이쯤에서 그만하자 싶었다. 오래된 추억을 들쑤시면 애써 덮어둔 상처만 벌어질 뿐이다.

"저 마트에 나비 먹일 만한 것도 팔겠지?"

"얼래, 벌써 이름도 정했수?"

"계속 고양이라고 부를 수는 없잖아."

"이름 붙여주면 정들어서 안 돼. 어차피 계속 키우지도 않을 거면서."

"여기 있는 동안만이라도 돌봐줘야지. 안 죽고 살 수 있다면."

"안 죽는다니, 고양이 아니면 오빠?"

"둘 다."

우리는 고양이를 키우는 사이좋은 신혼부부처럼 함께 마트로 들어갔다. 명자는 마트 안을 둘러보더니 다른 쪽으로 걸어갔다.

"넌 뭘 살 건데?"

"여기서 며칠씩 썩으려면 사야 할 게 많아. 여자한테 필요한 것들."

나는 감히 그게 무엇인지는 물어보지 못한 채 식품 코너로 발걸음을 옮겼다. 나비는 수족관에서 헤엄치는 오징어를 그야말로 잡아먹을 듯 노려봤다.

나는 여유롭게 마트를 돌았다. 휴대전화가 부르르 몸을 떨기 전까지는. 전화기를 꺼내 들기 전부터 불길한 소식일 거라는 예감이 머릿속을 두드리고 지나갔다. 액정 화면 속에서 바로 어제 저장한 '김창현'이라는 이름이 깜박였다.

"여보세요?"

전화를 받았다. 입안이 바싹 말라 목소리를 내기가 힘들었다.

창현은 아무 말도 하지 않았다. 대신 정체불명의 소리가 들렸다. 무언가 끓고 있는 듯한 소리. 바글바글 혹은 보글보글. 나는 속으로 들어갈 것처럼 귀에다 전화기를 바싹 붙인 채 온 신경을 집중했다.

"여보세요? 창현아!"

다시 한번 불러봤지만 여전히 대답이 없었다. 그 소리는 더 커졌다. 명자가 걸어오는 게 보였다. 장바구니에 무언가를 잔뜩 담아 들고 있었다. 명자가 나를 향해 손을 흔들고, 나비는 여전히 오징어를 바라보며 입맛을 다시고, 수족관 오징어는 물거품 쪽으로…….

생각났다! 물에 빠진 사람이 몸안에 든 공기를 토해낼 때 나는 소리. 물속에서 공기 방울이 터지며 바글바글 혹은 보글보글 소리를 낸다. 그렇다면…….

"야! 김창현. 너 괜찮아?"

내가 지른 소리에 놀란 명자가 우뚝 멈춰 섰다. 전화기에서는 아무 소리도 나지 않았다. 몇 초, 아니 몇십 초 정도 시간이 흐른 후 아련한 목소리가 들려왔다.

"나야, 유민이."

나는 주저앉고 말았다. 명자가 달려왔다. 나비가 품에서 빠져나갔다. 숨쉬기가 힘들고 코가 찡했다. 정신은 말짱했다. 죽은 친구가 내게 말을 건네고 있다는 사실을 깨달을 정도로는.

"나야, 유민이."

녀석은 또 한 번 말했다.

유민의 목소리는 어둠이 넘실거리는 물속에서 들려오는 것 같았다. 그게 아니면 죽음밖에 닿을 수 없는, 아니 죽어서밖에 닿을 수 없는 무無의 공간이나.

"무슨 일이야?"

명자가 물었지만 나는 아무런 대답도 하지 못했다. 우라질 전화기를 바닥에 집어던지고 싶었지만 누가 귀에다가 꿰매놓은 듯 그것마저 할 수 없었다. 작은 휴대전화 너머로 차가운 숨결이 느껴졌다.

"정말…… 정말 너야?"

목안에 뭔가 걸린 것 같았다. 말을 할 때마다 목구멍이 찢어질 듯 아팠다.

"장난치는 거면 가만 안 둬!"

입안에서만 맴도는 목소리는 조금도 위협적이지 않았다. 차라리 애원에 가까웠다.

"친구들이 위험해."

유민이 말했다. 말이 부자연스럽게 끊겼다. 나는 시체 안치소의 차가운 침대에 누워 딱딱하게 굳은 입을 움직이며 통화를 하는 유민의 모습을 어렵지 않게 떠올릴 수 있었다.

"친구들이 위험해."

녀석은 고장난 카세트처럼 같은 말을 반복했다.

"이곳으로 와."

"이곳으로 와."

유민은 같은 말을 반복했다. 어릴 때 목소리와 조금도 달라지지 않았다.

"빨리, 승천원으로."

그 말을 끝으로 전화는 끊어졌다. 절대 깨지 못할 단단한 침묵의 벽이 유민과 나 사이를 가로막았다.

"여보세요?"

부질없는 짓이라는 걸 알면서도 외쳤다.

"유민아, 유민아!"

결국 녀석의 이름을 불렀다.

"유민 오빠? 지금 유민 오빠라 그랬어? 도대체 무슨 일이야?"

명자의 눈이 동그래졌다. 나비가 털을 잔뜩 곤추세우고 주위를 빙글빙글 돌았다.

"빨리 승천원으로 가야겠어. 애들하고 남 법사님한테 안 좋은 일이 생긴 것 같아."

나는 다시 나비를 안아 들었다. 고양이는 야옹 하고 한 번 울었다.

"방금 그 전화는 뭐야? 유민 오빠라며."

"가자. 가면서 설명해줄게."

뭔가 더 묻고 싶어 하는 명자를 뒤로하고 마트를 빠져나왔다.

"잠깐만!"

명자는 계산대에 서서 다급하게 외쳤다. 속옷과 생리대 같은 것들이 삑 소리와 함께 비닐봉투 속으로 들어가는 게 보였다. 직원은 다른 사람의 사정이야 알 바 아니라는 듯 여름 햇살처럼 느릿느릿 계산을 했다. 손님이 뜸한 한낮이었다. 그녀로서는 서두를 이유 따위 하나도 없는 것이다. 그 모습을 보고 있으니 빙글빙글 돌던 머릿속이 점차 안정을 찾아갔다.

장난은 아니다. 전화번호는 창현의 것이었다. 무뚝뚝하기로는 둘째가라면 서러워할 녀석이 나를 놀리려고 짓궂은 장난을 칠 확률보다 죽은 유민이 돌아와 전화를 걸 확률이 더 높았다.

그래, 정말로 유민이었다. 물귀신이 돌아다니는 세상인데 죽은 친구가 전화를 거는 일쯤이야 무슨 별일이겠는가. 하지만 전화라니 너무 일상적이라 실감이 나지 않았다. 나는 휴대전화의 통화 내역을 확인했다. 분명 김창현이라는 이름이 최근 통화 목록의 맨 위를 차지하고 있었다.

"무슨 여자가 굼벵이를 삶아 먹었나!"

어느새 계산을 마친 명자가 씩씩거리며 다가왔다.

"명자야."

내가 그녀를 불렀다. 명자는 무슨 일이냐는 표정으로 나를 바라봤다.

"느낌이 안 좋아."

그러니까 따라오지 않아도 돼.

정말로 하고 싶은 말은 따로 있었지만 차마 꺼내지 못했다. 무서웠다. 나 혼자 그곳으로 가고 싶지 않았다. 하지만 명자를 위험에 빠뜨리고 싶지도 않았다. 각기 다른 두 마음이 좁디좁은 사각의 링 안에서 혈투를 벌이고 있었다. 명자는 나를 향해 픽 웃어 보였다.

"오빠, 고추 없어? 뭘 쫄아서 그래. 빨리 가자."

나도 고추 있어. 그것도 제법 실한 놈으로.

내가 중요한 변명을 하기도 전에 명자는 택시를 향해 뛰어갔다. 하긴, 옛날의 명자도 겁쟁이는 아니었다. 어쩌면 가장 용감했던 게 바로 명자였는지도 모른다. 명자가 뛰는 모습은 옛날 그대로였다. 긴 다리가 멋지게 지면을 박찼다. 나는 이십오 년 전 그때처럼 명자를 따라 달리기 시작했다.

옛날 승천원 자리에는 공장처럼 보이는 건물이 세워져 있었다. 꽤 낡은, 아니 아예 몇 년 동안 사람의 손길이 닿지 않은 버려진 건물이었다. 마당에는 잡초가 무성했고 현관문은 녹이 슬어 벌겋게 변했다. 깨진 창문도 많았다.

성아 염직.

입구에 붙은 간판은 글씨가 지워져 간신히 알아볼 지경이었다.

"염색 공장인 것 같은데."

"오빠들이랑 남 법사님이 여기 있다고?"

"아마도."

내가 말했다.

우리는 마당으로 들어섰다. 길태와 창현에게 다시 전화를 걸어봤지만 둘 다 받지 않았다.

"들어가자."

나는 그 나비를 내려놓았다. 안에서 어떤 일이 벌어질지 모르는 마당에 고양이를 데리고 다니는 건 거추장스러웠다. 이제 막 지옥에서 살아 돌아온 불쌍한 고양이를 다시 위험에 빠뜨리고 싶지도 않았고.

"기다리고 있어. 금방 갔다 올게."

나비는 내 얼굴을 찬찬히 바라보더니 마당 구석 어딘가로 달려가버렸다. 어쩌면 영영 떠나는 건지도 모른다. 그 생각을 하자 웬일인지 가슴이 뻐근해졌다.

"물귀신이 나타난 거면 어쩌지?"

명자가 떨리는 목소리로 물었다.

"이제부터 알아봐야지."

나는 공장 안으로 들어갔다. 매캐한 공기가 감돌았다. 그리고 싸늘한 기운도. 공장 바닥 곳곳에 담배꽁초며 컵라면 용기, 찌그러진 부탄가스통이 나뒹굴었다. 이곳이 평소에 어떤 용도로 쓰이는지 알 것 같았다.

그때 정적을 깨는 비명이 들렸다. 우리는 깜짝 놀라 서로를 바라봤다. 비명의 주인공은 다름 아닌 길태였다. 녀석이 곰처럼 울부짖고 있었다.

명자와 나는 소리가 들린 곳으로 곧장 달려갔다. 살풍경한 공장 내부에는 폐수를 흘려보냈을 것으로 짐작되는 배수로가 어지럽게 얽혀 있었다. 원통형의 커다란 물탱크도 몇 개나 서 있었다.

길태가 내지르는 소리는 공장의 높은 천장에 부딪혀 사방으로 울려 퍼졌다. 처음에는 비명이었다가 욕설로 바뀌었고 이제는 무언가가 깨지는 파열음이 되었다.

도대체 무슨 일이야?

나는 짐작할 수 있는 최악의 상황을 모두 떠올려보았지만 공장의 맨 구석, 미처 치우지 못한 천들이 수북하게 쌓인 그곳에서 마주친 광경은 예상을 훌쩍 뛰어넘는 것이었다.

제일 먼저 눈에 들어온 건 머리에 피를 흘리며 서 있는 길태의 모습이었다. 그다음은 창현이었다. 녀석은 바닥에 쓰러져 있었다. 온몸이 푹 젖은 남 법사가 그 옆에 쭈그리고 앉아 창현과 길태, 그리고 장승처럼 버티고 선 네 명의 남자들을 올려다보는 중이었다.

문제는 그놈들이었다. 덩치가 커다란 두 놈은 식당에서 마주쳤던 용역들이었다. 덩치는 작지만 매서운 얼굴의 남자는 칼을 빼 들어 빙글빙글 돌리고 있었고, 나머지 한 명은 쇠파이프를 치켜든 자세로 길태를 노려봤다.

그들 모두 요란한 소리를 내며 등장한 명자와 나를 향해 고개를 돌렸다.

"저 연놈들은 뭐야?"

매서운 얼굴의 남자가 소리쳤다.

"어따 대고 년이야? 이 조루 환자처럼 생긴 새끼가."

명자는 거의 반사적으로 맞받아친 것 같았다. 상황이야 어쨌건 욕을 들으면 바로 되갚아준다. 아마도 그것이 명자가 살아온 세계의 규칙일 것이다. 실제로 그 남자는 꽤 상처받은 표정을 지었다. 아무렴, 나 같아도 가슴이 뜨끔했으리라.

"어떻게 된 일이야?"

내가 물었다.

"저것들도 박길태 친굽니다."

식당에서 봤던 남자 중 한 명, 싱거운 농담을 날렸던 작자가 매서운 얼굴에게 이야기했다.

"야. 저것들도 같이 묻어버려."

조루 환자, 아니 매서운 얼굴의 남자가 대장인 모양이었다. 각

목을 든 놈이 우리를 향해 돌아섰다.

"자, 잠깐만!"

일단은 그렇게 소리치며 한발 물러났다.

"내 친구들 건드리기만 해봐, 너희들 다 죽었어."

길태가 으르렁거렸다.

"이것들 보게. 오해야, 오해라고. 말로 해결하자니까."

남 법사가 말했다.

무슨 상황인지 정확히 알 수는 없었지만 아주 우라질 지경이라는 건 느낄 수 있었다. 가장 걱정되는 건 창현이었다. 길태의 머리에서 흐르는 피보다 창현 주위에 잔뜩 고인 물이 더 섬뜩했다.

"오해? 우리 식구 한 명이 골로 갈 뻔했는데 오해라고?"

나머지 덩치 하나가 나섰다. 놈은 자신의 배역을 충실히 수행하는 중이었다.

"우리가 한 짓이 아닐세. 이 녀석 쓰러진 걸 보면 모르겠나?"

남 법사가 말했다.

나는 안 그래도 무거운 머리를 굴리느라 미칠 지경이었다. 유민이 전화를 했다. 창현의 전화로. 와보니 창현은 쓰러져 있고 성난 하이에나떼가 둘러싼 상태. 골로 갈 뻔했다는 말과 오해라는 말 사이에 생략된 이야기는 짐작조차 할 수 없었다.

"안 그래도 너 이 새끼 자꾸 거슬렸는데 잘됐다. 오늘 이 자리에서 아주 끝장을 내줄게."

첫 번째 덩치, 그러니까 싱거운 농담 쪽이 아주 연극적인 동시에 위협적인 말을 했다. 나름 언어에 일가견이 있는 모양이었다.

머리에 상처를 입은 길태가 저 넷을 상대할 수 있을까? 무기도 없는데?

나는 깊이 고민할 것도 없이 길태와 놈들의 가운데로 뛰어들었다. 한 손에는 카메라 줄을 말아 쥐고 나머지 한 손에는 바닥에 뒹굴고 있던 빗자루 하나를 들고. 뭐, 싸리비이긴 했지만.

"그, 그만해. 무슨 일인지 모르겠지만 내 친구들은 상관없어."

조금이라도 더 위협적으로 보이려고 카메라를 빙글빙글 돌렸다. 맞으면 꽤 아프다, 이놈들아. 이걸 하루 종일 목에 걸고 다니면 목 디스크에 걸린다고. 엄청 무겁지. 그리고 엄청 비싸고. 그러니 제발 그냥 가라, 제발……

내 간절한 바람과는 다르게 놈들은 순순히 물러설 기세가 아니었다.

"창현이 녀석은 괜찮아요?"

나는 남 법사에게 물었다.

"모르겠다. 일단 숨은 쉬고 있는데."

"넌 괜찮냐?"

이번에는 길태에게 물었다. 길태의 거친 숨소리가 똑똑히 들렸다. 분노와 고통이 정확히 반반씩 섞여 들어간 소리였다.

"저 새끼들 내가 죽여버릴 거야."

녀석은 정말로 그럴 작정이었다. 나는 최악의 상황을 막아야 했다. 최고급 캐논 카메라와 까끌까끌한 싸리비 한 자루로.

"너희들끼리 뭐라고 씨불이는 거야?"

매서운 얼굴이 말했다.

"이 마을에서 세 건의 살인 사건이 일어났어. 아무리 외지에서 왔다고 해도 그건 알고 있겠지? 경찰이 눈에 불을 켜고 마을을 뒤지고 있다는 말이야. 이 상황에서 문제를 일으키면 빼도 박도 못해. 알아들어?"

내가 말했다.

"잘 알지. 방금 전에 우리 막내가 네 번째 희생자가 될 뻔했거든. 우리가 잠시 자리를 비운 사이 차에서 자던 새끼한테 누가 물을 먹였더라고. 말 그대로 물을 먹인 거야. 그것도 잔뜩. 우리가 때마침 돌아오지 않았더라면 골로 갔겠지."

그렇게 말하는 매서운 얼굴의 표정이 점차 일그러졌다.

공포. 내가 읽어낸 건 바로 그 감정이었다. 그제야 상황이 이해됐다. 하이에나떼가 발광을 하는 건 처음 마주하는 공포 때문이었다.

"너희들은 누가 그랬는지 모르는군."

내가 말했다. 매서운 얼굴을 한 남자의 표정이 한층 더 일그러졌다.

"우리가 돌아왔을 때 한 놈이 이쪽으로 도망쳤어. 쫓아와봤더니 너희 친구라는 놈이 물에 푹 젖은 채로 쓰러져 있었고. 그러면 답은 뻔한 거 아냐?"

"아니, 틀렸어. 너희 막내인지 똘마니인지 하는 놈에게 물을 먹인 건 키 큰 여자야. 눈구멍이 뻥 뚫린 여자. 긴 머리카락이 축축하게 젖어 얼굴에 들러붙어 있는 여자. 물에 불어 허연 얼굴에 면도날 같은 미소를 걸고 있는 여자. 그 여자가 범인이야."

나는 이상한 기운에 휩싸여 말을 이어갔다. 그 여자가 이곳에, 공장 어딘가에 숨어 우리를 지켜보고 있다는 느낌이 강하게 들었다.

술래에게 들켰다. 꼭꼭 숨었어야 했는데 결국 머리카락이 보이고 말았다.

"키 큰 여자라니, 뭔 헛소리야?"

매서운 얼굴이 말했다. 놈의 얼굴은 더이상 매서워 보이지 않았다. 겁먹은 하이에나, 혹은 오줌을 지리기 일보 직전의 유치원생 같았다.

"우리는 그 여자를 물귀신이라고 부르지."

바로 그 순간 창현이 기침을 토해내며 벌떡 일어났다. 그 소리가 어찌나 크던지 나도 깜짝 놀랐다. 네 마리의 하이에나 역시 놀라기는 마찬가지였다.

"괜찮으냐?"

남 법사가 물었다.

"그게 왔었어. 그게, 물귀신이, 바로 여기에!"

창현은 소리를 지르다가 푹 쓰러졌다.

"이것들이 단체로 미쳤나?"

매서운 얼굴은 그렇게 말하긴 했지만 한시라도 빨리 자리를 뜨고 싶은 표정이었다. 때마침 멀리서 사이렌 소리가 들렸다. 놈들은 물론이고 나까지 잊고 있던 명자가 나타나 득의양양한 표정으로 외쳤다.

"너희들 좇됐어! 내가 경찰한테 전화하고 왔거든!"

옳지, 슬금슬금 사라진다 싶더니 한 건 했구나! 명자가 허락만
해준다면 끌어안고 뽀뽀라도 하고 싶은 심정이었다. 사이렌 소리
는 점점 가까워졌다. 놈들은 당황한 얼굴로 서로를 바라봤다. 결
국 매서운 얼굴 쪽이 결단을 내린 듯 입을 열었다.

"오늘은 이대로 가지만 다음에 만나면⋯⋯."

영화 속 악당에게나 어울릴 법한 대사는 어딘가에서 들려온 날
카롭고 섬뜩한 울음소리에 묻혀버렸다. 내게는 그 소리가 배고픔
을 호소하는 나비의 투정으로 들렸지만 아무래도 놈들에게는 아니
었던가 보다. 눈에 띄게 얼굴이 굳어지더니 누가 먼저랄 것도 없
이 공장 저편으로 사라져버렸으니까.

"우라질. 죽는 줄 알았네."

나는 자리에 주저앉았다. 다리는 물론이고 손까지 덜덜 떨렸다.
순둥이 길태가 이 치열한 세계에서 어떻게 살아남았는지 새삼 궁
금해졌다.

"괜찮아?"

명자가 달려왔다. 내가 아닌 창현을 향해서. 뭐, 일단 위급한 건
창현이니까. 쓰러진 채 눈을 감고 있던 창현이 공주의 키스를 받
은 왕자처럼 벌떡 일어났다. 그러고는 씩 웃었다. 얼굴은 여전히
창백했지만 적어도 헛소리를 할 정도로는 안 보였다.

"너⋯⋯."

"네가 하도 분위기를 잘 잡기에 나도 연기 좀 해봤다. 어땠냐?"

"연기는 개뿔. 스티븐 시걸인 줄 알았다, 인마!"

나는 그렇게 말하며 웃었고, 창현도 웃었다.

"길태 넌?"

"아프긴 해도 별거 아니야."

다행히 피가 많이 흐르는 것 같지는 않았다. 길태는 먹이를 놓친 맹수의 표정을 하고 있다가 내 옆에 털썩 앉았다.

"경찰 오기 전에 우리도 떠야 하지 않겠나? 아무래도 골치가 아플 것 같은데."

남 법사의 말에 나도 퍼뜩 정신을 차렸다. 길태도 놀란 표정이었다. 이상하게도 사이렌 소리는 더이상 들리지 않았다.

"스마트폰 앱이야. 경찰차 소리, 구급차 소리, 신음 소리까지 다 있어. 어때, 죽이지?"

명자는 깔깔대며 웃었다.

광선리 독수리 오형제가 모처럼 힘을 합쳐 악당을 물리쳤다. 우리는 서로를 향해 웃어 보였다.

"진짜로 무슨 일이……."

"너희들은 어떻게 알고……."

나와 창현이 동시에 말했다. 창현이 내게 먼저 말하라는 듯 눈짓을 했다. 나는 한마디면 충분했다.

"유민이가 전화를 했어. 너희들이 위험하다고."

"역시 그랬구나."

다른 두 사람은 몰라도 창현은 의외로 침착하게 받아들였다. 길태는 입을 딱 벌린 채로 듣고만 있었다. 아직 피를 흘리는 탓에 그 모습은 꽤 그로테스크하게 보였다.

"난 녀석을 만났어. 유민이 말이야."

창현이 말했다.

"유민이가 아니었다면 난 지금쯤 물귀신에게 끌려갔을 거야."

명자와 내가 떠난 직후 나머지 세 사람은 승천원 자리로 향했다. 길태는 그곳에 염색 공장이 들어섰다는 사실을 알고 있었다.

세 사람은 공장 앞에서 나와 비슷한 감정을 느꼈다. 세월의 무상함과 을씨년스러움. 우리가 똥 지옥에서 탈출해 처음으로 승천원에 들어갔을 때와는 완전히 달라진 모습이었다. 이십오 년의 세월은 옛날 그 자리에 무엇이 들어서 있었는지를 지우기에 충분했다.

다행인 것은 마당 한구석에 여전히 버드나무가 서 있다는 사실이었다. 수령이 꽤 오래돼 옛날에도 무척 커다랬던 버드나무는 이십오 년의 세월을 꿋꿋이 이겨냈다.

남 법사와 길태가 버드나무 옆 땅을 파는 사이 창현은 혼자서 공장 안으로 들어갔다. 별다른 생각은 없었단다.

"그냥 호기심이었어."

기진맥진한 얼굴로 말했다. 그래도 익사 직전까지 갔던 사람치고는 참으로 무표정했다. 창현의 표현을 빌리자면, 엠티 다음날 아침의 숙소 풍경처럼 쑥대밭이 된 공장 안을 둘러보는 동안 계속 이상한 느낌이 들었단다.

"누가 지켜보고 있는 것 같았어. 너희들도 알잖아, 그 느낌."

알지. 알고말고. 축축하고 미끈미끈한, 마치 거머리 같은 존재가 손이 닿지 않는 등 쪽 어딘가에 달라붙어 있는 듯한 느낌. 그건 바로 그 여자의 눈빛이었다.

"이상하고 찜찜하다는 생각을 하면서 돌아 나가려고 하는데 발소리가 들렸어. 누가 달려오고 있었던 거야, 나를 향해서. 뒤를 돌아봤는데 순간 눈앞이 깜깜해졌어. 하지만 똑똑히 봤어. 그건 사람이었어."

창현은 '사람'이라는 단어에 힘을 줬다.

"정말 사람이었어? 확실해? 남자, 아니면 여자?"

내가 물었다.

"몰라. 남자인지 여자인지, 나이가 적은지 많은지도 모르겠어. 워낙 순식간에 벌어진 일이었고 그 사람과 마주하자마자 물에 빠진 느낌이 들었어. 정신을 차릴 수가 없었지. 이대로 죽겠다는 생각을 하면서도 무의식중에 전화기를 들고 통화 버튼을 눌렀나 봐."

창현은 그렇게 말하고 혼자서 멋쩍은 표정을 지으며 웃었다.

"왜 웃어? 아직 정신 못 차린 거 아냐?"

내가 물었다.

"아니, 전화기 잠금 설정을 안 해놓은 게 천만다행이다 싶어서. 별거하고부터는 풀었거든, 휴대폰 잠금."

녀석의 엉뚱한 말에 우리는 실소를 터뜨렸다.

"오빠, 농담도 할 줄 알아?"

명자가 신기하다는 표정으로 창현을 바라봤다.

"죽다 살아났으니까 사람이 달라졌나 보지."

내가 말했다.

"맞아. 정말 죽다 살아났어. 유민이. 뺑 그 자식이 아니었다면 정말 죽었을 거야."

창현은 통화 버튼을 눌렀다. 가장 최근에 통화한 사람에게로 전화가 연결됐고 그게 바로 나였다. 아침에 창현과 내가 의기투합해 장을 보러 갔을 때 녀석이 내게 전화를 했다. 각자 먹을거리를 고르다가 창현이 제안을 한 것이다. 그냥 컵라면 어때?

어쨌든 전화가 연결됐고 아무 말도 할 수 없었던 창현 대신에 유민이 내게 인사를 건넨 것이다.

안녕? 여긴 솥뚜껑이야. 우리 친구 중 또 한 명이 여기 문을 두드리고 있어!

"정신없는 상황에서도 나는 똑똑히 들었어. 그리고 똑똑히 봤지. 그 여자, 키 큰 그 여자가 내게 달라붙어서 귓가에다 속삭였어."

"찾았다……."

명자가 멍한 얼굴로 창현의 말을 받았다. 창현은 명자를 힐끗 쳐다보더니 말을 이었다.

"그때 빛이 비쳐 든 거야. 아주 밝은 건 아니고 희미한 빛. 빛을 보자 이상하게 마음이 놓였어. 숨도 쉴 수 있게 되었지. 물귀신이 당황한 표정으로 내게서 멀어졌어. 그후에 봤어. 유민이가 서 있었어. 웃으면서 내게 손을 내밀었어."

창현의 목소리가 떨렸다.

"녀석이 친구를 구하려고 온 거구먼."

남 법사가 작게 한숨을 쉬었다.

"물귀신이 유민이를 데려갔잖아요. 그런데 어떻게 유민이가 물귀신을……."

내가 물었다.

"우리가 우려하던 일이 벌어진 게야. 물귀신이 사람 몸을 차지했어. 그런데 아직 완전하지 못한 거지. 그 여자가 몸을 완전히 지배하게 되면 정말로 무시무시한 일이 벌어질 걸세. 창현이 자네는 천만다행이네."

창현은 말없이 고개를 끄덕였다.

녀석이 겨우 물귀신의 손아귀에서 벗어났을 때쯤, 하지만 정신은 차리지 못하고 물속 어딘가를 헤매고 있을 때쯤 길태와 남 법사가 들어와 창현을 발견했다. 남 법사가 이상한 낌새를 느낀 것이다.

"자, 그럼 정리를 해보죠. 용역 새끼들의 말이 정말이라면 그쪽 식구 한 명이 물귀신에게 당할 뻔했습니다. 물귀신, 아니 물귀신에게 몸을 뺏긴 사람은 도망을 치다가 우연히 이곳으로 들어와 창현이 녀석과 마주쳤죠. 그리고 이번에도 실패. 아직 사람의 몸을 완전히 차지하지 못했다는 게 남 법사님 말씀이죠. 그러면 솥뚜껑에서 물귀신을 불러낸 놈, 그러니까 부적을 없애고 고양이를 죽여가면서까지 물귀신을 결계 밖으로 나오게 한 인간과 물귀신에 씌어서 사람을 죽이고 다니는 인간이 같은 놈이라는 말일까요?"

"아마도. 그렇게 생각하는 편이 자연스럽겠지."

남 법사가 말했다.

"누가, 왜 그런 짓을 했을까?"

명자가 중얼거렸다.

"그것도 중요하지만 솥뚜껑에 물귀신이 있다는 사실을 어떻게 알았을까가 더 중요해."

창현이 말했다. 맞는 말이다. 이십오 년 전 사건의 전말을 아는 사람은 독수리 오형제와 남 법사, 그리고 김 형사뿐이었다.

"그때 사건을 알고 있던 사람이 정말 우리뿐이었을까?"

"몰라, 아무리 생각해도 떠오르지 않아."

창현의 물음에 길태가 대답했다.

"다른 가능성은 없을까? 가령 누가 솥뚜껑에 빠졌다가 물귀신에게 잡혔다든지."

내가 말했다.

"그것도 생각해볼 문제지."

남 법사가 고개를 끄덕였다.

"이제 우리 목표는 정해졌어. 마을에 숨어 있으면서 물귀신을 달고 다니는 인간이 누구인지 찾아내는 것."

"숨바꼭질이네."

명자가 말했다.

"맞아. 어디어디 숨었니, 바로 그거지."

창현은 자신이 말을 하고서도 역겹다는 표정을 지었다. 노랫소리가 귓가에 생생하게 들리는 것 같아 나도 얼굴을 찡그렸다. 물귀신은 희생자를 찾고 있다. 우리는 그런 물귀신을 찾아야 한다. 누가 먼저 서로를 찾는가가 중요하다.

"그 인간은 광선리 주민일 수도 있고 외지인일 수도 있지만 한

가지 확실한 건 다른 사람들과는 행동이 다를 거라는 거야."

그때 날카로운 고양이 울음이 들렸다. 나비였다.

"나비야."

나는 녀석의 이름을 부르며 일어났다.

"완전히 네 고양이가 됐구나."

길태가 말했다.

"난 그런 취미 없어. 당분간만이야."

나비는 공장 뒤쪽 출입구 쪽에서 무언가를 노려보고 있었다. 하얀색 깃털이었다.

"뭐야, 너 그새 새라도 잡은 거야?"

내가 물었지만 나비는 무슨 바보 같은 소리를 하느냐는 표정으로 나와 깃털을 번갈아 바라봤다. 나는 깃털을 주워 들었다. 그리 크지는 않았고 물에 흠뻑 젖어 있었다. 나는 나비와 깃털을 들고 다시 돌아왔다.

"참! 무구는 찾았어요?"

때마침 창현이 남 법사에게 묻는 중이었다. 나도 궁금했다. 어떻게 보면 그게 제일 중요했다. 부적이나 방울 같은 게 없다면 물귀신을 상대할 수 없었다. 그 옛날 고무줄 총으로 키 큰 여자를 주춤거리게 만들었던 건 순전한 우연이자 작은 기적이었다. 남 법사는 괴롭고 난처한 표정으로 고개를 저었다.

"아니, 없었다."

4
1991년의 여름 ⑤

우리가 승천원으로 달려갔을 때는 서서히 동이 트고 있었다. 동쪽 하늘에서부터 고개를 내밀기 시작한 태양이 각오를 다지기라도 하는 듯 새빨간 얼굴로 이글거리는 중이었다. 오늘도 푹푹 찔 게 분명했다.

남 법사는 이미 일어나 승천원 앞에 서 있었다. 알고 있었다는 듯 우리를 보고도 놀라지 않았다.

"이제 똥 냄새는 나지 않는구나."

남 법사와는 그날 이후 처음이었다.

"아저씨, 할말이 있어요."

창현이 말했다. 남 법사는 우리를 물끄러미 바라보더니 승천원 안으로 들어갔다.

"따라오너라."

마당 한쪽에 버드나무가 서 있었다. 바람에 흔들리는 버드나무가지를 보니 오싹한 느낌이 들었다.

"결국 일이 터졌구나."

우리가 앉기도 전에 남 법사가 이야기를 꺼냈다. 그의 허리춤에서 방울이 딸랑거렸다.

"아저씨는 솥뚜껑의 비밀을 아시죠?"

창현이 묻자 남 법사는 지그시 눈을 감았다.

"그날 밤에 말씀하셨잖아요. 솥뚜껑에 있는 그놈을 막아야 한다고. 그래서 닭도 죽인 거고."

이번에는 내가 말했다.

"아저씨가 말했던 그게 솥뚜껑 밖으로 나왔어요. 우리가 직접 봤어요."

남 법사의 눈이 커졌다가 이내 원래대로 돌아왔다. 대신 끙, 하는 신음이 새어 나왔다.

"역시 그랬구나. 걱정하던 일이 벌어졌어."

그는 중얼거렸다.

"유민이 아빠가 죽었어요."

창현이 말했다.

"나도 알고 있다."

"새벽에 두칠이네 할머니도 죽었고요."

남 법사는 생각에 잠긴 얼굴이었다.

"어떻게 된 일인지 너희 이야기부터 들어봐야겠다."

이윽고 남 법사가 말했다.

창현은 우리가 물귀신을 불러낸 이유와 어제 어떤 일이 일어났는지를 자세히 이야기했다. 녀석의 이야기를 듣는 동안 공포가 되살아났다. 바람이 버드나무를 스치고 지나갔다. 쏴아아아. 소름 끼치는 소리가 들렸다.

긴 이야기를 마쳤을 때는 창현의 얼굴도 창백했다. 외할머니가 일하러 가실 때마다 목에 매는 차갑게 얼려놓은 수건 같았다.

"그게 어떻게 생겼더냐?"

듣고만 있던 남 법사가 조용히 물었다.

"여자였어요. 키가 아주 컸고요. 머리카락이 길고……."

내가 말할 수 있는 것은 거기까지였다. 남 법사는 부족한 설명을 군소리 없이 듣고는 고개까지 끄덕였다. 꾹 다문 입술이 고장 난 수도꼭지처럼 비스듬히 기울었다.

"이번에는 아저씨 차례예요. 말씀해주세요."

창현이 말했다. 남 법사는 쩝 하고 입맛을 한번 다시고는 이야기를 시작했다.

"난 이 마을에 온 순간부터 불길한 기운을 느꼈다. 아주 큰 원한이 깃들어 있었어, 바로 그 솥뚜껑에. 그래서 어느 날 혼자 거길 올라가봤지. 너희들은 아무것도 못 느끼고 잘도 놀았겠지만 나는 알 수 있었다. 저수지 안에 끔찍한 수귀가 돌아다니고 있다는 걸. 난 혼비백산해서 돌아왔지. 그날부터 쭉 물귀신이 나오는 꿈을 꿨어. 그 키 큰 여자 말이다."

남 법사는 나를 향해 고개를 돌렸다.

"닭은……."

창현이 조심스레 말했다.

"사악한 기운을 조금이라도 달래고 싶었다. 그래서 매일 밤 솥 뚜껑 쪽을 향해 닭 피를 뿌리며 제를 올린 거지."

"그냥 샀어도 되잖아요, 닭."

길태가 말했다. 예리한 지적이었다.

"돈 아깝잖느냐."

"아저씨 때문에 전 똥 구덩이에 빠져 죽을 뻔했어요."

"그게 왜 내 잘못이냐?"

어째 이야기가 엉뚱한 방향으로 흐르고 있었다. 창현이 두 사람 의 대화에 끼어들었다.

"앞으로 어떻게 해야 될까요?"

"솔직히 나도 모르겠다. 닭 피로는 어림도 없었나 보다. 아니면 물귀신의 원한이 생각보다 더 컸던지. 앞으로 사람들이 죽어나갈 지도 모른다. 물귀신이 원하는 게 그거거든. 사람들을 솥뚜껑으로 끌고 가는 거."

"나 때문이야, 내가 주문 같은 거 알아 오지만 않았어도……."

입을 다물고 있던 명자가 와락 울음을 터뜨렸다. 명자는 밤새 그 고민을 했을 게 틀림없다.

"아니야, 너희들 잘못이 아니다. 원래라면 그런 애들 장난 같은 주문에 귀신이 불려 나오는 일은 있을 수가 없지. 너희들이 그런 짓을 하지 않았더라도 언젠가는 튀어나왔을 거다."

나는 처음으로 남 법사가 착한 사람일지도 모른다고 생각했다.

"물귀신을 물리칠 방법이 없을까요?"

창현이 물었다.

"나 혼자 힘으로는 무리다. 돈도 많이 들고."

나는 그 순간 순진한 시골 아이들은 포착하지 못한, 남 법사가 눈알을 굴리며 입술을 핥는 모습을 똑똑히 보았다.

"돈요?"

길태가 물었다.

"그래, 물귀신을 없애려면 큰굿을 벌여야 하고 그러려면 마을 사람들 모두가 돈을 모아야 할 거다. 어때? 너희들이 부모님들께 말해주겠느냐?"

나는 남 법사에 대한 생각을 또 한 번 고쳐먹었다. 그때의 남 법사는 물귀신의 존재를 알고는 있었지만 얼마나 무서운 존재인지는 미처 깨닫지 못했다. 자신의 굿 한 번으로 없애버릴 수 있다고 생각했던 것이다. 그것이 큰 착각이었다는 사실은 채 이틀도 지나지 않아 밝혀졌다. 이틀 내내 비가 쏟아졌고, 이번에는 동철이 엄마가 죽은 것이다.

그날 아침부터 유민이 이상했다.

그 사건 이후 아지트는 물론이고 솥뚜껑 쪽으로는 고개도 돌리지 않았으므로 광선리 독수리 오형제가 모일 곳은 단 한 군데였다.

승천원.

우리는 아침부터 남 법사를 찾았다. 정확히 말하자면 모여 있을 곳이 필요했다. 혼자 집에 있을 때면 자꾸만 나쁜 생각이 들었다. 누가 지켜보는 것 같았고 매일 밤 악몽이 찾아왔다.

악몽 속에서 우리 모두는 숨바꼭질을 하고 있었다.

어디어디 숨었니?

어김없이 그 노래가 들려왔고 창현과 나, 명자와 길태는 숨을 곳을 찾아 이리저리 돌아다녔다. 이상하게도 유민의 모습은 보이지 않았다.

나는 어두운 다락에 숨어 빌고 또 빌었다. 나보다 다른 친구들이 먼저 들키기를. 그런 꿈을 꾸고 일어나면 베개가 축축했다.

그날은 미친개쓰레기가 죽은 이후 유민을 처음 만나는 날이었다. 장례식은 죽죽 내리긋는 빗속에서 끝났다. 우리는 아무도 가보지 못했다.

"녀석이 올까?"

길태가 마루에 앉아 양갱을 우물거리며 물었다. 아침부터 양갱이라니 존경스러웠다.

"어제 전화하니까 온다고 했어."

창현이 말했다.

"괜찮대?"

내가 물었다.

"몰라. 목소리는 괜찮았어. 그런데······."

창현은 무슨 말을 하려다가 입을 다물었다. 나는 궁금했지만 캐묻지 않았다. 들어서 좋을 게 없을 것 같았다.

"너희들은 왜 아침 댓바람부터 와서 진을 치고 있는 거냐?"

아까부터 부루퉁한 얼굴로 마루에 앉아 있던 남 법사가 끝내 한 마디를 던졌다. 부루퉁해 보이는 건 사실 튀어나온 입뿐이었다. 얼굴의 나머지 부분은 하얀 마스크 팩이 차지하고 있었다. 나는 남자가, 그것도 마흔이 넘은 남자가 아줌마들이나 하는 팩을 얼굴에 붙인 채 앉아 있는 모습을 그날 처음 봤다.

"여기로 유민 오빠가 오기로 했어요."

명자가 말했다.

"그러니까 왜 여기에서 모이냐는 말이다. 안 그래도 뒤숭숭한 판에."

"아저씨가 도와주기로 하셨잖아요."

이럴 때 명자는 똑 부러진다.

"내가 돈이 필요하다고 말했잖니. 굿을 해야 한다니까."

"그전에 이 일이 물귀신 때문이란 걸 알려야 해요."

창현이 말했다. 나는 갑자기 골치가 아파졌다. 물귀신 이야기를 시작하면 우리가 한 일이란 게 드러난다. 우리가 망할 귀신을 불러냈다. 부정할 수 없는 사실이다.

"아저씨라면 저희가 관련됐다는 사실을 숨기면서 물귀신의 존재를 알릴 수 있을 거예요."

창현도 나와 같은 생각이었다.

"내가 왜? 도대체 내가 왜 너희 꼬맹이들과 이 촌구석 인간들을 도와야 되는 거냐?"

"걱정하고 계시잖아요."

"내가 왜 너희들 걱정을……."

남 법사가 거기까지 말했을 때 유민이 승천원 마당으로 들어왔다. 우산도 없이 비를 쫄딱 맞은 꼴로.

"유민아!"

내가 녀석을 불렀지만 유민은 비를 맞으며 마당에 서 있을 뿐이었다. 여전히 안경 없는 맨얼굴이었다. 비를 맞아 그런지 평소보다 훨씬 창백해 보였다.

"뭐하는 거야? 빨리 올라와."

나는 손갓을 만들어 비를 막으면서 마당으로 내려갔다. 팔뚝에 닿는 빗줄기가 거슬렸다. 유민의 손을 잡았는데 마치 냉동실에서 막 꺼낸 고깃덩어리처럼 차가웠다. 깜짝 놀라 녀석의 얼굴을 바라봤다. 눈이 흐리멍덩했다.

"동철이네 집으로 가야 해."

유민이 말했다.

"뭐?"

"어서 빨리, 동철이네 집으로."

"갑자기 왜 그러는 거야?"

어느새 친구들 모두가 내 뒤에 서 있었다. 남 법사도 마루에서 고개를 내밀고 있었다.

"뼹, 무슨 일인지는 모르겠지만 이러다 감기 걸려. 올라가서 몸부터 말리자."

리더인 건이 말했지만 뼹은 들은 체도 하지 않았다. 대신에 빗줄기가 쏟아지는 허공을 바라봤다. 녀석의 목울대가 툭 튀어나와 있었다. 학교 성교육 시간에 배웠던 내용이 떠올랐다. 다른 건 다

잊어도 그런 건 잊지 않는 법이다. 정자고 어떻고, 난자가 어떻고 하는 것들.

"이차성징, 그러니까 진짜 남자가 되는 과정에는 수염이 나고 겨드랑이와 소년 중앙 주위에 털이 올라오고 목이 이렇게 튀어나오게 된다. 알겠나, 이노무 자슥들아!"

학생 주임은 자신의 목을 가리키며 그렇게 말했다.

유민은 언제 변한 걸까?

나는 그게 궁금했다. 며칠 전까지만 해도 녀석은 나처럼 목이 매끈했다. 어쩌면 유민의 겨드랑이와 고추에도 털이 났을지 모른다. 그 생각을 하자 녀석이 다른 세상으로 멀리 떠나버린 느낌이 들었다.

유민은 한참 동안 하늘을 올려다보다가 우리를 향해 고개를 내렸다. 그러고는 말했다.

"그 여자가 거기로 갔어. 키 큰 여자 말이야."

그때 처음으로 유민의 입에서 그 말이 나왔다.

그 여자. 키 큰 여자. 그후로 우리는 물귀신을 그 여자라 부르기 시작했다. 그편이 조금 덜 끔찍했다.

"잠깐만, 얘야. 너 지금 뭐라고……."

남 법사가 말했지만 유민은 그대로 등을 돌려 달려나갔다. 평소의 유민이라고는 생각도 할 수 없는 재빠른 몸놀림이었다. 놀란 우리도 녀석을 따라 마당 밖으로 나갔다. 우산을 챙길 새도 없었다.

"같이 가!"

내가 외쳤지만 녀석은 빠른 속도로 산길을 달려 내려갔다. 목적지는 똥철 식당이 분명했다.

"일단은 쫓아가보자."

내 말이 끝나기도 전에 창현은 달리기 시작했다.

"저 녀석 아무래도 이상하다."

남 법사가 제법 진지한 표정과 목소리로 말하더니 역시 내 옆을 스쳐 달려나갔다. 허리춤에 찬 방울이 미친듯이 딸랑거렸다. 나는 길태의 손을 잡고 함께 뛰었다. 뛰면서 기도했다. 제발 아무 일도 없기를. 그 순간 하늘에서 천둥이 쳤다. 우라질.

똥철 식당까지 쉬지 않고 달려 도착했을 때는 우리 모두 흠뻑 젖어 있었다. 길태는 쓰러지기 일보 직전이었다. 어른인 남 법사도 숨을 헐떡이며 힘들어했다. 멀쩡한 사람은 유민뿐이었다. 녀석은 숨 한번 몰아쉬지 않고 식당 문 앞에 서서 마치 그 안을 꿰뚫어보기라도 하는 듯 간유리 너머로 시선을 던지고 있었다.

"이제 어쩔 거야?"

창현이 물었다. 유민은 대답 대신 우리를 쓱 돌아보더니 식당 문을 열고 안으로 들어갔다.

"야, 잠깐만!"

그렇게 말하며 유민을 향해 손을 뻗었을 때였다. 온몸에 찌릿찌릿 전기가 흘렀다. 머리카락이 삐죽삐죽 솟아오르는 것만 같았다. 똥구멍 근처가 화끈거렸다. 전혀 모르는 산수 문제를 풀려고 칠판 앞에 나와 있을 때처럼 입이 바싹바싹 말랐다.

"그 여자가 저 안에 있어…….."

나도 모르게 중얼거렸다. 길태가 내 말을 듣고는 눈을 동그랗게 떴다.

"들어가보자."

남 법사가 길태와 내 등을 슬쩍 밀었다. 남 법사의 얼굴은 똥과 자처럼 딱딱하게 굳어 있었다. 어째 색깔마저 누리끼리해 보였다. 힘을 주어 누르면 와삭, 부서질 것만 같았다.

우리는 유민의 뒤를 따라 똥철 식당 안으로 들어갔다. 어둡고 조용했다. 탁자 위에 거꾸로 누운 의자들이 앙상한 뼈를 드러낸 죽은 동물처럼 보였다. 〈퀴즈 탐험 신비의 세계〉에서 가끔 보여주는 그 모습들.

똥철 식당은 탁자 다섯 개가 빽빽하게 들어찬 공간을 지나 안으로 들어가면 집으로 연결된다. 딱 한 번 놀러가본 적이 있었다. 집에는 부엌이 있고 동철이네 엄마는 그곳에서 살아 있는 닭의 목을 부엌칼로 탁 하고 내리쳐서 백숙도 만들고 닭찜도 만들었다.

탁.

마침 그 소리가 들렸다. 움찔하는 명자의 뒷모습이 보였다.

탁.

같은 '탁'이었지만 부엌칼로 나무 도마를 치는 소리는 분명 아니었다.

탁.

더 거칠고 딱딱한 소리다.

"저기 봐."

길태가 속삭였다. 부엌문이 반쯤 열려 바람이 불 때마다 탁 하고 벽에 부딪혔다가 다시 제자리로 돌아갔다. 그 외에는 아무 소리도 들리지 않았다.

동철이네 가족은 어디로 간 걸까?

"애들아, 숨자."

남 법사가 긴장한 목소리로 말했다. 무언가를 느낀 모양이었다.

"왔어."

유민이 조용히 말했다. 동시에 안방 문이 덜컹거렸다. 금방이라도 열릴 것 같았고, 그 안에서 튀어나올 게 동철이나 동철이 아빠가 아니라는 사실은 이미 온몸으로 느낄 수 있었다.

우리는 누가 먼저랄 것도 없이 부엌 옆의 장독대로 달렸다. 치사한 남 법사는 제일 먼저 뛰었다. 꼼짝도 않으려는 유민을 끌고 창현이 도착한 것을 마지막으로 독수리 오형제와 남 법사는 장독대와 벽 사이 비좁은 틈에 모여들었다.

"왜, 왜?"

상황 파악이 덜 끝난 길태의 입을 내가 재빨리 막았다.

"조용히 해, 인마!"

녀석의 귀에다 대고 속삭였다. 하마터면 돼지 새끼라고 할 뻔했다.

벽에는 작은 창문이 나 있었다. 먼지가 잔뜩 끼었지만 안을 들여다보기는 어렵지 않았다. 게다가 우리가 서 있는 곳은 땅보다 높은 시멘트 바닥 위라서 부엌이 훤히 들여다보였다. 마음 같아서는 그냥 눈을 감은 채 벽에 기대고 싶었지만 우리 중 누구도 그러지 않았다. 홀린 듯 바라봤다. 눈을 뗄 수가 없었다. 그 안에서 벌어지고 있는 끔찍한 일에.

뒤통수가 보였다. 동철이 엄마의 빠글빠글한 파마머리.

아줌마는 꼼짝도 않고 서 있었다. 한 손에는 부엌칼을 들고 있었는데 그 끝이 덜덜 떨렸다. 아줌마는 아직 우리에게는 보이지 않는 **누군가**를 노려보며 숨을 몰아쉬었다.

"누, 누구?"

간신히 그런 말을 짜내기는 했지만 아줌마는 곧 입을 다물었다. 차갑고 끈끈한 공기가 부엌을 넘어 유리창을 뚫고 우리에게까지 전해졌다. 시커먼 그림자가 모습을 쓰윽 드러냈다.

"헉!"

명자가 나지막하게 비명을 토해내고는 입을 꼭 다물었다.

여자였다.

그 여자.

키 큰 여자가 검은 머리카락을 늘어뜨린 채 아줌마 앞에 서 있었다. 얼굴은 허옇고 창백했다. 눈이 있어야 할 자리에는 시커먼 구멍뿐이었다. 여자가 입을 벌렸다. 입속에 아무것도 없다는 사실을, 어둠과 차가운 물만 가득차 있다는 사실을 창문 너머에서도 똑똑히 확인할 수 있었다.

찾았다…….

여자는 키득키득 웃으며 말했다. 소름 끼치는 소리였다. 나는 억지로 내 입을 틀어막았다. 비명이 터져 나올 것 같았다. 남 법사의 거친 숨소리가 들렸다.

물귀신은 동철이 엄마를 향해 성큼 다가섰다. 무언가가 썩어 들어가는 고약한 냄새가 코를 찔렀다. 키 큰 여자가 입고 있는 옷은 군데군데 해진 하얀색 원피스였다. 긴 머리카락이 허리까지 늘어져 치렁치렁 흔들렸다.

말라비틀어져 뼈만 앙상한 기다란 손가락이 아줌마의 얼굴을 쥐었다. 아줌마는 전기에 감전된 것처럼 몸을 부르르 떨었다. 부엌칼이 바닥에 떨어지며 챙 하는 맑은 소리가 났다.

"살려…….".

그게 아줌마의 마지막 말이었다. 키 큰 여자가 입을 크게 벌렸다. 텅 빈, 그리고 지독하게 새까만 공간이 드러났다. 그 안에서 탁한 물줄기가 뻗어 나왔다. 지렁이나 물뱀처럼 꿈틀거리며 빠져나온 물줄기는 아줌마의 입속으로, 아니 얼굴에 나 있는 모든 구멍으로 비집고 들어갔다.

아아아아아아.

물귀신의 벌어진 입에서 그런 소리가 흘러나왔다.

아아아아아아.

소리가 커질수록 동철이 엄마의 몸부림도 거세졌다. 아줌마는 꼬챙이에 찔러놓은 개구리처럼 온몸을 버둥거렸다. 도망치려는 듯 마지막 힘을 짜내 몸을 비틀던 아줌마가 유리창을 향해 고개를 휙 돌렸다. 그 순간 우리와 눈이 마주쳤다. 고통에 일그러진 아줌마의 얼굴이 똑똑히 보였다. 새빨갛게 변해버린 눈동자에 우리를 향한 원망과 분노가 담겨 있었다.

왜? 왜 그냥 보고만 있니?

"아악!"

명자가 끝내 비명을 지르고 말았다.

물귀신이 내뿜던 소리가 뚝 그쳤다. 아줌마는 그대로 풀썩 쓰러졌다. 키 큰 여자가 유리창을 향해 고개를 숙였다. 찰나의 순간 우리는 일제히 벽에 찰싹 달라붙었다.

어디어디 숨었니?

물귀신이 노래를 불렀다. 아주 즐거운 것 같았다. 다음 상대를 찾았다는 기쁨이 목소리에 생생하게 묻어났다.

나는 숨을 꾹 참았다. 작은 소리라도 냈다가는 바로 들킨다!

여자가 유리창에 얼굴을 바싹 대고 우리를 찾는 모습이 그려졌다. 뻥 뚫린 시커먼 눈구멍이 유리창 너머를 샅샅이 꿰뚫어 본다. 결국 들킬 것이다. 우리는 물귀신에게 끌려갈 것이다. 그런 생각이 동철이 엄마를 집어삼킨 시커먼 물처럼 내 안으로 꾸역꾸역 밀려들었다.

톡. 톡. 톡. 톡.

소리가 들렸다. 나는 소리의 정체를 쉽게 짐작할 수 있었다.

키 큰 여자가 길고 날카로운 손톱으로 유리창을 두드리는 것이다. 너희들 밖에 있지? 쥐새끼처럼 숨어서 덜덜 떨고 있지?

그때, 창현이 외마디 비명을 질렀다.

어느새 유민이 사라졌다.

"안 돼."

남 법사가 중얼거렸다. 나는 유리창으로 고개를 돌렸다. 믿을 수 없는 광경이 펼쳐졌다. 유민이 멍한 얼굴로 물귀신 앞에 서 있었다. 유민은 불빛에 홀린 나방처럼, 미끼 냄새를 맡은 물고기처럼 키 큰 여자를 향해 천천히 다가갔다.

물귀신은 유민을 물끄러미 바라봤다. 여자의 입이 또 한 번 크게 벌어졌다. 웃는다. 웃고 있다. 물비린내가 풀풀 풍기는 차가운 숨을 내쉬며 깔깔거린다.

"말려야 해."

내가 말했다. 유민을 동철이 엄마처럼 만들 수는 없었다. 화장터에서 불에 태워진 미친개쓰레기처럼 만들 수는 없었다.

창현과 나는 누가 먼저랄 것도 없이 움직였다. 바로 그때 물귀신이 고개를 홱 돌렸다. 여자의 시커먼 두 눈이 우리에게 향했다. 끝도 없이 펼쳐진 암흑과 그 속에서 넘실거리는 차가운 분노가 레이저광선처럼 우리를 꿰뚫었다. 한순간 불타올랐던 용기가 차갑게 식었다.

그 여자는 우리를 노려봤다. 나는 소용없다는 걸 알면서도 눈을 감았다가 천천히 떴다. 여자의 모습은 사라지지 않았다. 너무나도 생생했다. 물에 젖어 번들거리는 머리카락, 퉁퉁 불어 허옇게 변한 얼굴, 썩어 문드러진 코, 오직 그곳만이 피가 통하는 듯 새빨갛게 반짝이는 입술과 그 안에서 꿈틀거리는 검은색 혀. 그리고 눈.

우라질 눈.

나는 물귀신의 눈에서 벗어날 수 없었다. 숟가락으로 움푹 파낸 것 같은 구멍 속에서 무언가가 스멀스멀 기어나왔다. 실지렁이였다. 길고 가느다란 실지렁이 한 마리가 마치 눈물처럼 여자의 얼굴을 타고 흘러내렸다.

물귀신은 즐거워 못 견디겠다는 듯 우리를 향해 히죽 웃어 보이고는 발걸음을 옮겼다. 유민을 향해. 물에 빠진 사람처럼 허우적거리는 뺑을 향해. 그때마다 맨발이 물웅덩이를 밟는 찰방찰방 소리가 들렸다.

그 여자의 축축하고 앙상한 손가락, 어찌나 말랐는지 참새 다리처럼 보이는 희멀건한 작대기가 유민의 어깨에 닿았다. 녀석이 몸을 떨었다. 전기에라도 감전된 것처럼. 부엌 안에 심상치 않은 공기가 맴돌았다. 물귀신 주위에서 뿌연 안개가 피어오르더니 뱅글뱅글 소용돌이 모양을 그리며 돌기 시작했다.

"남 법사님, 빨리요!"

창현이 소리쳤다. 그 순간 보이지 않는 손이 세차게 두드리기라도 한듯 저 혼자 몸을 떨고 있던 창문이 쩽, 소리를 내며 깨졌다. 산산조각 난 유리 파편과 함께 지독한 냉기가 쏟아져 나왔다.

"꺅!"

명자가 비명을 지르며 주저앉았다.

"이, 이런……."

남 법사가 중얼거렸다.

물귀신이 유민의 입안으로 얼굴을 밀어넣고 있었다. 유민의 고개가 뒤로 젖혀졌고 입이 한껏 벌어졌으며 눈이 튀어나올 듯 커졌다. 그리고 벌어진 입으로 키 큰 여자의 미끈한 머리통이 쑤욱…….

거기까지였다. 다행인지 불행인지, 구역질이 올라올 것 같은 광경은 휘몰아치는 바람과 안개에 덮여 눈앞에서 사라졌다.

"유민아!"

나는 그제야 녀석의 이름을 소리쳐 불렀다. 곧장 부엌을 향해 달려갔다. 최면에서 깨어난 우리 모두 요란한 소리를 내며 유민에게 향했다. 유민을 살리자! 그 순간 우리의 마음은 하나였다. 나는 그렇게 믿는다. 심지어 남 법사까지도, 아니 어쩌면 남 법사가 제일 간절했는지도 모르겠다. 그가 보여준 행동이 내게 그런 생각을 불러일으켰고, 결정적으로 그 덕에 녀석은 목숨을 건질 수 있었으니까.

맹렬하게 달려들긴 했지만 안개의 소용돌이 앞에서 우리는 멈칫할 수밖에 없었다. 그 안에서 듣는 것만으로도 소름이 돋는, 컥컥하는 소리가 새어 나왔다.

"이 요망한 것!"

남 법사가 내지른 천둥 같은 소리에 우리는 깜짝 놀랐다. 남 법사는 한 번도 본 적 없는 무서운 표정을 하고서 소용돌이치는 부엌 안을 노려봤다. 나도 모르게 침을 꿀꺽 삼켰다. 그는 새빨간 저고리 품안에서 종이 몇 장을 꺼냈다. 샛노란 바탕에 붉은색 글씨가 적힌 부적이었다. 승천원에도 어지럽게 붙어 있던 것들이었다. 읍내 교회의 열혈 신도인 외할머니 집에도 부적은 붙어 있었다. 언젠가 그 이유를 물어봤더니 외할머니는 곤란한 표정을 지어 보이며 내 귀에 속삭였다. 마치 하늘에 계신 그분의 귀에 들어가면 안 된다는 듯이.

"한 분만 믿는 건 불안하잖니."

남 법사는 부적을 치켜들고 소용돌이를 향해 한 발 한 발 움직였다. 우리는 그 뒤를 따랐다. 바람이 무시무시하게 휘몰아쳤다. 남 법사의 꽁지머리와 염소수염이 금방이라도 뜯겨 나갈 듯 나부꼈다. 헐렁한 한복이 바람에게 두드려 맞으며 펄럭펄럭 소리를 냈다.

"이번에는 안 진다. 이번에는 절대……."

남 법사는 뜻 모를 소리를 중얼거렸다. 어느새 부엌 입구였다. 안개가 우리를 감싸고 빙글빙글 돌았다. 거센 바람에 눈을 뜨고 있기도 힘들었다. 고개를 숙인 채 앞에 선 남 법사의 등을 힘껏 미는 게 고작이었다. 다른 친구들도 마찬가지였다. 우리는 그야말로, 독수리 오형제의 필살기인 '불새'가 된 심정으로 끔찍한 악당을 향해 나아갔다.

"됐다!"

남 법사의 기쁨에 찬 외침이 터지기 무섭게 바람과 안개가 순식간에 사라졌다. 나는 눈을 떴다. 서너 장의 부적이 유민의 등에 붙어 있었다. 유민은 뻣뻣하게 쓰러졌다. 남 법사와 창현이 녀석을 붙잡았다.

"물귀신이 몸에 들어갔어. 어서 옮겨야 한다."

남 법사는 유민을 들쳐업었다.

"어디로?"

창현이 물었다.

"승천원. 거기 가면 방법이 있을 거다."

나는 그 순간 남 법사의 얼굴에 스치고 지나간 고통과 두려움에 찬 표정을 놓치지 않았다. 또 한번 외할머니의 표현을 빌리자면, 날건달 같아 보이기만 했던 그가 처음으로 어른처럼 느껴졌다.

"저, 저 아줌마는……."

서둘러 부엌을 나서던 우리 모두는 길태의 말에 뒤를 돌아봤다. 동철이 엄마를 까맣게 잊고 있었다.

"이미 틀렸다. 여길 뜨는 게 먼저야."

남 법사는 앞서 달려나갔다. 그의 등에 업힌 유민은 통나무 같았다. 나는 맨 마지막으로 부엌을 빠져나오면서 다시 한번 뒤를 돌아봤다.

동철이 엄마는 싱크대에 등을 기댄 채로 앉아 있었다. 싱크대 위 도마에는 막 손질을 시작한 닭 한 마리가 목이 반쯤 잘려 나간 상태로 널브러져 있었다. 목에서 피가 조금씩 흘렀다. 동철이 엄마는 딱딱하게 굳은 얼굴로 나를 바라봤다. 벌어진 입에서 물이 줄줄 흘러 나왔다. 나는 부르르 몸을 떨고는 서둘러 뛰쳐나갔다.

동철이 엄마가 벌떡 일어나 달려올지도 모른다는 터무니없는 생각이, 길을 달려 내려가는 내내 머릿속을 떠나지 않았다.

그날의 가장 끔찍했던 일은 동철을 만난 것이었다.

우리가 산길을 벗어나 마을 입구로 막 들어섰을 때쯤 올라오던 동철과 딱 마주쳤다. 녀석이 우리를 먼저 발견하고는 여름방학을 맞이한 아이 특유의 활기찬 목소리로 말을 걸어왔다.

"어? 너희들 비 맞으면서 어딜 가는 거야?"

독수리 오형제와 남 법사는 그야말로 깜짝 놀라 딱 얼어붙었다. 불과 십여 분 전에 너희 집에서 나왔고 우라질 물귀신을 피해서 도망치는 중이라는 소리는 차마 할 수 없었다. 게다가 엄마가 죽었다는 말은 더욱더……

"응, 급한 일이 있어서. 미안."

창현은 그렇게 말하고 고개를 홱 돌렸다. 아무리 똑똑한 김창현이라도 그 짧은 순간에 적절한 변명을 찾을 수는 없었으리라. 녀석도 두려움에 떨고 있는 건 똑같았으니까.

"근데 업혀 있는 거 유민이 아냐? 그리고 저 아저씨는……"

동철이 뭐라고 더 떠들었지만 우리는 그냥 달렸다. 특히 켕기는 게 많은 남 법사가 아저씨가 눈에 띄게 빨리 뛰었다.

나중에 알게 된 사실이지만 그날 아침 동철은 아빠를 찾아서 마을을 돌아다녔다. 술 먹고 외박을 한 남편에게 화가 난 아줌마가 아들에게 특명을 내린 것이다. 아빠 꼭 잡아오라고.

또 나중에 알게 된 사실이지만 동철이 자기 엄마의 시체를 발견하고 얼마 후, 병원에서 우리에게 질문을 던졌던 김 순경이 똥철식당을 찾아왔다. 술에 취해 인사불성인 바깥양반을 파출소에서 보호하고 있으니 직접 데려가라고 전하기 위해서였다.

김 순경이 끔찍한 광경 앞에서 할말을 잃고 있을 때쯤 우리는 승천원에 도착했다.

"병원에 먼저 데려가야 하는 거 아니에요?"

나는 방에다가 유민을 눕히는 남 법사를 향해 물었다.

"물귀신이 녀석의 몸에 완전히 빙의되는 걸 부적이 막고 있다. 시간이 얼마 없어. 금방 효과가 떨어질 게야. 그전에 물귀신을 몰아내야 해."

남 법사는 우리를 향해 고개도 돌리지 않고 서랍에서 무언가를 꺼내기 시작했다.

"빙의가 뭐예요?"

길태가 물었다. 나도 그 단어의 뜻이 궁금했다. 좋지 않은 말이라는 것만 어렴풋이 알 수 있었다.

"귀신이 사람 몸을 차지하는 거지. 그게 물귀신의 소원이었어. 누군가의 몸을 차지해서 마음대로 움직이는 것."

"왜, 왜요?"

"너도 생각해봐라. 저 더럽고 차가운 솥뚜껑 속에서 몇 년 동안 갇혀 있다 보면 바깥세상으로 나와 돌아다니고 싶지 않겠니?"

남 법사의 물음에 길태는 고개를 끄덕였다. 나 역시.

"방법은 있는 거예요?"

이번에는 창현이 물었다.

"제일 중요한 건 네 친구의 의지다. 물귀신에게서 벗어나려는 의지가 강해야 효력이 있어. 그러자면…….

남 법사는 동작을 멈추고 생각에 잠겼다. 우리는 그의 얼굴만 쳐다보고 있었다.

"그래, 아무래도 그 방법을 써야겠군."

그는 혼자만 아는 말을 중얼거리더니 우리를 향해 고개를 돌렸다.

"네 친구가 정말로 좋아하는 물건이 뭐냐? 그게 필요해. 그걸 가지고 와야 해."

좋아하는 물건이라니, 그게 뭘까? 내 보물 1호는 카메라지만 유민의 보물은 무엇인지 알 길이 없었다. 녀석과는 그런 이야기를 해본 적이 없었다.

"오빠 집에 있지 않을까?"

명자가 말했다.

"아니야, 유민이는 집에 뭘 두지 않았어. 아빠가 다 버려버린대. 그래서 전부 학교 책상 서랍에 뒀어."

길태가 문득 생각났다는 표정으로 말했다.

"그럼 거기 가서 전부 가져오자."

나는 말을 하면서 일어섰다.

"너희들이 학교까지 갔다가 돌아오면 너무 늦는다. 그리로 같이 가야겠구나."

남 법사는 그렇게 말하더니 부적이며 방울, 이름 모를 여러 도구들을 커다란 가방에 집어넣고는 다시 유민을 업었다. 우리는 빗속을 뚫고 학교로 향했다.

5

검은 물

1
탐문

"괜찮아? 돌아가서 좀 쉴까?"

내 물음에 창현은 창백한 얼굴로 고개를 저었다. 꼭 하루 종일 물놀이라도 한 사람처럼 보였다. 농담을 던져볼까 하다가 그만뒀다. 창현은 물론이고 다른 친구들도 시시껄렁한 농담에 웃어줄 여력은 없어 보였다.

"우리가 뭘 더 할 수 있을까?"

마침내 길태가 입을 열었다.

"탐문."

마치 그 질문을 기다리고 있었던 것처럼 창현이 빠르게 대답했다.

"경찰에 알리자. 그럼 더 쉬울 거야. 김 형사라는 사람, 대충 알고 있잖아. 가서 사정을 이야기하면 도와주긴 할 거야."

명자의 말에도 일리는 있었다. 물귀신을 물리칠 도구마저 사라진 이상 우리가 뭔가 할 수 있는 단계는 지났다. 물귀신에 사로잡힌 게 분명해 보이는 인간을 찾았다. 그다음에는? 그 여자에게 끌려가 솥뚜껑 속에서 뒈지지 않으면 다행이다.

"경찰이 과연 우리 뜻대로 움직여줄까? 단순히 거동이 수상한 사람을 찾는 것과는 다르잖아. 남 법사님 말씀처럼 지금이야 물귀신이 힘을 발휘하지 못해서 실수를 한다지만 인간의 몸을 완전히 차지하게 되면, 그러면 제일 먼저 뭘 할 것 같아?"

창현의 질문에 우리는 아무 말도 하지 못했다. 답은 알고 있었다. 그걸 입 밖으로 꺼내기가 힘들었을 뿐. 창현은 곤란한 문제를 던져놓고 답을 기다리는 교수처럼 우리 한 명 한 명과 찬찬히 눈을 마주쳤다.

"우리를 노릴 거야."

"그러니까, 시간이 없다는 뜻이지?"

나는 짜증을 숨기지 않고 물었다. 그러거나 말거나 창현은 무표정한 얼굴로 고개를 끄덕였다.

"좋아, 해보자. 그 탐문이라는 거."

내가 말했다. 어쩔 수 없었다. 창현의 말도 지독하게 일리 있었으니까.

"애들을 풀까? 그러면 쉬울 텐데."

길태가 얼굴을 찡그리며 물었다. 아직 고통과 분노가 다 사라지지 않은 것 같았다.

"좋은 방법이네! 길태 오빠 동생들이 한 번만 쫙 돌면 해결되지 않을까?"

"또 다른 희생자가 생길 수도 있지. 물귀신은 옛날에 그랬던 것처럼 무차별적으로 사람을 죽이고 있으니."

나는 남 법사의 말에서 무언가 걸리는 게 있었지만 그게 무엇인지 콕 짚어낼 수 없었다. 아무리 머리를 굴려봐도 마찬가지였다. 그사이 창현이 상황을 정리했다.

"광선리 사람 중 이상을 눈치챈 인물이 있을 거야. 물귀신에게 몸을 뺏긴 인간이라면 금세 눈에 띌 거고. 여기저기 묻고 다니다 보면 의외로 금방 단서를 찾을지도 몰라."

"그러면 우리끼리 시작해보자고."

길태가 손가락을 꺾었다. 우두둑 소리가 녀석의 분노를 대신하는 듯싶었다.

"빙의된 거라면 어떤 특징이 있을까요?"

나는 남 법사를 향해 물었다.

"우선은 눈빛이 이상할 게야. 평소에는 멀쩡하다가도 갑자기 번뜩이게 되지. 저 녀석처럼 말이다."

남 법사는 턱짓으로 나비를 가리켰다. 내가 아는 한 고양잇과 동물의 눈빛이 변하는 경우는 먹잇감을 앞에 두었을 때밖에 없었다.

"그리고 알아들을 수 없는 혼잣말을 중얼거린다거나 엉뚱한 행동을 하지."

"눈빛이 이상하고 혼잣말을 중얼거리고 엉뚱한 행동을 하는 거라면 정신병자하고 비슷한데요?"

"그래, 빙의가 정신 질환이다 아니다 논란이 이는 것도 다 그 때문이지. 아! 또 하나 있다네. 아마도 물을 뚝뚝 흘리고 다닐 게야."

남 법사는 어깨를 으쓱했다.

"시간을 절약하기 위해 흩어져서 조사하면 좋겠지만……."

창현이 말끝을 흐렸다. 녀석의 생각을 쉽게 읽을 수 있었다.

"그냥 다 같이 움직이자. 나, 또 유민이 전화 받긴 싫다."

"알았어."

아주 짧은 순간이었지만 창현의 얼굴에 안도하는 표정이 드러났다.

"미안하지만 난 따로 준비를 해야겠네. 아무 무기도 없이 싸울 수는 없잖은가. 부적을 구하려면 시간이 좀 걸릴 것 같구먼."

남 법사가 말했다.

"어디서 구하시게요?"

명자가 물었다.

"양계장."

남 법사의 짧은 대답에 우리는 피식 웃음을 터뜨렸다. 자연스레 이십오 년 전 기억이 떠올랐다. 우리와 남 법사를 이어준 인연. 똥철 식당과 사라지는 닭들.

"예전처럼 훔칠 수야 없으니 살아 있는 닭을 구해다가 피로 부적을 써야지. 나는 재료를 준비해서 숙소로 갈 테니 자네들은 아무쪼록 몸조심하게."

남 법사가 먼저 일어섰다.

"만약에…… 그러니까, 물귀신을 만나게 되면, 그러면 어떡하죠?"

길태는 이제 분노가 많이 가라앉은 듯했다. 대신에 새로운 걱정과 두려움이 오래전의 겁 많던 소년을 깨운 것 같았다.

"어떡하긴. 좆 빠지게 도망쳐야지."

오늘 들어본 말 중 가장 일리 있는 말이었다.

제일 먼저 찾은 곳은 광선리 이장 집이었다. 집은 광선 초등학교에서 멀지 않았다. 길태의 그랜저에 네 명이 함께 타고 초등학교를 지나 얼마간 달리자 파란색 지붕의 양옥이 보였다. 그랜저는 깨끗하고 너른 마당으로 들어섰다. 이장의 집은 주거 공간이라기보다는 차라리 식당 같았다. 맛은 없고 비싸기만 한 한정식집.

"너희들 이장 얼굴 보고 놀라지 마."

길태는 차에서 내리며 의미심장한 미소를 지어 보였다.

"이제 더 놀랄 힘도 없다."

하루 만에 수많은 일을 겪었다. 놀랄 만큼 놀랐다. 살아 있는 공룡이나 내장으로 줄넘기를 하는 좀비들이 나타난다고 해도 별다른 감흥이 없을 것 같았다. 우리가 상대해야 하는 건 귀신이었다. 스마트폰 하나로 못 하는 게 없는 21세기에 삼십 대 후반의 남녀들이 모여서 귀신을 찾는다, 이것보다 더 놀랄 일이 세상에 어디 있겠는가?

내 예상은 여지없이 무너졌다. 광선리에는 아직도 놀랄 일이 무궁무진했다. 우리가 돌길을 걸어 현관 앞에 올라서자마자 기다렸다는 듯 문이 열렸다. 퉁퉁한 볼살을 자랑하는 남자가 얼굴을 쑥 내밀었다.

"너…… 투투?"

나는 입을 딱 벌렸다. 우라질, 완전히 놀랐다. 너무 놀라서 무의식적으로, 그러니까 끔찍한 순간을 맞이하면 언제나 그랬던 것처럼 카메라를 들이댔다는 사실도 자각하지 못했다.

"뭐야? 갑자기 웬 사진이야?"

투투, 만식은 얼굴을 찡그리며 말했다.

"아! 미안."

허둥지둥 카메라를 내려놓으며 나는 무슨 말을 해야 할지 고민했다. 반갑다? 아니, 이건 솔직한 심정이 아니었다. 오랜만이네? 제일 무난한 것 같았지만 왠지 내키지 않았다. 잘 먹고 잘살았냐? 척 봐도 잘 먹고 잘산 것 같아서 그렇게 묻기는 싫었다. 결국 맨 처음 떠오른 단어를 내뱉을 수밖에 없었다.

"개새끼."

"흐흐. 만나자마자 욕부터 하냐? 아무튼 반갑다. 다들 어서 들어와. 진짜 오랜만이지? 민호, 창현이, 넌 명자. 셋 다 잘 먹고 잘살았나 봐? 때깔 좋다."

만식은 내 머릿속에서 맴돌던 말을 잘도 이어 붙여 떠들더니 고급스러워 보이는 소파에 앉아 다리를 꼬고 발목을 까딱거리기 시작했다. 그 일련의 행동들이 너무나 자연스러웠다.

"표정 보니까 몰랐나 보네? 길태가 말 안 했구나. 내가 광선리 이장이야."

만식 역시 어릴 때와 똑같았다. 잔뜩 살이 오른 얼굴도 여전했고 축 늘어진 턱살도 변함없었다. 이목구비 중 가장 지분이 적은 눈은 살에 파묻혀 더 작아졌다. 위로 치켜 올라가 구멍이 훤히 들여다보이는 코도 그대로였다. 입가에 팔자 주름이 생기고 얼굴이 까매진데다 한층 더 심술궂게 보이는 것만이 몇 안 되는 차이점이었다. 아무튼 이십오 년 만에 봐도 재수없는 면상인 것만은 분명했다.

"앉으라니까. 너희들이 왔다는 소식은 오늘 아침에 들었어."

우리는 양쪽 소파에 나눠 앉았다. 짐작한 대로 푹신하고 편한 소파였다.

"여기저기 심어놓은 인간들이 많은가 봐. 역시 이장님이야."

길태가 말했다.

"너만 하겠냐?"

만식이 눈을 가늘게 뜨고 길태를 바라봤다.

"정신없겠다, 요즘?"

창현이 무심한 목소리와 표정으로 물었다. 만식은 창현에게로 시선을 옮겼다. 눈빛 속에 복잡 미묘한 감정이 담겨 있었다.

"정신없지. 우리 마을이 이대로 망하느냐 아니면 발전을 하느냐 중요한 기로에 놓여 있는데 재수없는 사건이 연달아 일어나고 있으니……. 게다가 초대하지 않은 손님들도 이렇게 오고 말이야. ㅎㅎㅎ."

만식은 커다란 몸을 앞뒤로 흔들며 웃었다.

"마을을 망하게 만드는 건 길을 내려는 놈들이야. 그리고 거기에 찬성하는 새끼들이고."

길태가 으르렁거렸다.

"그러면 촌구석 딱지 붙이고 천년만년 살자고?"

만식은 지지 않고 길태를 쏘아봤다. 조폭과 거기에 버금가는 마을 이장의 눈싸움은 한동안 계속됐다. 그 사이에 끼어든 건 명자였다.

"두 사람이 하는 이야기는 내 알 바가 아니고, 바로 본론으로 들어가자."

"명자 넌 되게 많이 변했다? 예전엔 그냥 꼬맹이였는데."

"오빠가 보기에는 좆도 못생긴 가난한 꼬맹이였겠지. 지금은 그게 중요한 게 아냐. 빨리 누가 말을 꺼내."

명자의 말투에는 짜증이 섞여 있었다. 그녀 역시 만식이 싫은 것이다.

"그래, 한번 들어보자. 왜 갑자기 날 찾아왔는지. 동창회 하자는 건 아닐 거고."

"유민이하고 길태 동생, 그리고 오늘은 청년회장이라는 사람이 살해당했어."

창현이 입을 열었다.

"잠깐! 난 살인이라는 말은 못 들었는데."

"그럼 어떻게 죽었다고 생각해? 자살? 아니면 사고? 어느 쪽도 설명이 안 된다는 건 너도 잘 알 거야."

"살인도 설명이 안 되는 건 마찬가지 아냐? 도대체 누가 사람 몸속에 물을 잔뜩 집어넣어 죽일 수가 있어?"

만식은 소파에 깊숙이 몸을 파묻었다. 녀석의 머리는 탈모가 진행중이었다. 자기 할아버지가 그랬던 것처럼 아마 몇 년 후면 옆

머리를 곱게 길러 허허벌판을 덮어야 할지도 모른다.

"그걸 조사하고 싶은 거야. 살인인지 아닌지, 살인이라면 누가 왜 그랬는지."

창현은 차에서 계획한 대로 말을 풀어나갔다. 그때는 이장이 투투라는 사실을 몰랐지만 그래도 상대가 누구든 다짜고짜 물귀신 이야기를 꺼낼 수는 없었다.

"너희들이 왜? 경찰들 있잖아. 오늘도 찾아와서 귀찮게 하던데. 김 형사 그 영감 아무튼……."

녀석도 멋쟁이 경찰에 대한 감상만은 우리와 비슷한 모양이 었다.

"알잖아, 유민이하고 우리 각별했다는 거. 그래서 알아보고 싶은 거야."

"눈물겨운 우정이구먼."

"이 새끼가……."

길태가 말을 맺기도 전에 내가 벌떡 일어났다. 불끈 쥔 주먹에 힘이 잔뜩 들어갔다. 이십오 년 만에 처음으로 만식을 똑바로 노려봤다. 옛날에는 상상도 할 수 없는 일이었다. 지금이라면 만식의 얼굴에 주먹을 날릴 수 있을 것 같았다.

"이야, 최민호. 너도 많이 변했다? 흐흐. 미안하다. 죽은 친구한테 내가 말이 심했다."

만식은 나를 향해 싱글거렸다. 물귀신은 왜 저 새끼를 제일 먼저 잡아가지 않았을까?

"이장인 네가 제일 잘 알 것 같아서 물어보는 거야. 요 몇 주 사이에 이상한 일 없었어? 예를 들면 안 좋은 소문이 돈다거나 누가 아프다거나 수상한 사람이 돌아다닌다거나."

창현은 끝까지 차분했다. 한편으로는 존경스러울 정도였다. 녀석의 한결같은 태도에 만식도 기가 눌린 것 같았다. 창현은 그 옛날 학생회장의 눈빛으로 만식을 바라봤다.

"우리 쪽하고 반대하는 사람들 사이에 크고 작은 다툼은 있었지만……."

만식은 길태를 힐끗 쳐다보며 말했다.

"이 마을 수상한 사람은 다 네가 불러들였지."

길태가 한마디 내뱉었다.

"오빠, 좀!"

명자가 길태를 말렸다.

"이런 말 하기는 좀 뭣한데 유민이 녀석 손봐주려고 벼르던 놈들이 꽤 됐어. 들어서 알겠지만 걔가 개발 반대에 제일 열심이었거든. 솔직히 나도 못마땅하긴 했지만 그래도 친구잖아. 근데 서울에서 온 용역들은 어떻게든 녀석을 손봐주려고 했지. 내가 그걸 말리느라고 얼마나 힘들었는데."

〈개구리 왕눈이〉속 투투는 자기 잘못을 뉘우쳤을까? 아무리 노력해도 마지막 회가 생각나지 않았다. 어쩌면 메기가 잡아먹었는지도 모르겠다.

"다른 건? 혹시 최근에 이상하게 변한 사람은 없어?"

만식은 대답을 하려다가 입을 꾹 다물었다. 작은 눈동자가 요동쳤다. 분명 무언가를 알고 있는 눈치였다.

"이상하게 변한 거야 광선리 사람들 모두 다 그렇지, 안 그래?"

잠깐의 침묵이 흐른 후 만식이 입을 열었다. 입가에는 비릿한 미소가 달렸다. 공사 현장의 싸구려 가림막처럼, 음흉한 기운을 막기에는 턱도 없는 아슬아슬한 미소였다.

"그래, 그건 네 말이 맞다. 씹할."

의외로 길태가 거들고 나섰다. 길태는 소금물에 사나흘 푹 담갔다가 꺼낸 배추 같은 표정으로 한숨을 푹 쉬었다.

"다들 변했지, 이놈이나 저놈이나 모두. 몇 달 사이에."

오랜 세월 함께 먹고 함께 놀던 사람들이 각자의 입장에 따라 등을 돌렸다. 누구는 보상금과 발전을 원했고 또 다른 누구는 마을의 전통과 안전을 원했다. 결국 마을 한가운데를 지난다는 도로는 사람과 사람 사이를 갈라버렸다. 영원히 돌이킬 수 없게.

"너도 알고 있을 거야. 이 죽음들이 심상치 않다는 걸. 그리고 너라면 기억하고 있겠지. 이십오 년 전 그때를."

창현은 다른 사정이야 알 바 아니라는 투로 툭 내뱉고는 소파에서 일어섰다.

"혹시 애새끼들도 안 믿을 물귀신 이야기라도 하려는 거야? 야, 김창현. 너 헛똑똑이 다 됐구나. 좆같은 소리 하지 말고 어서 올라가. 마을 사람들 들쑤시고 다니면서 불안하게 만들면 아무리 친구라도 가만 안 있어!"

만식이 소리를 질렀다. 흥분으로 얼굴이 벌겋게 달아올랐다.

"아무튼 뭐라도 생각나면 연락해. 당분간은 어쩔 수 없이 여기 있어야 할 것 같으니까."

창현은 뒤도 돌아보지 않고 현관으로 향했다. 우리도 뒤를 따랐다. 난 옛날의 악동에게 뼈아픈 한마디를 던지고 싶었지만 도통 생각이 나지 않았다. 그래서 창현이 현관문을 나서며 마지막으로 던진 말에 하마터면 환호성을 지를 뻔했다.

"그건 그렇고, 투투 너 많이 컸다? 나한테 또박또박 말대꾸도 하고."

만식의 얼굴은 터질 듯 달아올랐고 창현은 저 혼자 씩 웃었다. 현관문을 닫고 밖으로 나오자마자 집안에서 무언가 깨지는 소리가 들렸다.

"하여간 남자들은 서른이 넘어도 참 유치해요."

명자가 혀를 찼다.

다음 목적지는 마을에 하나밖에 없는 철물점이었다. 명자의 생각이었다.

"아까 동물병원 의사한테 들었는데 올무 같은 건 철사만 있으면 쉽게 만든대. 고양이를 십여 마리나 잡으려면 철사도 꽤 많이 필요하지 않았을까?"

길태는 시골 마을에 널리고 널린 게 철사라고 말했지만 결국 그곳으로 차를 몰았다.

"쟤가 언제부터 이장이 된 거야?"

내가 길태에게 물었다. 아무리 사람이 없다고 해도 삼십 대 중반에 이장이 되는 경우는 드물다. 길태는 운전석 창문을 내리고 길에다가 가래침을 뱉었다. 생각만 해도 속에서 뭔가가 끓어오르는 모양이었다.

"저 새끼만 이장인 줄 알아? 투투 아버지도 이장을 했어. 할아버지까지 삼대가 쭉 해먹고 있는 거지. 좆같은 집안이야."

"투표 같은 걸로 뽑는 거 아냐?"

"선거는 하지. 근데 그냥 형식적인 거야. 만식이 할아버지가 했으니까 그 아들내미도 하는 거고 또 그 아들내미의 아들내미도 하는 거다, 다들 그렇게 생각하는 거야."

"내 생각에는 만식 오빠가 수상해. 뭔가 숨기는 게 있어."

명자가 불쑥 끼어들었다.

"여자의 직감이라는 거야?"

내가 물었다.

"그래, 정확히 말하면 물장사하는 여자의 직감이지. 속이 시커면 새끼들을 숱하게 봐왔거든."

명자가 너무 당당하게 말하는 바람에 아무도 대답할 말을 찾지 못했다.

"음, 그 뭐냐……. 이제 저 모퉁이만 돌면 다 왔는데."

길태가 괜히 헛기침을 하며 말했다. 정작 명자 본인은 휙휙 스쳐가는 바깥 경치를 바라볼 뿐 아무런 표정의 변화도 없었다. 열어놓은 창문으로 바람이 들어왔고 명자의 앞머리가 팔랑팔랑 나부꼈다.

"도착했어."

길태는 "세기 철물"이라 적힌 낡은 입간판 앞에 차를 세웠다. 어릴 때는 없던 곳이었다. 철물점은 금방이라도 쓰러질 것 같은 모양새였다. 척 보기에도 합판과 슬레이트를 엮어 얼기설기 지은 가건물이었다.

"영감님!"

우리는 차에서 내렸다. 길태가 닫힌 문에다 대고 소리를 질렀다. 곧 엄청난 기침 소리와 함께 오랜 세월 타르와 알코올이 덕지덕지 달라붙어야 나올 법한 목소리가 들려왔다.

"누구여?"

대답을 하고도 한참 후, 혹시 그 말을 끝으로 생을 마감한 게 아닐까 슬슬 걱정이 될 무렵 쪼글쪼글한 노인네가 새시 문을 열고 얼굴을 내밀었다. 간이 안 좋은지 얼굴이 새까맸다. 움푹 들어간 뺨이 노인의 건강 상태를 잘 말해주고 있었다.

"접니다, 길태."

길태가 고개를 꾸벅 숙였다. 우리도 덩달아 허리를 굽혔다.

"건달 새끼가 우리 가게에는 웬일이여? 드디어 결정이라도 난 거여?"

"아닙니다, 영감님 가게 허물고 도로 내는 일 같은 건 없을 테니까 안심하세요. 오늘은 다른 일로 여쭤볼 게 있어서 왔습니다."

노인은 못마땅한 표정으로 우리를 쓱 훑어보더니 별다른 말도 없이 안으로 들어가버렸다.

"원래 저러셔. 꼬장꼬장."

길태가 웃으며 말했다. 철물점 안은 어두웠다. 천장에는 거미줄이 가득했는데 모기가 잔뜩 걸려 있는 걸로 봐서는 일부러 걷어내지 않고 모기 퇴치용으로 그냥 두는 건가 싶었다. 철제 선반 곳곳에는 각종 공구들이 놓여 있었다. 본인과 연배가 비슷해 보이는 낡은 선풍기 앞에 앉은 노인이 우리를 노려봤다.

"못 보던 사람들인데……."

"제 친굽니다. 아시죠? 이번에 죽은 유민이, 그 자식 장례식 때문에 멀리서 찾아왔어요."

"쯧쯧. 유민이 고놈 생각하면 마음이 어찌나 안 좋은지."

노인은 유민을 아는 듯했다.

"그 녀석도 영감님 이야기 많이 했어요. 항상 고맙다고."

"고맙기야 내가 더 고맙지. 어찌나 손재주가 좋던지, 짬날 때마다 고 녀석이 일을 도와줘서 그나마 입에 풀칠이라도 했지. 마을 지키는 데도 얼마나 열심이었나? 그런 착한 놈을 빌어먹을 물귀신이 데려갔으니……."

물귀신?

정신이 번쩍 드는 말이었다. 품에 안겨 있던 나비도 귀를 쫑긋 세웠다.

"저…… 어르신, 방금 물귀신이라고 하셨어요?"

내가 물었다. 노인은 넌 누구냐고 묻는 표정으로 나를 물끄러미 바라봤다.

"아니 그럼, 그렇게 죽었는데 물귀신이 아니면 뭐겠어? 이십몇 년 전에도 같은 일이 있었다는 걸 광선리에서 모르는 사람이 없는데. 그리고 유민이, 고 불쌍한 녀석도 늘 말을 했어. 밤마다 물귀신이 나오는 꿈을 꾼다고."

그래, 모를 리가 없다. 옛날부터 광선리에서 산 사람이라면 머칠 사이 일어난 요상한 죽음 앞에서 물귀신을 떠올리리라. 그저 입 밖에 내지 않을 뿐.

"유민이가 다른 말은 안 했습니까? 그리고 최근에 그 뭐냐, 철사 같은 걸 잔뜩 사 간 사람 혹시 없습니까?"

길태도 약간 흥분한 듯 빠르게 질문을 쏟아냈다. 선풍기는 고개를 돌릴 때마다 관절염을 앓는 노인네처럼 끙끙댔다. 진짜로 관절염을 앓는 게 틀림없어 보이는 노인은 잠시 멍한 얼굴로 길태를 바라보더니 예상치 못한 말을 꺼냈다.

"철사야 유민이 녀석이 많이 가져갔지. 친구를 돕는다나 뭐라나 그렇게 말하던데?"

"오빠는 뭐 더 아는 것 없어?"

명자의 질문에 길태는 곤혹스러워 보이는 표정을 지었다. 우리는 철물점에서 나와 근처 구멍가게 앞의 평상에 둘러앉았다.

"몰라, 유민이가 그런 얘기는 전혀 안 했거든."

철물점 주인 영감의 말은 우리를 혼란에 빠뜨렸다. 노인은 남아도는 철사를 마음껏 가져가라고 했단다. 그 결과가 솥뚜껑 주위에 설치된 올무일까?

"유민이가 만들었다는 증거는 없잖아. 그냥 다른 데 썼을 수도 있지."

내가 말하기는 했지만 솔직히 반신반의였다. 광선리에 발을 들여놓은 뒤부터는 모든 게 딱딱 맞아떨어졌다. 사소하고 언뜻 덜 중요해 보이는 원인들 수십 개가 모여서 하나의 거대한 결과, 그리고 끔찍한 결과로 이어진 것 같았다.

"자, 일단 먹으면서 생각하자고."

창현이 구멍가게에서 아이스크림을 사 들고 나왔다.

"이게 아직도 나오네?"

창현이 건넨 쌍쌍바를 보며 내가 말했다. 겉포장도 거의 바뀌지 않은 것 같았다. 길태와 명자가 집어 든 것도 모두 추억의 아이스크림들이었다. 스크류바와 빠삐코. 창현은 꽝꽝 언 서주아이스주의 껍데기를 조심스레 벗기는 중이었다.

우리는 햇볕이 내리쬐는 평상에 앉아 말없이 아이스크림을 먹었다. 매미 울음소리가 들렸다. 바람이 불고 먹구름이 흩어지며 하늘도 잠시 맑은 얼굴을 드러냈다. 문득 세상 모든 게 평화롭던 이십오 년 전 그때로 돌아간 기분이 들었다.

"그러고 보니까 우리 옛날에도 이렇게 아이스크림 먹었던 적 있지?"

명자가 입을 열었다. 빠삐코를 힘껏 빨아들이면서.

"그때는 만복 슈퍼였지. 지금처럼 평상에 앉아서."

길태가 말했다.

"만복 슈퍼는 어디 갔냐?"

내가 물었다.

"몰라, 나도 모르는 새에 사라져버렸어."

"신기하네. 변하고 사라지는 게 수두룩한데 이런 아이스크림은 그대로야. 그리고 우리는 또 이렇게 둘러앉아서……."

거기까지 말하던 명자가 왈칵 울음을 터뜨렸다. 나는 명자의 마음을 십분 이해할 것 같았고 덩달아 울고 싶어졌다. 우리는 너무 멀리 와버렸다. 다시 돌아갈 수 있는 지점을 지나버렸다. 아주 오래전에. 과거는 늘 손을 뻗으면 닿을 것 같은 거리에서 우리를 바라보고 있다. 하지만 거리는 결코 줄어들지 않는다. 조금씩 더 늘어날 뿐.

"타임캡슐을 묻었던 날이었어."

창현이 정면을 응시한 채 조용히 말했다.

"뭐?"

명자가 울음 섞인 목소리로 되물었다.

"우리 다 같이 아이스크림 먹었던 날."

창현은 놀랍게도 커다란 미소를 지어 보였다. 그 순간 내 기억도 살아났다.

"맞다. 타임캡슐!"

길태도 소리쳤다.

"그거, 그거 솥뚜껑에 파묻었지?"

어느새 울음을 그친 명자도 끼어들었다.

"그래, 사탕 깡통 안에 넣었잖아. 제일 소중한 물건하고 편지."

창현의 말 그대로였다. 계기는 유민이 《소년중앙》에서 본 기사 때문이었다. '미래의 자신에게 보내는 편지'. 아마 그 비슷한 제목이었을 것이다. 기사에서는 미국의 학생들 사이에서 타임캡슐이 유행이라고 했다. 타임머신과 비슷한 발음의 타임캡슐, 게다가 현재의 물건을 미래에 확인한다는 사실만으로도 우리는 엄청 흥분했다. 유민의 반짝이던 눈과 떨리던 목소리가 생생하게 떠올랐다.

"우, 우리 이거 해볼까?"

좀처럼 자신의 의견을 내세우지 않던 유민의 제안이었다. 우리는 반대할 이유가 없었다. 다음날인가 다다음날인가 우리는 각자의 물건과 편지를 가지고 솥뚜껑에 모였고 창현이 가져온 사탕 깡통에 그것들을 넣었다. 그러고는 아지트 근처에 파묻었다.

그 여름의 특별한 하루가 한 장의 스틸 사진처럼 눈앞에 되살아났다. 흙을 퍼 올리던 길태. 깡통에 테이프를 바르던 유민. 파낸 흙을 정리하던 명자. 땀을 뻘뻘 흘리며 땅을 팠던 창현과 나. 원래 계획보다 훨씬 깊게 파서 우리 모두 깜짝 놀랐다. 두근대는 마음으로 타임캡슐을 구덩이에 넣고는 다시 흙을 덮었다. 모든 일을 끝내고서 땀에 푹 젖은 채로 마을로 내려왔다.

우리 십 년 후에 다시 와서 파보자. 누군가가 말했다. 아마 유민이었으리라. 그날의 유민은 평소와 달리 아주 수다스러웠고 흥분한 상태였다.

십 년이면 우리 완전 어른 아냐?

길태가 말했다.

문제는 1999년에 노스트라다무스의 예언대로 지구가 멸망한다면 우리도 끝장이라는 거지. 진지하게 말을 꺼낸 건 의외로 창현이었다. 맞다. 나도 그걸 걱정했었다. 그때는 세계 평화나 지구 멸망 같은 게 가장 큰 걱정거리였다.

"그런데 우리 뭘 묻었지?"

길태의 물음에 나는 다시 현실로 돌아왔다. 재미없고 따분하며 돈 버는 일이 가장 큰 걱정거리인 삼십 대 후반의 세계로.

"난 생각이 안 나. 오빠들은?"

"글쎄, 나도 모르겠는데."

창현과 마찬가지로 나도 전혀 떠오르지 않았다. 타임캡슐에 무얼 넣었지?

"우리 서로 비밀로 했잖아. 십 년 뒤에 보자고."

내가 말했다.

"맞아, 비밀이었어."

명자가 중얼거렸다.

"난 유민이가 뭘 넣었는지는 알고 있어."

문득 길태가 말했다. 녀석은 벌써 스크류바를 다 먹고 내 쌍쌍바 반쪽을 탐욕스러운 눈빛으로 바라보고 있었다. 나는 반쪽을 뚝 떼서 나비에게 건넸다. 꾸벅꾸벅 졸던 고양이는 차가운 아이스크림을 맛있게 핥았다. 길태가 원망스러운 표정으로 나를 바라봤다.

"그게 무슨 소리야? 유민이가 말해줬어?"

창현이 물었다.

"아니, 내가 보여준 수첩. 거기 적혀 있어. 녀석은 거기에 옛날 일을 많이 적어놓았더라고. 이런저런 일들."

길태의 말을 듣자마자 한 가지 생각이 퍼뜩 스치고 지나갔다.

"그 수첩 꽤 두껍잖아. 일기장이기도 하고. 어쩌면 거기에 철사, 그러니까 올무하고 관련된 일도 적어놓지 않았을까?"

"맞다! 철물점 할아버지가 말했던 친구 이야기도 있을지 몰라. 오빠 혹시 생각 안 나?"

길태는 이번에도 곤혹스러운 표정을 지었다.

"나도 다 읽어본 건 아니라서……."

"좋아, 일단 수첩을 꼼꼼하게 읽어보자. 민호 말처럼 거기에 적혀 있을지도 모르겠다."

창현이 말했다.

"근데 숙소에 두고 왔어. 중요한 거라는 생각을 못 했거든."

"어차피 더 할 것도 없으니까 오늘은 이만 돌아가면 되겠네. 가서 수첩도 살펴보고 남 법사님 도와드릴 일 있으면 그것도 하고."

명자는 한 손에 빠삐코를 든 채 일어섰다.

"잠깐, 이것만 마저 먹고."

창현은 어느새 다 녹아버린 아이스크림을 쭉 빨아먹었다. 그 모습이 옛날과 그리 달라 보이지 않아 왠지 웃음이 나왔다.

"근데, 유민 오빠는 뭘 넣은 거래?"

명자의 물음에 길태가 씩 웃으며 대답했다.

"딱지. 우리가 사준 딱지."

숙소에서 우리를 반긴 건 목이 반쯤 잘린 채로 주차장을 뛰어다니는 닭이었다. 닭이 푸드덕거릴 때마다 시뻘건 피가 허공에 흩뿌려졌다.

"아악!"

명자가 비명을 지르며 눈을 감았다. 남 법사는 땀을 뻘뻘 흘리며 닭을 뒤쫓고 있었다. 목이 덜렁거리면서도 달리기를 멈추지 않는 닭과 개량 한복을 펄럭이며 뒤를 쫓는 노인의 모습은 너무나 끔찍하고 역겨웠다.

"이게 무슨 일이에요?"

내가 물었다.

"이유는 나중에 묻고 닭 좀 잡게!"

닭은 하필이면 우리를 향해 달려왔다. 명자가 진저리를 치며 다시 차 안으로 들어갔다. 칼침 따위는 두렵지 않다던 길태 역시 뒤로 물러섰다. 나와 창현도 재빨리 피했다. 닭은 피를 줄줄 흘리며 자동차 위로 날아오르더니 방향을 홱 바꿔 입구를 향해 필사의 탈주를 감행했다.

그 순간 나비가 내 품에서 튀어나갔다. 그야말로 번개처럼. 녀석은 단숨에 닭을 따라잡더니 날렵하게 몸을 던져 앞발로 날개를 낚아챘다. 그러고는 고통에 몸부림치는 닭의 목에 이빨을 박아 넣음으로써 크나큰 자비를 베풀었다. 닭에게나 우리에게나.

"야옹."

나비는 피 묻은 수염을 당당하게 들어 보이며 포효하더니 다시 내게로 달려왔다.

"아이고, 닭 한 마리 잡으려다 내가 먼저 쓰러지겠네."

남 법사는 축 늘어진 닭을 집어 올리며 숨을 몰아쉬었다.

"뭐예요, 정말!"

명자가 차 안에서 고개만 내민 채 소리쳤다.

"부적을 만들려면 닭 피가 필요한데 어디 피만 따로 팔아야 말이지. 할 수 없이 살아 있는 닭을 사 왔더니만 이 난리가 났네."

"어쨌든 고생하셨네요."

창현이 말했다.

"오랜만에 하니 쉽지가 않구먼, 허허."

남 법사는 멋쩍은 표정을 지어 보이더니 닭을 들고 펜션 뒤쪽으로 사라졌다.

우리는 유민의 수첩을 가운데 두고 거실에 둘러앉았다. 모이기는 했지만 막상 수첩을 펼치는 이는 아무도 없었다.

"어쩌면 좋을까? 내용이 꽤 많을 것 같은데 이대로 쭉 같이 읽을까, 아니면……."

창현이 입을 열자마자 명자가 손을 번쩍 들었다.

"내가 읽을게. 읽고 중요한 부분을 골라 오빠들에게 말해주면 되잖아."

명자는 결연한 표정이었다.

"꼭 그럴 필요는……."

"아니, 그러고 싶어. 나도 도움이 되고 싶어."

창현의 말이라면 무조건 듣던 옛날의 명자는 없었다. 대신에 길고 긴 세월 동안 죄책감에 시달려온 늙고 시든 여자가 앉아 있었다. 명자는 말없이 손을 내밀었다.

"좋아, 이왕 읽는 거 꼼꼼하게 잘 부탁해."

창현은 명자에게 수첩을 건넸다.

"걱정 마."

수첩을 든 명자는 보일 듯 말 듯 한숨을 쉬고는 자신의 방으로 들어갔다.

"이제 우리는 뭘 하냐?"

길태가 벌렁 드러누우며 말했다.

"저 양반이라도 도울까?"

나는 턱짓으로 거실 유리창 너머 바깥쪽을 가리켰다. 물론 빈말이었지만 그것 말고 딱히 할 일도 없었다.

"우리가 도움이 될까?"

"적어도 닭이 도망 못 가게 꽉 잡고 있는 건 하겠지."

내 말이 끝나자마자 그건 자기 몫이라는 듯 나비가 하품을 하며 존재감을 알렸다.

그리고 또 한 명, 남 법사의 소리도 들렸다. 하품이 아니라 비명이. 우리 셋은 서로 얼굴을 바라봤다. 길태가 튕기듯 일어나 문으로 달려갔고 나는 창문에 달라붙었다.

"여기서는 잘 안 보여!"

내가 외쳤다. 창현도 밖으로 달려나갔다. 명자가 놀란 얼굴을 내밀었다.

"괜찮아. 잠깐 나갔다 올게."

명자에게 말한 후 나도 밖으로 향했다. 짧은 순간이기는 했지만 남 법사가 내지른 건 분명 두려움에 찬 비명이었다.

펜션 현관을 빠져나오자마자 눈에 들어온 건 길태의 커다란 등짝이었다. 남 법사도 뒷마당이 아닌 주차장에 있었다. 한 손에는 여전히 식칼을 들고. 목이 잘려 나간 닭이 마구 뛰어다니는 것도 똑같았다. 다만, 이번 닭은 모가지 위로 아무것도 없었다. 목이 댕강 잘렸는데도 최선을 다해 날뛰는 중이었다.

또 하나, 불청객 둘이 있었다. 이 더운 여름에 모자를 눌러쓰고 마스크까지 한 남자들은 예기치 못한 닭의 출현에 당황한 듯 각각 못과 망치를 든 모습 그대로 얼어붙어 있었다. 대충 상황이 짐작됐다.

"이 새끼들이 누구 사주 받고 왔어?"

길태가 큰 소리로 을러댔다.

두 사람은 길태의 그랜저 옆에 엉거주춤하게 선 채 서로 눈치만 살폈다. 바퀴에 구멍이라도 뚫어! 분명 그런 명령을 받고 왔겠지만 좀비 닭과 남 법사의 출현에 상황이 꼬여버렸으리라. 마스크로 얼굴 대부분을 가렸지만 흔들리는 눈빛만으로도 그들의 마음을 충분히 읽을 수 있었다.

좆 됐다!

"닭을 쫓아서 나왔는데 저것들이 서 있더구나."

남 법사는 제풀에 쓰러진 두 번째 닭을 들고 의기양양하게 말했다. 완전히 잘려 나간 모가지에서 피가 뚝뚝 떨어졌다. 도대체 광선리 닭들은 왜 이리 팔팔한 거야?

"똑바로 대답 안 하면 허리를 반으로 뚝 꺾어버릴 줄 알아!"

길태가 한발 앞으로 다가갔다. 표정이 싹 변했다. 한 남자가 소리를 지르며 들고 있던 망치를 무턱대고 휘두르기 시작했다. 붕붕. 바람을 가르는 소리가 제법 위협적이었다. 나도 모르게 얼굴을 찡그렸다. 길태는 놀랄 만큼 재빠르게 움직였다. 망치의 궤적 안으로 단숨에 뛰어든다 싶더니 정확하게 남자의 턱에다 어퍼컷을 꽂아 넣었다.

망치 사내는 그대로 자빠졌다. 못을 든 남자는 딱 얼어붙어서 꼼짝도 못하고 있었다.

"마스크 벗어."

길태가 으르렁거렸다.

"확!"

한 손을 치켜들자 남자는 못을 떨어뜨린 뒤 재빨리 마스크를 벗었다. 우리와 비슷한 또래로 보이는 평범한 얼굴의 사내였다. 다만 겁에 질려 있을 뿐.

"너 이 새끼……."

길태가 놀란 얼굴로 말했다.

"왜? 아는 사람이야?"

내가 물었다.

"응, 나도 알고 너도 알고 창현이도 아는 놈이야."

"혹시 조칠성?"

창현이 말했다. 순간 내 기억도 확 살아났다. 맞다! 녀석도 옛날 얼굴이 남아 있었다. 머리를 빡빡 밀고 다녔던 만식의 꼬붕 놈. 그렇다면 쓰러져서 신음을 뱉고 있는 쪽은 분명…….

"이쪽은 김정식. 옛날 친구들을 이런 식으로 만나네."

창현의 말 그대로였다. 마스크를 벗겨보나마나 나머지 한 명은 만식의 또 다른 꼬붕이었던 정식이 틀림없었다.

"다들 마을을 안 떠났구나."

나는 두 녀석의 정체보다도 지긋지긋한 세월 동안 이 좁아터진 광선리에 여태 머물고 있다는 사실이 더 충격적이었다.

"기, 길태야. 저기, 우리는 그냥……."

칠성이 비굴한 웃음을 지으며 말했다. 그러자 옛날 모습이 더 떠올라 나도 괜히 한 대 때리고 싶어졌다.

"만식이 그놈이 보냈지?"

길태가 물었다.

"그게 아니라 오랜만에 너희들 보려고……."

"좆같은 소리 그만하고 어서 말해. 만식이 뭐라고 했어?"

길태가 칠성의 멱살을 틀어쥐었다. 그때 창현이 재빨리 길태의 어깨를 잡았다. 그리고는 도로를 향해 슬쩍 고갯짓을 했다. 아래쪽에서 경찰차 한 대가 올라오고 있었다. 사이렌을 울리지는 않았지만 빨갛고 파란 경광등이 정신없이 번득였다.

"너희들이 불렀어?"

길태가 칠성을 향해 물었다. 녀석은 고개를 저었다. 거짓말을 하는 것 같지는 않았다. 실제로 우리보다 더 당황한 표정을 지었으니까.

"괜히 문제 생길지도 모르니까 일단 놔주자."

창현의 말에 길태가 한발 물러섰다. 그사이 경찰차는 서서히 속도를 줄이더니 펜션 입구를 조금 지나쳐 멈춰 섰다. 조수석 창문이 내려가고 익히 아는 얼굴이 고개를 내밀었다. 머리카락을 곱게 빗어 넘긴 김 형사였다. 남 법사는 경찰차를 본 순간부터 자취를 감추었다.

"우리가 여기 있는 건 개나 소나 다 아는구나."

나는 창현에게만 들릴 정도로 작게 말했다.

"너희들, 뭐 좀 물어보자."

김 형사가 손을 까딱거리며 우리를 불렀다.

저 영감탱이를 그냥!

속으로는 부아가 치밀었지만 그렇다고 가만히 서 있을 수는 없었다. 우리 셋은 거의 반사적으로 김 형사를 향해 걸어갔다. 그 틈을 타 칠성이 정식을 부축해 입구로 달아났다.

"저것들은 뭐냐?"

김 형사가 물었다.

"친구들요. 오랜만에 인사를 좀 나눴습니다."

길태가 다시 유들유들한 얼굴로 돌아와 말했다.

"친구란 좋은 거지, 안 그러냐?"

김 형사는 운전석에 앉은 최 형사를 향해 물었다. 말상은 짜증을 감추지도 않고 긴 얼굴을 끄덕였다.

"그런데 무슨 일로……."

"솥뚜껑에 다녀왔다."

김 형사가 짧게 말했다. 그 속에는 많은 의미가 담겨 있었다. 우리가 아무도 입을 열지 않자 김 형사가 말을 이었다.

"난장판이더구먼. 올무에, 죽은 고양이에, 최근에 찍힌 발자국까지. 너희들, 거기 갔었지?"

"그게 왜요? 우린 솥뚜껑에 가면 안 됩니까?"

내가 발끈해서 물었다. 김 형사는 나를 물끄러미 바라봤다.

"아니, 그냥 확인하고 싶었어. 가자."

김 형사는 그 말을 끝으로 창문을 올려버렸다. 경찰차는 펜션 입구로 꼬리를 들이밀어 방향을 바꾸더니 올 때처럼 경광등을 번쩍이며 달려 내려갔다.

"갑자기 뭐야?"

길태가 물었다.

"솥뚜껑에 갔다는 건 김 형사도 우리 이야기를 어느 정도 믿고
있다는 뜻 아닐까?"

창현이 말했다. 그때 명자의 방 창문이 열리며 다급한 목소리가
들렸다.

"오빠들, 빨리 올라와. 와서 이것 좀 봐!"

우리는 이번에야말로 세 명이 동시에 펜션 현관을 향해 달렸다.

2
유민의 일기

친구가 찾아왔다. 오랜만에 즐거운 시간이었다.

친구와 옛날이야기를 했다. 시간 가는 줄 모르고 이야기를 나누다가 아이들 하교 시간을 놓칠 뻔했다.

계속 악몽을 꾼다. 꿈속에서 늘 그 여자를 만난다.

소용돌이가 모든 것을 바꾸어놓았다. 그날, 세숫대야에서 소용돌이 치던 그 물만 아니었다면 내 인생도 달라지지 않았을까?

그 여자는 아직 내 안에 있다. 가끔 목소리가 들린다. 외롭고 불쌍하게 죽어갔던 그 여자가 사람들을 찾아 헤매는 소리가.

결국 친구에게 모든 사실을 털어놓았다. 친구는 이해한다고 말했다. 위로해주었다. 내 고통 때문에 자기 역시 마음이 아프다고 말했다. 나는 울면서 친구에게 미안하다고 사과했다. 친구는 내 사과를 받아주었다. 꼭꼭 담아둔 비밀을 풀어헤치니 한결 마음이 편안해졌다.

물이 검어지고 있다. 친구 역시 그 사실이 걱정스럽다고 말했다. 우리는 함께 갔다. 확실히 검은 물이었다.

친구의 얼굴이 어둡다.

크나큰 불행 앞에 내가 도와줄 방법이 없다. 그저 현수막을 매달고 사람들을 모을 뿐이다. 친구는 이대로는 이길 수 없다고 화를 내며 말했다.

올무를 만들어주었다.

친구가 점점 이상해진다. 계속 검은 물 이야기를 한다. 그 여자에 대해 자꾸만 캐묻는다. 나는 그 여자 이야기를 하고 싶지 않다고 말했다. 친구는 실망하고 상처받은 표정을 지었다.

간간이 이어지던 일기는 거기서 멈춘 후 우리가 앞서 읽었던 부분으로 넘어갔다.

방울 소리가 들린다. 그 노래도 들린다. 처음에는 꿈이라고 생각했지만. 아니다. 꿈이 아니다. 그곳으로 가볼까 하다가 도저히 용기가 안 나서 발길을 돌렸다. 무슨 일이 벌어지고 있다. 어쩌면 그 여자가 돌아온 건지도 모른다. 그 생각만으로도 손이 덜덜 떨린다. 차라리 내가 미친 거라면 좋겠다. 평생 날 괴롭히던 공포와 죄책감 때문에 머릿속 어딘가가 이상해져버린 거라면.

"유민이 말하는 친구란 게 도대체 누구야?"

내가 물었다.

"몰라. 녀석이 나한테도 말 안 했어. 난 까맣게 모르고 있었어."

길태는 풀이 죽었다. 사실 명자가 밑줄을 그어놓은 유민의 일기를 읽어 내려가는 동안 우리 모두 비슷한 느낌을 받았다.

지독한 고독과 서늘한 공포.

오랜 친구의 고통 앞에서 우리는 철저히 타인이었다. 죄책감이라 불러도 좋을 감정이 밀려왔다.

"한 장 한 장 꼼꼼하게 읽어본 건 아니야. 그래도 친구라는 단어가 나온 부분은 대충 다 뽑은 것 같아."

명자의 눈이 벌겠다. 눈물을 흘린 모양이다.

"우리 동창들 중에 아직도 광선리에 남아 있는 애들이 몇 명이나 되지?"

창현이 물었다.

"생각보다 많아. 도시로 나갔다가 다시 돌아온 애들도 있고. 유민이처럼 계속 눌러산 놈들도 있고. 아까 봤지? 칠성이하고 정식이는 만식이 말이라면 죽는 시늉도 하면서 내내 광선리에 있었지. 또 누가 있나……."

"아무튼 옛날에 우리와 같이 학교를 다녔던 누군가가 유민이와 친해진 거고, 유민이는 그 누군가, 그러니까 친구에게 비밀을 털어놓았다는 거지."

창현은 스스로에게 설명하듯 혼잣말처럼 중얼거렸다.

"쉽게 말해서 물귀신의 존재를 아는 사람이 한 명 더 늘었다는 거잖아."

내가 말했다.

"그놈이 물귀신을 다시 불러낸 거고."

창현이 내 얼굴을 바라보며 말을 받았다.

"그럼 친구라는 그 사람만 잡으면 되는 거네?"

명자가 애써 쾌활한 목소리로 말했지만 누구도, 심지어는 나조차도 선뜻 대답을 할 수 없었다.

"문제는 친구가 누구인지 모른다는 거지."

창현이 말했다. 역시 정곡을 찔러서 찬물을 끼얹는 데는 재주가 남다른 녀석이었다.

"아니야, 그래도 한 가지 단서는 있어. 유민이 친구라고 했잖아. 그러니까 아직 마을에 남아 있는 동창들을 중심으로 조사를 해보면 될 거야."

길태가 모처럼 맞는 소리를 했다.

"맞아. 그러면 훨씬 쉬워지겠지."

창현의 칭찬에 길태는 씩 웃었다. 덕분에 방안을 떠돌던 슬픔과

패배감이 조금 옅어졌다. 때마침 남 법사가 들어왔다. 옷은 피투성이였지만 표정은 한결 가벼워 보였다.

"완성하셨어요?"

길태가 물었다.

"그럼, 아주 센 놈으로 넉 장이나 썼다. 오랜만에 하니까 어찌나 기가 달리던지 고생을 했지 뭐냐. 그래도 이 정도면 그 여자를 다시 가두는 데는 문제가 없을 거다."

"수고 많으셨어요."

명자가 말했다.

"그리고 또 하나, 내가 너희들을 위해서 준비한 특별식이 있지. 더운 날에 탐문이다 뭐다 쏘다녔으니 얼마나 힘들었겠냐. 그래서 저녁을 만들어봤다."

남 법사는 의기양양한 표정을 지었다.

"저녁요? 뭔데요?"

제일 먼저 반응을 하는 걸로도 모자라 자리에서 벌떡 일어난 녀석은 당연히 길태였다. 그러고 보니 나도 꽤 배가 고팠다.

"닭백숙."

남 법사는 활짝 웃었다.

목이 잘려 나간 닭이 피를 뿌려대며 날뛰는 모습을 보는 건 흔한 경험이 아니었다. 바로 그 닭을 몇 시간 후에 뜯어먹는 것 역시 쉽게 할 수 있는 경험은 아니었다. 나는 영 내키지 않았지만 국물에 밥을 말아 꾸역꾸역 넘겼다. 길태는 말할 것도 없고 창현도 의

외로 잘 먹었다. 뭐니 뭐니 해도 가장 환장하며 달려든 사람은 명자였다.

"오빠, 내가 제일 좋아하는 음식이 닭 요리잖아."

명자는 자기를 바라보는 내 시선을 눈치챘는지 닭다리를 뜯다 말고 번들거리는 입술로 말했다. 그러고 보니 생각났다. 명자는 치킨집 사장에게 시집가고 싶어 했다. 그러면 치킨을 실컷 먹을 수 있을 거라면서.

"난 먼저 일어나볼게. 망도 봐야 하고."

나는 명자의 국그릇에 내 몫의 닭고기를 덜어주고 밖으로 나왔다. 어느새 해가 기울고 있었다. 친구의 정체를 밝히는 것은 내일로 미뤘다. 대신에 혹시 또 불청객이 찾아올지 모르니 교대로 망을 보기로 했다.

"투투 그 새끼 분명히 무슨 꿍꿍이가 있어."

길태는 남 법사가 백숙 냄비를 들고 오기 전까지 그런 말을 하며 당장이라도 달려갈 것처럼 화를 냈다. 내 생각에도 만식이 의심스러웠다. 날이 어두워지기도 전에 꼬붕들한테 차에 펑크를 내고 오라 지시할 정도면 꽤 똥줄이 탄다는 뜻이리라.

무엇 때문에?

만식이 유민의 일기 속 친구일 확률은 무척 낮았다. 만식은 창현을 제외한 대부분의 친구들을 공평하게 괴롭혔지만 유독 나와 유민에게는 심했다. 아무리 시간이 흘렀다 해도 만식과 유민이 서로를 친구로 부른다는 건 상상할 수가 없었다. 더군다나 우리가 만나본 만식은 멀쩡한 모습이었다. 눈을 까뒤집으며 이상한 소리를 내지도 않았고 물을 줄줄 흘리지도 않았다.

퍼즐이 맞춰질 듯 맞춰지지 않았다.

친구, 유민, 검은 물, 청년회장의 죽음, 물귀신, 이장의 이상한 행동······. 분명히 몇 가지 상황을 관통하는 하나의 단어가 있는데 머릿속에서만 맴돌 뿐이었다.

과거의 물귀신은 무작위로 사람을 죽였다. 그러다가 유민의 몸을 뺏으려 했고. 이번에는 처음부터 사람의 몸을 뺏었다. 어떤 의지와 계획을 가지고 사람을 죽여나간다. 이 커다란 차이점 속에 분명 단서가 있을 것 같았다.

"혼자 안 심심해?"

한참 생각에 빠져 있는데 등뒤에서 소리가 들렸다. 아까보다 밝은 얼굴의 명자가 웃으며 서 있었다.

나는 현관 옆에 설치된 낡은 벤치에 앉아 있다가 얼른 옆으로 비켜 앉아 자리를 만들어주었다. 벤치에서는 펜션 입구와 주차장이 훤히 보였다. 그 너머 나무가 우거진 숲과 또 그 위로 펼쳐진 아름다운 밤하늘도 보였다. 여전히 먹구름이 가득했지만 간간이 몇 점의 별들이 반짝였고 귀뚜라미 우는 소리와 밤새 지저귀는 소리가 들렸다. 이른바 특등석인 셈이었다.

"많이 먹었어?"

내가 물었다. 옆에 앉은 명자의 체온이 느껴졌다. 숲속을 통과하며 식물의 싱그러운 향을 가득 담아 온 바람이 우리 곁을 스치고 지나갔다.

"응, 오빠 몫까지 내가 다 먹었어."

명자는 만족한 표정이었다. 나 역시 기분이 좋아졌다.

"오빠, 기억나?"

한참 밤하늘을 바라보던 명자가 문득 입을 열었다.

"뭐?"

"오빠는 옛날에도 그랬어. 창현 오빠나 길태 오빠가 과자 같은 걸 가져오면 꼭 자기 몫을 나한테 줬어."

"내가 그랬나?"

"응, 항상. 그러면서 뭐라고 했는지 알아? 난 서울에서 이런 과자 많이 먹어봤어."

명자는 입술을 비죽 내밀며 잔뜩 목소리를 깔고는 내 흉내를 냈다. 그러고는 밤하늘을 울릴 만큼 크게 웃었다.

"내가 그렇게 재수없는 말을 했다고?"

나는 전혀 기억나지 않았다. 하늘에 맹세코.

"응, 진짜 재수없었고 그래서 늘 고마웠어."

명자는 눈물까지 흘리며 낄낄거리더니 벤치에서 벌떡 일어났다. 세월을 비껴가지는 못했지만 여전히 아름다운 얼굴이었다. 적어도 내게는 그랬다. 명자의 인생 역시 소용돌이에 치여 상상하지도 못했던 방향으로 흘러갔겠지만 그녀 자체가 변하지는 않았다.

"난 샤워나 하고 일찍 자야겠어. 배도 부르고 피곤하기도 하고, 할말 다 하고 나니 속도 시원하네."

"명자야."

나도 모르게 그녀의 이름을 불렀다. 명자는 현관으로 들어가려다가 나를 돌아봤다.

"왜?"

"아니, 잘 자라고."

"싱겁긴."

우리의 대화는 그걸로 끝이었다. 나는 다시 벤치에 혼자 남았다. 문득 외롭다는 생각이 들었다. 나비라도 데리고 나올걸 그랬나? 친화력이 엄청나게 좋은 그 녀석은 내가 방에서 나가는 것에는 관심도 없이 남 법사가 떠준 고기 국물을 맛있게 핥아먹고 있었다.

나는 하릴없이 앉아 있다가 카메라를 들었다. 자고 운전하는 시간만 빼면 늘 목에 걸려 있는 카메라는 몸의 일부와 같았다. 목은 카메라의 무게만큼 늘 아팠고, 그 사소한 고통은 내가 살아 있다는 증거나 다름없었다.

뷰파인더 안에 시골 산속의 밤 풍경이 들어왔다. 나방이 펜션 입구에 매달린 조명으로 날아들었다. 문득 광선리에 내려와서 찍은 사진들이 궁금했다. 카메라를 재생 모드로 바꾸고 화면을 들여다봤다. 가장 최근에 찍은 만식의 사진이 제일 먼저 떴다. 살짝 초점이 엇나간 채로 녀석은 부루퉁하게 정면을 응시하고 있었다. 광량이 부족했거나 사진을 찍을 때 내 손이 흔들렸다는 뜻이었다.

"이상한데……."

나도 모르게 중얼거렸다. 한 가지 설명할 수 없는 게 있었다. 만식의 얼굴에 드리운 그림자였다. 뱀 모양이라고 밖에 표현할 수 없는 그림자는 녀석의 투실투실한 얼굴을 휘감고 있었다. 사진이 잘못된 게 아니야. 머릿속에 그런 깨달음이 스치고 지나간 순간,

그림자의 대가리 부분이 불쑥 움직여 나를 노려봤다.

"헙."

숨을 삼키며 반사적으로 화살표를 눌렀다. 이전 사진이 떴다. 죽음의 현장이었다. 청년회장이 들것에 실려 나가던 순간의 모습이 확 튀어나왔다. 꿈틀. 이번에도 사진이 움직였다. 네모 화면 안에 고요히 갇혀 있어야 할 '죽음'이 밖을 향해 기어나오려 애쓰고 있었다.

"아니야, 아니야!"

내 목소리는 바람결에 흩어졌다. 끌끌끌. 어딘가에서 웃음소리가 들려왔다. 비웃는 듯한 웃음이었다. 증명이라도 해주겠다는 듯 시신을 덮은 담요 사이로 허연 손이 쑥 튀어나왔다. 그 손을 타고 물이 주르륵 흘러내렸다. 쭈글쭈글하고 허연 손, 무언가를 꽉 움켜쥐려는 듯 손가락을 갈퀴처럼 구부린 손이 화면에 선명하게 떠올랐다.

몸이 속절없이 떨리며 이가 맞부딪혔다. 지금까지 숱하게 죽음을 찍어왔지만 사진이 날뛴 적은 처음이었다. 나는 어느새 고양이 사진을 재생했다. 목울대를 비집고 비명이 튀어나올 것 같았지만 손은 제멋대로 움직였다. 죽어 널브러진 고양이들은 도르르, 눈알을 굴렸다. 세로로 쭉 찢어진 눈동자가 일제히 내게 향했다. 아니, 앞으로 닥쳐올 죽음을 엿보는 것 같았다.

아예 눈을 감아버렸다. 카메라를 쥔 손에 잔뜩 힘이 들어갔다. 물귀신의 흔적이 사진에 담겼다고밖에 생각할 수 없었다. 그 여자가 내뿜는 귀기를 카메라가 포착한 것이다.

그렇다면 만식이는 왜? 그런 의문이 들려는 찰나 검은 그림자 하나가 불쑥 드리워졌다. 나는 깜짝 놀라 고개를 들었다.

바로 앞에 남 법사가 서 있었다. 씻으려고 했거나 잠을 청하려 고 했던 듯 한복 저고리 없이 흰색 러닝만 입은 모습이었다.

"뭐예요, 기척도 없이⋯⋯."

내 말에도 남 법사는 대꾸를 하지 않았다. 대신에 고개를 뒤로 젖히고 몸을 부르르 떨었다.

뭔가 이상하다! 순간 싸늘한 기운이 느껴졌다. 어느새 귀뚜라미 도, 밤새도 울음을 멈췄다. 남 법사의 두 눈이 홱 뒤집히며 흰자위 만 드러났다. 입가에 거품이 일었다. 얼굴은 어두운 곳에서도 생 생하게 알아볼 수 있을 만큼 창백했다.

"괜찮으세요?"

벤치에서 일어나 남 법사의 어깨를 잡으려는 찰나 목소리가 들 려왔다. 아니, 남 법사가 더듬더듬 말을 시작했다. 유민의 목소 리로.

"명자가 위험해. 그 여자가 오고 있어."

남 법사는 그 말을 끝으로 풀썩 주저앉았고 나는 펜션 안으로 달려 들어갔다. 순간 펜션의 모든 조명이 꺼졌다. 지독한 어둠이 나를 포위했다.

"명자야!"

나는 어둠 속에서 방향을 잃고 소리쳤다. 한 치 앞도 보이지 않 았다. 현관을 지나 바로 정면에 있는 계단을 올라가면 된다. 머릿속으로는 알고 있지만 몸이 움직이지 않았다.

"창현아! 길태야!"

아무리 소리를 질러도 누구 하나 대답하지 않았다. 우리가 묵고 있는 방은 2층. 내 목소리가 들리지 않을 리 없었다. 대답을 못 할 상황이 아닌 이상.

"대답 좀 해봐!"

다시 한번 온 힘을 짜내 소리를 지르고 나서야 무언가 이상하다는 사실을 깨달았다. 내 입을 빠져나간 소리가 보이지 않는 장막에 부딪힌 듯 웅웅 울리다가 스르르 사라졌다.

진공상태. 제일 먼저 그걸 떠올렸다가 고개를 가로저었다.

멍청한 놈. 그게 아니잖아!

물속이다. 이곳에, 이 펜션 안에 물이 가득 들어찼다. 나는 팔을 휘휘 저어 몇 걸음 나아간 후에야 확신했다. 무겁고 차가운 기운이 내 몸을 감싸 끌어내리려 하고 있었다.

나는 공황에 빠졌다. 한동안 잠을 자고 있던 딱따구리가 다시 깨어나 뒤통수를 쪼아댔다. 딱따닥, 따다다닥, 딱따라닥닥. 그에 맞춰 심장이 불규칙하게 뛰었다. 칠흑같이 캄캄한데도 눈앞에서 불꽃이 튀었다. 머리가 아팠다. 우라지게 아팠다. 그것보다 더 괴로운 건 숨을 쉬기 어렵다는 사실이었다. 폐가 쪼그라든 것 같았다. 바람이 몽땅 빠져버린 풍선처럼. 차갑고 축축한 손이 내 입과 코를 틀어막고 있었다.

"으악!"

말도 안 되는 착각이라는 걸 알면서도 비명을 지르고 말았다.

그 소리마저 순식간에 자취를 감췄다. 완벽한 어둠과 지독한 정적. 한 쌍의 찰떡 콤비는 몸과 마음을 전부 뒤흔들었다.

그야말로 물에 빠진 사람처럼 허우적거리며 무작정 앞으로 나아갔다. 앞인지 뒤인지조차 알 수 없었다. 한 가지 사실만은 분명했다. 움직이지 않으면, 명자를 구할 수 없다! 두통과 호흡곤란을 견디며 한 발 한 발 억지로 움직였다. 점점 정신이 아득해졌다.

"야! 너희들 거기 좀 서 봐. 내가 사진 찍어줄게."

어찌된 영문인지 나는 1991년의 뜨거웠던 여름 어느 날로 돌아가 있었다. 아지트다. 솥뚜껑에서 불어오는 시원한 바람이 산길을 달려와 땀에 젖은 우리의 얼굴을 시원하게 스치고 지나갔다.

"그거 되는 거야?"

길태가 물었고 나는 당연하다는 듯 고개를 끄덕였다. 아빠는 내가 어렸을 때 일 년 정도 일본에서 일을 하고 오셨다. 말이 일이지 공사판에서 막노동을 하는 외국인 근로자였다. 니콘 카메라는 그 전리품이었다. 아빠는 집을 떠나기 전 나를 불러놓고 카메라를 건네주셨다. 내가 줄 게 이것밖에 없다. 아빠는 미안한 표정으로 그렇게 말했는데 나는 그 얼굴을 보는 게 죽도록 싫었다. 광선리에서 혼자 지내는 동안 자연스레 카메라를 만지작거리게 되었다. 필름을 넣는 법도 사진을 찍는 법도 몰랐다. 그래도 은색의 네모반듯한 카메라를 쥐고 있으면 왠지 든든했고 아빠 생각이 났다. 그리고 조금 슬펐다.

광선리 독수리 오형제는 아지트 앞에 나란히 모여 섰다. 창현

옆에는 명자가, 그 옆에는 코끝에 걸린 안경을 자꾸만 추어올리는 유민이, 마지막에는 아폴로 봉지를 든 길태.

"자, 찍는다. 김치!"

나는 사진 찍는 법에 대해 아무것도 모르면서도 뷰파인더 속의 친구들을 향해 셔터를 눌렀다. 찰칵, 찰칵, 찰칵. 경쾌한 셔터 소리가 산속에 울려 퍼졌다. 여름이었다. 매미가 울고 뜨거운 햇살이 내리쬤다.

"그만 찍어, 배고파."

길태의 징징대는 외침에 우리는 동시에 큼지막한, 정말 거대하고 또 거대해서 하늘까지 닿을 만큼 큰 웃음을 터뜨렸다. 찰칵. 나는 마지막으로 셔터를 눌렀고…….

무언가 다리에 닿았다. 부드럽고 따뜻했다. 현실로 돌아왔다. 어둡고 정적에 휩싸인 펜션 안, 물귀신이 돌아다니고 있는.

"야옹."

발밑에서 작은 소리가 들렸다.

"나비니?"

내가 허리를 숙이자 그 똑똑한 고양이는 사랑스럽게까지 보이는 세모꼴 눈을 번득이며 내 품으로 쏙 들어왔다. 따뜻했다. 정말 따뜻했다. 혼자가 아니라는 사실만으로도 용기를 얻었다. 그래봐야 훅 하고 불면 금세 꺼질 촛불 하나 정도의 용기였지만. 또 하나 이 암울한 상황을 뚫고 나갈 만한 고무적인 사실은, 내 목에 여전히 카메라가 걸려 있다는 것이었다. 나비를 향해 허리를 숙였을 때 딱딱한 놈이 무릎을 때렸고 멍청한 머리는 그제야 카메라의 존재를 인식했다. 죽음을 가두고 귀기마저도 찍어낼 수 있는 무적의 카메라!

"고맙다, 네가 제일 강하구나."

나비의 머리를 쓰다듬자 녀석이 갸르릉 소리를 냈다. 멍청한 인간아, 어서 움직여! 내게는 그렇게 들렸다.

카메라를 켜서 다시 촬영 모드로 바꿨다. 평소에는 뷰파인더만 사용했지만 설정을 바꿔서 LED 액정에 화면이 뜨게 만들었다. 곧 지글거리는 화면이 나타났다. 빛이 부족해 사포로 문질러놓은 것처럼 거칠었다. 휴대전화라도 있었다면 도움이 됐을 텐데 불행하게도 방에 두고 나온 터였다.

"그래, 이거라도 어디야. 안 그래?"

혼잣말이라도 떠들지 않으면 다시 공황에 빠질 것 같았다.

"가자, 가는 거야!"

카메라가 잡아내는 희미한 화면에 의지해 계단을 올랐다. 나무로 만든 낡은 계단이 삐걱대며 울었다.

2층에 올랐다. 어둡고 긴 복도가 끝도 없이 펼쳐졌다. 어딘가에서 물 흐르는 소리가 거짓말처럼 선명하게 들렸다.

명자의 방은 끝에서 세 번째였다. 몇 호였는지는 기억도 나지 않았고 아무 의미도 없었다. 액정 속 거친 입자의 화면에는 어두운 복도와 옆으로 늘어선 문들의 윤곽만 보일 뿐이었다. 조금씩 전진했다. 마음 같아서는 한달음에 명자의 방까지 가고 싶었지만 움직일수록 압박감이 더 심해졌다. 점점 깊은 물속으로 가라앉는 느낌이었다.

"너도 그러니, 나비야?"

이번에는 녀석도 대답을 하지 않았다. 그저 꼬리로 내 팔을 툭 쳤을 뿐이다. 인간, 입다물고 걷기나 해.

잠수하기 전처럼 한껏 숨을 들이쉬고 질척질척한 어둠 속으로 걸어 들어갔다. 누가 따라오는 느낌이 들었다. 몇 번이나 멈춰서 카메라를 홱 돌렸지만 그때마다 보이는 건 텅 빈 어둠이었다. 아니, 빽빽하게 들어찬 어둠이었다.

물귀신은 어떻게 들어왔을까? 그러니까 물귀신에 빙의된 누군가 말이다. 나는 고개를 저었다. 지금은 그런 걸 생각하고 있을 때가 아니었다.

드디어 명자의 방 앞에 섰다. 카메라를 내밀었다. 방문 아래로 새어 나온 물이 오래된 카펫을 적시며 고인 게 보였다. 물이 내뿜는 지독한 한기가 구두를 뚫고 발바닥으로 전해졌다.

나는 제발 잠겨 있지 않기를 바라며 문손잡이를 돌렸다. 길쭉한 손잡이는 저항 없이 획 돌아갔다.

"명자야."

조용히 이름을 불렀다. 물이 세차게 흐르는 소리가 들렸다. 화장실 쪽이다. 샤워나 하고 자야겠다던 명자의 말이 떠올랐다. 방 안 가득 악취가 풍겼다. 고여서 썩어가던 물이 한꺼번에 터져 나온 것 같았다. 창문이 열려 있었지만 여전히 컴컴했다. 달빛이든 별빛이든 얼씬거리지 못하는 모양이었다. 내가 세상에서 가장 아끼는 카메라만이 방안의 상황을 희미하게나마 보여주었다. 바닥은 온통 물바다였다. 화장실 안쪽에서 쉴 새 없이 물이 쏟아져 나왔다.

찰방찰방. 차가운 물이 마치 살아 있는 것처럼 내 발을 핥았다. 화장실 문도 잠겨 있지 않았다. 천천히 문을 밀었다. 뜨거운 열기와 함께 김이 훅 날아들었다. 샤워기에서 쏟아지는 물은 분명 뜨거운 것 같은데 바닥을 적시는 건 서늘한 느낌이니 귀신이 곡할 노릇이었다.

귀신. 맞아, 귀신이었지.

새삼 공포가 몰려왔다. 심장이 쪼그라드는 것 같았다. 그렇다고 화장실 입구에 멍청히 서 있을 수는 없었다.

"명자야."

다시 한번 그녀를 부르며 안으로 들어갔다. 손을 뻗으니 매끈하고 흐늘거리는 무언가가 닿았다. 소스라치게 놀라 하마터면 나비를 떨어뜨릴 뻔했다. 샤워 커튼이라는 걸 알고서도 놀란 가슴은 쉽게 진정되지 않았다. 커튼 너머에 무엇이 있을지 알 수 없었다.

"야옹."

나비가 오랜만에 입을 열었다. 날카로운 울부짖음이었다. 그 소리가 재촉처럼 들려 서둘러 커튼을 열어젖혔다.

욕조에 쓰러진 명자의 실루엣이 보였다. 위로 물이 쏟아져 내렸다. 분명 뜨거운 물이었지만 명자의 몸은 차가웠다. 손이 시릴 정도로 차가웠다. 그리고 알몸이었다. 순간 당황하고 말았다. 어떤 걸 먼저 해야 할지 갈등하다가 샤워기 물부터 껐다. 그래, 그게 먼저였다. 자욱했던 김이 금세 사라졌다. 그러자 어둠 속에서도 명자의 몸이 잘 보였다.

"잠깐만."

나는 나비를 욕조에 내려놓았다. 누가 고양이 아니랄까 봐 나비는 발에 물이 닿자마자 욕조 난간으로 펄쩍 뛰어올랐다. 손을 뻗자 어둠 속에서 수건의 부드러운 감촉이 느껴졌다. 수건을 집어든 후에 명자의 몸에 둘렀다. 명자를 일으켜 세우자 입에서 흘러내린 차가운 물이 내 어깨를 적셨다. 명자를 끌고 화장실을 빠져나왔다.

"눈 좀 떠봐, 명자야!"

명자를 침대에 눕히고 뺨을 두드렸다. 머릿속이 텅 비어 제대로 생각할 수 없었다. 경찰을 불러야 할까, 구급차를 불러야 할까? 아니면 남 법사? 그나저나 다른 친구들은?

온갖 물음이 머릿속에서 뱅글뱅글 돌며 우라질 소용돌이를 만들었다.

등뒤에서 인기척이 느껴졌다. 누가 방안에 있다. 차가운 어둠 속에. 뒤를 돌아봤다. 방안에 가득 퍼진 어둠보다 더 어둡고 컴컴한 구석에 그 여자가 서 있었다.

키 큰 여자, 물귀신.

머리가 천장에 닿을 듯 큰 키로 나를 굽어보고 있었다. 이십오년 만의 조우다. 나는 아저씨가 되어버렸는데도 그 여자는 여전히 친구를 찾아 떠도는 중이었다.

사물을 겨우 분간할 정도로 어두운데도 물귀신의 모습은 똑똑히 보였다. 물에 젖어 착 가라앉은 머리카락과 빼빼 마른 몸. 뻥 뚫린 눈깔. 새빨간 입.

물귀신은 나를 향해 다가왔다. 가까워질수록 모습이 변했다. 키도 줄어들고 얼굴도 점점 어둠 속에 묻혔다.

나는 완전히 사람의 모습으로 변한 물귀신을 향해 카메라를 휘둘렀다. 퍽 소리가 들렸지만 끄떡도 하지 않았다. 대신에 억센 손이 내 목을 졸랐다. 코와 입으로 물이 쏟아져 들어왔다.

아아아아아아.

물귀신이 내는 소리를 들으며 발버둥을 쳤다. 귓가에 차가운 숨결이 느껴졌다. 숨이 막혔다. 이번에야말로 죽는다. 그 생각과 거의 동시에 물귀신을 향해 셔터를 눌렀다. 죽음 직전에 내가 할 수 있는 유일한 일이었다. 찰……각. 빛이 턱없이 부족한 탓에 카메라는 아주 천천히 소리를 냈다. 목구멍까지 차오르는 물에 숨을 헐떡이며 나는 마지막까지 버티던 정신을 내려놓았다. 카메라가 손에서 툭, 떨어졌다. 암흑이 찾아왔다.

나는 읍내 사진관까지 혼자서 걸어갔다. 외할머니와 장에 갔을 때 봐둔 곳이었다. "사진 현상 30분 완성". 검은색 새시 문에는 분명 그런 종이가 붙어 있었다. 이른 아침이었다. 읍내까지 걸어갔다 오려면 족히 세 시간은 걸리겠지만 친구들 중 누구에게도 이야기하지 않았다.

이건 혼자서 처리할 일이었다. 내 목에는 작고 낡은 은색 니콘 카메라가 걸려 있었다. 아지트에서 친구들 사진을 찍은 후에는 아예 손도 안 대고 책상에 가만히 올려놓기만 했다. 혹시라도 잘못 건드렸다가 사진을 망쳐버리지 않게.

외할머니 지갑에서 천 원짜리 몇 장을 몰래 빼 왔다. 사진 현상이라는 게 도대체 어느 정도 돈이 드는 일인지 짐작도 가지 않았다. 어쩌면 어마어마한 돈을 요구할지도 모른다. 털이 북슬북슬 난 사진관 주인이 내가 건넨 지폐를 북북 찢으며 이 따위 푼돈으로는 턱도 없다고 쫓아낼지도 모른다. 나는 간밤 내내 그런 이상한 꿈에 시달렸다.

사진관 주인은 지극히 평범하게 생긴 아저씨였다. 털북숭이도 아니었고 조금이나마 기대했던 빵모자를 비뚜름하게 쓴 멋쟁이도 아니었다. 나는 아저씨를 향해 카메라를 내밀었다.

"멋진 놈이구나."

아저씨는 부드러운 눈빛으로 카메라를 바라봤다.

"아빠가 주셨어요."

"멋진 카메라를 고를 줄 아는 사람은 분명 멋쟁이지."

"현상해주세요."

나는 아빠에 대한 칭찬을 듣는 게 좋았지만 흥분하고 긴장한 탓에 여유가 없었다.

"사이즈는?"

"네?"

"어떤 크기로 뽑아줄까?"

예상치 못한 질문이었다. 나는 솔직하게 고백할 수밖에 없었다.

"전 잘 몰라요. 그냥 찍었어요. 제대로 찍었는지 확인하고 싶어요."

아저씨는 나를 잠시 바라본 후 슬쩍 고개를 끄덕였다.

"삼십 분만 기다려라."

기다리는 동안 사진관에 걸린 수많은 사진들을 찬찬히 구경했다. 빛과 어둠, 사람과 자연이 만들어낸 환상적인 작품들은 내 정신을 빼놓기에 충분했다. 사진들 하나하나가 내게 말을 걸어오는 것 같았다.

"다 됐다."

삼십 분은 순식간에 지나갔다. 나는 아쉬운 마음을 애써 달래며 아저씨에게 다가갔다. 아저씨는 안경을 고쳐 쓰며 얼굴을 살짝 찡그렸다.

"쓸 만한 사진이 없더구나. 몇 장 찍지도 않았는데 그나마 노출이 너무 많이 되어서 전부 날아가버렸어. 나머지는 전부 초점이 엇나갔고."

무슨 말인지 알아들을 수는 없었지만 이해는 했다. 한마디로 우라질 상황인 것이다.

"하지만 딱 한 장, 이건 제법 괜찮더라."

아저씨는 그렇게 말하며 사진 한 장을 내밀었다. 가장 마지막에 찍은 사진이었다. 배고프다는 길태의 말에 모두 웃음을 터뜨렸을 때 찍은 사진. 사진 속 친구들은 모두 환하게 웃고 있었다. 길태의 표정은 우스꽝스러웠고 유민은 순해 보였다. 명자는 미치도록 귀

여웠다. 창현의 얼굴에도 어른스러운 표정이 사라져 아이 그대로
의 순수한 웃음이 떠올라 있었다.

"어때, 마음에 드니?"

나는 고개를 끄덕였다. 내가 찍은 첫 번째 사진 속 주인공이 가
장 사랑하는 친구들이라는 사실이 무엇보다 마음에 들었다. 아마
그때부터였으리라. 어렴풋이나마 사진 찍는 사람이 되고 싶다고
생각했던 건.

나는 사진을 아저씨가 준 봉투에 넣어 집으로 들고 왔다. 당장
이라도 독수리 오형제에게 보여주고 싶었지만 내게는 더 근사한
계획이 있었다.

"이제 생각났어! 나 타임캡슐에 사진을 넣었어."

나는 벌떡 일어나며 외쳤다. 형광등 불빛이 눈을 찔렀다. 잠시
상황 파악이 되지 않았다. 내 의식의 절반은 아직도 1991년의 여
름날에 머무는 중이었다. 니콘 카메라, 오래된 사진관, 그리고 사
진…….

"너 괜찮아?"

눈앞에 길태의 커다란 얼굴이 쑥 들어왔다. 뭐야, 이 녀석. 왜
이렇게 아저씨가 됐어?

"정신 차려봐. 정말 괜찮은 거야?"

이번에는 명자였다. 세상에 파마를 했잖아! 나는 주위를 둘러봤
다. 창현과 길태, 명자와 남 법사가 걱정스러운 얼굴로 나를 바라
보고 있었다. 그제야 슬금슬금 정신이 돌아왔다.

"물귀신은?"

제일 먼저 그 말이 튀어나왔다.

"도망쳤어. 아깝게 놓쳤지."

길태가 말했다. 내가 정신을 잃은 사이 뭔가 엄청난 일이 벌어진 모양이었다.

"어떻게 됐어? 명자 넌 괜찮아?"

명자는 다행히 옷을 입고 있었다. 남 법사가 말했다.

"방에 있는데 갑자기 이상한 기운이 느껴진다 싶더니 곧 유민이 녀석이 찾아왔지. 나도 모르는 새에 네게 녀석의 말을 전한 거야. 그러곤 잠시 정신을 잃었다 깨어나보니 펜션 전체가 캄캄하더구나."

"우리도 정전이 돼서 깜짝 놀랐어. 무슨 일이 생긴 건가 싶어 복도로 나가려는데 아무리 해도 문이 열리지 않더라고."

길태가 말했다.

"내가 부르는 소리는 못 들었어?"

"전혀. 오히려 우리가 너랑 남 법사님, 명자를 불렀는데도 아무 대답이 없어 큰일났다 싶었어."

우리는 모두 물속에 갇혔던 것이다. 솥뚜껑 속에.

"난 샤워를 하고 있었는데 불이 꺼져서 오빠들 중 누가 장난치는 줄 알았어. 근데 갑자기 한기가 느껴지는 거야. 그다음에는 숨 쉬기가 힘들어지고 머리가 핑 돌았어."

명자가 물귀신을 보지 못한 건 어쩌면 다행이었다.

"나는 정신을 차리자마자 2층으로 뛰어 올라갔지. 명자가 위험하다는 건 나도 알고 있었다. 곧바로 명자 방으로 가는데 마침 문이 부서지면서 이놈들 둘이 뛰어나오더구나."

"소화기로 때려 부쉈거든."

아무튼 대단한 길태였다. 그후의 상황은 각자의 목격담과 경험담이 미묘하게 엇갈렸다. 제일 먼저 뛰어든 길태는 어둠 속에서 무언가가 창문을 통해 도망치는 걸 봤다고 했고, 남 법사는 나와 명자에게 부적을 붙이느라 아무것도 보지 못했다고 했다. 창현은 명자와 내게 인공호흡을 하느라 정신이 없었다.

"조금이라도 늦었다면 너희 둘 다 큰일날 뻔했다."

남 법사가 마무리를 지으며 말했다.

"이걸로 몇 가지 알게 된 건 물귀신의 조종을 받고 있는 인물은 우리를 노리고 있다는 거야. 하지만 생각보다 허술하지. 벌써 세 번째 실패한 거니까. 남 법사님 말처럼 아직 물귀신이 완전히 빙의하지 못해서 그럴 수도 있겠지만 의심스러운 구석도 있어."

창현이 말했다.

"거기에 한 가지 덧붙일 사실이 있어. 그 인간은 남자야. 그리고 아마 이마에 상처가 있을 거야."

나는 조용히 입을 열었다. 캐논 DSLR의 보디는 아주 단단하다. 더 세게 휘둘렀다면 상처가 아니라 커다란 구멍을 낼 수도 있었을 것이다. 물귀신의 형상이었다면 가차없이 휘둘렀을지도 모르지만 사람이라는 사실을 눈치채자마자 나도 모르게 힘을 뺐다. 그런 생각이 스치고 간 순간, 머릿속에 한 가지 가설이 불쑥 떠올랐다.

혹시 그놈도 우리를 일부러 살려준 게 아닐까?

3
1991년의 여름 ⑥

우리는 유민의 교실로 뛰어들어갔다. 방학이지만 문은 잠겨 있지 않았다. 정말 다행이었다. 유민의 상태도 걱정이었지만 우리 역시 말도 못 하게 지쳐서 금방이라도 쓰러질 것 같았다. 쫄딱 젖은 몸이 덜덜 떨렸다.

"너희들은 빨리 물건을 찾아보거라."

남 법사는 유민을 교실 바닥에 눕힌 뒤 녀석의 주위로 동그랗게 무언가를 뿌리기 시작했다.

"저게 뭐야?"

"팥."

내 물음에 음식 전문가인 길태가 대답했다. 나는 남 법사의 진지한 표정과 어딘지 모르게 비장해 보이는 분위기에 할말을 잃고 바라볼 뿐이었다. 남 법사는 길태의 대답처럼 팥으로 유민의 주위에 커다란 원을 만든 후 자신도 그 안에 들어갔다. 그러고는 부적을 꺼내 유민의 상하좌우 바닥에 한 장씩 붙였다.

"이것 좀 잡고 있거라."

멍하니 서 있던 내게 남 법사가 불쑥 손을 내밀었다. 커다란 방울이었다. 손잡이 끝에는 색색의 끈이 달려 있었다. 나는 한발 물러섰다.

"내가 손이 없어서 그런다. 넌 이걸 잡고만 있어. 그러다가 흔들라면 흔들고."

남 법사는 다짜고짜 방울을 안겼다.

"여기, 여기 있어요."

다른 녀석들이 유민의 물건을 잔뜩 들고 왔다. 교과서, 공책, 필통, 딱지, 새총, 고무줄 총, 가위, 풀, 또 종이비행기와 만화책까지 좁은 서랍에 다 들어 있었다고는 믿기지 않을 만큼 많은 것들이 바닥에 쌓였다.

"뭐가 이렇게 많으냐?"

남 법사는 살짝 당황한 얼굴이었다. 그때 명자가 소리쳤다.

"오빠가 이상해!"

유민이 몸을 부들부들 떨었다. 등을 활처럼 휘더니 눈을 번쩍 뜨고 허공을 노려봤다. 검은자위뿐이었다. 벌어진 입에서는 물이 줄줄 새어 나왔다. 손가락으로 마룻바닥을 박박 긁어댔다.

"시간이 없다. 서두르자."

남 법사는 유민의 물건들 중 몇 개를 집어 들더니 무릎을 꿇고 앉았다. 어느새 한 손에는 내게 준 것보다 조금 작은 방울을 들고 있었다. 유민이 몸을 뒤틀 때마다 우리를 위협했던 차갑고 서늘한 기운이 교실에 차올랐다. 부적이 금방이라도 떨어질 것처럼 펄럭거렸다.

"지금부터 내가 하는 이야기를 잘 들어라. 내가 주문을 외면서 요 녀석의 물건을 하나하나 들이밀 거야. 아무 소용도 없으면 너희들이 재빨리 다른 물건을 내게 건네줘야 한다. 알았지? 그리고 넌 그걸 좆 빠지게 흔들어라. 그래야 물귀신이 결계 밖으로 못 나가니까!"

남 법사는 빠르게 말한 후 주문이라는 걸 외기 시작했다. 도무지 무슨 말인지 알아들을 수 없었다. 그러면서 방울을 흔들었다. 나도 좆 빠지게, 아니 우라지게 방울을 흔들었다. 팔다리를 허우적거리며 발버둥을 치는 유민의 모습은 꼭 물에 빠진 사람 같았다.

"이 사악하고 요망한 것, 어서 나오지 못할까!"

교실이 떠나가라 소리를 치며 남 법사가 유민의 교과서를 앞으로 쑥 내밀었다.

"네가 이겨내야 해! 네 속으로 비집고 들어오려는 그년을 네가 밀어내야 한다!"

이번에는 유민에게 한 말이었지만 아무런 소용이 없었다. 만약 내가 유민이라고 해도 고작 교과서 따위에 혹하지는 않을 것 같았다. 그것도 우라질 '산수'에.

"이거요. 이걸로 해보세요."

창현 역시 같은 생각이었는지 남 법사에게 새총을 건넨다. 하지만 별 효과가 없었다. 유민은 더 격렬하게 버둥거렸다. 유민의 입에서 뿜어져 나온 물이 공중으로 올라가 뱅글뱅글 소용돌이쳤다. 차갑고 끈적끈적한 물방울이 우리에게 쏟아져 내렸다. 소용돌이는 점점 커졌다. 모든 걸 빨아들였다. 오른쪽 바닥의 부적이 휙 날아올라 갈가리 찢겨 나갔다. 산수 교과서도 같은 꼴을 당했다.

"여기는 네가 있을 곳이 아니다. 어서 솥뚜껑으로 돌아가라!"

남 법사는 품안에서 또 다른 부적을 꺼내 소용돌이를 향해 던졌다. 화살처럼 날아간 부적이 소용돌이의 중심에 부딪히자 커다란 원이 잠시 주춤했다. 내 눈에는 그렇게 보였다.

남 법사가 다급하게 말했다.

"빨리 다른 물건을 줘봐라. 이 녀석을 깨울 만한 거. 제일 소중한 게 뭐가 있냐?"

"지금 찾고 있어요!"

창현은 물건 더미를 마구 뒤졌다. 없었다. 물귀신의 마수에서 녀석을 구해낼 만한 기똥찬 물건 같은 건 내 눈에도 보이지 않았다. 그 순간 유민이 상체를 일으켰다. 단지 그뿐이었는데도 엄청난 바람과 함께 남 법사가 뒤로 날아갔다. 유민의 얼굴에 처음으로 표정이 나타났다. 미소였다. 그 여자, 키 큰 여자가 짓던 서늘하고 소름 끼치는 미소.

너희들도. 같이 가자.

유민, 아니 물귀신이 말했다.

가서 같이 놀자.

비명을 지르고 싶었다. 유민은 완전히 몸을 뺏겨버린 것 같았다. 소용돌이가 점점 거세졌다. 눈도 뜨기 힘들었다.
"썩 물러가라!"
힘껏 외치긴 했지만 남 법사의 얼굴에도 절망의 빛이 서렸다.

안 돼! 얘는 내 거야! 소원을 들어줬잖아. 죽여달라고 했잖아!

물귀신이 소리를 질렀다. 유민의 얼굴이 무섭게 일그러졌다. 이젠 끝이다! 정말로 끝장났다. 독수리 오형제는 결국 지고 만 것이다. 온몸에서 힘이 빠져나갔다. 모두가, 심지어는 남 법사마저 포기하고 있던 바로 그 순간에 창현이 움직였다. 녀석은 소용돌이가 휘몰아치는 결계 안으로 힘겹게 들어갔다.
"안 돼!"
나는 소리를 질렀다. 죽고 말거야. 몸통 가득 물이 차서 유민이 아빠처럼, 두칠이 할머니처럼, 동철이 엄마처럼 죽고 말 거야!
"유민아, 힘을 내."
창현이 말했다. 아주 조용하게. 너무 작고, 또 너무 편안한 목소리라 마치 평소에 우리가 어울려 놀던 때 같았다. 유민이 나무에 못 올라 쩔쩔매거나 산길에서 힘들어할 때면 창현은 손을 내밀며 늘 말했다.

힘내.

힘내, 유민아.

어느새 길태와 명자도 창현의 뒤에 서 있었다. 나도 무언가에
이끌리듯 결계 안으로 들어갔다. 유민의 눈빛이 달라졌다. 얼음처
럼 단단하던 표정이 슬며시 풀렸다.

"이유민! 우리 뽑기하러 가기로 했잖아."

길태였다.

"오빠, 나도 총 만들어준다며."

명자는 울고 있었다. 우리 모두 울었다. 철가면 창현까지도. 이
대로 유민을 뺏길 수는 없었다. 유민은 영원한 광선리 독수리 오
형제였고, 제일 소중한 친구니까. 그래, 우리는 친구였다.

"네가 솥뚜껑으로 가버리면 나도 따라갈 거야!"

내가 말했다. 진심이었다. 어느 때보다 절실했다. 유민이 다시
몸부림쳤다. 하지만 이번에는 무언가 달랐다. 눈빛이 돌아왔다.
착하고 순해빠진 눈이 우리 한 명 한 명을 바라봤다. 나는 깨달았
다. 녀석에게 제일 소중한 건 새총 따위가 아니라 우리였다.

"됐다! 바로, 바로 지금이 기회야."

남 법사도 알아차린 모양이었다. 재빨리 앞으로 튀어나오더니
유민의 가슴에 부적 한 장을 붙였다.

안 돼! 싫어!

물귀신이 마지막 발악을 했다. 소용돌이가 더욱 거세졌고 그 안

에서 온갖 비명과 울음이 터져 나왔다.

"이유민!"

우리 넷은 마치 짜기라도 한 것처럼 동시에 유민의 이름을 불렀다. 그것으로 끝이었다. 유민의 입에서 액체 형태의 흐물흐물한 무언가가 빠져나왔다. 머리부터 천천히. 키 큰 여자였다. 보는 것만으로도 속이 거북해지는 장면이었다. 그러나 눈을 돌릴 수는 없었다. 우리 한 사람 한 사람의 응원이 유민에게 큰 힘이 된다는 사실을 알았으므로.

유민에게서 완전히 빠져나온 물귀신이 우리 앞에 우뚝 섰다. 그렇게 가까이서 보기는 처음이었다. 교실 천장에 닿을 것처럼 키가 컸다. 온몸에서 물이 흘러내렸다. 눈알은 없었지만 분노와 원망에 차서 우리를 노려보고 있다는 것쯤은 알 수 있었다. 우리는 천천히 뒤로 물러났다. 발밑에서 팥알이 구르는 게 느껴졌다.

"결계! 방울!"

남 법사의 외침이 들리고 나서야 내가 방울 흔들기를 멈췄다는 사실을 알았다. 재빨리 손을 들었지만 방울이 깨져버렸다. 물귀신은 팔을 휘둘렀을 뿐이었는데 나는 겁에 질려 엉덩방아를 찧었다.

싫어!

물귀신이 끔찍한 비명을 질렀다. 우리는 나가떨어졌다. 팥도, 부적도 모두 저만치 날아갔다. 키 큰 여자는 다시 유민을 바라봤다. 아직 포기하지 않았다! 막을 방법이 없었다. 유민은 멍한 얼굴로 앉아 있을 뿐이었다.

"도망쳐!"

창현이 소리쳤지만 이미 늦었다. 키 큰 여자가 유민을 향해 허리를 숙였다. 그때 내 손 끝에 무언가가 닿았다. 고무줄 총이었다. 한 번에 다섯 개의 고무줄이 발사되는 멋진 놈. 게다가 그냥 노란 고무줄이 아닌 두껍고 질긴 회색 고무줄이 장전돼 있었다. 나는 생각할 겨를도 없이 고무줄 총을 들어올렸다. 뭐라도 해야만 했다. 물귀신을 향해 총을 발사했다.

픽, 하는 작은 소리가 너무도 크게 들렸다. 정면으로 날아간 다섯 개의 고무줄은 물귀신을 정확히 때렸다. 물귀신은 멈칫하더니 나를 바라봤다. 바짓가랑이가 뜨뜻해졌다.

"잘했다!"

찰나의 순간, 남 법사가 몸을 날리며 부적 한 장을 물귀신의 등에 직접 붙였다. 불에 데이기라도 한 것처럼 키 큰 여자가 몸부림을 쳤다.

"한 장으로는 부족해. 한 장 더……."

남 법사가 그렇게 말하며 주머니를 뒤지고 있을 때였다. 물귀신이 나를 향해 손을 쭉 뻗었다. 숨이 막혀왔다. 눈앞이 빙글빙글 돌았다. 콧속이 매웠다. 차갑고 구역질나는 느낌이 온몸을 더듬었고 악취가 진동했다. 목구멍 속으로 물이 밀려들었다. 물귀신의 뻥 뚫린 눈알 구멍이 바로 앞에서 깊고 깊은 어둠을 쏟아냈다. 그 여자의 입이 보였다.

같이 놀자……

물귀신이 속삭였다. 순간 내 기억 속에는 없던 몇 가지 장면이 머릿속에 빠르게 지나갔다. 정신이 온전치 못한 여자, 유독 키가 커서 놀림받던 여자, 외롭게 살아가던 여자, 술래잡기, 솥뚜껑, 그리고 물에 빠져 고통과 원망 속에 죽어가는…….

갑자기 숨구멍이 열렸다. 나는 물을 토해냈다. 눈물이 줄줄 흘렀다. 머리가 깨질 듯 아팠다. 간신히 눈을 들어 앞을 바라봤다. 물귀신의 가슴에 부적이 붙어 있었다.

한 장으로는 부족해.

남 법사가 했던 말이 떠올랐다. 이제 두 장이 되었다. 가슴과 등. 물귀신은 괴로움에 몸부림치며 소리를 지르기 시작했다. 검은 머리카락이 한 올 한 올 살아 있는 것처럼 공중으로 뻗쳤다. 교실 창문이 산산이 깨졌다.

"이제 어떻게 하죠?"

창현의 목소리가 어렴풋이 들렸다. 내 의식의 반은 여전히 물귀신과 닿아 있었다.

싫어! 외로워! 다 죽이고 싶어! 밖으로, 밖으로! 여긴 너무 추워!

물귀신이 몸을 비틀며 기기 시작했다. 나는 그제야 온전히 정신을 차릴 수 있었다.

"틀림없이 솥뚜껑으로 도망칠 게다. 거기에 봉인해야 돼."

남 법사의 말이 떨어지기가 무섭게 키 큰 여자가 움직이기 시작했다. 팔과 다리를 이용해 벌레처럼 빠른 속도로 기어서 교실을 빠져나갔다.

학교를 빠져나와 마을을 가로질러 솥뚜껑으로 올라가는 뒷산 바로 아래에서 모두 멈춰 섰다. 물귀신은 보이지 않았다.

"진짜로 솥뚜껑으로 돌아갔을까요?"

창현이 물었다.

"틀림없다. 내가 붙인 부적 두 개는 퇴마 부적 중에서도 가장 강력한 것이다. 어마어마하게 비싸지. 웬만한 귀신들은 다 도망치게 돼 있어. 그리고 이년이 도망갈 곳이라고는 솥뚜껑밖에 없지!"

어마어마하게 비싼 부적을 우리를 위해 기꺼이 사용해준 남 법사에게 어떤 식으로 감사를 표현해야 할지 망설이는 사이 창현이 다시 움직였다.

"좀 쉬었다 가자."

길태가 울상을 지었다. 이번에야말로 나도 동감이었다. 특히 길태가 장기 공복 상태라는 점을 감안한다면 더없이 적절한 제안이었다.

"빨리 해치워버리고 떡볶이 사 먹자."

창현이 말했다.

"알았어!"

길태는 들소처럼 달려 올라갔다. 우라질. 나는 억지로 다리를 움직였다. 창현과 길태, 명자는 벌써 산속으로 사라졌다.

"힘드냐?"

남 법사가 나를 물끄러미 바라보며 물었다. 본인 얼굴에도 힘들다는 표정이 씌어 있었다.

"왜 이렇게 열심히 우리를 도와주세요?"

내가 물었다.

"이번에는 잃고 싶지 않으니까. 실패하고 싶지 않으니까."

알쏭달쏭한 말을 남긴 채 남 법사 역시 산으로 올라갔다. 나는 힘겹게 뒤를 따랐다. 하루 종일 물놀이를 한 것처럼 온몸이 나른했다. 물귀신이고 뭐고 더이상 못 가겠다는 생각에 주저앉으려는 찰나 손 하나가 쑥 다가왔다. 창현이었다.

"이제 마지막이야. 힘내자."

나는 창현의 부축을 받으며 질척질척한 산길을 올라갔다. 문득 우리가 처음으로 이 길을 걸었던 순간이 떠올랐다. 아득히 먼 옛날처럼 느껴졌다. 사실은 방학 얼마 전이었다. 그때는 이런 모험이 펼쳐질지 상상조차 하지 못했다.

그후로도 몇십 분, 내 체감으로는 몇 시간 정도를 걸어서 드디어 솥뚜껑에 도착했다. 물귀신을 불러낸 뒤로 처음이었다.

"소리가 들리는구나."

먼저 도착한 남 법사가 솥뚜껑을 바라보며 흥분한 듯 말했다.

"무슨 소리요?"

명자가 물었다.

"귀신들이 울부짖는 소리. 광선리에 왔을 때부터 내내 이 소

리가 거슬렸다. 큰일도 엄청난 큰일이 나겠다 싶었지. 그리고 결
국……."

"그 여자가 다시 저수지 속으로 들어간 건가요?"

쓸데없는 질문이었다. 솥뚜껑을 둘러싼 짙은 어둠과 차가운 바
람, 무엇보다 소용돌이치는 저수지 물이 그 사실을 똑똑히 알려줬
다. 물귀신이 고통과 분노로 몸부림치고 있다는 것을.

"젊은 여자였어요. 물귀신 말이에요. 좀 모자란, 그래서 늘 놀
림받던 여자."

나는 머릿속에 떠올랐던 이미지를 설명하려고 애썼다. 잘되지
않았다. 생각하는 것만으로도 몸이 떨렸고 뒤통수에 끔찍한 통증
이 느껴졌다.

"무슨 사연인지는 모르겠지만, 그 여자는 그저 껍데기뿐일지도
모른다. 오랫동안 저 빌어먹을 저수지에 쌓이고 쌓인 분노와 악의
가 똘똘 뭉쳐서 그 여자의 속에 깃들었을 거다. 아마 많은 사람들
이 빠져 죽었겠지."

남 법사는 솥뚜껑을 향해 눈을 감고 합장을 했다.

"자, 빨리 움직이자."

우리는 남 법사의 지시에 따라 부적을 가늘게 말아 꼬아서 방울
에 맸다. 그러고는 솥뚜껑을 둘러싼 나무들에 매달았다.

"아무나 손댈 수 없도록 가능한 한 높은 곳에 달아야 한다."

덕분에 창현과 명자는 수도 없이 나무에 올라야 했다. 몸무게와
피로 때문에 도움이 될 수 없었던 길태와 나는 부적 달린 방울 제
작에 힘을 쏟았다.

"됐다. 이제부터 내 차례구나."

본인의 표현대로 솥뚜껑 주위를 결계로 틀어막은 뒤 남 법사는 마지막 남은 부적 한 장을 들고 물가에 섰다. 그때까지도 저수지는 살아 있는 것처럼 출렁이며 악을 쓰고 있었다.

남 법사는 주문을 외기 시작했다. 단조롭고, 어떻게 들으면 슬픈 노래 같기도 한 주문이었다. 주문이 계속될수록 솥뚜껑은 점점 잔잔해졌다. 마치 자장가 같았다. 어느새 비가 그쳤다.

남 법사가 말했다.

"휘이, 이제 이곳에서 편히 쉬어라."

그가 남은 부적 한 장을 높이 치켜들자 신기하게도 저절로 불이 붙었다. 남 법사는 부적을 놓았다. 불붙은 부적은 바람을 타고 솥뚜껑 가운데까지 날아가서는 재가 되어 가라앉았다. 소용돌이가 멈췄다. 우리를 둘러쌌던 서늘하고 오싹한 기운 역시 사라졌다. 한여름의 뜨거운 태양이 금세 우리 몸을 달구기 시작했다.

"이제 끝난 건가요?"

내가 물었다.

"그래, 많은 사람들이 희생되긴 했지만."

명자가 주저앉으며 울음을 터뜨렸다. 나도 눈물이 쏟아졌다. 슬프고 겁이 났지만 마음은 개운했다. 오줌을 싼 바지가 빠르게 말라간다는 것도 다행이라면 다행이었다.

"이제 절대 못 돌아오는 거죠?"

창현이 남 법사를 향해 물었다. 녀석은 여전히 긴장을 풀지 않고 있었다.

"그럴 거다. 누가 일부러 결계를 깨뜨리고 다시 물귀신을 불러내지 않는 한은."

남 법사가 쉰 목소리로 대답했다.

4
용의자들

    광선리에서의 우라질 사흘째 아침이 밝았다. 나는 침대에서 일어나는 것조차 힘들었다. 그러나 일어나야 했다. 내 침대가 아니었으니까. 옆에서는 명자가 세상모르게 자고 있었다. 명자가 고른 숨을 쉴 때마다 어깨가 오르내렸다. 지난밤이 떠올랐다. 아무 일도 없었다. 아침에 잠에서 깨어 명자의 몸에서 풍기는 달큰한 냄새를 맡으며 멍하니 천장을 바라보고 있을 때는 잠시 후회가 되기도 했지만 어쨌든 아무 일도 없었고, 다행이었다.

    전날 밤 물귀신의 습격은 몸과 마음에 큰 상흔을 남겼다. 자는 내내 악몽에 시달렸던 것이다. 나는 소용돌이로 빨려 들어가는 중이었고 나선형의 가운데에 빼빼 말라서 뼈마디가 툭 튀어나온 손이 삐져나와 있었다. 꿈은 조각조각 이어졌다. 검게 변한 물 위에 죽은 물고기들이 둥둥 떠 있는 모습도 겹쳐졌다. 끝을 알 수 없는 분노와 슬픔도 느껴졌다. 안타까움과 죄책감, 그 모든 것들이 광기와 뒤섞여 꿈속으로 파고들었다.

결국 나는 새벽에 눈을 떴다. 비명을 질렀다고 생각했으나 옆 침대의 창현이 조용한 걸 보니 그것마저도 꿈속의 일인 모양이었다.

대신 다른 곳에서 비명이 터져 나왔다. 창현을 깨울 새도 없이 얼른 복도로 뛰쳐나가 명자의 방 앞에 섰다. 짧은 비명 이후 금세 잠잠해졌다. 나는 조용히 노크를 했다.

"나야, 괜찮아?"

잠시 후 방문이 열렸고 화장기 없는 민낯의 명자가 울어서 퉁퉁 부은 눈으로 나를 맞이했다. 낮에 마트에서 산 게 분명한 티셔츠에 짧은 반바지 차림이었다.

"비명이 들려서……."

"무서운 꿈을 꿨어."

명자가 물기 어린 목소리로 말했다.

"나도 악몽 때문에 깼어. 괜찮으면 잠시 들어가도 될까?"

명자는 조용히 고개를 끄덕였다.

"혼자 있으니까 더 무섭겠다."

말없이 침대에 걸터앉아 있다가 한참 만에 내가 입을 열었다. 불을 환하게 켜놓았지만 방안은 어두웠다. 창문을 통해 보이는 바깥 풍경 역시 음울하고 컴컴했다.

"태풍이 오고 있다나 봐. 이쪽 지역을 관통할지도 모른대. 먹구름이 잔뜩 끼었어."

내 시선을 눈치채고 명자가 말했다.

"물귀신에 태풍이라, 최악의 조합이군."

"고마워."

"뭐가?"

"오빠가 날 구해줬잖아. 오빠가 아니었음 난 지금쯤 유민 오빠랑 이야기하고 있겠지."

그렇게 말한 명자는 미소를 지었지만 입꼬리가 살짝 떨렸다. 죽음의 문턱에서 겨우 살아난 사람 특유의 미소였다.

"유민이가 도와준 거야. 녀석이 경고해주지 않았다면 진짜 큰일이 벌어졌겠지."

"유민 오빠가 우릴 지켜보고 있는 걸까?"

녀석은 벌써 두 번이나 우리를 도와줬다. 창현과 명자.

"물귀신이 사람을 죽이면서 돌아다니니 그 녀석도 어딘가 우리 가까이에 있지 않을까."

말을 마치자마자 감당할 수 없는 그리움과 슬픔이 밀려왔다. 명자의 눈에도 눈물이 고였다. 우리는 자연스럽게 서로를 껴안았다. 함께 사선을 넘은 두 사람이 저 너머의 친구를 그리워하며 나눈, 말 그대로 위로의 포옹이었다.

"그 인간, 정체가 뭘까?"

위로의 시간은 너무 짧았다. 명자는 내게서 떨어지며 물었다.

"물귀신을 불러낸 사람? 정체는 짐작도 안 가지만 한 가지 확실한 건 그 인간이 화가 나 있다는 거야."

"맞아, 꿈을 꾸는데 물귀신이 아니라 그 사람의 감정이 생생하게 느껴졌어. 무슨 일 때문인지는 모르겠지만."

명자도 나와 비슷한 꿈을 꾼 것이다. 물귀신과 접촉하게 되면 차디찬 물뿐만 아니라 물 속에 담긴 감정도 꾸역꾸역 밀려 들어오는 모양이었다.

"무슨 일……."

나는 문득 명자의 그 말이 마음에 걸렸다. 그래, 분명 이유가 있을 것이다. 우리가 미친개쓰레기를 없애달라고 물귀신을 불러냈던 것처럼, 정체불명의 남자 역시 뚜렷한 목적을 가지고 그 여자를 초대한 게 틀림없다. 한 가지 생각이 퍼뜩 떠올랐다.

"잠시만."

방으로 돌아가 카메라를 가지고 왔다. 정신을 잃기 작전 나는 분명 셔터를 눌렀고 거기에 무엇이든 찍혀 있으리라는 확신이 들었다. 내 카메라라면 충분히 그러고도 남았다.

"카메라는 왜?"

명자가 의아한 눈으로 바라봤다. 나는 말없이 카메라를 켜서 몇 시간 전에 찍혔을 사진을 재생했다.

"아!"

명자가 한발 뒤로 물러섰다가 되돌아왔다. 그녀의 외마디소리에 담긴 공포만큼이나 내 심장 또한 거칠게 뛰었다. 찍혔다. 피사체를 정확히 잡아내지는 못했지만 어둠에 싸인 넙데데한 얼굴 하나가 화면 가득 떠올라 있었다.

"남자…… 인가? 남자 맞지?"

사진을 유심히 들여다보던 명자가 말했다. 얼굴의 전체적인 윤곽, 특히 하관이 발달한 모습에서 남자라는 사실을 짐작하기란 어려운 일이 아니었다. 나는 다른 곳에 집중했다. 어둠에 녹아든 얼굴 전체가 희미했지만 남자의 한쪽 눈만은 제법 또렷하게 잡혔다. 어쩌면 자동초점이 그곳에 맞았는지도 모른다.

뒤룩. 그 눈이 움직였다. 나와 명자를 향해. 나는 소리를 지르려다가 간신히 참았다. 명자는 눈치채지 못한 모양이었다. 검고 깊은 눈이 어둠 속에 오목하게 박혀 우리를 노려보았다. 눈동자 속에서 무언가가 출렁였다.

"이것 봐."

나는 남자의 눈을 가리키며 사진을 확대했다. 픽셀이 깨지면서 사진은 산산이 분해됐지만 눈 속에 차고 넘치는 그것만은 또렷이 보였다.

"검은 물……. 나 꿈에서 봤어."

명자가 중얼거렸다.

"그래, 바로 그 검은 물이야."

내가 대답했다. 유민의 일기에도 등장했고 우리 꿈에도 이미지가 제법 선명하게 나왔다. 시커먼 물과 허연 배를 내놓은 채 둥둥 뜬 물고기들.

"검은 물이라는 건 아무래도 오염된 물을 말하는 것 같은데 날이 밝으면 그쪽으로도 조사해봐야겠다."

카메라는 꺼버렸다. 계속 보고 있다가는 한숨도 못 잘 게 뻔했다. 나는 죽음에게 단잠을 양보하고 싶은 마음이 조금도 없었다. 카메라를 소파에 던져버린 후 기지개를 켰다. 어쨌든 단서는 잡은 셈이었다. 찾아야 할 것은 두 개, 검은 물과 귀신 들린 남자다.

"오빠가 있으니까 든든하다. 아까는 진짜 무서웠거든."

명자는 하품을 했다.

"사실은 나도 엄청 무서웠어."

우리는 둘 다 풋 하고 웃었다. 둘은 좋다. 두려움도 슬픔도 모두
나눌 수 있으니까.

긴장이 풀리자 그야말로 잠이 폭포수처럼 쏟아져 내렸다. 함께
웃은 뒤에도 분명 몇 마디를 더 나눈 것 같은데 내 기억은 거기까
지가 전부였다. 서로를 바라보며 웃었던 것.

눈을 떠보니 우리는 함께 누워 있었다. 형광등은 여전히 켠 채
로. 형광등 아래 밤새 우리를 지켜봤을 카메라가 소파에 오도카니
앉아 있었다.

명자의 방에서 나오다가 창현과 딱 마주쳤다.

"어딜 갔나 했네."

녀석은 별다른 감정을 드러내지 않았다.

"아무 일도 없었어."

내가 말했다. 말해놓고 보니 웃겼다.

"싱겁긴."

창현도 슬쩍 웃었다. 아무 일도 없었다고 변명하는 내가 싱겁다
는 건지 아무 일 없어서 싱겁다는 건지 알 길이 없었다.

"무섭다고 해서 같이 있다가 나도 모르게 잠이 든 거야."

재차 변명을 했지만 창현은 신경도 쓰지 않았다.

"몸은 어때?"

"그럭저럭. 속이 좀 쓰리긴 하지만."

"그럼 빨리 움직이자. 길태는 벌써 나갔어."

"어딜?"

"건설 회사 쪽이 새벽에 기습적으로 움직였나 봐. 마을 주민들과 대치하고 있다는데 연락받자마자 달려나가더라고."

나는 마을 구석구석 나부끼던 현수막과 살벌한 풍경을 떠올렸다. 물귀신 사건과는 별개로 광선리는 이미 몸살을 앓는 중이었다. 안 그래도 흉흉한데 사람까지 죽어나가니 주민들의 신경은 몹시 날카로워졌으리라.

"그건 그렇고 차도 없는데 무슨 수로 돌아다니지?"

내가 물었다.

"손님이 와 있어."

창현이 묘한 표정을 지어 보이며 말했다.

"손님?"

"응, 나쁜 소식과 비교적 좋은 소식을 하나씩 들고."

창현은 그렇게 말한 후 나를 지나쳐 명자의 방으로 향했다. 나는 남 법사의 방문을 열었다. 예상대로 그는 일어나 있었다. 예상대로 피곤하고 초췌한 표정이었고, 예상하지 못했지만 가부좌를 튼 채 앉아 있었다.

"복도에서 하는 이야기 들었다."

내가 들어서자마자 남 법사가 말했다.

"물귀신의 기운이 점점 강해지고 있어. 게다가 태풍까지 온다는구나. 빨리 해결하지 못하면 상상도 못 할 일이 벌어질 거야."

남 법사는 지그시 눈을 감았다. 나는 어릴 때나 지금이나 이 남자가 미심쩍었다. 실제로 그렇긴 했지만, 어떤 때는 사기꾼 같았고 어떤 때는 엄청난 능력을 지닌 무속인 같았다. 물귀신을 퇴치할 능력을 지닌 사람이 왜 사기꾼 노릇을 하며 살아가는지 그것도 궁금했다.

"뭐 좀 물어봐도 돼요?"

내 말에 남 법사는 슬며시 눈을 떴다.

"넌 꼬마 때부터 날 믿지 않았지."

남 법사가 히죽 웃었다.

"유민이 녀석을 구해주실 땐 진짜로 믿었어요. 그때는, 정말 진심처럼 느껴졌거든요."

"지금은?"

"솔직히 이상하다고 생각하고 있어요. 남 법사님이라면 방에 부적 덕지덕지 붙여놓고 숨어살 수도 있을 텐데 굳이 왜 우리를 돕는 건지. 돈 때문이라면, 미리 말씀드리지만 전 한푼도 없어요."

"돈을 벌자면 여기서 귀신 상대하는 것보다 아줌마들 점 봐주는 편이 훨씬 이득이지."

"그러니까요. 그래서 물어보는 거잖아요."

실없는 웃음이 떠올라 있던 남 법사의 얼굴이 어느새 진지한 표정으로 바뀌었다. 깊게 팬 주름이 비로소 제자리를 찾은 듯, 그 표정은 남 법사의 얼굴을 무척 슬퍼 보이게 만들었다.

"아주 오래전에, 너희들을 만나기도 전에 나는 내 힘만 믿고 자만하다가 한 사람, 아니 두 사람이구나. 어쨌든 누군가를 잃어버렸다."

남 법사가 거기까지 말했을 때 창현이 문을 열고 고개를 디밀었다. 뒤에는 부스스한 얼굴의 명자가 서 있었다.

"대충 준비하고 어서 가자. 아까부터 기다리고 있어."

"그 손님이라는 작자가 도대체 누구냐?"

남 법사는 언제 그랬냐는 듯 원래 얼굴로 돌아왔다. 장난기와 비웃음이 절묘한 비율로 섞인 얼굴.

"김 형사님요."

창현이 대답했다.

"뭐?"

우리 셋은 거의 동시에 소리를 질렀다.

"날이 밝자마자 찾아왔더라고."

"그 느끼한 영감이 왜?"

명자가 물었다.

"어젯밤에 우리를 찾아왔던 둘 중에 한 명, 칠성이가 죽은 채로 발견됐대. 사인은 역시 익사. 칠성이와 마지막으로 만난 게 우리니까 용의자가 된 거지, 우리 모두."

창현이 너무 덤덤하게 말해서 더 심각하게 느껴졌다.

"그게 나쁜 소식이라 치면 비교적 좋은 소식이란 건 뭐야?"

내가 말했다.

"김 형사님이 우리 이야기를 듣고 싶다는 거야. 물귀신 이야기 말이야."

"우라지게 좋은 소식이네."

"이 땡볕에 김 형사 차를 얻어 타고 다닐 수 있다는 것도 좋다면 좋은 일이지."

창현은 말을 끝낸 후 들어왔을 때처럼 불쑥 사라졌다.

"긍정적인 친구를 둬서 얼마나 행복한지 몰라요. 부럽죠?"

남 법사는 아무런 대꾸도 하지 않았다. 대신 얼굴을 찡그리며 몸을 떨었다. 순간 안 좋은 예감이 스치고 지나갔다. 남 법사는 일어나려다 휘청했다.

"어디 안 좋으세요? 몸이 말을 안 듣는다고……."

"쥐가 났어. 다리가 저려."

나는 남 법사를 그대로 둔 채 복도로 나왔다. 역시, 마음에 들지 않아.

"용의자들이구먼. 다들 얼굴이 거칠한 걸 보니 밤사이 꿈자리가 뒤숭숭했거나 살인이라도 한 것 같네. 허허."

우리가 차에 올라타자마자 김 형사는 농담인지 진담인지 모를 말을 던졌다.

"오래 기다리셨죠."

김 형사에게 우호적인 창현이 조수석에 앉았고, 경찰과는 악연이 많은 나머지 셋은 뒷좌석에 끼어 탔다.

"길태 그 자식은 현장으로 갔는가?"

김 형사가 물었다.

"네, 골치 아파질 것 같다고 하면서……."

"골치 아파지겠지. 우리 쪽에서도 출동을 했으니까. 살인 사건에다가 주민들 소요까지, 경찰이 해결해야 될 일이 한두 가지가 아니야."

"살인이야 그렇다 쳐도 도로는 안 뚫으면 되잖습니까?"

내가 말했다.

"공무원의 입장에서 말하자면 이딴 시골 마을이야 어찌되건 공사비용 절약하면서 도로를 뚫는 게 훨씬 좋지. 국도 주변으로 상점도 생길 거고 보상금도 나올 테니 마을 사람들한테도 남는 장사고. 그런데 그냥 이곳에서 쭉 살아온 사람 입장에서 말하자면 다 개소리야. 미친 짓이지. 씹할 놈들."

김 형사는 걸걸한 욕과 함께 출발했다.

"형사님, 그런데 우린 지금 어디로 가는 겁니까?"

남 법사가 공손하게 물었다. 나도 마치 연행되는 것만 같아 영 찜찜하던 참이었다.

"조칠성이가 죽은 사건 현장."

김 형사는 짧게 대답했다.

"우리가 거길 왜 가요? 아시잖아요. 우린 그 인간 죽은 거 하고 아무 관련 없어요."

명자가 발끈했다.

"조칠성은 솥뚜껑에서 익사체로 발견됐어. 뭐, 정확히 이야기하자면 솥뚜껑 바로 아래지만."

김 형사의 한마디에 차 안 공기가 얼어붙었다. 솥뚜껑과 익사체라는 두 단어는 물귀신과 태풍처럼 그야말로 최악의 조합이었다.

"누가 발견했습니까? 새벽에 솥뚜껑에 누가 간 거죠?"

창현이 물었다.

"경찰서로 전화 한 통이 걸려 왔어. 친구가 행방불명이 됐다고. 자기와 헤어져 밤중에 솥뚜껑 쪽으로 올라가는 걸 봤는데 그후에 연락이 안 된다는 내용이었지. 아무리 전화를 해도 안 받는다며 무슨 일이 생긴 걸지도 모르니 꼭 수사를 해달라고 당부하고는 끊었다는 거야. 우리 쪽에서는 제보자가……."

"김정식."

나는 간밤에 우리를 찾아왔던 그 녀석의 얼굴을 떠올렸다.

"그래, 이장의 또 다른 심복이자 너희들의 좋은 친구인 김정식이라 추정하고 있지. 그런데 이 인간 역시 연락이 안 돼. 아무튼 제보자 말투가 하도 간절하고 심각해서 순경 두 명이 새벽에 솥뚜껑을 찾았지. 조칠성은 솥뚜껑으로 올라가는 산기슭에 쓰러져 있었어. 머리는 아래쪽, 그러니까 산 아래를 향하고 있었지. 죽은 상태였고, 역시나 몸안에는 물이 한가득이었지."

"우리는 절대 거기 안 가요. 특히 밤에는."

명자가 말했다. 아무렴, 그렇고말고.

"그건 너희들 사정이고, 우리한테는 조칠성과 제일 마지막에 만났던 걸로 추정되는 인물, 다시 말해서 너희들이 유력 용의자인 셈이지. 게다가 너희들하고 조칠성이 만남을 최 형사가 봤지 뭐냐. 걔는 고지식하기로 유명하거든. 바늘 끝 하나 안 들어갈 놈이야, 아주 그냥."

"그건 공무원으로서의 김 형사님 의견이죠? 그럼 개인적인 의견은 어떻습니까? 누가, 왜 칠성이를 죽였을까요?"

김 형사는 창현을 힐끗 바라봤다. 우리가 탄 자동차는 마을로 들어섰다. 느티나무 아래에는 마을 사람들이 적잖이 몰려 있었다. 흰색 머리띠를 동여매고 가슴에도 "결사 반대!"라 적힌 띠를 둘렀다. 나는 창밖으로 카메라를 내밀어 사진을 몇 장 찍었다. 렌즈를 통해 보는 사람들의 얼굴에는 실제보다 더 큰 절박함이 묻어났다. 자동차는 느티나무를 지나 덤프트럭이 서 있던 곳까지 느리게 달렸다. 낯익은 얼굴들도 보였다. 식당과 공장에서 마주쳤던 용역들. 맨 앞에 서서 딱 봐도 공무원인 남자와 이야기를 나누는 만식. 그들의 모습도 카메라에 담았다.

　"일종의 무력시위지."

　묵묵히 운전만 하던 김 형사가 입을 열었다.

　"공사 허가는 났어. 그런데 주민 반발로 진행이 안 된다. 그러면 깨지는 건 담당 공무원이거든. 업체 입장에서도 공사가 시작돼야 자금이 돌 텐데 그게 안 되니까 돌아버릴 지경인 거지. 그래서 깡패 새끼들을 동원한 거고. 그런데 강제로 밀어붙이다가 틀어지기라도 하면 이게 또 곤란하거든. 합의를 한 주민도 있고 안 한 주민도 있으니 무작정 철거를 할 수도 없고. 그러다 보니 저런 식으로 기습적으로 공사 강행 시늉을 하는 거야. 깜짝 놀란 주민들은 시위를 하지. 그게 반복되다 보면 결국 지치는 쪽은 주민들이거든."

　"그래도 계속 반대하면요?"

　명자가 물었다.

　"이미 꽤 오래 끌었어. 다들 인내심이 슬슬 바닥을 드러낼 때지. 조만간 밀어붙일 거야."

"강제로 철거를 하고 공사를 시작한단 말인가요? 그게 가능해
요?"

"이장이라는 작자가 무슨 수를 낼 거야. 주민 투표를 다시 한다
는 이야기도 들리고."

그 이야기를 끝으로 차 안에는 다시 침묵이 맴돌았다. 각자 자
기만의 생각에 빠진 듯했다. 나는 광선리의 아름다운 풍광을 바라
봤다. 하늘 가득 먹구름이 펼쳐져 어두운 그림자가 드리워지긴 했
지만 푸르른 초목의 싱싱함을 막지는 못했다.

"다 왔네."

김 형사는 솥뚜껑으로 올라가는 산기슭에 차를 세웠다. 바로 어
제 오전에 우리가 차를 댔던 곳이다.

"아직 답을 안 해주셨어요."

차에서 내리려는 김 형사를 향해 창현이 말했다.

"그것참 끈질기네. 내가 너희를 진짜 용의자라 생각했으면 혼자
서 여기 끌고 왔겠냐? 이건 최 형사 그 고집불통도 모르는 일이야.
그러니 어서 내려."

태풍이 오건 말건 날씨는 우라지게 더웠다. 습도까지 높아 조금
만 움직여도 숨이 턱턱 막혔다. 다행히 조금만 걸어 올라가자 조
칠성이 죽은 현장이 나왔다. 나무들 사이에 노란색 경찰 통제선을
둘러친 상태였다.

우리는 말없이 현장을 바라봤다. 딱히 할말이 떠오르지 않았다.

친구의 죽음이었으나 별다른 감정도 느껴지지 않았다.

"아직 이 사건은 알려지지 않았어. 곧 소문이 돌겠지. 벌써 네 명이나 의문의 죽음을 당했다는 게 드러나면 언론도 금방 달려들 거야. 경찰 안에서도 난리가 났어. 아마 너희들과 한가롭게 돌아다니는 것도 이번이 마지막일 거다."

김 형사는 담배를 하나 꺼내 들고는 근처 바위에 걸터앉았다. 명자가 말없이 손을 내밀었다. 김 형사 역시 아무 소리 않고 담배를 건네주었다.

"왜 우리를 여기까지 끌고 온 겁니까?"

내가 물었다. 김 형사는 담배 연기를 길게 뿜어내더니 나를 향해 고개를 돌렸다.

"한번 솔직히 이야기를 해보려고. 또 보여줄 것도 있고."

"경찰에서는 이번 사건에 대해 어떻게 생각하고 있습니까?"

창현이 물었다.

"연쇄살인이다 아니다 말이 많아. 만약 살인이면 누가 어떤 방법으로 인간의 몸속에 물을 가득 넣어 죽였는가도 골치 아픈 문제고. 증거도 없고, 목격자도 없어. 그래서 앞뒤로 꽉 막힌 상태지."

"혹시 그때 이야기를……."

"했지, 했고말고. 나 같은 노땅이 이십오 년 전에도 이런 빌어먹을 사건이 있었다고 아무리 떠들어봤자 누가 들어주겠나. 귀기울여주는 건 최 형사밖에 없어. 고집불통이긴 해도 예의는 꽤 바르거든."

김 형사는 담배를 바위에 비벼 끄더니 가래침을 뱉었다. 경찰

통제선 밖이긴 해도 살인 현장 근처에 이렇게 흔적을 잔뜩 남기다니 정말 대책 없는 양반이었다.

"제가 한마디해도 되겠습니까?"

겁먹은 쥐새끼처럼 눈치만 보고 있던 남 법사가 갑자기 말을 꺼냈다.

"말하는 건 자유잖소."

남 법사는 숨을 한번 고른 후 천천히 입을 열었다.

"형사님에게서도 그 여자의 기운이 느껴집니다. 보신 적 있으시죠? 물귀신 말입니다."

김 형사의 눈썹이 꿈틀, 움직였다. 진한 선글라스도, 애써 지어보인 미소도 그의 얼굴에 떠오른 당혹감을 감추지는 못했다.

"완전 사기꾼 양반은 아닌 모양이구먼."

김 형사가 메마른 목소리로 말했다.

"어떻게 된 건지 이야기해주세요."

창현이 말했다.

"그전에 너희들 이야기를 먼저 들어보자. 옛날부터 지금까지 쭉. 그년, 물귀신에 대해 아는 게 있다면 다 털어놔봐."

순간의 정적을 매미 울음소리가 채웠다. 나는 조칠성이 죽어 나자빠진 자리를 힐끗 바라봤다.

"자네가 이야기하지."

남 법사가 창현에게 말했다. 녀석은 당연하다는 듯 바로 고개를 끄덕였다. 그러고는 길고 긴 강의를 시작하려는 강사처럼 목을 한번 가다듬었다.

"우리가 물귀신을 불러냈어요. 이십오 년 전에."

이야기는 오랫동안 계속됐다. 어느 정도였는가 하면, 나는 중간에 살짝 졸다가 앉아 있던 바위에서 미끄러질 뻔했다. 창현의 강의 평가는 안 봐도 눈에 선했다.

창현의 이야기가 끝난 후 김 형사가 혼잣말처럼 중얼거렸다.

"처음부터 너희들 말을 믿어준 사람이 있었다면 모든 게 달라졌을까?"

"아뇨, 어쨌든 물귀신은 다시 돌아왔을 겁니다. 그런 생각이 들어요."

창현은 김 형사에게 눈을 떼지 않은 채 말을 이었다.

"저희는 한 가지 가설을 세웠어요. 누군가, 그러니까 광선리 주민이겠죠, 그자가 특정한 목적을 가지고 물귀신을 불러냈다. 물론 물귀신에 대한 정보는 유민에게 얻었고요. 그러고는 기꺼이 물귀신의 먹이가 되어 사람들을 죽이고 다닌다."

"현재까지 죽은 네 명 사이에는 이렇다 할 공통점이 없어. 그래서 우리도 골머리를 앓고 있지. 만약 자네들 가설이 정확하다면 이 인간이 물귀신을 업고 돌아다니는 이유가 뭘까? 그 특정 목적이라는 거 말이야."

김 형사의 말에 나와 명자는 서로를 바라본 후 동시에 고개를 끄덕였다.

"검은 물. 아마 검은 물하고 관련이 있을지도 몰라요!"

명자가 소리쳤다.

"검은 물?"

"네, 일단 제가 찍은 사진을 한번 보시죠."

나는 그 우라질 사진을 재생해 모두에게 보여주며 어젯밤 일을 설명했다. 다행히 눈깔이 움직이는 일은 없었다. 다만 찰랑거리는 검은 물이 더욱 깊고 진해졌을 뿐이었다.

"범인은 남자, 그리고 단서는 검은 물. 검은 물은 아마 오염수인 것 같은데 그게 남자의 분노를 자극한 것 같아요."

명자가 내 말을 거들었다.

"검은 물. 오염수라……."

김 형사가 생각에 잠겨 있을 때 바지 주머니에서 휴대전화가 울어댔다. 그는 목소리를 잔뜩 깔고 전화를 받았다.

"여보세요."

전화 속 상대가 뭐라고 말했는지 김 형사의 입꼬리가 올라갔다. 김 형사는 곧 전화를 끊고 말했다.

"김정식의 신병을 확보했다는군. 최 형사가 지금 이야기를 나누는 중인데 겁에 질려서 횡설수설하는가 봐."

김 형사는 금방이라도 달려갈 것처럼 자리에서 벌떡 일어났다. 나도 정식의 진술이 궁금하긴 했지만 그것보다 더 궁금한 사실이 눈앞에 있었다.

"이제 형사님 이야기를 해주셔야죠."

창현이 그 점을 명확하게 짚었다. 김 형사는 남의 집 초인종을 누르고 도망치려다가 붙들린 아이처럼 목을 잔뜩 웅크리며 다시 힘없이 제자리에 앉았다. 영 내키지 않는다는 기색이 역력했다.

"난 그 사건이 미제로 분류되고 나서도 한동안 범인의 뒤를 쫓

앉지. 누가 왜 그렇게 집착하느냐고 묻더군. 나도 스스로에게 그
런 질문을 많이 던졌어. 내가 왜 이러고 있지?"

김 형사는 거기까지 말한 후 담배 하나를 다시 꺼내 물었다.

"동철이네 어머니는 내가 경찰 생활을 시작하고 처음 본 시신
이었어. 게다가 참혹했지. 그후로 잘리고 썰리고 깨진 수많은 시
체들을 봤지만 그 익사체만큼 참혹했던 건 없었어. 무슨 의미인지
아마 너희들도 잘 알 거다. 생명이 쑥 빠져나간 자리에 물이 가득
찬 시체. 그리고 옆에는 그 아들이 멍하니 앉아 있었다. 난 그 장
면을 결코 잊을 수가 없었어. 어쩌면 그 때문에 매달렸던 걸지도
모르겠다. 아무튼 나 혼자만의 고독한 수사는 몇 년 동안 계속되
었지."

"자리를 옮기면 어떨까요? 아무래도 찜찜해서."

내가 말했다.

"좋은 지적이구나. 그년하고 가까운 곳에서 이야기하면 분명히
들을 게다."

남 법사가 일어나 엉덩이를 툭툭 털며 말했다.

"아이, 법사님. 무섭게 왜 그래요."

명자도 서둘러 자리에서 일어났다.

결국 우리는 산을 내려가 김 형사의 차에 다시 올랐다. 그동안
잘 달궈진 차는 찜질방처럼 후끈했지만 등줄기가 서늘한 것보다는
훨씬 나았다. 아무렴, 여름에는 더워야지.

"어차피 나도 서로 돌아가야 하니까 마을로 이동하면서 이야기
를 계속하지."

우리는 왔던 길을 되돌아 달렸다. 김 형사는 제법 오랫동안 입을 열지 않고 운전에만 집중했다. 인내심이 한계에 다다라 내가 먼저 물어볼까 하던 참에 그가 불쑥 이야기를 시작했다.

"지푸라기라도 잡는 심정으로 솥뚜껑에 대해 조사를 시작했다. 그 저수지에 무슨 사연이 있기에 유독 물귀신 이야기가 떠도는지, 그리고 왜 마을 어른들이 가까이 가지 못하게 하는지 나도 궁금했거든. 일단 마을 사람들에게 묻고 다녔지. 처음에는 반응들이 냉담했어. 노인 양반들은 분명 무언가를 아는 것 같은데 조개처럼 입을 꾹 다물더란 말이야. 그래서 술도 사 먹이고 어르기도 하고 달래기도 하다 보니까 여기저기서 퍼즐 조각처럼 이야기들이 튀어나오더라 이 말이야. 결국 누가 솥뚜껑에 빠져 죽었다는 이야기까지 듣게 되었지."

"그런 사람이 한둘이겠어요?"

명자가 끼어들었다.

"그래. 한둘이 아니겠지. 실제로도 그렇고. 그런데 내가 들었던 익사 사건은 훨씬 끔찍하고 무서운 거였어. 아마, 이 물귀신 소동의 핵심이라고도 할 수 있을 거다."

"젊은 여자죠? 약간 모자란, 그래서 놀림받던."

내가 말했다. 불현듯 유민의 교실에서 물귀신에게 사로잡혔던 기억이 떠올랐다. 솥뚜껑 깊은 곳으로 나를 끌어당기던 차가운 손과 그 손이 지니고 있던 단편적인 이미지들.

"아는구나. 맞다. 솥뚜껑에 젊은 여자 하나가 빠져 죽었다. 1985년 여름이었지."

김 형사는 별로 놀라는 기색도 없이 이야기를 이어나갔다.

"지적장애가 있었던 모양이야. 얼굴도 예쁘장하고 키도 아주 컸다는군. 웬만한 사내들보다 훨씬 컸다지. 어머니는 일찍 죽고 아버지와 둘이서 지냈는데 이 아버지라는 양반도 약간 모자라서 마을의 잡일을 도와주며 근근이 먹고살았지. 문제는 마을 청년들 중 몇 명이 이 여자에게 손을 대면서 시작됐다. 같이 놀아준다는 핑계로 숨바꼭질 비슷한 걸 하면서 들키면 옷을 벗게 했다는 거야. 그다음은 굳이 이야기를 안 해도 알겠지. 그런 추잡한 짓거리가 들통나면서 마을이 한바탕 뒤집어졌다. 양심 있는 사람들은 경찰을 불러야 한다고 주장했다는데, 어쨌든 꽤나 시끄러웠겠지. 그러던 중에 이 여자가 솥뚜껑에 빠져 죽은 거야. 밤에 청년 몇이 마지막으로 한 번만 숨바꼭질을 하자고 불러냈는데 그런 사고가 난 거지."

"정말 사고가 맞아요? 일부러 빠뜨린 거 아니고?"

명자가 흥분한 목소리로 물었다.

"모르지, 공식적으로는 사고로 처리됐다. 1985년 당시 사건 기록을 뒤져보니 그렇게 나오더군. 아마 제대로 수사도 안 했을 거야. 피해자가 죽어버렸으니 마을에서도 옳다구나 덮어버렸고. 그리고 며칠 뒤 그 여자 아버지가 솥뚜껑에 몸을 던져 자살을 했지. 이번엔 목격자도 있었다. 낚시를 하던 마을 주민 두 명이 이 남자가 솥뚜껑으로 걸어 들어가는 걸 봤는데 갑자기 쑥 가라앉아 영영 떠오르지 않았다고 진술했거든. 그러고 보니 그 여자의 시신도 끝내 떠오르지 않았다지."

"여자는 시체도 떠오르지 않았는데 솥뚜껑에 빠져 죽은 걸 어떻게 알았죠?"

다시 명자가 물었다.

"사건 기록에는 신원 미상의 제보자가 있었다고만 기록되어 있었다. 나도 마을 사람들에게 그 점을 캐물었지만 다들 모른다는 대답만 했지. 여기까지 알아낸 것도 여러 퍼즐을 겨우겨우 끼워 맞췄기에 가능했다. 그 사건을 계기로 광선리 사람들은 커다란 죄의식을 공유하게 된 거야. 그리고 그때쯤부터 솥뚜껑에서 잦은 사고가 발생하기 시작했다."

"그래서 그 말이 나도는 거군요. 솥뚜껑에 귀신이 나온다. 절대 가면 안 된다."

창현이 중얼거렸다.

"맞아, 이제 아귀가 맞아 들어가지?"

"형사님께서는 그녀를 어떻게 보셨습니까?"

남 법사가 금방이라도 바스라질 것 같은 메마른 목소리로 물었다.

"크크크. 지금 생각하면 미친 짓이지만 난 솥뚜껑에 직접 들어가봤다."

김 형사는 그렇게 말하며 미친듯이 웃어댔다.

"정말이에요? 그 솥뚜껑에?"

내가 물었다. 상상만 해도 소름이 돋았다.

"나는 민간 다이버 자격증이 있지. 지금은 폐가 안 좋아서 엄두도 못 내지만 그때만 해도 주말만 되면 스쿠버다이빙을 했다고.

혈기 왕성하던 때였어. 의욕에 불탔지. 사실 반신반의하는 것도 있었고. 물귀신보다는 그 여자의 죽음에 더 큰 의혹을 품기도 했었다. 그래서 서울에 있던 같은 취미를 가진 친구 놈을 꼬드겨서 밤에 몰래 솥뚜껑 안으로 잠수를 한 거야."

나는 마른침을 삼켰다. 정신을 차리고 보니 명자가 내 손을 꼭 잡고 있었다.

"장비를 챙겨서 솥뚜껑으로 올라가는데 힘들어서 미치겠더구먼. 크크크. 딱히 뭘 할지 계획도 없었어. 표면적으로는 그 여자의 시체를 찾아보겠다는 거였지만, 조금만 생각해봐도 미친 짓이라는 게 분명했지. 그래도 밀어붙였어. 어쩌면 그때 나도 홀렸던 건지도 몰라. 그래도 한 가지 현명했던 건 친구를 밖에서 기다리게 했단 거야. 내 몸에 묶은 줄을 잡고서. 만약 줄이 심하게 흔들리면 빨리 끌어내라고 했다. 그러고는 산소통을 메고 검고 칙칙한 물속으로 들어갔지."

김 형사는 그때의 기억을 떠올리는 듯 몸을 부르르 떨었다. 에어컨 바람이 세게 나오는데도 그의 목덜미에는 땀이 흥건했다.

"정말 한 치 앞도 보이지 않더군. 밤이 아니었다고 해도 마찬가지였을 거야. 수중 랜턴을 이리저리 비추면서 점점 깊이 내려가는데 어둠이 끝도 없이 이어졌다. 난 줄곧 바다에서만 잠수를 했는데 고요하고 끈적끈적한 저수지에서의 잠수는 뭐라고 할까, 늪에 빠져 들어가는 느낌이었지. 물고기 한 마리도 보이지 않았어. 불빛에 비치는 건 죄다 이름을 알 수 없는 수초들뿐이었지.

얼마나 내려갔을까, 물살은 잠잠한데 유독 심하게 흔들리는 수

초를 발견했다. 나는 그곳을 향해 더 깊이 들어갔지. 수초는 검은 색이었어. 마치 살아 있는 것처럼, 장어나 뭐 그런 것들처럼 춤을 추고 있더군. 이상하다고 생각하면서 랜턴을 서서히 아래로 내렸어. 그 순간 보게 됐다. 물속에 똑바로 서 있는 그 여자를. 눈에는 구멍이 뻥 뚫렸고 크게 찢어진 입은 나를 보며 웃고 있었다. 그 여자가 손을 뻗었지. 내 발목을 움켜쥐었어. 나는 몸부림을 쳤다. 그때, 그 여자의 목소리가 머릿속에 울려 퍼졌다."

나는 다음 말을 듣지 않고도 알 것 같았다.

찾았다.

김 형사는 말을 잇지 못했다. 차는 이미 멈춰 섰다. 양옆으로 풀이 가득 자라나 하늘하늘 흔들리는 시골길 한복판이었다.

"친구가 줄을 당겨서 나를 끌어내지 않았더라면 나는 지금 이 자리에 없었겠지. 그날 이후로 가끔 그 여자 꿈을 꾼다. 물론 솥뚜껑 근처에는 얼씬도 하지 않았지만 항상 감시의 끈을 놓지 않았다. 물귀신이 다시 튀어나와 또 사람들을 죽이지 않기를 바라면서. 솔직히 말해야겠군. 물귀신이 다시 나온다면, 제일 먼저 나를 찾아올 것 같았다. 나는 그게 죽도록 무서웠어. 이 빌어먹을 곳을 떠나려고 몇 번이나 시도했다. 실제로 몇 년간 다른 곳으로 발령나서 경찰 생활을 하기도 했지. 하지만 결국 광선리로 돌아와 말년을 보내고 있다. 왜냐고? 이제는 더이상 내 생에 여한이 없거든. 마누라는 먼저 죽고 자식들과도 소원해진 지금에야 나는 망할 물귀신과 마주할 용기가 생긴 거다. 만약에라도 다시 돌아온다면, 내가 지옥으로 끌려가는 한이 있더라도 그 여자의 모가지를 틀어 쥘 거다. 그러고는 말해줄 생각이다. 미안하다고. 다른 사람들을 대신해 사과할 테니 그만 화를 풀라고."

김 형사의 마지막 말은 의외였다. 나는 한순간 그가 눈물을 흘릴지도 모른다고 생각했다. 하지만 그는 운전석 창문을 열고 가래를 힘껏 뱉더니 기세를 몰아 가속페달을 확 밟았다.

"뭐예요? 그럼 지금까지 일부러 안 믿는 척하신 거예요?"

명자가 물었다.

"경찰인 내가 그런 말을 하고 다녔다가는 이 사건은 산으로 갈 거다. 앞으로도 내가 공식적으로 물귀신 운운하는 일은 없을 거야."

자동차는 요란한 소리를 내며 한적한 길을 달려나갔다. 나는 뒤를 돌아봤다. 솥뚜껑이 점점 멀어졌다. 다행이다 싶었지만 조만간, 그것도 아주 빠른 시일 내에 돌아올 것 같다는 불길한 예감을 지울 수 없었다.

"참, 보여줄 것도 있다고 하셨잖아요?"

자동차가 다시 마을로 들어서려 할 때쯤 창현이 물었다.

"이미 보여줬잖아."

김 형사가 말했다.

"우리가 본 건 노란색 줄하고 흰색 선밖에 없어요."

내가 말했다. 그런 줄과 선이라면 숱하게 봐왔다. 죽음의 흔적들. 그리고 죽음을 엄폐하려는 필사의 노력들.

"혹시 이걸 말하는 겁니까?"

남 법사가 자신의 손을 들어보였다. 손가락을 쫙 편 빈 손바닥.

"뭐예요, 그게?"

명자가 황당하다는 표정을 숨기지 않고 말했다. 김 형사는 백미러로 남 법사를 바라봤다.

"역시. 조금 더 오래 살았으니 눈치가 빠르구먼. 아니면 그것도 신통력인가. 크크크."

"남 법사님이 설명해주시죠."

창현이 뒤를 돌아보며 말했다.

"죽은 녀석의 시체는 없지만 흔적이 남아 있었지. 새벽이슬 때문에 흙이 젖어서 죽어 나자빠진 모양 그대로 땅이 파였던 거. 그건 너희들도 봤을 거다."

그래, 그건 우리도 봤다. 설명을 안 들어도 조칠성이 산 아래를 향해 머리를 두고 똑바로 누운 상태로 죽었다는 것은 충분히 알 수 있었다.

"그런데 난 한 가지가 신경쓰이더구나. 흙바닥에 오른손을 쫙 펼친 자국이 있지 뭐냐."

"그게 뭐가 어때서요?"

명자가 말했다.

내 머릿속에 무언가가 스치고 지나갔다. 무언가가 이상하다. 물귀신에게 공격을 당하면······.

"물귀신의 화를 입고 죽으면 모두 주먹을 꽉 쥐지. 너희들 모두 봤을 거다."

그랬다! 유민의 아빠도, 동철이 엄마도, 길태의 똘마니와 들것에 실려 나왔던 청년회장도 모두 주먹을 꽉 쥐고 있었다. 당연히 그럴 수밖에 없었다. 숨을 쉬기 힘드니까. 눈알이 튀어나올 정도로 괴롭고 고통스러우니까, 체내에 남은 한 모금의 산소라도 더 짜내기 위해 필사적으로 주먹을 쥘 수밖에. 손톱이 손바닥을 파고들 정도로. 어젯밤 나도 그랬다.

"정확히 짚으셨구먼. 다른 놈들은 전혀 눈치채지 못했지만 난 시체를 보자마자 이상하다고 생각했지. 한 손만 편 상태였거든. 그 자국이 땅에 그대로 남았고."

"혹시, 손을 잡고 있었다고 생각하시는 건가요? 그러니까 칠성이와 그 범인이."

창현이 물었고 남 법사와 김 형사가 동시에 고개를 끄덕였다.

"악수를 나눴다고 하면 지나친 비약일까? 이를테면 둘은 친한 사이였던 거지. 아니, 적어도 안면은 있는 거야. 한밤중에 으슥한 산속에서 마주쳐도 별 경계 없이 악수 정도는 나눌 수 있는 사이. 아니면 조칠성이 쪽에서 먼저 악수를 청했을 수도 있고. 그렇게 보자면 둘은 최소 안면이 있거나 아니면 오랜 친구일 확률이 높아."

김 형사가 말했다.

"악수를 하면서…… 그대로 공격한 거예요. 그러면서도 끝까지 손을 잡고 있었을 거예요."

나도 모르게 말이 튀어나왔다.

"왜?"

명자가 눈을 동그랗게 떴다.

"그냥. 그럴지도 모른다는 생각이 들어. 만약 칠성이 친구라면 우리 친구도 되겠지. 어쩌면 범인은 칠성이를 죽이면서도 마음 한 구석에는 인간적인 감정이 남아 있던 건지도 모르겠어. 어젯밤에도 비슷한 생각을 했어. 범인은 명자 너와 날 충분히 죽일 수 있었어. 근데 살려줬지. 그건 일종의 경고가 아니었을까? 이번에는 살려줄 테니 더이상 관여하지 말라는 경고. 그러니까 범인은 우리를 잘 아는 놈인 거야."

말을 하면 할수록 확신이 들었다.

"어젯밤에 우리가 내린 결론도 그거였지. 네 말이 확실하다면 그 녀석은 아직 인간의 마음이 남아 있다는 거야. 그러니까 더 빨리 찾아야 하고."

창현이 덧붙였다.

"자, 이쯤에서 헤어지자. 나는 서로 돌아가서 다른 놈의 진술인가 뭔가를 들어봐야겠다. 너희는 뭘 할 거냐?"

김 형사가 마을 회관 앞에 차를 세우며 물었다. 건설 업체와 주민들은 여전히 대치중이었다. 나는 주민들 사이에서 길태를 발견했다.

"용의자 범위가 좁혀졌잖아요. 동창들 중에서 지금 광선리에 있는 사람들 위주로 한 번씩 만나보려고요. 길태 도움을 받아서."

내가 말했다.

"좋아. 그럼 서로 정보를 공유하자고. 경찰과 용의자로서가 아니라 물귀신을 목격한 동지로서. 크크크."

김 형사는 거슬리는 웃음과 불완전연소된 검은 매연을 남기고 읍내를 향해 차를 돌려 사라졌다.

길태는 조칠성의 죽음을 알고 있었다.

"어제 우리를 찾아왔다가 돌아가는 길에 당한 걸까?"

길태가 물었다.

"정확하게는 모르겠지만 정황상 그렇지 않을까?"

내가 말했다.

"이런 식으로 생각해볼 수 있지. 칠성이와 정식이는 도망을 쳤지만 어딘가에 숨어서 호시탐탐 기회를 노리고 있었던 걸지도 몰라. 만식이의 명령을 끝까지 수행하려고. 그렇게 시간이 지났는데 갑자기 펜션 불이 확 꺼져서 녀석들도 놀라지 않았을까 싶어. 그런 후에 얼마 안 있어 2층 창문에서 누가 뛰어내려 도망치는 걸 본 거지."

창현이 다시 정리를 시작했다.

"그럼 칠성 오빠가 그 사람을 쫓아서 솥뚜껑까지 갔다가 당했다는 말이네. 그리고 그 사람은 우리 모두가, 아니 우리 모두를 아는 남자고."

명자가 덧붙였다.

어느 정도 퍼즐이 완성된 느낌이었다. 제일 중요한 몇 조각을 빼고는.

"상황은 좀 어때?"

창현이 느티나무 아래 주민들을 보며 물었다. 대부분 노인들이었고 힘이 많이 빠진 듯 보였다. 바닥이나 평상에 주저앉은 모습은 시위대라기보다는 차라리 난민 같았다.

"좆같아."

길태의 지친 목소리는 열 마디 말보다 더 와닿았다.

"방금 만식이 그 새끼가 다녀갔어. 오늘밤 회관에 모여서 주민 투표를 다시 하자는 거야. 건설 회사 쪽 보상 방안도 또 들어보고. 뻔한 꼼수야. 아침부터 지치게 만들어놓고 투표를 하자고 들이대니 안 그래도 지친 노인들은 그러자고 고개부터 끄덕이거든."

"지난번 투표 결과는 어떻게 나왔는데?"

"주민 과반수가 반대했지. 지금은 장담을 못 하겠어. 도로가 뚫리는 쪽에 집이 있거나 밭이 있는 주민들 중 태반이 사실은 자기 땅이 아니야. 오랫동안 주인 없는 땅에 그러고 살았던 거지. 좆같은 법으로만 따지면 싹 다 무허가인 셈이니 바로 철거를 해도 무방한데, 몇 푼이라도 쥐여주겠다고 살살 꼬드기니 넘어가는 주민들도 점점 많아져. 씹할."

"그래, 그랬을 거야. 그 땅들 원래는 우리 아버지 거였거든."

창현이 의외의 말을 했다. 우리는 모두 놀랐다. 녀석의 집이 안주읍 일대에서 제일가는 부자라는 사실은 알고 있었지만 어린 시절에는 규모가 어느 정도인지 알 길이 없었고 큰 관심사도 아니었다. 우리에게 창현은 듬직하고 똑똑한, 그리고 따돌림당하던 우리에게 먼저 손을 내밀어준 소중한 친구일 뿐이었다.

"그럼 지금은 아니라는 거야?"

내가 물었다.

"아니지. 아버지 재산, 모두 몰수됐으니까."

창현은 쓴웃음을 지으며 말했다. 녀석에게 무언가를 더 묻고 싶었지만 그만두었다.

"투표가 시작되기 전에 어제 얘기했던 옛친구들을 좀 만나볼 수 있을까?"

내가 길태에게 물었다. '누가'라는 이름의 퍼즐을 맞춰야 한다. 그게 우선이었다.

"안 그래도 생각을 해봤어. 이 촌구석에 누가 남아 있는지. 우선 투투, 그리고 칠성이와 정식이. 칠성이는…… 일단 빼자. 농사일하는 종욱이도 있고, 부산인가 어디에서 살다가 몇 년 전에 돌아온 성배도, 동철이도 아직 남아 있네."

내가 광선리에 머문 시간이라 해봐야 고작 몇 개월이었지만 놀랍게도 옛친구들의 이름을 듣는 순간 얼굴이 생생하게 떠올랐다. 종욱은 머리에 땜통이 있는 놈이었고, 성배는 또래보다 발육이 빨라 목소리도 굵고 겨드랑이와 고추에도 털이 무성해 '아저씨'라는 별명으로 불렸던 녀석이었다. 그리고 동철은 두말할 것도 없이 불쌍한 그 똥철이였다.

"너도 있잖아?"

내가 웃으며 말했다.

"그래, 내가 물귀신이다. 확!"

길태도 딱딱했던 표정을 풀며 헤벌쭉 웃었다.

"그 친구들 중에 유민이와 자주 만났던 녀석 혹시 없었어?"

창현이 물었다.

"몰라, 그게 애매해. 사실 난 직업이 직업이니만큼 다른 친구들과는 어울릴 기회도, 시간도 별로 없었어. 유민이가 거의 유일

했어.”

길태는 미안하다는 표정을 지으며 뒷머리를 긁적였다.

“자, 그러면 한 명 한 명 만나보자. 아직 시간은 많으니까.”

창현의 말에 우리 모두는 고개를 끄덕였다.

“투투 그 새끼부터 만나야 해. 만나서 따질 건 따져야지!”

내 말에도 모두 고개를 끄덕였다. 한 사람만 빼고. 잠자코 있던 남 법사가 피곤한 듯 눈을 껌벅이며 말했다.

“용의자 수사도 중요하네만, 고양이에 관한 것도 잊으면 안 될 걸세.”

남 법사가 고양이 이야기를 꺼내자 펜션에 두고 온 나비가 생각 났다. 놀랍게도 나는 그 녀석을 몹시 그리워하고 있었다. 남은 백 숙 국물과 물을 충분히 떠 놓고 나왔으니 걱정할 일은 없는데도 고 양이가 사라진 품이 무척 허전하게 느껴졌다.

“옛날에 너희들은 고전적인 방법으로 물귀신을 불러냈지. 그런 소환술은 사실 성공 가능성이 무척 희박해. 요즘 젊은이들 사이에 서 떠도는 강령술이니 뭐니 하는 것도 다 가짜지. 그게 모두 실제 로 가능하다면 이 세상은 귀신으로 가득했을 게야. 다만, 이건 내 예상인데 너희가 물귀신을 불렀던 그때의 절박함과 솥뚜껑에서 뿜 어내던 물귀신의 분노가 딱 맞아떨어진 것 같구나. 그런데 고양이 를 죽여서 바치는 건 달라. 그건 어느 시대에나 가장 강력한 주술 이었지. 꼭 고양이가 아니라도, 이를테면 살아 있는 것을 공물로 바치고 귀신을 불러내는 건, 아주 사악하면서도 확실한 방법이다. 이런 건 아무나 아는 정보가 아니야. 인터넷이나 스마트폰을 두드려서 찾아낼 수 있는 게 아니란 거지."

"남 법사님 말씀은 범인이 어딘가에서 귀신을 불러내는 방법에 대해 듣거나 배웠다는 거군요. 그런 후에 유민이에게 올무를 만들 어달라 부탁했고."

남 법사는 고개를 끄덕인 후 말을 이었다.

"나는 읍내에 나가볼 생각이다. 어쩌면 읍내의 무당이 단서를 줄지도 모르지. 이것도 가정이긴 하지만 범인이 읍내를 벗어나 정 보를 얻었다고 보기는 힘들 것 같거든."

일리 있는 말이었다. 하지만 이번에도 두 패로 갈라진다는 게 꺼림칙했다. 내 마음을 읽었는지 명자가 얼른 남 법사 옆으로 다 가가 팔짱을 꼈다.

"내가 법사님 따라갈게. 가면서 수시로 연락하면 되지."

나는 마지못해 고개를 끄덕였다. 용의자 수색은 나와 창현, 길 태가 맡는다. 남 법사와 명자는 읍내에서 조사를 펼친다. 어떻게 보면 가장 효율적인 방법이었다.

"제일 중요한 건 안전이야. 어젯밤에는, 그래, 민호 말대로 일 부러 봐준 걸지 모르지만 이번에는 그놈도 그냥 넘어가지 않을 거야."

창현이 굳은 얼굴로 말했다.

"걱정 마, 오빠. 우리한테는 유민 오빠도 있잖아."

명자가 슬퍼 보이는 미소를 지으며 말했다. 순간 먼 하늘에서 으르렁거리는 소리가 들렸다. 빗방울이 떨어지기 시작했다.

만식은 차에 올라타려던 참이었다. 광선리 마을과는 한참 어울리지 않는 검은색 BMW 520이었다. 나와 길태가 차를 가로막고 창현이 운전석 쪽으로 걸어갔다. 비가 본격적으로 내리그었다. 건설 회사 인부들과 용역들은 비를 피해 바퀴벌레떼처럼 흩어지는 중이었다.

"비 맞으면 머리 빠진다."

만식이 말했다. 가르마 부분이 휑한 걸로 봐서 아마 자신을 향해 한 말일지도 모른다.

"뭐 하나만 물어보자."

머리숱 무성한 창현은 아랑곳 않고 말을 꺼냈다.

"뭔데 그래? 바쁘니까 나중에 따로 이야기하지."

"칠성이가 죽었어. 알고 있지?"

"아, 그거…….""

만식은 그렇게 말한 뒤 눈을 몇 번 끔벅거리고는 고개를 끄덕였다.

"안됐더라."

"안됐더라? 이 좆같은 새끼가 한다는 말이 그것뿐이야?"

길태가 흥분해서 소리쳤다.

"내가 듣기로는 너희들이 제일 유력한 용의자라던데?"

만식이 말했다.

"저걸 확 그냥!"

길태가 달려들려는 걸 겨우 말렸다. 사실은 내가 먼저 한 대 치고 싶었지만.

"걔네들 왜 보냈어?"

창현이 물었다.

"무슨 말이야?"

"어젯밤 우리 숙소에 칠성이하고 정식이 보낸 게 너잖아."

"오해야. 내가 두 놈한테 너희들 이야기 하니까 한번 보고 싶다고 그러더라고."

만식은 이제 그만 됐지 않느냐는 듯 운전석 안으로 몸을 밀어넣고 문을 닫으려 했다. 창현이 어깨로 문을 가로막았다.

"자꾸 뭐야? 가서 마을 회의 준비해야 된다니까!"

다혈질인 만식은 금세 흥분하기 시작했다. 슬픔에는 무디고 분노에는 예민하다.

"뭘 숨기고 있는 거야? 말해줘. 광선리에서 무슨 일이 일어나고 있는지."

창현이 다시 말했다.

"없어, 없다고! 어떤 빌어먹을 새끼가 사람들을 죽이고 다니는 것 빼고는 말짱해. 도로 확장 계획 세우는 데 꽤 도움이 됐던 둘이 당해서 내가 정신이 없을 뿐이야. 사사건건 내가 다 챙겨야 하거든. 빌어먹을! 병신 용역 새끼들도 무슨 이상한 소문을 들었는지 겁먹은 눈치고. 이놈이나 저놈이나 다들 도움이 안 돼."

만식이 말을 채 끝내기도 전에 창현이 몇 발짝 뒤로 물러섰다. 늘 신중하고 단단한 표정으로 둘러싸여 있던 녀석의 얼굴에 설명할 수 없는 감정이 떠올랐다. 눈은 크게 뜨고 입을 딱 벌렸다.

그사이 만식은 차 문을 닫고 시동을 걸었다. 길태와 나는 어찌

할 바를 모른 채 창현만 보고 서 있었다. 만식의 차가 움직였다.

"어, 어!"

길태와 나는 동시에 양쪽으로 물러섰다. 그때 창현이 휙 몸을 날리더니 BMW 520의 운전석 창문을 주먹으로 힘껏 내리쳤다.

"이 새끼가 또 뭐야?"

차가 급정거하더니 창문이 열리면서 만식의 욕이 튀어나왔다.

"조심해."

창현이 말했다. 순간적으로 목이 잠긴 건지, 아니면 누가 들을까 봐 일부러 그러는 건지 아주 작은 목소리였다. 거의 속삭이는 것 같았다.

"뭐?"

만식이 되물었다.

"다음은 네 차례일지도 몰라. 아니, 분명해. 물귀신이 널 찾아갈 거야."

창현은 핏발이 선 눈으로 만식을 바라봤다. 광선리 이장에다가 마을 개발 추진 위원회 회장이며 자신의 오른팔을 잃은 남자는 잠시 당황한 표정을 짓더니 곧 얼굴이 벌게졌다.

"오, 그래! 김창현이 나를 협박하는 거구나. 꼴에 아직도 옛날 학생회장이라 이거지, 과수원집 도련님이라 이거지. 사람들 등쳐 먹고 협박하고 그것도 안 되면 피똥 쌀 때까지 때리면서 돈을 왕창 모은 집안 아들이라 겁주는 방법도 다양하구나, 응? 근데 지금 네 처지는 어때. 집안은 옛날 옛적에 망한데다가 지금은 똥통 대학 시간강사라며? 그런 주제에 나를 협박해? 아니면, 너도 저 돌대가리 개발 반대자들과 한통속이라도 된 거야? 물귀신 같은 소리하지 말고 너나 조심해. 이번이 마지막 경고야."

만식은 이글거리는 눈빛으로 창현에게서 시작해 길태를 거쳐 나까지 쏘아본 후 요란한 엔진 소리를 내며 달려나갔다.

"일단 내 차에 타자."

우리는 비를 피해 길태의 차에 올랐다. 창현은 말없이 따라와 뒷좌석에 앉아 내리는 비를 바라봤다. 참다못한 내가 먼저 입을 열었다.

"그게 무슨 말이야? 다음이 투투 그 자식이라니."

창현은 마치 우리를 처음 발견했다는 표정으로 바라보더니 헛, 하고 웃었다. 분명히 웃음이었다. 나와 길태는 놀라서 서로를 바라봤다.

"제대로 설명해봐."

길태가 말했다. 창현은 고개를 끄덕였다. 각각 운전석과 조수석에 앉은 길태와 나는 자연스레 뒷좌석을 향해 한껏 몸을 기울이게 되었다.

"우리는 지금까지 누가 어떤 의도를 가지고 물귀신을 불러냈다고 생각했지."

창현의 말에 우리는 고개를 끄덕였다.

"그 의도가 뭔지는 몰랐단 말이야."

"그걸 찾으려고 사람들을 만나보려는 거잖아."

내가 말했다.

"맞아. 사람들, 만나야지. 그래야 해결이 되니까. 의도를 알아낸 것 같아."

창현은 다른 사람을 속 터지게 만드는 묘한 재주가 있었다.

"이번에 죽거나 공격을 당한 사람들은 두 부류로 나눌 수 있어. 먼저 나를 포함해서 유민이와 민호 너, 그리고 명자. 나머지는 청년회장과 용역 똘마니, 마지막으로 조칠성. 두 부류는 각각 특징이 있어. 첫 번째 부류는 옛친구들이자 물귀신의 비밀을 아는 자들, 두 번째 부류는 도로 공사를 적극적으로 지지하고 또 밀어붙이는 쪽이지."

창현의 말을 듣는 순간 내 머릿속에도 뭔가 번쩍하고 지나갔다.

"잠깐. 그러니까 네 말은 그 의도라는 게……."

"맞아. 도로 공사를 막으려는 거야. 아까 만식이가 했던 말이 힌트였어. 범인은 물귀신의 힘으로 만식이 최측근이라 할 수 있는 청년회장과 칠성이를 제거했지. 용역을 건드린 것도, 비록 실패로 돌아가긴 했지만 같은 이유에서였을 거야."

"그럼 유민이는 왜? 그리고 종수는 왜?"

길태가 화가 난 것처럼 따져 물었다.

"어디까지나 추측이지만 범인, 그러니까 유민이가 친구라 불렀던 인간은 물귀신을 불러낸 후 제일 먼저 유민이를 제거할 필요가 있었던 거야. 모든 걸 알고 있는 게 유민이니까. 정말로 죽이고 싶었는지, 아니면 어쩔 수 없었는지는 나도 모르겠어. 네 동생 종수 같은 경우에는 우리를 향한 경고의 의미지. 민호와 명자를 공격한 것도 비슷한 맥락에서 해석할 수 있고."

"경고였다는 말이지. 이 일에 더이상 참견하지 말고 좆 빠지게 도망가라?"

내가 말했고 창현은 고개를 끄덕였다. 길태는 여전히 납득하지 못하는 표정이었다.

"물론 나도 도로 공사에는 반대하지만 그렇다고 사람을 죽이겠다는 생각은 안 해. 찬성하면서 밀어붙이는 놈들이 밉기야 하지. 하지만 굳이 물귀신을 불러내서 죽이러 다닐 정도는 아니야. 그래 봤자 소용도 없을 거고."

"한두 명만 죽여서는 그렇겠지. 그런데 만식을 시작으로 줄줄이 죽어나간다면? 수십 명쯤. 그래도 공사가 진행될까?"

창현은 덤덤한 목소리로 말했지만 그 내용은 목덜미에 오싹한 기운을 드리우기에 충분했다.

"길태 말대로 그러면서까지 이 공사를 막아야 하는, 막고 싶은 이유와 동기를 가진 사람이 있을까 하는 게 문제인데 그건 우리가 찾아봐야지. 좌우지간 내 생각은 도로 공사 때문이야. 도로 공사 때문에 물귀신을 불러냈어. 그 옛날 우리가 미친개쓰레기를 없애 달라고 그랬던 것처럼."

우리는 한동안 말없이 차 안에 앉아 있었다. 비바람이 점점 거세졌다. 좋지 않은 징조였다. 물귀신이 날뛰기에는 최적의 날씨였다.

"제일 염려가 되는 건……."

한참 만에 창현이 다시 입을 열었다.

"남 법사님 말대로 범인이 물귀신에게 완전히 먹혀서 목적을 잊고 무차별적으로 사람을 죽이고 다니는 경우야. 이십오 년 전에도 그랬었지. 그때는 운 좋게 막았지만 이번에는 불가능할지도 몰라."

"일단 이동하자."

창현의 말을 듣고 길태도 마음이 급해졌는지 자동차의 시동을 걸었다.

"원래는 성배를 먼저 찾아가려고 했는데 창현이 말대로라면 종욱이를 먼저 만나야겠어. 성배가 그쪽이거든. 찬성 쪽."

길태는 와이퍼를 켜고 운전을 시작했다. 라디오에서 태풍 특보가 흘러나왔다. 남자 아나운서가 격양된 목소리로 태풍 경로를 말하고 있었다.

"태풍은 한반도를 직접 강타할 것으로 보입니다. 특히 경기 남부 지방의 피해가 클 것으로 보이며…… 많은 비와 강풍을 동반한…… 안전에 유의하시고……."

아나운서의 목소리는 끊어졌다가 이어지기를 반복했다. 경기 남부라면 안주시도 포함된다. 물귀신과 태풍이 만나면 어떤 시너지가 발생할지 감히 상상도 할 수 없었다.

길태의 휴대전화가 울렸다. 녀석은 발신자를 확인한 뒤 스피커 모드로 바꿨다. 거칠고 투박한 목소리가 튀어나왔다.

"김정식이가 죽었다."

김 형사였다.

"네? 언제요?"

길태가 새된 소리로 물었다.

"아무리 조사를 해봐도 혐의점도 없고 그냥 목격자일 뿐이니까 경찰에서도 방심을 했다. 일단 풀어준 거지. 그러고는 오늘 다시 소환하겠다고 했는데 연락이 닿지 않았어. 그래서 집으로 찾아갔더니…….”

“물귀신 짓인가요?”

내가 묻긴 했지만 굳이 대답을 듣지 않고도 알 수 있는 사실이었다.

“정식이가 뭔가 알고 있었을까요?”

창현이 물었다.

“몰라, 몇 가지 이상한 이야기를 하긴 했는데 너무 겁에 질려서 횡설수설하는 바람에…….”

김 형사가 말했다.

“저희가 세운 가설이 있는데요.”

창현은 그렇게 말하며 지금까지 우리가 했던 이야기를 김 형사에게 들려주었다.

“도로 확장 공사와 관계된 인물이 표적이라…… 그럴싸한데. 잠시만! 기자들이 들이닥쳤어.”

짜증 섞인 목소리를 끝으로 전화는 끊어졌다.

“이걸로 다섯 명째구나.”

길태가 중얼거렸다.

“이제 어쩌면 좋냐?”

“한시가 급해. 빨리 친구들을 만나보자.”

창현이 말했다.

종욱의 집에는 아무도 없었다. 길태는 곧바로 차를 돌려 종욱의 밭으로 향했다. 집에서 얼마 떨어지지 않은 곳이었다. 우리가 좁은 길에 차를 세우는 것과 동시에 낯익은 길쭉한 얼굴이 비닐하우스에서 고개를 내밀었다. 녀석도 예전 그대로였다. 모자를 쓴 탓에 땜통을 확인할 길은 없었지만.

나는 조수석 창문을 내리고 녀석을 향해 손을 들어 보였다. 종욱은 별다른 말없이 고개를 끄덕이더니 따라 들어오라는 듯 손짓을 하고는 비닐하우스 안으로 다시 사라졌다.

"태풍이 온다잖아. 날아갈까 봐 손 좀 봤지."

우리가 들어서자 종욱이 말했다. 비닐하우스 안에는 고추가 자라고 있었다. 일반적인 고추보다 훨씬 큰, 오이고추라 부르는 품종인 듯했다.

"아침에는 미안했어. 이것들 때문에 바빠서 나갈 수가 없었네."

길태에게 한 말이었다.

"신경쓰지 마. 그놈들도 다 쇼한 거였어."

"알긴 알지만 언제 기습적으로 달려들지 모르니 불안해서 살 수가 있어야지. 도로가 뚫리면 이 논밭도 죄다 밀어버리는 거잖아."

종욱은 마치 남의 일처럼 덤덤하게 말했다.

"그러니까 죽어도 막아야지."

길태가 말했다.

"요즘 같아서는 죽여서라도 막고 싶다."

종욱이 던진 한마디에 나는 긴장으로 몸이 딱딱하게 굳었다.

"너희 둘은 진짜 오랜만이다."

종욱이 창현과 나를 향해 말했다. 까만 피부에 수염이 듬성듬성 자란데다 피곤에 전 중년의 모습이었다. 머리에 얹은 초록색 모자에는 농협 마크가 달려 있었다.

"이십 년도 넘었지."

창현이 말했다.

"네가 학생회장이고 저쪽이 삼팔따라지지?"

실로 오랜만에 그 우라질 별명으로 불렸지만 신기하게도 기분이 나쁘지 않았다. 종욱은 씩 웃고 있었다. 그야말로 농사꾼다운 얼굴에 미소가 피어오르자 유독 고약한 장난을 많이 쳤던 장난꾸러기 소년의 모습이 고스란히 드러났다.

"그래. 내가 삼팔따라지다, 땜통."

우리는 마주 웃으며 악수를 나눴다.

"너희들이 찾아올 거라 생각했어."

종욱이 말했다. 녀석은 고랑 사이에 주저앉으며 우리에게도 앉으라는 듯 고개를 끄덕였다. 비닐하우스 안은 후덥지근했지만 적어도 비는 피할 수 있었다.

"유민이 녀석 죽은 것부터 청년회장까지, 딱 옛날 그대로 아니냐. 그런 참에 서울에서 온 낯선 사람들이 길태를 따라 돌아다닌다는 이야기를 듣고는 너희들이다 싶었지."

종욱은 아직 칠성과 정식의 죽음을 모르는 듯했다.

"어젯밤에 칠성이도 당했어. 방금은 정식이가 똑같이 당했고."

창현의 말에 종욱의 눈이 커졌다.

"씹할. 옛날보다 더 하구먼. 물귀신이 한을 품었어, 한을."

"물귀신?"

내가 물었다.

"너희들도 기억할 거야. 이십몇 년 전에, 그러니까 우리 6학년 때 유민이 아버지를 시작으로 동철이 어머니까지 사람들이 죽어나 갔지. 그때도 소문이 돌았잖아. 물귀신의 소행이라고. 난 잘은 몰 랐지만 우리 부모님은 물귀신의 저주 때문이라고 굳게 믿으셨어."

"네 생각에는 이번에도 물귀신 소행이라는 거야?"

창현이 물었다.

"나뿐만이 아니야. 마을 사람들 모두 수군거리고 있어. 물귀신 이 노해서 사람들을 죽인다고. 하긴 그럴 만도 하지. 당산나무를 베고 멀쩡하게 잘살던 사람들 다 내쫓고 마을 한가운데 길을 내겠 다니……."

근거야 어찌되었건 종욱의 추리는 절반은 맞았다.

"게다가 공사 준비한답시고 물까지 그렇게 시커멓게 만들어버 렸으니."

종욱의 말에 정신이 번쩍 들었다.

"물이 시커멓게 됐다고?"

내가 물었다.

"안주천 말이야. 좀 됐어. 저 지랄맞을 것들이 안주읍에서부 터 야금야금 공사를 하며 들어왔거든. 그쪽에도 길을 뚫었다 이 거야. 좋아. 거긴 원래 허허벌판이던 곳을 도로로 만든 거니까 우 리 경우하고는 달라서 내가 이래저래 말을 할 수는 없지. 근데 그 공사 시작되고부터 안주천 상태가 이상해졌어. 우리 같은 농사꾼들은 금방 알지. 물에서 냄새가 나고 거품도 생기고 시커먼 기름 띠 같은 것들도 떠다닌다니까. 그러니까 고기들이 배를 뒤집고 뒈지지."

창현과 나는 서로를 바라봤다.

검은 물.

안주천은 광선리 외곽을 빙 돌아 흐르는 하천이다. 어린 시절 우리에게는 제법 먼 거리라 그곳에서 놀지는 않았지만 당시의 농가들 중 절반 이상이 그곳에서 물을 끌어와 농사를 했다.

"그럼 지금 안주천은 완전히 오염된 상태야?"

창현이 물었다.

"내가 며칠 전에도 가봤는데 똑같아. 아니, 더 심해졌어. 이젠 냄새까지 심해서 오래 서 있을 수도 없어. 아마 공사하는 인간들이 거기다가 뭘 흘려보내는 게 분명해."

"그럼 뭔가 조치를 해야 하잖아."

내가 말했다.

"이장 새끼한테 수도 없이 말했지만 들어 처먹질 않아. 내가 시에다가 직접 민원을 넣겠다니까 그럼 더 골치 아파진다고 기다려보라네. 나도 지금 도로 공사 때문에 정신이 없는 상태라 가만히 있었는데 이젠 안 되겠어. 태풍만 지나가고 나면 바로 시청으로 달려갈 거야."

"투투 그 자식 그런 걸 숨기고 있었군."

길태가 중얼거렸다.

"투투? 오랜만에 옛날 별명 다 나오는구먼. 흐흐. 그래, 투투 그놈이 이장이 된 뒤로 광선리가 엉망이 됐어. 그래도 이장 되기 전에는 녀석 똘마니인 칠성이하고 정식이하고 나, 그리고 동철이 까지 다섯이서 몇 번 술도 마시고 그랬는데. 이제 두 놈은 가버렸 고 한 놈은 반병신이 됐으니······."

종욱은 긴 한숨을 토해냈다. 휘몰아치는 비가 비닐하우스를 때 려댔다. 바람은 몇 시간 전보다 훨씬 강해졌다. 여름 한낮인데도 주위가 어두컴컴했다.

"잠깐만. 반병신이 됐다는 건 누굴 말하는 거야?"

창현이 물었다.

"몰랐어? 동철이 있잖아, 동철이. 별명대로 하자면 똥철이 그 불쌍한 놈이······."

비닐하우스 구석에 매달린 스피커에서 귀에 익은 목소리가 종 욱의 말을 집어삼키며 찌렁찌렁 울려 나왔다.

"아, 아. 마을 이장입니다. 원래 오늘 저녁 6시에 열기로 했던 도로 공사 관련 마을 회의를 기상상 이유로 앞당기려 합니다. 앞 으로 한 시간 후, 오후 2시에 마을 회관에서 시작하겠습니다. 찬반 투표를 통해 도로 공사 시행 여부를 결정하는 아주 중요한 회의이 니 한 분도 빠짐없이 참석해주시기를 바랍니다."

"저 새끼가!"

종욱과 길태가 동시에 외쳤다.

"찬성 쪽 사람들한테는 미리 말해놓은 게 분명해. 새벽부터 나 와 있던 노인들이 다시 마을 회관에 모이는 게 얼마나 힘든지 뻔히 알면서."

길태가 으르렁거렸다. 내 생각은 달랐다. 만식 역시 정식이 죽었다는 소식을 들은 게 아닐까? 그게 녀석의 공포심을 자극해 무언가를 빨리 매듭지어야겠다고 조바심을 내게 만들지 않았을까?

"넌 어쩔 거야?"

길태가 종욱에게 물었다.

"투표라며. 하우스 일만 마무리하고 당장 달려가야지. 그러는 너희들은?"

길태를 제외한 우리에게 투표권이 있을 리 만무했다. 그래도 왠지 마을 회의에는 참석해야 할 것 같았다.

"우리도 가볼 거야. 그전에 안주천 쪽을 살펴봐야겠어."

창현이 말했다.

"거기는 왜?"

"물귀신 잡으러."

창현이 씩 웃으며 대답했다.

"씹할, 물귀신이 너희들 잡겠다. 참! 그러고 보니 너희들 6학년 때 무슨 탐정단인가 뭔가 했지? 그 누구냐, 그래 명자, 그 애도 껴서."

"독수리 오형제였어."

내가 말했다.

"맞다. 그거 아냐? 그때는 너희들이 엄청 부러웠어. 나도 거기 끼고 싶었다고. 너희 다섯 명이서 똘똘 뭉쳐 다니는데 가끔 샘도 나지 뭐야. 흐흐."

종욱의 새까맣고 단단한 얼굴이 씩 풀어졌다. 세찬 바람이 무시무시한 소리를 내며 지나갔다. 비닐하우스가 펄럭거렸다. 우리 넷은 동시에 천장을 올려다봤다. 확실히 점점 더 어두워지고 있었다. 똘똘 뭉친 먹구름이 광선리 전체를 뒤덮으려는 것 같았다.

"이 지랄맞은 소동이 지나가고 나면 나중에 술이나 한잔하자."

종욱의 말에 우리는 말없이 고개를 끄덕였다.

"이따 마을 회관에서 봐."

길태가 먼저 인사를 건네고 돌아섰다. 나도 손을 들어 보인 후 문으로 향했다. 그때 창현이 말을 꺼냈다.

"참! 아까 말했던 거, 동철이 말이야. 반병신이라니 무슨 말이야?"

그제야 나도 의문이 떠올랐다.

"아, 그거? 말 그대로 이거야."

종욱은 오른손 검지를 들어올리더니 자기 머리 근처에서 빙글빙글 돌렸다.

"그게 무슨 말이야? 몇 달 전에 우연히 만났을 때만 해도 멀쩡했는데."

길태가 비닐하우스 안으로 다시 성큼 들어서며 물었다. 무척 놀란 얼굴이었다.

"두 달 정도 됐을 거야."

종욱은 휴, 하고 한숨을 쉬더니 이야기를 꺼냈다.

"너희들도 알다시피 걔가 자기 어머니 그렇게 보내고 아버지랑 쭉 자랐잖아. 너희 둘은 모르겠지만 나는 동철이를 계속 봐왔거든. 그 사건 이후부터 영 이상했어. 안 그랬냐?"

종욱은 길태를 향해 물었다.

"그랬지, 이상했지. 밝고 활달했는데 말수도 영 줄어들고……."

나는 그 말을 들으며 바늘에 찔린듯 가슴이 아팠다. 엄마가 죽은 어둡고 축축한 곳에서 정신이 나간 채로 발견되었던 동철. 녀석은 엄마의 장례가 끝나고 나서도 학교로 돌아오지 못했다.

"그래도 어찌어찌 잘 견뎠어, 그 녀석. 중학교 졸업하고 고등학교도 졸업했지. 길태 너도 알다시피 대학은 안 가고 아예 이 빌어먹을 곳에 눌러앉았잖아. 나하고 같은 처지여서 그랬는지 아무래도 다른 친구들보다는 이야기를 많이 나눴어. 술도 자주 마시고. 그런데 이 녀석이 술만 마시면 그 이야기를 하는 거야. 자기 어머니 돌아가셨을 때 이야기. 어찌나 생생하게 이야기를 하는지, 그럴 때면 나까지 오싹했거든. 그 말 할 때는 동철이 그 자식 눈빛도 달라졌어. 그 사건이 걔한테는 엄청 큰 상처가 된 거지.

동철이 말로는 분명 물귀신 소행이었댄다. 자기는 알 수 있다고. 내가 그만하라고 해도 술에 취했다 하면 그 소리를 늘어놓는데 처음에는 불쌍하다가도 시간이 흐르니까 지겨운 거라. 아무튼 그래도 평소에는 멀쩡했어. 자기 아버지랑 양계장 하면서 제법 돈도 만지고 그랬어. 결혼을 못 해서 그게 하나 아쉬웠지, 나름 광선리에서는 남부럽지 않게 지냈다 이 말이야. 근데 사달이 났어."

"알잖아, 나야 뒷골목에서 지내는 거. 동창이면서 너희들하고 못 어울린 것도 그 때문이야."

길태는 정말로 미안한 표정을 지어 보였다. 종욱은 다 안다는 듯 고개를 끄덕였다.

"알지. 우리 중에 너 욕하는 놈 하나도 없어. 야, 그래도 네가 있어서 우리가 읍이나 시에 나가도 큰소리치고 다니는 거 아니냐. 흐흐. 술 먹다가 시비 붙어도 내 친구가 실천파 중간 보스야 인마, 이 한마디면 상황 종료거든! 알게 모르게 네 이름 많이 팔았다. 흐흐."

마음 약한 길태는 거의 울 것 같은 표정이었다.

"그 사달이라는 게 도대체 뭐야?"

언제나 냉철한 창현은 두 친구간의 감동적인 고백의 순간에도 어김없이 핵심을 파고들었다.

"그것도 안주천 때문이야. 동철이네 양계장이 안주천 지나는 근처에 있거든. 그래서 닭들한테 다 거기 물을 먹였단 말이지. 그런데 어느 날부터 닭이 시름시름 앓다가 뒈지더니 아, 결국 집단 폐사를 했네! 그게 딱 두 달 반 정도 전이야. 동철이 녀석도 그제야 안 거야. 오염된 물 때문이란 걸. 보험도 안 들었지, 닭은 거의 죽었지, 완전 나자빠진 거지. 안 그래도 걔가 닭에 대해서 애착이 심했거든. 보상이라도 받아보려고 사방팔방 뛰어다녔는데 씨알도 안 먹혔어. 일단 만식이 저놈부터가 동철이 말이라면 귀를 닫았거든. 왜 안 그랬겠어? 도로 뚫어야 되는데 하천 오염이니 뭐니 이런 말 나오면 말짱 도루묵이잖아.

그전까지만 해도 동철이는 만식이랑 꽤 잘 지냈어. 뭐, 죽은 두 녀석처럼 꼬붕까지는 아니었어도 그 새끼 말이라면 고개를 끄덕였지. 도로 공사도 애초에는 찬성하는 쪽이었어, 동철이도. 그래서 나랑 시비가 일기도 했는데 그 사건 이후로 싹 변했지. 아예 정신

줄을 놓아버린 거야, 이놈이."

종욱의 이야기를 듣는 동안 마음속에서 슬금슬금 불안감이 피어올랐다. 마지막 퍼즐 조각이 예상치 못한 곳에서 튀어나오는 중이었다. 검은 물, 깊은 분노, 그리고…….

나는 무의식적으로 주머니에 손을 찔러넣었다. 이제는 말라서 부들부들해진 깃털이 손가락에 닿았다. 창현이 공격당했을 때 공장에 떨어져 있던 새하얀 깃털.

"사람들 보는 앞에서 만식이한테 달려들었다가 칠성이랑 정식이 손에 쥐어 터진 적도 있었어. 씹할, 내가 그 자리에 있었어야 했는데. 하여간 싸움 지켜본 사람들 말로는 동철이 녀석 눈빛이 시퍼런 낫처럼 번들거리는 게 예사롭지 않았대. 코피를 줄줄 흘리면서도 만식이 면전에다가 물귀신의 저주를 받을 거라고 고래고래 소리를 질렀다는 거야."

"그날 이후로 동철이를 만났어?"

창현이 물었다.

"만났지. 전화를 해도 안 받아서 내가 집까지 찾아가봤어. 근데 이 녀석이 거기 앉아서 멍하니 허공만 바라보고 있는 거야. 그걸 보니까 소름이 쫙 돋더라고."

"거기라니?"

내가 물었다.

"부엌 말이야! 자기 어머니 죽었던 곳. 걔 이사를 안 하고 여태 같은 집에서 살고 있거든. 근데 부엌은 불길하다고 아버지가 문에 못질을 해서 아예 막아버렸단 말이야. 그걸 뜯어내고 거기 앉아 있더라니까. 옛날 일이 확 떠오르면서 천하의 나도 겁을 먹었다는 거 아니겠냐. 그래도 이름을 부르니까 쓱 돌아보더라고. 뭐하냐고, 어째 연락도 없고 전화도 안 받느냐고 물어보니까 대답 없이 씩 웃기만 하는데, 딱 봐도 뭐랄까, 정상이 아니었어. 할 수 없이 돌아 나오는데 그 집 영감님이랑 마주쳤지. 불쌍한 양반, 동철이 어머니 죽고 술로만 살다가 양계장 하면서 겨우 정신을 차렸거든. 근데 자기 아들처럼 눈 속이 텅 비었더라고. 어찌나 마음이 안 좋던지…….”

다시 한번, 세찬 바람이 불었다. 웅웅웅. 하늘이 울고 있는 것만 같았다. 쯧쯧. 종욱의 혀 차는 소리를 비바람이 집어삼켰다.

와이퍼가 좌우로 움직였다. 금세 빗물이 앞을 가렸다. 빗줄기는 거의 사선으로 날아왔다.

“종욱이 말, 어떻게 생각해?”

길태가 입을 열었다.

“솔직히 말해서 모르겠어. 동철이가 범인이라……. 너희들 생각은 어때?”

해답을 내놓는 건 언제나 창현이었다. 그게 녀석의 몫이었고 역할이었다. 나는 고개를 돌려 창현의 얼굴을 바라봤다.

“너희들도 알잖아. 동철이 그 자식 마음 약한 거. 아무리 정신줄을 놓았다고 해도 설마 물귀신을 불러내서 사람을 죽이고 다닐까…….”

길태의 목소리에는 힘이 없었다.

"만약 동철이가 범인이라면 모든 게 맞아떨어져. 유민이 일기장에 등장하는 친구도 동철이인 거지. 내가 봤던 검은 물과 차가운 분노의 이미지와도 겹치고."

창현과 길태는 나보다 동철이와 알고 지낸 시간이 훨씬 길었다. 나는 겨우 6학년 때 전학 온 서울깍쟁이일 뿐이었으니까. 그랬기에 나는 더 냉철하게 판단할 수 있었다.

"백 퍼센트라고 말은 못 하겠지만, 지금까지의 사건과 종욱이 말을 종합해보면 동철이일 확률이 높아. 난 그렇게 생각해."

동철이었기 때문에 나랑 명자를 죽이지 않았던 것이다. 마음 약한 녀석이기 때문에.

창현과 길태 둘 다 입을 닫은 사이 차는 비바람을 뚫고 광선리와 안주천이 만나는 곳에 도착했다. 마을 중심에서 보자면 동쪽에 해당하는 곳이다. 옛날에는 논밭이 많았는데 이제는 버려진 땅처럼 황폐해 보였다. 저멀리 십여 미터쯤 떨어진 지점에 양계장으로 보이는 건물이 있었다.

"내리자."

창현의 말에 우리 셋은 문을 열고 빗속으로 나갔다. 바람이 엄청나게 강했다. 굵은 빗방울이 얼굴을 때릴 때마다 따끔거리는 통증이 느껴질 정도였다.

"저게 동철이네 양계장이야?"

내 물음에 길태가 고개를 끄덕였다. 녀석은 금세 물에 빠진 생쥐, 아니 곰으로 변했다. 내 사정도 별반 다르지 않았다. 창현은 진창으로 변해버린 흙길을 밟으며 세차게 흐르는 안주천 쪽으로 걸어갔다. 우리도 그 뒤를 따랐다. 신발은 진흙투성이가 되었다. 안주천에 가까이 다가갈수록 고약한 냄새가 났다.

"봐, 검은 물이야!"

창현이 우리 둘을 향해 소리를 질렀다. 굳이 녀석의 말이 아니더라도 내 두 눈으로 똑똑히 확인할 수 있었다. 죽은 생선의 눈깔처럼 탁한 물이 꿀렁꿀렁 흐르며 악취를 뿜어냈다. 내리꽂히는 비도 물에 인 거품을 걷어내지는 못했다. 물가에는 죽은 물고기들이 떠밀려 와 쌓여 있었다. 비가 내리는 탓에 상류에서 오염 물질이 더 많이 내려오는 모양이었다. 아니면 이때다 싶어서 누군가 열심히 무언가를 버리고 있거나.

바지 주머니에서 휴대전화가 몸을 떨었다. 손으로 비를 가리며 꺼내 보니 명자였다.

"여보세요?"

"어휴, 왜 그렇게 소리를 질러?"

명자 목소리가 무척 반갑게 들렸다.

"밖이야. 비바람 때문에 잘 안 들려서."

"여기도 엄청 쏟아져. 그나저나 단서를 찾았어. 남 법사님이랑 읍내에 있는 점집이란 점집은 싹 돌았거든."

창현과 길태가 돌아보기에 나는 입 모양으로 명자라고 알려주었다.

"그중에 옛날부터 용하다고 소문이 났는데 지금은 치매에 걸려서 오락가락하는 무당 하나를 어렵게 찾았어. 그 무당이 그러더라고. 몇 달 전에 젊은 남자 하나가 귀신 부르는 법을 가르쳐달라고 해서 냅다 가르쳐줬대. 남 법사님이 왜 그랬느냐고 물으니까 안 그랬으면 자기를 죽였을 거라나 뭐라나……."

명자의 이야기가 더이상 들리지 않았다. 내 시선은 한곳에 고정 됐다. 불과 몇 미터 뒤에 낯익은 얼굴이 우리를 바라보며 서 있었 다. 그 남자는 나와 눈이 마주치자 재빨리 도망치기 시작했다. 나 는 녀석을 향해 외쳤다.

"야, 박동철!"

6

태풍

1
양계장

양계장으로 향하는 사이 우리는 비에 흠뻑 젖었다. 마음은 저멀리 달려가고 있었지만 진창이 발목을 잡았다. 바람이 어찌나 센지 몸이 휘청거릴 정도였다.

"동철이가 확실해?"

뒤에서 길태가 소리쳐 물었다. 녀석은 팔다리를 허우적거리며 달리고 있었다.

"확실해!"

찰나의 순간이었지만 나는 분명히 알아봤다. 졸린 듯 처진 눈매와 길쭉한 턱, 그리고 커다란 코까지 확실히 동철이었다. 녀석 역시 어릴 때 외모를 고스란히 간직하고 있었다. 동철은 양계장 쪽을 향해 달리더니 순식간에 시야에서 사라졌다. 비바람 때문에 앞이 잘 보이지 않아 녀석이 양계장 안으로 들어간 건지, 아니면 다른 곳으로 내뺐는지 알 수가 없었다.

"우산이라도 챙겨올걸."

길태의 툴툴거리는 소리가 들렸다. 나뭇가지가 부러질 듯 꺾이는 걸로 봐서는 우산을 썼어도 별 소용이 없었으리라. 태풍이 코앞까지 다가온 모양이었다.

"박동철!"

양계장 안으로 들어서자마자 길태가 소리를 질렀다. 길태의 부름은 텅 빈 양계장의 천장에 부딪혀 메아리로 돌아왔다. 아무도 없었다. 어둠과 악취뿐이었다. 반대편 출입구가 까마득하게 멀리 보였다. 양계장은 양끝에 출입구가 달린 거대한 컨테이너 구조였다.

"생각보다 넓구나."

나는 손으로 입과 코를 가렸다. 양계장 안에는 죽음의 냄새가 떠돌았다. 안주천의 악취는 비교도 되지 않았다. 눈이 시리고 콧속이 따가울 정도의, 물리적이고 공격적인 냄새다.

"끔찍하네."

창현도 코를 막았다.

양옆으로 늘어선 닭장 안에는 죽은 닭들이 가득했다. 부패가 상당히 진행된 상태였다. 종욱이 말로는 두 달 반 전에 일이 벌어졌다고 했다. 그 기간이 말해주듯 형체를 알아볼 수 없을 정도의 사체가 압도적으로 많았다. 깃털과 부리만이 사체가 생전에 닭이었음을 증명할 뿐이었다.

"빨리 나가자."

내가 말했다.

"그래, 아무리 봐도 여긴 안 들어온 것 같아."

길태가 얼른 동의했다.

우리는 양계장의 중간쯤에서 돌아섰다. 철컹하는 묵직한 쇳소리가 들린 것은 바로 그때였다. 직사각형 모양의 빛이 점점 줄어들었다. 문이 닫히고 있다! 머릿속으로는 생각했지만 몸이 움직이지 않았다. 나는 멍하니 선 채 빠른 속도로 사라지는 빛을 바라보고만 있었다.

"안 돼!"

창현이 달려나갔다.

쾅! 육중한 비명과 함께 빛이 완전히 사라졌다. 순식간의 일이었다. 나는 여전히 얼빠진 상태로 칠흑 같은 어둠 속에 서 있었다.

"뭐야……."

길태의 중얼거림이 한참 멀리서 들리는 것 같았다. 나는 약간 위안을 받았다. 나처럼 멍청한 인간이 또 하나 있다는 사실에.

잠시 후 철문에 몸을 부딪치는 소리가 들렸다. 이번에는 다른 의미로 위안을 받았다. 우리 둘보다는 현명한 인간이 한 명 있다는 사실에.

"안 열려, 잠겼어!"

창현은 한마디를 툭 던지고는 다시 한번 문을 쾅 내리쳤다. 보이지는 않았지만 그런 소리가 들렸다. 그제야 나도 정신이 돌아왔다. 길태도 마찬가지인지 부스럭대며 무언가를 찾는 것 같더니 곧 휴대전화를 들고 불을 비췄다.

"여기 갇혔단 말이야?"

길태는 씩씩거리며 문 쪽으로 걸어갔다. 나도 얼른 그 뒤를 따랐다.

"비켜봐."

창현은 길태의 말에 문에서 서너 걸음 물러섰다. 길태는 정말로 한 마리 곰처럼 크아아 포효를 하면서 문을 향해 거대한 몸을 힘껏 날렸다.

쾅.

방금 전 창현이 문에 부딪쳤을 때와는 차원이 다른 소리가 났다. 철문이 부르르 떨렸다. 그것뿐이었다. 커다란 비명을 질렀을지언정 문은 꿈쩍도 하지 않았다. 밖에서 누가 단단히 잠근 게 분명했다. 그 누구는……

"야! 동철아, 이 문 열어!"

길태는 밖을 향해 소리쳤다. 대답은 돌아오지 않았다. 비바람이 양계장 벽을 때려대는 소리만 들릴 뿐이었다.

"한번 더 해보자."

"소용없어. 잠그기도 했지만 뭔가로 막아놓은 것 같아."

이번에는 창현의 말도 먹히지 않았다. 길태는 문을 노려보며 뒷걸음질치더니 다시 돌진했다. 이번에는 '으라차차'와 비슷한 소리를 내면서.

똑같은 일의 반복이었다. 큰 소리와 끄떡없는 문. 그래도 길태는 세 번을 더 문에 몸을 날렸다. 마지막 세 번째에는 확실히 기세가 약해졌고 기합 따위도 넣지 않았다.

"씹할. 뭔가로 막아놓은 것 같아."

길태가 숨을 헐떡이며 말했다.

"아까 창현이가 얘기했잖아."

"이번에는 네가 해봐."

"네가 해도 안 되는데 내가 부딪쳐봐야 뭐하겠어?"

"어우, 성질나!"

녀석은 제 분에 못 이겨 문을 빵 하고 걷어찼다. 성난 곰을 만나면 피하는 게 상책이다. 나는 슬그머니 창현 옆으로 다가갔다.

"동철이 짓이겠지?"

내가 물었다. 휴대전화 불빛 사이로 창현이 고개를 끄덕이는 게 보였다.

"왤까?"

"나도 지금 그걸 생각하고 있어. 그 녀석이 여기서 우리를 만난건 아마 우연일 거야. 자기도 놀랐겠지."

"순간적인 생각으로 우리를 가뒀다는 거야? 왜 그냥 처치해버리지 않고…….."

내가 뱉은 말에 스스로도 놀랐다.

"혹시 지금 여기서?"

어둠 속에서 물귀신이 공격해 온다면 꼼짝없이 당할 판이다. 순간 인기척이 느껴졌다. 나는 흠칫 놀라 엉겁결에 창현의 팔을 잡았다. 끈적끈적 달라붙은 어둠을 향해 휴대전화를 들어봤지만 보이는 거라곤 녹슨 닭장과 죽은 닭이 전부였다. 불빛을 받은 닭의 눈알이 마치 살아 있는 것처럼 번뜩였다.

"상식적으로 생각해보면 문을 잠그고 나간 동철이 다시 들어와 우리를 공격하기는 어렵겠지만……."

창현은 애매한 지점에서 말을 끊었다. 그러고는 또 한동안 침묵을 지켰다. 그사이 길태는 문 공략하기를 멈추고 벽에 뚫린 환풍기를 뜯고 있었다.

"봐, 이걸 없애면 밖이 보여. 혹시 나갈 수 있을지도 몰라."

단단하게 설치된 환풍기를 오로지 힘으로 뜯어내는 것도 놀라웠지만 그 작은 공간을 통해 탈출할 수 있다고 생각하는 길태의 발상도 놀라웠다. 아마 이십오 년 전 우리가 6학년 때였다면 가능했을 것이다. 아니, 그때도 길태는 불가능했겠지만.

"일단은 연락을 하자. 지금은 밖에서 누가 열어주는 방법밖에 없어. 최대한 빨리. 민호 넌 명자에게 도와달라고 하고 길태 넌 동생들 불러봐."

창현의 지시는 명확하고 간결했다. 나는 얼른 통화 버튼을 눌렀다. 몇 번 신호가 이어지고 난 후 눈물나도록 반가운 목소리가 전화를 받았다.

"날세."

우라질 남 법사였다.

"명자는요?"

"택시 안이다. 내 옆에서 졸고 있어. 우리는 지금 광선리로 돌아가는 중이고."

"서둘러주셔야겠어요. 우리 셋이 갇혀버렸어요. 명자한테 안주천 쪽이라고 하면 알 거예요. 바로 근처에 양계장이 하나 있는데 거기 있어요."

"양계장에는 무슨 일로? 닭 피는 이제 충분한데."

"여기가 물귀신 소굴이니까 조심해서 오세요. 최대한 빨리."

나는 전화를 끊었다. 나갈 수 있겠다는 생각이 들자 마음이 조금 가라앉았다. 길태도 똘마니들을 부르는 모양이었다. 환풍기가 사라지고 남은 사각형의 뻥 뚫린 공간으로 빛이 새어 들어오는 것도 기분을 한결 나아지게 만들었다.

"그래, 빨리 달려와. 올 때 연장도 챙겨서······."

자신이 만들어낸 구멍으로 고개를 내밀며 통화를 하던 길태의 목소리가 갑자기 작아졌다. 녀석이 우리를 향해 고개를 홱 돌렸다.

"혹시····· 저거 위험할까?"

우리는 길태가 가리키는 것을 보기 위해 벽으로 다가가 까치발을 하고 고개를 내밀었다. 차가운 비바람이 얼굴을 때렸다. 신선한 공기를 마시자 정말로 살 것 같았다. 나는 한껏 숨을 들이쉬었다. 그러나 딱 거기까지였다.

양계장에서 불과 이 미터도 떨어지지 않은 곳에 전신주가 서 있었다. 어제까지, 그러니까 이 우라질 태풍이 불기 전까지는 아마도 꼿꼿하게 서 있었을 전신주가 지금은 거의 삼십 도가량 양계장을 향해 기운 상태였다.

"감전이 되거나, 불이 나거나 둘 중 하나겠지."

창현이 말했다. 기다렸다는 듯 바람이 세차게 몰아쳤고 전신주는 끼익끼익 불길한 신음을 내며 흔들리기 시작했다. 이제 거의 사십오 도 정도 기울었다. 바람이 몇 번만 더 후려갈기면 양계장을 향해 넘어질 판이다. 문득 창현에게 묻고 싶어졌다.

"왜 하필 우리였어?"

나는 창현의 옆모습을 바라봤다. 녀석은 아무 말도 하지 않았다.

"옛날부터 물어보고 싶었어. 너 같은 놈이 왜 우리랑 친하게 지냈는지. 너라면 충분히……."

"그게 궁금해?"

이번에는 창현이 나를 바라봤다. 나는 고개를 끄덕였다.

"너희들이 날 어떻게 생각했는지 모르겠지만, 난 늘 외톨이라고 여겼어. 그거 알아? 나 아버지가 밖에서 데리고 들어온 자식이야. 진짜 뻔하고 흔한 스토리야. 엄마는 술집 종업원. 아버지와 불륜을 이어가다 덜컥 임신. 그후 연락이 끊긴 아버지. 엄마는 내가 3학년이 될 때까지 갖은 고생을 하면서 날 키웠어. 그런데 어느 날 아버지라는 인간이 찾아온 거야. 그러고는 다짜고짜 나를 데려가려고 했지."

진짜 흔한 스토리라 아침 드라마 소재로 써먹기도 식상할 정도인데도 창현의 입을 통해서 나오니 더없이 현실적으로 들렸다. 녀석은 표정 하나 변하지 않고 말을 이어갔다. 나와 길태는 창현의 얼굴과 시시각각 각도를 달리하는 전신주를 번갈아 바라보느라 정신이 없었다.

"이유가 아주 웃겼어. 십 년도 넘게 내버려뒀던 아들을 본가로 데리고 가려던 이유 말이야. 아버지는 본부인과의 사이에 아들이 하나 있었어. 우리보다 두 살 어렸고, 나한텐 배다른 동생인 거야.

그런데 얘가 불치병에 걸렸던가 봐. 시한부 인생, 뭐 그런 거였지. 당장 대가 끊기게 생겼으니 아버지는 부랴부랴 날 찾았던 거고 마침 돈이 필요했던 엄마는 이게 다 널 위해서 그러는 거라며 날 넘겼어. 나? 난 솔직히 가고 싶었어. 아버지는 척 봐도 부자였거든. 3학년이면 가난이 얼마나 지긋지긋한지 알 만한 나이잖아, 안 그래?"

나는 고개를 끄덕여주고 싶었지만 때마침 전신주가 크게 기울었다. 단순히 바람의 힘 때문만은 아닌 것 같았다. 그런 생각이 들었다. 전신주가 뽑힐 정도의 태풍이라면 위력이 지금의 서너 배는 되어야 하지 않을까? 창현은 똑같은 광경을 보고 있으면서도 아랑곳없이 이야기를 쏟아냈다.

"그래서 생전 처음 보는 아버지를 따라 여기 광선리로 내려왔어. 과연 부자더라. 그리고 동생도 있었어. 척 봐도 아픈 티가 났지. 당시에는 졸지에 형이 생겨버린 그 녀석의 마음 같은 건 헤아릴 정신이 없었어. 살아남기 바빴거든. 아버지 마음에 들려고 필사적으로 노력했지. 내게는 낯선 아주머니일 뿐인 아버지의 부인 눈치도 봐야 했어. 그것 말고도 알아야 할 게 많았어. 우리 아버지는 아주 더럽고 나쁜 인간이었어. 겉으로는 사람 좋은 광선리 유지의 탈을 쓰고 있었지만 돈을 벌기 위해서라면 수단 방법을 가리지 않았어.

이상하지? 어린 내 눈에는 아버지의 그런 시커먼 속이 다 들여다보였어. 나는 매일매일 천국과 지옥의 중간에서 살아가는 기분이었어. 따뜻하고 좋은 집과 맛있는 음식들, 하지만 단 하루도 마음 편히 지내지 못했지. 그런 좆같은 상황 속에서 유일하게 내 편이 되어준 사람이 누군지 알아? 웃기게도 바로 그 녀석이었어. 내 동생. 녀석만이 나를 진심으로 대해줬어. 형이라고 부르며 배시시 웃었지. 형, 형. 난 그렇게 불러주는 게 좋았어. 녀석은 내가 자신을 대신하러 온 줄도 모르고 마냥 나를 좋아했어. 바보처럼."

"그, 그랬구나. 그건 그런데 저기 전신주가 지금⋯⋯."

나는 급격하게 기울기 시작한 전신주를 보며 말했다. 전선 하나가 팅, 하는 소리와 함께 끊어지며 하늘 위로 높이 솟구쳤다. 불꽃이 튀었다.

"내가 4학년이 됐을 때 녀석이 죽었어. 내 유일한 친구이자 하나밖에 없는 동생이 떠나버린 거지. 그후부터 날 대하는 아버지 태도가 싹 달라졌어. 어찌나 살갑게 굴던지. 녀석의 엄마는 정신줄을 놓아버렸어. 미쳤다는 게 아니라 건전지가 빠진 로봇 같았지. 나랑은 한마디도 하지 않았어. 나는 정말 외로웠어. 꼭 나 때문에 동생이 죽은 것 같았어. 그럴 리 없다는 걸 알면서도 녀석이 나를 원망하며 죽었으면 어떡하나 무섭고 또 슬펐어. 그러다가 6학년이 됐고 너희들을 만났지. 난, 한눈에 알아봤어. 너희들 속에 깃든 나와 똑같은 색의 외로움과 슬픔을."

전선 하나가 더 끊어졌다. 길태가 숨을 들이켰다. 그때 자동차 소리가 들렸다. 잠시 후 정말로 반가운 목소리가 들리기 시작했다.

"형님!"

"오빠!"

"금방 열어드리겠습니다."

"빨리 열어줄게."

아무래도 길태의 동생들과 명자가 같은 타이밍에 도착한 모양이었다.

"알았어. 그러니까 우리가 우라지게 불쌍해 보였단 거잖아, 맞지?"

내가 창현을 향해 말했다. 녀석은 나를 바라보며 씩 웃었다. 지금까지 본 적 없는 멋진 미소였다.

"맞아, 진짜 불쌍해 보였어. 그래서 친구가 되고 싶었어. 불쌍한 인간들끼리 모여서 나쁜 놈들을 때려잡자! 그래서 독수리 오형제를 만든 거야."

"고맙다. 불쌍하게 여겨줘서."

나는 창현의 어깨를 툭 쳤다. 전신주는 이제 갓난애가 혹하고 입김만 불어도 쓰러질 것 같았다. 전신주가 양철 지붕을 덮친다면 어떻게 될까? 젖은 벽과 바닥을 타고 엄청나게 강한 전류가 흐르는 걸까? 아니면 한번에 불길이 일어나는 걸까? 미치도록 궁금했지만 확인해보고 싶진 않았다.

"새끼들아, 왜 빨리 안 열어?"

길태도 마찬가지인지 고래고래 소리를 지르기 시작했다.

"그, 그게 쇠사슬 같은 걸로 감아놔서……."

문 밖에서 당황한 목소리가 들려왔다.

"그래서 내가 연장 챙겨 오라고 했잖아!"

"저희들은 연장이 그 연장인 줄 알고, 사시미 칼하고 야구방망이 하고…….”

그 형님의 그 동생들이다, 역시!

“이 새끼들이 지랄 똥 싸고 있네!”

길태가 이성을 잃고 날뛰려고 할 때 밖에서 소란스러운 소리가 들려왔다. 대충 “아가씨 그러면 안 돼”나 “미쳤어” 같은 말이었고 뒤를 이어 “어어어” 하는 얼빠진 소리와 신명나는 엔진음이 비바람 소리를 뚫고 양계장 안으로 날아들었다.

“문 앞에서 물러서!”

나는 길태를 향해 소리쳤다. 몇 초 후, 천둥처럼 요란한 소리와 함께 검은색 그랜저 한 대가 문을 뚫고 들어왔다. 육중한 강철 문짝은 삐친 노인네처럼 몸을 외로 튼 채 덜렁거렸다. 그랜저의 보닛은 완전히 찌그러져 연기를 뿜어내고 있었다. 운전석에 앉아 에어백에 얼굴을 파묻은 사람은 다름 아닌 명자였다.

“명자야!”

그랜저를 향해 달려갔다. 명자는 빨갛게 부어오른 얼굴을 들더니 나를 향해 씩 웃었다.

“빨리 나가야 해.”

창현이 우리를 잡아끌었다. 길태가 동생들을 향해 뭐라고 소리를 질렀다. 나머지 그랜저 두 대의 문이 열리는 게 보였다. 나는 차에서 명자를 끄집어냈다.

“너 미쳤어?”

“전신주……. 저게 쓰러지면 큰일날 것 같아서.”

나는 비틀거리는 명자를 부축해 양계장을 빠져나왔다. 엄청난 비가 쏟아져 내렸다. 하늘에 섬광이 지나가더니 이번에야말로 진짜 천둥소리가 들렸다.

"어서 타게."

남 법사가 그랜저의 뒷문을 열고 우리를 재촉했다. 나는 명자를 밀어넣고 차 안으로 쑥 들어갔다. 문을 닫기 전 양계장을 바라봤다. 전신주가 쓰러지고 있었다. 남은 전선들이 한꺼번에 끊어졌다. 폭죽이라도 터뜨린 것처럼 불꽃이 튀었다.

"출발해요!"

문을 닫으며 외쳤다. 그랜저는 기다렸다는 듯 튀어나갔다. 우리를 태운 두 대의 차가 진창을 갈아엎으며 도로로 막 진입하려는 찰나 어마어마한 소리와 함께 전신주가 양계장을 덮쳤다. 순간 번개라도 친 것처럼 주변이 밝아졌다. 나는 고개를 돌렸다. 죽은 닭들의 집단 무덤 위로 무시무시한 전기가 흐르며 건물 전체가 부르르 떨었다.

"어디로 갈까요?"

조수석에 앉은 길태의 똘마니 중 한 명이 물었다. 목소리로 봐서 아무래도 진짜 연장 대신 사시미 칼과 야구방망이를 챙겨 왔다고 대답했던 인물인 것 같았다.

"마, 마을 회관으로."

나는 엉겁결에 대답했지만 곧 정확한 지시를 했다는 사실을 깨달았다. 동철이 우리를 가둔 이유를 알 것 같았다. 우리를 죽이려던 것이 아니었다. 옛친구들이 마을 회관으로 가는 걸 막으려는 행동이었다.

마을 회관은 양계장처럼 될 것이다. 죽어 나자빠진 존재가 닭에
서 사람으로 바뀔 뿐.

2
아비규환

석 대의 그랜저가 빗속을 달렸다. 맨 앞이 창현이 탄 그랜저였고, 우리는 중간, 길태의 그랜저가 제일 마지막이었다. 서로 의논한 것도 아니었는데 시커먼 차들은 일제히 마을 회관으로 향했다. 날씨는 끔찍했다. 거대한 숟가락이 국그릇 속을 휘젓는 것 같았다. 바람에 쥐어뜯긴 나뭇잎들이 방향을 잃고 허공을 떠돌았다. 푸르게 익어가던 벼들은 바람 앞에 납작 엎드렸다. 산 쪽에서 싯누런 황토물이 흘러내렸다. 무엇보다 간담을 서늘하게 만드는 건 하늘이었다. 먹에다가 푹 담근 것 같은 구름이 바람에 실려 빠르게 이동하는 중이었다.

차 안에는 무거운 침묵이 맴돌았다. 라디오에서 기상 속보가 흘러나왔지만 어느 순간 잡음으로 변해 조수석에 앉은 사내가 꺼버렸다.

"날씨 진짜 좆같네."

명자가 말했다.

"태풍이 이쪽 지역을 지나갈 건가 봐."

무거운 침묵이 불편했던 나는 얼른 대답했다.

"나도 들었어. 딱딱 맞아떨어져."

"그래, 우라질 우연이지."

물귀신과 태풍. 정말로 이 모든 게 우연이라면, 우연 자체도 물귀신의 한이 만들어낸 걸지도 모른다는 생각이 들었다.

차에 올라타 안주천 근처를 막 빠져나왔을 때쯤 나는 두 사람에게 그동안의 일을 짧게 설명했다.

"오빠들 생각은 동철 오빠가 범인이라는 거야?"

명자가 물었다.

"지금으로선."

"동철 오빠가 왜……."

명자의 목소리에는 의문보다 안타까움이 더 많이 묻어났다.

"나도 찜찜한 건 사실이야. 하지만 모든 상황이 녀석이 범인이라고 가리키고 있어. 실제로 양계장에 우리를 가둔 것도 그 녀석이고."

명자에게 이야기를 하면서도 나 역시 물음표를 떨쳐버릴 수 없었다. 물음표의 끝부분이 갈고리처럼 내 머릿속 어딘가에 콱 박혀 계속해서 한 가지 질문을 던지고 있었다.

동철의 목적은 무엇인가? 창현의 이야기대로 지금까지의 피해자는 단둘을 제외하고는 모두 도로 건설 찬성 쪽 인간들이었다. 오염된 안주천 때문에 닭이 전부 죽어 쫄딱 망해버린 동철이라면 복수심을 불태울 만했다. 하지만…… 정말로 그것 때문일까?

종욱의 말에 의하면 동철은 정신이 오락가락했다. 그런 동철이가 물귀신을 불러낼 생각을 할 수 있었을까? 게다가 옛친구인 우리는 끝까지 살려주었다. 전신주가 넘어진 건 아무도 예상하지 못했던 일이다. 만약 그 우라질 전신주만 아니었다면 우리의 탈출은 조금 더 늦어졌을 것이고 이렇게 마을 회관으로 향하는 일도 생기지 않았으리라. 동철은 우리가 현장에 있는 걸 원치 않았다. 정신이 나간 건 물론이고 물귀신에게 몸까지 뺏긴 동철이 과연 우리에게 그런 자비까지 베풀 수 있었을까?

의문은 꼬리에 꼬리를 물고 튀어나왔지만 어느 것 하나 시원하게 답하기 어려웠다. 그사이 차는 광선리로 진입했고 느티나무를 지날 때쯤에는 다른 생각을 할 여유도 사라졌다. 광선리, 특히 마을 회관 주위는 완전히 컴컴했다. 세상의 모든 먹구름이 광선리 상공에 모여들어 단단히 스크럼을 짜 태양의 존재 자체를 아예 지워버리려는 것 같았다.

"이번에는 힘들지도 모른다."

어느새 눈을 뜬 남 법사가 조용히 중얼거렸다. 눈빛이 너무 절망적이어서 소름이 돋았다.

그랜저 석 대는 차례로 마을 회관 앞에 멈춰 섰다. 이미 여러 대의 차가 세워져 있었다. 마을 회관에서는 형광등 불빛이 새어 나왔다. 나는 차문을 열고 밖으로 나갔다. 몸을 가누기 힘들 정도의 강한 비바람이 몰아쳤다. 내 뒤를 이어 밖으로 나온 명자를 꼭 붙들었다.

"김 형사님한테 와달라고 했어."

길태가 우리를 향해 달려오며 소리쳤다.

"아무래도 느낌이 안 좋아."

길태 역시 심각한 표정이었다. 우리와 길태의 동생들까지 포함한 열 명은 마을 회관 안으로 뛰어들어갔다. 차에는 만일의 사태를 대비해 한 명씩 남겨두었다.

"김 형사님은 뭐래?"

회관 입구로 들어서며 창현이 길태에게 물었다.

"정신이 없는가 봐. 기자들이 냄새를 맡아서 골치 아파졌대. 그래도 내가 이렇게 저렇게 설명을 하니까 곧장 이리로 오겠다고 했어."

길태는 한 조직의 중간 보스다운 믿음직한 얼굴로 말했다.

"잠깐만!"

나는 다시 밖으로 뛰어나갔다. 카메라를 놓고 왔다는 게 생각났다. 이 상황에서 내 무기는 카메라뿐이었다. 카메라는 길태의 그랜저 조수석에 놓여 있었다. 안주천에 들렀을 때 비에 맞을까 봐 차에 두고 내린 것이다.

나는 카메라를 목에 걸고 최대한 물에 젖지 않게 셔츠 안에 넣은 다음 다시 달렸다. 목을 타고 온몸으로 카메라의 무게가 느껴졌다. 비로소 마음이 편안해졌다.

마을 회관 입구를 지나 기역자로 꺾인 복도로 들어서자 심상치 않은 상황이 펼쳐졌다. 길태를 선두로 한 우리 쪽 사람들과 용역 깡패 일곱 명이 대치중이었다. 분위기는 험악했다.

"말했잖아. 못 들어간다고."

길태를 향해 말하는 이는 몇 번이나 마주친 인물이었다. 매서운 얼굴의 조루 환자.

"이 마을 사람이 회의장에 들어가겠다는데 왜 전혀 상관도 없는 인간들이 앞을 막을까?"

길태가 말했다. 얼굴은 웃고 있었지만 안면 근육에 잔뜩 힘이 들어간 상태였다.

"여기는 신성한 투표손데 중간에 아무나 막 들어가면 쓰나."

매서운 얼굴의 남자가 한 발 앞으로 다가왔다. 그러자 똘마니들도 일제히 움직였고 길태의 동생들도 맹견들처럼 으르렁거리기 시작했다.

"야, 이 조루 환자야. 좆같은 소리 하지 말고 빨리 비켜!"

역시, 명자였다.

"저년이!"

용역 중 한 명이 소리를 쳤지만 매서운 얼굴의 남자가 손을 들어 제지했다. 그는 조루라는 단어 따위는 모른다는 듯 자신만만한 미소를 지으며 명자를 향해 말했다.

"만약 여기서 싸움이라도 벌어지면 난 네년 모가지부터 비틀어버릴 거다, 알겠어?"

"해봐, 해보라고! 사내새끼가 주둥이만 살아서는."

창현이 막지 않았다면 명자는 앞으로 튀어나가 머리채라도 잡았을 것이다. 나는 앞으로 나가서 카메라를 꺼내 들고 무작정 셔터를 눌렀다. 용역들은 여드름 올라오기 시작한 십 대 소녀들처럼 반사적으로 얼굴을 가렸다.

"너 이 새끼 뭐야?"

매서운 얼굴이 소리쳤다.

"나? 난 기자다. 지금 너희들 얼굴 다 찍었고 만약에 불미스러운 일이라도 벌어지면 경찰에다가 전부 증거로 제출하고 신문에도 대문짝만 하게 실을 거니까 알아서 해."

기자를 사칭하면 어떤 처벌을 받게 되더라? 아무려나 지금 상황에서 그런 건 상관없었다. 내 허풍은 확실히 효과가 있었다. 용역들 사이에 동요가 일었다. 같은 부류의 인간들이라면 지겹도록 상대해봤겠지만 자신을 대뜸 조루 환자로 모는 여자와 카메라부터 들이대는 자칭 기자를 만나는 건 처음일 것이다.

"지금 아주 악하고 요망한 기운이 느껴져! 한시가 급해. 어서 부적을 붙여야 하네."

남 법사가 품에서 부적을 꺼내 들었다. 매서운 얼굴은 처음으로 당황한 표정을 지었다. 그때 만식의 목소리가 복도까지 쩌렁쩌렁 울렸다.

"우리 광선리가 쇠락한 시골로 변하느냐, 아니면 시대의 흐름에 따라 한 단계 성장하느냐 하는 중요한 갈림길에 섰습니다, 여러분. 오늘의 투표는 그만큼 중요합니다! 제가 다 보상받으실 수 있도록 책임을 지겠습니다. 어르신들, 저 한번 믿어보십시오!"

박수 소리가 들렸다. 정확하게 알아들을 수 없는 고성이 오갔고 그 모든 소리들을 뚫고 귀에 익은 종욱의 목소리가 날아들었다.

"이것 봐, 만식이. 개발이고 뭐고 다 좋은데, 너 뒷돈 받아 처먹은 건 왜 쏙 빼는 거야?"

사람들의 웅성거림이 더 커졌다. 상대를 알 수 없는 욕설이 들
렸다.

"가지가지 하는구나."

명자가 중얼거렸다.

"그런 증거도 없는 이야기로 분란을 일으키려면 빨리 퇴장해주
십시오!"

만식이 격양된 목소리로 외쳤다.

"당산나무를 베고 억지로 길을 내려니까 물귀신이 노한 거 아
냐? 사람들이 죽어나가는데 지금 이런 투표나 하고 있을 때야?"

이번에는 목소리를 알아들을 수 없는 노인이었다. 곧 여기저기
서 맞장구치는 소리가 들렸다. 문 안쪽은 더 소란스러워졌다. 매
서운 얼굴이 사태가 심상치 않음을 눈치채고 부하 둘을 향해 눈짓
을 했다. 덩치 큰 사내 두 명이 꾸벅 고개를 숙이고는 안으로 들어
갔다.

"오늘이 아니면 안 됩니다. 더이상 일정을 미룰 수가 없습니다.
약간의 반대가 있더라도 투표를 강행하겠습니다."

만식이 거의 고함을 지르듯 선언했을 때였다. 마을 회관 전체가
암흑에 휩싸였다.

익숙한 느낌, 차가운 물에 빠져 허우적댈 때 같은 그 우라질 느
낌이 회의실 안에서 쏟아져 나왔다. 격류였다. 지금까지가 발가락
부터 목까지 천천히 물속에 가라앉는 쪽이었다면 이번에는 순식간

에 큰 파도가 덮쳐 왔다. 미친 소용돌이가 발목을 틀어쥐고 쑥 잡아당긴 것 같았다.

곧바로 숨이 막혀왔다. 나도 모르게 가슴을 움켜쥐다가 카메라를 손에서 놓쳤고 목에 고스란히 전해진 무게 때문에 겨우 정신을 차릴 수 있었다. 안쪽에서 비명과 함께 무시무시한 기운이 흘러나왔다.

"으윽."

상황이 나쁘기는 복도 쪽도 마찬가지였다. 경험자인 우리를 뺀 나머지 사람들, 그러니까 덩치는 크고 머리는 작은데다가 방금 전까지 인상을 긋고 있던 사내들은 공황에 빠져 허우적거렸다. 용역이고 길태의 동생들이고 할 것 없이 숨을 헐떡이며 벽에 기대거나 그 자리에 주저앉았다. 매서운 얼굴은 더이상 매서워 보이지 않았다. 조루 판정을 받은 중년 남자처럼 처량하고 불쌍한 꼴을 하고서 헉헉댈 뿐이었다. 빗소리는 더 거세졌다. 빗방울들이 성난 빚쟁이들처럼 눈을 희번덕이며 창문을 두드려대고 있었다.

"안으로……. 사람들을 구해야 해."

창현이 휴대전화 불빛을 길잡이 삼아 내 옆으로 걸어왔다. 녀석의 얼굴은 몹시 파리했다.

"물귀신의 기운이 어느 때보다 강해. 아마 완전히 몸을 차지하기 직전인 듯하네. 그렇게 되면 애초의 목적이고 뭐고 없이 닥치는 대로 사람을 해할 거야."

남 법사는 이미 움직이기 시작했다. 길태와 명자가 재빨리 뒤를 따랐다. 직업 정신 투철한 매서운 얼굴이 사력을 다해 우리를 막아섰다.

"이 새끼들, 절대 들어갈 수……."

"아니, 왜 사사건건 욕이야?"

명자가 매서운 얼굴의 사타구니를 걷어찼다. 남자는 금방이라
도 울음을 터뜨릴 것 같은 표정을 짓더니 푹 쓰러졌다.

"가세."

남 법사가 앞장서고 내가 맨 뒤였다.

"너희들 몸조심해."

길태가 동생들을 향해 말했다. 그리고는 쓰러진 매서운 얼굴에
게 한마디를 던졌다.

"그쪽도 조심하쇼. 개죽음 안 당하려면 어서 피하고."

"김 형사님은 언제쯤 오실까?"

명자가 물었다. 매서운 얼굴의 사타구니를 걷어찬 패기와는 달
리 명자의 목소리 역시 떨렸다. 산소호흡기에 의지한 환자처럼 그
짧은 한마디를 내뱉는 데도 몇 번이고 숨을 골랐다. 나는 창현을
제치고 앞으로 걸어가 명자의 팔을 잡았다. 명자가 나를 돌아보고
는 고맙다는 듯 살짝 웃었다.

"전화가 안 터져."

창현도 목소리를 쥐어짰다.

"나도."

내 전화기도 먹통이었다.

"자, 이제 문 연다."

길태는 문손잡이를 잡고 있었다. 나를 포함해 세 명의 손에서

뻗어 나온 휴대전화 액정 불빛이 모두 문 쪽으로 향했다. 남 법사는 부적과 방울을 꺼내 들었다. 길태는 숨을 골랐다. 나도 힘껏 숨을 들이쉬었다. 심해를 향해 돌진하려는 프리 다이버처럼 폐 안 가득 산소를 밀어넣었다. 얇은 여닫이문 너머는 차갑고 깜깜한, 그리고 죽음의 부유물이 떠다니는 저수지 속일 게 뻔했다. 명자의 팔에서 떨림이 느껴졌다.

"내 옆에 꼭 붙어 있어."

나는 명자의 귓가에 조용히 속삭였다. 명자는 대답하지 않았다. 대신 옛날에 그랬던 것처럼 내 팔을 아프도록 쥐었을 뿐이다.

"간단하게 설명하겠네. 섣불리 움직이면 절대 안 돼. 물귀신의 표적이 될 뿐이야. 꼭 뭉쳐서 다녀야 하네. 다행히 내가 읍내 무당한테서 무구를 빌려 왔거든. 동철이를 발견하면 그게 누구든 소리를 치는 거지. 그 뒤에는 이 부적과 천운에 맡기는 수밖에."

남 법사는 지친 듯했다. 우리는 고개를 끄덕였다. 길태가 손잡이를 돌렸다. 나는 순간 문이 안 열릴지도 모른다는 생각을 했다. 주위를 온통 암흑으로 만들어버릴 정도의 어마어마한 힘이라면 회의실 안을 개봉 불가의 통조림으로 만드는 일 따위는 식은 죽 먹기이리라.

내 예상은 빗나갔다. 문은 우리의 등장을 기다리고 있었다는 듯 활짝 열렸다. 끼익하는 쇳소리가 귀를 자극했다. 나는 긴장한 나머지 머리가 멍했다. 귀도 울렸다. 침을 한번 삼키고 나서야 막혔던 귀가 뚫렸다. 소리들이 들렸다. 둑이 터지듯 고통과 공포에 찬 비명이 한꺼번에 쏟아져 나왔다.

귀를 틀어막고 그대로 도망가고 싶었다. 아마 그 순간 우리 모두의 마음속에는 똑같은 소망이 떠올랐다 사라졌으리라. 그럼에도 약속이나 한 것처럼 일제히 문안으로 달려 들어간 건 우리에게 뒤가 없기 때문이었다. 설령 이 자리를 벗어난다 해도 물귀신의 손아귀에서 영원히 벗어날 수는 없었다.

회의실 안은 복도보다도 훨씬 어두웠다. 창문은 두꺼운 커튼이 가리고 있었다. 방해를 받지 않으려고 일부러 커튼을 친 건지, 아니면 물귀신의 짓인지 알 길이 없었다. 그렇다고 창가로 달려가 커튼을 걷는 일 따위는 하고 싶지 않았다. 빛이라고는 방금 우리가 열고 들어온 문을 통해 비쳐 드는 한줌의 햇살이 전부였다. 빛이라고 부르기에도 민망한, 차라리 빛의 흔적이라고 해야 맞을 듯한 햇살이었지만 그마저도 금세 사라져버렸다. 문이 저절로 닫힌 것이다.

쾅 소리와 함께 한 치 앞도 보이지 않는 절대적인 암흑이 찾아왔다.

"혁."

명자가 움찔했다.

"조심해."

어둠 속에서 창현의 날카로운 목소리가 들렸다.

나는 휴대전화 불빛으로 정신없이 주위를 비췄다. 사람들의 모습이 보였다. 대부분 노인들이었다. 얼굴에 새겨진 주름이 공포로 일그러진 그대로 딱딱하게 굳어 있었다. 사람들은 바닥에 주저앉거나 벽에 붙어 서서 멍하니 어둠을 바라볼 뿐이었다. 우리처럼 휴대전화를 꺼내 앞을 볼 생각도 못 하는 모양이었다. 그럴 만도 했다. 회의실은 저수지 속이었다. 솥뚜껑 속이었다. 물에 빠진 사람이 할 수 있는 일이라고는 허우적대거나 쓸데없이 고함을 지르다가 물을 잔뜩 먹고 그대로 익사하는 것밖에 없었다. 게다가 그 소리가, 그 우라질 노랫소리가 귀청을 찢을 듯 크게 울려 퍼지며 단단한 어둠에 부딪히고 있었다.

어디어디 숨었니?

여자의 목소리가 아니었다. 남자와 여자가 합쳐진, 그래서 더 섬뜩하고 소름 돋는 목소리였다. 어둠 속 어딘가에서 처절한 비명이 들렸다.

"저기야!"

길태 목소리가 들렸다. 곧 휴대전화 불빛이 회의실 앞쪽의 한 지점을 가리켰다. 워낙에 어두워 제대로 보이지가 않았다. 고개를 뒤로 한껏 젖힌 채 몸을 부들부들 떠는 한 남자의 뒷모습이 어렴풋이 드러날 뿐이었다. 초록색 모자를 쓰고 있었다.

아아아아아아.

물귀신의 목소리가 들렸다. 쿨렁쿨렁 물을 쏟아붓는 구역질나는 소리도.

"우라질!"

명자의 손을 꼭 붙잡고 길태가 가리킨 곳을 향해 달려갔다. 방법이 있는 건 아니었다. 그저 사람을 구해야겠다는 생각밖에 없었다. 뒷모습이 낯설지 않았다. 찰나의 순간 나는 물귀신에게 공격당하는 사람이 종욱이라는 사실을 깨달았다. 제일 가까이 있던 길태가 팔을 뻗는 모습이 보였다. 그때 어둠 속에서 무언가가 휙 날아왔다. 의자였다. 커다란 의자는 바람에 날린 허수아비처럼 허공을 가르더니 그대로 길태를 강타했다. 딱딱한 것이 부러지는 기분 나쁜 소리가 들렸다. 길태의 거대한 몸이 나동그라졌다.

"길태야!"

"오빠, 조심해!"

길태를 향해 잠시 한눈을 판 사이 명자가 소리를 지르며 내 어깨를 홱 잡아당겼다. 딱딱하고 차가운 무언가가 뺨을 때리며 지나갔다. 정신이 아득해질 정도의 고통이 얼굴에서 폭발했다.

"으윽."

저절로 신음이 터져 나왔다. 나를 때린 무언가는 쿵 소리를 내며 발밑에 떨어졌다. 명자가 재빨리 휴대전화 불빛을 비췄다. 단단하고 고집스레 보이는 마이크가 은색으로 빛났다. 마이크는 내 안면을 완전히 뭉개놓지 못해 아쉽다는 듯 저 혼자 달그락거리며 바닥을 두들겨댔다. 모든 것들이 살아 움직였다. 형광등이 깨지며 파편이 비처럼 쏟아져 내렸고, 나머지 의자들도 어둠 속에 둥실 떠올랐다. 그러고는 빙글빙글 돌기 시작했다.

"그때와 똑같아."

명자가 중얼거리더니 토하기 시작했다. 나도 정신이 아득해졌다. 하지만 뺨을 잡고 늘어지는 통증이 나를 내버려두지 않았다.

"누가 시선을 끌어야 해!"

남 법사가 소리를 질렀다. 방향감각을 상실한 탓에 사기꾼 박수무당이 어디에 있는지 알 수가 없었다. 그저 얼굴이 엄청나게 아파서 머리끝까지 화가 났다. 광대뼈 근처가 부어올랐다. 왼쪽 얼굴 전체가 팽팽하게 당겨졌다. 불이라도 붙은 것처럼 화끈거렸다.

"용서 못 해."

나는 물귀신을 향해 재빨리 움직였다. 종욱의 몸부림은 점점 잦아들었다. 이대로 친구를 또 잃을 수는 없다. 내게는 아무것도 남아 있지 않았다. 우라질 통증과 물귀신에 대한 분노뿐이었다. 옛날에는 하다못해 고무줄 총이라도 있었다. 유민의 5연발 고무줄 총.

카메라가 내 목을 잡아당겼다.

야! 내가 있잖아!

마치 그렇게 말하는 것 같았다. 보디와 렌즈, 스피드라이트 600EX 스트로브까지 합치면 천만 원이 훌쩍 넘어가는 고가의 무기가 목에 매달려 흔들리고 있었다. 게다가 죽음을 담을 수 있는 카메라였다!

나는 카메라를 들었다. 창현의 휴대전화 불빛이 물귀신 쪽을 향하고 있었다. 거기가 목표 지점이었다. 스트로브를 정면으로 향하고 셔터를 눌렀다. 순간, 눈부신 빛이 어둠을 갈랐다. 한 방 더. 충전이 끝나자마자 물귀신을 향해 빛의 세례를 퍼부었다.

아아아아아아, 하는 우라질 소리가 뚝 그쳤다. 강렬한 빛의 파편 사이로 종욱을 향해 몸을 날리는 남 법사의 모습이 보였다. 손에는 부적이 들려 있었다. 모든 장면이 느리게 흘러갔다. 부적이 종욱의 등에 붙는 것과 동시에 창현이 종욱을 끌어안고 바닥을 굴렀다. 소용돌이치던 물건들이 요란한 소리를 내며 튕겨나갔다. 의자가 창문을 박살내고 탁자가 천장에 부딪혀 반으로 갈라졌다. 사람들이 다시 비명을 지르기 시작했다. 그 사이로 남 법사의 주문이 우렁차게 퍼져나갔다. 방울이 미친듯이 춤을 췄다.

"이 요망한 것! 썩 물러가라!"

남 법사가 외쳤다.

또. 너힉들이구나!

인간의 몸을 거의 다 차지한 물귀신은 호락호락하지 않았다. 분노에 찬 외침에 우리는 얼어붙어 꼼짝도 할 수 없었다. 남 법사는 물귀신을 향해 부적을 날렸다. 샛노란 종이는 허공을 가르다가 중간에 떨어지고 말았다. 그사이 물귀신이 모습을 감췄다.

"조심하게!"

다시 바람이 강하게 불었다. 몸을 가누기 힘들었다. 소용돌이는 엄청난 기세로 회의실 안의 모든 것을 빨아들였다. 휴대전화의 불빛마저 사라졌다.

어디어디 숨었니?

노랫소리가 울려 퍼졌다.

히히히히히.

물귀신이 여자인지 남자인지 모를 목소리로 교성을 터뜨렸다.
나는 물귀신이 금방이라도 달려들 것 같아 정신을 차릴 수 없었
다. 아무 생각도 나지 않았다. 그저 숨고만 싶었다. 명자가 서 있
던 곳을 향해 손을 뻗었지만 잡히는 건 어둠뿐이었다. 납작 엎드
렸다. 시커먼 진흙 속으로 가자미처럼 숨고 싶었다. 나는 빌었다.
제발 다른 사람을 찾으라고. 빌어먹을 광선리 주민 누구든, 만식
이든, 창현이든, 길태든, 남 법사든, 심지어 명자든, 나만 아니면
누구든 상관없었다. 그런데 시커먼 욕망과 썩어빠진 바람이 불쑥
고개를 쳐든 순간 더 큰 공포가 밀려왔다.

나는 물귀신과 다를 바 없다. 키 큰 여자를 죽이고 비밀에 부쳤
던 광선리의 추악한 인물들과 다를 바가 없었다. 미친개쓰레기나,
만식이나, 물귀신을 불러내 마을에 죽음의 그늘을 드리운 동철과
도 다를 바가 없었다. 내 마음속에도 그들과 마찬가지로 부유물이
떠다니는 어둡고 차가운 저수지가 출렁이고 있었다. 언제든 범람
의 때를 기다리며.

손등에 차가운 물이 한 방울 떨어졌다.

안주천과 양계장의 냄새를 합친 것보다도 더한 악취가 콧속을
파고들었다.

숨결이 얼굴에 닿았다.

바로 내 앞에 있었다. 네발로 수생 벌레처럼 미끄러지듯 돌아다니던 물귀신이 온몸에서 물을 뚝뚝 흘리며, 악취를 뿜어내며, 죽음의 기운을 쏟아내며 나를 바라보았다. 어둠이 갈라지며 회의실 안의 암흑보다도 더 짙고 두터운 흑암이 모습을 드러냈다. 기쁨에 찬 속삭임이 들렸다.

찾았다.

나는 눈을 질끈 감았다. 그때 회의실 안으로 눈부신 빛이 날아들었다. 압축되어 있던 어둠이 소리 없이 터져 나간 자리를 몇 가닥의 굵고 선명한 빛이 채웠다.

"꼼짝 마. 경찰이다!"

확성기를 통해 말상 형사의 목소리가 울려 퍼진 것과 동시에 나를 옥죄어오던 압박이 사라졌다. 눈을 떴다. 물귀신은 사라지고 없었다. 대신에 차갑고 끈적끈적한 물웅덩이가 남아 있었다.

3
추적

"너희들 생각은 동철이가 범인이라는 거지?"

김 형사는 담배 연기를 뿜어내며 말했다. 우리는 구급대원이 나눠준 담요를 뒤집어쓰고 복도에 앉아 있었다. 마을 회관은 아수라장이었다. 정신을 잃거나 다친 광선리 주민들은 구급차가 돌아올 때까지 회의실 바닥에 누워 있어야 했다. 깨진 창문으로 비바람이 들이쳤다. 이곳저곳에서 신음이 들렸다. 그 짧은 순간에 두 명이 죽고 두 명이 중상을 입었다. 다행인 것은 종욱이 죽지 않았다는 사실이었다. 물을 많이 먹어 의식을 잃긴 했지만 생명에는 지장이 없다는 게 구급대원의 말이었다.

"지금까지 정황으로 보면 그런 셈이죠."

창현이 대답했다. 무거운 원목 의자와 격한 포옹을 한 길태는 가슴팍에 큰 타박상을 입어 아예 웃통을 벗은 상태였다. 거무튀튀한 피멍이 녀석의 가슴 가운데를 물들이고 있었는데 덕분에 가슴팍을 가로지르는 도깨비 문신이 더 흉악해 보였다. 나로 말할 것 같으면, 먼저 들어간 사람의 비명을 들으며 대기실에 앉아 있는 치통 환자처럼 얼굴을 찡그리고 있었다. 마이크에 맞은 뺨은 퉁퉁 부어 맥박이 뛸 때마다 욱신거리는 통증을 쏟아냈다.

"녀석이 그랬단 말이지……."

김 형사는 담배 끝을 지그시 씹었다. 그에게도 동철은 특별한 존재였으리라.

말상 형사와 제복 경찰관 한 명이 회관 안으로 들어왔다.

"확인해봤어?"

복도를 걸어오는 최 형사를 향해 김 형사가 물었다.

"네, 예상대로예요. 누가 두꺼비집을 건드렸더라고요. 젠장."

최 형사는 길쭉한 얼굴을 돌려 회의실 쪽을 바라봤다. 심기가 매우 불편해 보였다. 단순히 비를 맞았기 때문만은 아니리라. 상황 자체가, 마을 사람들이 하나같이 물귀신 때문이라고 공포에 질려 떠들어대는 이 우라질 상황이 마음에 들지 않는 모양이었다.

"그렇다면 누가 일부러 정전을 일으켰다는 거군."

김 형사는 혼잣말처럼 중얼거렸다.

"좌우지간 두꺼비집도 그렇고, 상식적으로도 그렇고 마을 사람들 진술은 다시 한번 생각해봐야 해요. 순식간에 어두워졌으니 당황했을 거고, 그 상태에서 이상한 소리만 들렸다면 충분히 착각할 수 있잖아요. 게다가 전부 신경이 날카로운 상태였고."

최 형사가 말했다.

"세상에는 꼭 상식으로만 생각할 수 없는 것도 있네."

김 형사가 구둣발로 담배를 비벼 끄며 말했다.

"선배까지 왜 그러세요?"

최 형사는 피곤해 보였다. 항의라기보다는 애원처럼 들렸다.

"착각이라기에는 증거가 너무 분명하지 않아요?"

나는 턱짓으로 길태를 가리키며 말했다. 입을 열자 무시무시한 통증이 느껴져 한층 더 얼굴을 찡그리게 되었다. 최 형사 역시 말상을 찡그리며 나를 바라봤다.

"그건……"

"물건들이 저절로 움직이면서 공중을 날았어요. 그걸 본 사람이 한두 명이 아니고."

더이상 말을 했다가는 병원에 실려갈 것 같았다.

"젠장."

최 형사는 그 말 한마디를 남긴 뒤 회의실 안으로 들어가버렸다. 뒷모습이 처량해 보였다. 무릇 믿는 자에게 복이 있나니.

"원래는 우리 둘이었어. 길태 연락을 받고 무슨 일이 생기겠다 싶어서 최 형사 저 자식을 간신히 설득해서 이곳으로 오는 길이었다. 새로 사건이 터졌지, 태풍은 지랄맞게 불지, 도저히 경찰서를 떠날 형편이 아니었거든. 그런데 우리가 절반쯤 왔을 때 경찰서로 제보 전화가 걸려 온 거야."

김 형사는 회의실 쪽을 살피며 잠시 말을 멈췄다. 전기가 복구되지 않은 탓에 마을 회관은 여전히 어두컴컴했다. 구급차 사이렌 소리가 점점 가까워졌다. 겁에 질려 정신을 놓은 사람, 형광등 파편에 맞아 상처가 난 사람, 사람들에게 떠밀리고 밟혀 골절상을 입은 사람 등 앞으로도 구급차는 몇 번이나 왕복을 해야 할 판이었다. 그것도 비바람을 뚫고.

"남자 목소리였대. 마을 회관에 연쇄살인범이 나타날 거란 내용이었지."

경찰 여러 명이 한꺼번에 들이닥쳤던 이유를 알 것 같았다.

"제보자가 누구인지는 모르는 거죠?"

창현이 물었다.

"아쉽게도. 그 말만 하고 전화를 끊어버렸다는군."

혹시 동철이 아니었을까? 머릿속에 그런 생각이 스치고 지나갔다. 동철이 사건을 일으키기 전 마지막 남은 이성을 짜내어 경찰에 신고를 한다. 그러고는 두꺼비집에 손을 대 마을 회관을 어둠에 빠지게 한 후 사람들을 죽인다. 공사에 찬성을 하는 쪽이건 반대를 하는 쪽이건 할 것 없이. 늙으나 젊으나 할 것 없이.

아귀가 안 맞는 부분이 있었다. 그나마 이야기를 할 수 있는 사람들은 상태의 김 형사와 최 형사 앞에서 겁에 질린 목소리로 떠들었는데, 증언은 한결같았다.

회의가 진행중이었고 이장과 종욱의 설전에 분위기가 험악해지려는 찰나 갑자기 불이 꺼졌다. 커튼이 저절로 닫히더니 열리지 않았다. 이 대목에서는 불과 커튼의 순서가 바뀌었다는 사람도 있었지만 그건 중요한 게 아니었다. 문제는 누가 물귀신이었는지 아무도 모른다는 사실이었다. 갑작스러운 정전에 모두가 당황하는 사이 어둠 속에서 비명과 노랫소리가 들리니 그야말로 집단 공황에 빠져버린 것이다.

"투투는, 만식이는 어디 있어요?"

길태가 불쑥 입을 열었다.

"만식이?"

김 형사가 물었다.

그러고 보니 녀석의 모습이 보이지 않았다. 왜 그 사실을 이제야 알아챘을까? 창현과 남 법사의 표정도 확 달라졌다.

"잠깐만."

김 형사는 회의실 안으로 들어갔다. 잠시 후 다시 복도로 나온 그는 고개를 저었다.

"아무도 모른대. 난리통에 도망쳤나 보군."

"만식이가 위험해요."

창현이 말했다. 아무것도 확실하지는 않았지만 한 가지만은 분명했다. 물귀신의 다음 행보.

"그 녀석 집으로 가자."

나는 통증을 잘근잘근 씹으며 자리에서 일어났다.

우리는 차 두 대에 나눠 탔다. 김 형사와 창현, 명자가 한 차에, 나와 길태, 남 법사가 그랜저에 탔다. 길태는 동생들이 따라오겠다는 걸 말리며 자기가 직접 차를 몰았다.

"이건 우리끼리 해결해야 되는 일이야."

동생들을 향해 엄한 얼굴로 말하는 길태는 제법 듬직해 보였다. 최 형사는 우리가 떠나는 걸 보고도 말리지 않았다. 체념한 표정이었다. 잠깐 동안에 얼굴이 더 길쭉해진 것 같았다. 땀인지 빗물

인지 모르겠지만 젖은 얼굴이 번들거렸고 두 눈은 푹 꺼져 생기를
잃었다.

"조심들 하세요."

그는 복도를 지나 막 밖으로 나가려는 우리 등에다 대고 그렇게
말했다. 김 형사가 뒤를 돌아보고는 씩 웃었다. 깔끔하게 정리된
김 형사의 머리카락은 어떤 마술을 썼는지 비바람에도 흐트러짐이
없었다. 미소도 딱 그랬다. 좌우대칭을 딱 맞춰 조각칼로 새겨 넣
은 것 같았다.

"날씨가 심상치 않아. 자네도 조심해."

최 형사는 선배의 당부에 고개를 끄덕이더니 곧바로 입을 열
었다.

"그런데 정말로……."

말은 거기서 끊겼다. 그는 경주를 마치고 헐떡대는 말처럼 입을
벌린 채 서 있었다.

"정말로 뭐?"

김 형사가 되물었다.

"아니, 아닙니다. 나중에 뵙겠습니다."

최 형사는 그 말을 끝으로 다시 회의실 안으로 들어가버렸다.

"자식, 찜찜하게 왜 말을 하다 말아."

김 형사는 투덜거리며 빗속으로 뛰어나갔고 우리도 뒤를 따랐
다. 목적지는 만식의 집. 광선리는 태풍의 아가리에 삼켜지기 일
보 직전이었다. 회색빛 구름이 요동치고 비바람이 억수같이 쏟아
졌다. 번개와 천둥이 번갈아 하늘을 갈랐다.

"살다 살다 이런 태풍은 처음이군."

남 법사가 혼잣말인지 신음인지 모를 말을 꺼낸 직후 앞에서 달리던 김 형사의 차가 휘청거렸다. 갑자기 쏟아져 내린 토사가 자동차 옆구리를 때렸기 때문이다.

"조심해!"

길태는 재빨리 핸들을 돌려 흙더미를 빙 돌아 나갔다.

"저수지는 괜찮을까?"

내가 길태에게 물었다.

"몰라. 보가 쌓여 있긴 한데 이대로 계속 비가 내린다면 어찌될지 모르겠어."

"이쪽 산 바로 위에 있는 게 솥뚜껑이지?"

남 법사가 무엇을 걱정하는지 알 만했다. 만약 솥뚜껑이 범람한다면 끔찍하다 못해 차마 눈뜨고는 볼 수 없는 사태가 벌어질 것이다. 물귀신의 원념으로 가득찬 차가운 물이 마을 구석구석을 휘젓는다는 상상만 해도 소름이 돋았다.

"아무 일 없게 해야죠."

길태가 다짐하듯 말했다.

나는 조수석 등받이에 몸을 기댔다. 진통제가 이제야 효과를 발휘하는 모양이었다. 통증이 약해진 대신 온몸이 나른했다.

"그때 말이에요, 왜 그렇게 열심히 도와주셨어요?"

어떤 말이든 하고 싶었다. 잠에 빠지지 않으려면 그 수밖에 없었다.

"그때라니?"

남 법사의 목소리가 멀리서 들리는 것 같았다.

"옛날에요, 우리 어릴 때. 무시할 수도 있었잖아요. 그냥 다른 데로 가버려도 되는 거고. 아니, 실제로도 그랬나? 남 법사님이 아무 말 않고 떠나는 바람에 우리 말 믿어주는 사람이 아무도 없었다고요. 그거 아세요?"

자각할 새도 없이 말이 술술 쏟아졌다. 몸의 다른 곳은 깊디깊은 물속으로 가라앉는데 혀만 빠져나와 나불거리는 것 같았다.

"어째서 지금 그게 궁금한 게냐?"

남 법사가 물었다. 웅얼웅얼. 내게는 그렇게 들렸다. 물거품이 이는 것처럼.

"한 번도 물어볼 새가 없었으니까요."

"나는 아주 잘나가던 박수무당이었다."

"그런 자랑 말고요."

"들어보게, 이걸 인정해야 이야기가 진행된다고."

네, 네. 알겠습니다. 허풍쟁이에다가 사기꾼 박수무당 영감님. 고개를 끄덕이자 뇌가 출렁거리는 듯했다. 금방이라도 녹아내려 콧구멍으로 흘러나올 게 분명했다.

"서울에서도 이름을 날렸지. 특히 귀신을 잘 몰아내기로 유명했다. 당시에는 요즘 같은 심령 프로그램이 없어서 그랬지, 있었다면 분명 섭외를 받았을 거다. 아무튼 승승장구였어. 돈이면 돈, 여자면 여자 부족한 게 없었지."

"그렇게 잘난 분이 왜 광선리 촌구석으로 내려오셨을까?"

나는 놀리듯 말했는데 남 법사에게는 그렇게 들리지 않았나 보

다. 잠시 무거운 침묵이 감돈다 싶더니 그는 한숨처럼 한마디를
토해냈다.

"나 때문에 아이 하나가 죽었다."

이번에는 대꾸할 말을 찾지 못했다. 자꾸만 감기는 눈을 억지로
뜨는 것만으로도 벅찼다. 사나운 비바람이 자신들도 이야기에 끼
워달라는 듯 자동차를 두드려댔다.

"너희 또래쯤 되는 아이였을 거다. 부모가 그 녀석을 데리고 왔
는데 딱 봐도 빙의가 됐더구나. 나는 별일 아니라고 생각했지. 그
런 경우야 많이 봤으니까. 기껏해야 길 잃은 잡귀가 아이 몸에 들
러붙은 정도라고만 짐작했어. 그런 귀신들은 부적 몇 장이면 나가
떨어지거든. 그럼 주머니가 두둑해지지. 아이는 낮에는 잠잠하다
가 밤만 되면 발광을 했다. 자기 몸을 할퀴고 깨물고 때렸어. 벽에
돌진해서 머리가 깨지기도 했지. 부적을 붙여도 소용이 없었어.
그제야 뭔가 심상치 않다는 사실을 깨달았지. 그래서 아이를 데리
고 그 집까지 갔다."

남 법사는 숨을 한번 골랐다. 내 머릿속에 선명한 이미지가 떠
올랐다. 영화의 한 장면 같기도 했다. 귀신 들린 아이가 온몸이 상
처투성이인 채로 서 있다.

"집에 가보고 나서야 모든 게 이해됐다. 흉가도 그런 흉가가 없
었지. 온갖 귀신들이 모이는 곳이었어. 나는 아이 방안에서 퇴마
술을 했지. 결계 안에 누운 아이는 귀신의 목소리로 내게 온갖 저
주를 퍼부었단다. 그쯤이야 아무것도 아니었어. 내가 정말로 무서
웠던 게 뭔지 아느냐? 아이가 가끔씩 정신이 돌아올 때마다 차라

리 자신을 죽여달라고 애원하는 거였다. 더이상 싸울 자신이 없다고. 그 작은 아이가 진심을 다해 소리를 지르는데 온몸에 소름이 돋더구나.

몇 시간이나 지났을까. 나는 아이를 싸매고 있는 원귀의 한을 걷어내고 진짜 귀신과 마주할 수 있었다. 귀신은 '우리'라는 표현을 쓰더구나. 우리. 아이에게 빙의된 귀신은 한둘이 아니었던 거지. 나는 밤이 새도록 싸웠다. 온 힘을 다해서. 녹초가 될 정도로. 그러다가 지쳐서 쓰러졌지. 그사이 아이가 맑은 정신으로 깨어났다. 나를 흔들어 깨우더구나. 참으로 맑은 눈으로 나를 바라보며 아이가 말했다. 고맙다고. 덕분에 다 나은 것 같다고. 그러면서 자기가 가장 아끼는 물건이라며 내 손에 구슬 하나를 쥐여줬지. 흔들면 눈이 내리는 구슬. 나는 어느 정도 효과가 있다는 생각에 안심하고 잠시 자리를 떴다. 화장실도 가고 싶었고 목도 말랐거든.

그게 마지막이었다. 살아 있는 아이를 본 게. 아이 부모에게도 호기롭게 이제 거의 다 됐다고 말한 뒤 다시 방으로 갔을 때 나는 그만 주저앉고 말았지. 아이는 자기 키의 두 배가 넘는 천장 형광등에 목을 맨 채 죽어 있었다."

남 법사의 목소리는 거의 울음처럼 변했다.

"그, 그것도 귀신의 짓이었나요?"

길태가 우물거리며 물었다.

"아마도. 하지만 경찰과 부모는 그렇게 생각하지 않았다. 난 간신히 옥살이는 면했지만 간질과 정신병에 시달리는 아이를 사이비 퇴마술로 죽인 사기꾼 취급을 받게 됐지. 아니, 실제로도 난 사기꾼이었다. 그저 그런 무당이었지. 진짜 앞에서는 꼼짝도 할 수 없었던 거야. 그 사실을 깨달은 뒤부터 내 생활은 무너졌다. 술에 빠져 살았지. 모아놓은 돈도 다 날렸어. 내 자만이 두 사람의 인생을 망쳐버린 거야. 그 아이와 내 인생. 그 뒤에는 그저 그런 이야기의 연속이다. 영화에 뻔히 나올 법한."

그저 그런 이야기의 흐름을 따라 남 법사는 광선리로 오게 되었다. 마치 예정되어 있기라도 했던 것처럼. 내 마음을 읽었는지 남 법사가 재빨리 덧붙였다.

"그래, 그렇게 도망치다시피 내려온 곳이 하필이면 이 빌어먹을 광선리였지. 나도 참, 지지리 운도 없고 복도 없는 놈이야. 그리고 또 너희들을 만났고."

"다 왔어."

내내 말이 없던 길태가 입을 열었다. 차는 멈춰 서 있었다. 비가 어찌나 많이 내리는지 앞에 선 김 형사의 차가 흐릿하게 보일 정도였다. 그래도 우리가 서 있는 곳이 어디인지는 알 수 있었다. 만식이네 집 마당이었다. 녀석의 BMW가 아무렇게나 주차된 채 비를 맞고 있었다.

"어쨌든 고마워요."

길태가 짧게 말하며 차에서 내렸다.

현관문은 잠겨 있지 않았다. 집안은 어두웠다. 우리는 신발을 신은 채 거실로 올라섰다. 바닥에는 점점이 물이 떨어져 있었다.

"만식아!"

길태가 만식의 이름을 불렀다. 집은 복층 구조였다. 높은 천장에 부딪힌 소리가 웅웅 울리며 사방으로 흩어졌지만 대답은 돌아오지 않았다.

"다른 가족은 없어?"

창현이 물었다.

"마누라랑 애 둘은 도시에 나가서 살고 있어. 애들 공부 때문에. 내가 알기로는 그래."

길태의 말을 듣고서야 만식의 집에서 풍기는 살풍경한 분위기가 이해됐다. 집은 사람의 손길이 닿아야 비로소 생명을 얻는다. 아무리 크고 호화롭더라도 구석구석에 사람의 자취가 깃들지 않으면 폐허나 다름없다.

"장만식 이장!"

이번에는 김 형사가 소리 높여 불렀다. 역시 메아리만 되돌아왔다.

"안 온 거 아닐까?"

길태가 물었다.

"마당에 차가 있잖아. 마을 회관에서 꽁지가 빠져라 도망쳐 온 게 분명해."

창현은 거실을 가로질러 성큼성큼 들어갔다.

"조심해, 혹시 모르잖아."

내가 말했다. 우리보다 한발 먼저 동철이 도착했을지도 모른다. 그리고 이 집 어딘가에 숨어 호시탐탐 기회를 노리고 있을지도……

"자, 둘씩 짝을 지어서 둘러보자고."

김 형사의 제안에 우리는 자연스레 짝을 맞췄다. 창현과 길태가 한 팀, 나와 명자가 한 팀, 마지막은 김 형사와 남 법사였다. 남 법사는 울 것 같은 표정이었다.

"조금이라도 이상하다 싶으면 소리를 질러."

김 형사는 연행이라도 하듯 남 법사의 팔짱을 끼고 주방 쪽으로 사라졌다. 늘 반질반질하던 구두에 흙탕물이 잔뜩 튄 것이 눈에 밟혔다. 창현과 길태는 안방을 살펴보겠다며 움직였다.

"우리는 2층으로 갈까?"

내가 물었지만 명자는 아무런 대답도 하지 않았다. 그제야 명자가 마을 회관에서부터 지금까지 한마디도 하지 않았다는 사실을 깨달았다. 나는 그녀의 어깨를 잡았다. 떨림이 느껴졌다. 비에 젖어 곱슬곱슬 말려 올라간 머리카락에서 샴푸 냄새가 났다.

"명자야. 날 봐. 내 얼굴 보라니까."

명자는 천천히 나를 바라봤다. 눈동자가 텅 비어 있었다. 마을 회관의 우라질 어둠 속에서 가장 큰 피해를 입은 건 도깨비 문신이 시커멓게 변한 길태도 아니고 광대뼈가 주먹만 하게 부어오른 나도 아니었다. 영혼이 송두리째 공포의 심연으로 끌려가버린 명자였다.

"명자야, 잘 들어. 나도 무서워. 무서워죽겠어. 아무것도 모르던 옛날보다 지금이 훨씬 더 무서워. 저 우라질 물귀신한테 끌려서 우라질 솥뚜껑 속으로 떨어질까 봐 우라지게 무서워. 그런데 더 무서운 게 뭔지 아니? 나는 살아남았으면 좋겠다고 생각했다는 거야. 다른 사람들이야 어찌됐건, 심지어 우리 독수리 오형제들이 죽어도 좋으니까 나만은 살아서 평생 가늘고 길게 살고 싶다는 생각 때문에 나는 소름 끼치게 무서워."

명자의 눈에 그제야 생기가 돌아오기 시작했다.

"나는 그 사건 이후로 무서운 것들을 죄다 피해 다녔어. 지금도 도망치고 싶어. 하지만 이제 맞설 거야. 맞서 싸울 거야. 나만 살겠다는 내 이기적인 마음에 지지 않을 거야. 물귀신에게도 지지 않을 거야. 무서움에 굴복하지 않을 거야. 그러니까 너도 지지 마. 혹시 힘에 부치면 내가 도와줄게. 구해줄게. 내 목숨을 걸더라도. 그리고 이 우라질 일이 끝나고 나면 우리, 술 한잔하자. 둘이서만."

나는 명자를 가만히 바라봤다. 명자 역시 내게서 얼굴을 돌리지 않았다. 한 편의 신파극이 김빠지는 소리를 내며 막을 내리려는 찰나, 명자가 말했다.

"오빠, 나 뺨 한번 때려도 돼?"

"엉?"

미처 대답을 하기도 전에 철썩 소리와 함께 눈앞에 불꽃이 튀었다. 다행히 오른쪽 뺨이었지만 충격은 퉁퉁 부은 왼뺨까지 고스란히 전달되었다. 나는 예상치 못한 일격에 뺨을 쥐고 멍하니 서 있었다.

"됐어, 이제 정신 차렸어. 가자."

명자는 어느새 예전 모습으로 돌아와 2층 계단 쪽으로 날쌔게 걸어갔다. 뺨을 맞은 건 나인데 정신을 차린 쪽은 명자라니 정말

웃긴 일이었다. 게다가 얼굴 전체가 얼얼할 정도로 뺨을 맞았는데도 화가 나기는커녕 웃음이 실실 나오다니, 이 또한 웃긴 일이었다. 나는 명자를 따라 2층으로 올라갔다.

바로 그때였다.

"여기야, 찾았어!"

1층에서 길태 목소리가 들렸다. 우리는 누가 먼저랄 것도 없이 밑으로 내달렸다.

"뭐야?"

1층에 내려서자마자 명자가 비명을 질렀다. 내 눈도 휘둥그레졌다. 거실에서는 공포 영화의 한 장면이 펼쳐지고 있었다.

"다 비켜! 죽여버릴 거야. 모가지를 따버릴 거라고!"

눈이 희뜩 뒤집힌 만식이 한 손에 낫을 들고 이리저리 휘둘렀다. 특별히 누군가를 겨냥하지는 않았지만 잘 벼린 낫이 허공을 가르는 것만으로도 섬뜩한 기운이 전해졌다.

"어떻게 된 거야?"

내가 물었다.

"우, 우리가 장롱 안에서 찾아냈어. 그런데 다짜고짜……."

길태 역시 흥분한 듯했다. 여차하면 달려들 기세였다. 반면 창현은 뒤로 물러서서 팔짱을 끼고 무표정한 얼굴로 바라볼 뿐이었다.

"말려야 하는 거 아냐?"

명자가 외쳤다.

"놔둬, 저러다 제풀에 지쳐 쓰러질 거야."

창현이 말했다.

그사이에도 만식은 입에서 침을 줄줄 흘리며 알아들을 수 없는 말을 중얼거렸다. 보이지 않는 누군가를 향해 낫을 휘두르는 것도 잊지 않았다.

"저래서는 진정을 시키기도 힘들겠구면."

남 법사가 말했다. 그는 낫이 번뜩일 때마다 얼굴을 찡그렸다.

"그래도 물귀신한테 당한 것보다야 낫지."

"그렇긴 하지만."

김 형사의 말에 남 법사는 재빨리 맞장구를 쳤다.

"으아아아, 이 좆같은 년! 꺼져, 난 아무 잘못이 없다고!"

만식은 무거운 몸을 이리저리 돌리며 발악을 하다가 자기 다리에 걸려 넘어지고 말았다. 그 바람에 낫을 놓쳤다.

"어서 치워!"

김 형사가 외쳤다.

제일 가까이 있던 길태가 놀랍도록 재빠른 동작으로 몸을 날리더니 낫을 걷어차 저만치 날려버렸다. 낫은 미끄러운 거실 바닥을 따라 빙글빙글 돌다가 소파 속으로 쏙 들어갔다. 길태는 멈추지 않고 그대로 만식 위에 올라탔다. 만식은 물에 빠진 사람처럼 사지를 버둥거렸지만 길태가 두 다리로 꽉 누르자 이내 잠잠해졌다.

"야, 장만식. 정신 차려!"

길태가 만식의 퉁퉁한 뺨을 후려갈겼다. 짝짝 소리가 울려 퍼졌다. 남 일 같지 않아 나도 모르게 내 뺨을 어루만졌다.

"어서 정신 차리라고!"

만식의 얼굴이 다시 좌우로 두 번 왕복했다.

"그만해라, 너 때문에 정신을 잃겠다."

김 형사가 적절한 순간에 말리지 않았다면 정말로 그랬을지도 모른다. 길태는 아쉽다는 듯 쩝, 입맛을 다신 후 일어섰다. 대신에 김 형사가 한쪽 무릎을 꿇고 앉았다.

"이것 봐, 이장. 정신이 좀 드나?"

만식은 몸을 반쯤 일으켰다. 흰자위만 가득하던 눈에 생기가 돌아왔다. 역시 매가 약이다.

"무, 물귀신은?"

만식이 물었다. 두툼한 입이 반쯤 벌어져 침이 흘러내리는데도 녀석은 모르고 있었다. 벌겋게 충혈된 눈동자가 불안하게 흔들렸다. 그야말로 메기 앞에 선 투투 같았다.

"어떻게 된 일인지 설명해봐."

창현이 물었다.

"좆같은 물귀신은 어디 있냐고?"

만식이 버럭 소리를 질렀다. 눈이 광기로 번들거렸다.

"여기엔 없어, 적어도 지금은. 그러니까 진정해."

창현의 말에도 만식은 못 믿겠다는 듯 주위를 두리번거렸다. 녀석은 우리 모두와 눈이 마주친 후에야 약간 안심한 듯한 표정을 지었다.

"이장. 일단 불부터 켜보게."

김 형사가 말했다. 만식은 바로 앞에 앉아 있는 김 형사를 이제야 발견한 듯 눈을 동그랗게 떴다. 독수리 오형제와 김 형사의 조합이 무척 낯선 모양이었다.

"소, 소용없어요. 집에 돌아와서 불이란 불은 모조리 켰는데 갑자기 정전이 됐어요."

새삼 공포가 몰려온 듯 만식은 몸을 잔뜩 웅크렸다. 퉁퉁한 몸이 공처럼 둥글게 말리는 걸 보자 나 역시 섬뜩해졌다. 집안의 어둠이 몇 겹은 더 두터워진 것 같았다.

"어쨌든 여기서 나가자고."

김 형사가 말했다.

"싫어! 물귀신이 쫓아올 거야. 나는 봤어. 그 눈을, 끔찍한 눈을 봤다고!"

"물귀신은 널 찾고 있다고. 그냥 여기서 당할래?"

길태가 물었다.

"씹할, 애초에 끝장을 냈어야 하는데. 그냥 넘어가버린 게 실수였어."

만식은 공포가 분노로 바뀐 듯 혼자서 중얼거렸다. 어쩌면 감당할 수 없는 공포가 머릿속에서 부풀어올라 끝내 돌아버린 걸지도 모를 일이었다.

"잘못은 네가 먼저 했잖아?"

길태가 소리쳤다.

"잘못? 뭐가 잘못이야? 마을을 위해서 이 한몸 바쳐가며 일한 게 잘못이야, 엉? 우리끼리 좋은 게 좋다고 살고 있으면 쌀이 생겨, 돈이 생겨? 죄다 늙은이들뿐인데 앞으로는 어떻게 할 거냐고! 누군 마음이 안 아픈 줄 알아? 당산나무 잘라내고 죄 없는 사람들

집이고 논밭이고 뺏기는 거, 그거 나도 안타까워. 그래도 어쩌겠어. 도로라도 뚫어야, 이 지랄이라도 해야 좆같은 광선리가 살아남는데!"

만식은 벌떡 일어났다.

"방법이 잘못됐잖아! 순진한 사람들 속이고 넌 뒷돈 받아 챙기면서 뭐, 마을을 위한다고?"

"사람 등쳐먹는 깡패 새끼한테 들을 이야기는 아닌 것 같다."

"이 새끼가!"

만식을 향해 달려들려는 길태를 김 형사가 막아섰다.

"두 사람 다 형사 앞에서 치고받을 건 아니지?"

할리우드 영화 속 경찰이 내뱉을 만한 대사를 김 형사는 눈 하나 깜박이지 않고 잘도 해냈다. 그러고는 씩 웃어 보이기까지 했다.

"난 아무래도 저 아저씨가 마음에 안 들어."

명자가 내 귓가에 속삭였다.

"자, 이럴 게 아니라 이야기를 한번 맞춰보자고. 지금 우리끼리 다툴 상황이 아니잖아. 만식이 넌 네가 알고 있는 걸 똑바로 말해줘야 해. 안 그러면 너나 우리나, 아니 광선리 사람 모두 물귀신 밥이 되고 말거야."

창현의 말에 만식은 바닥에 주저앉았다. 방금 전까지의 기세가 쑥 들어가버린 모양이었다.

"내가 아는 건 별로 없어."

"마을 회관에서 무슨 일이 있었어?"

"무, 물귀신이……."

"그건 알고 있고, 누구였어? 누가 물귀신으로 변했던 거야?"

"몰라. 갑자기 어두워졌어. 그러고는……."

만식이 더듬거리며 말했다.

"동철이. 동철이가 거기 있었어?"

창현이 물었다.

"동철이?"

생전 처음 들어보는 이름이라는 듯, 만식은 어리둥절한 표정으로 창현을 바라봤다. 나는 멍청해 보이기까지 하는 그 얼굴 속에서 오싹함을 느꼈다. 역시 무언가가 이상했다.

"그래, 동철이."

길태가 말했다.

"동철이는 없었어. 원래 한 집당 한 명씩만 오면 되는 거였거든."

"무슨 소리를 하는 거야?"

길태가 짜증 섞인 목소리로 소리쳤다.

"쉿! 조용히."

남 법사가 말했다. 일순간 모두 얼어붙었다. 소리는 확실하고 분명하게 들렸다. 거대한 괴물이 트림이라도 하는 것 같은 소리였다.

"더 어두워졌어."

길태가 중얼거렸다. 그러고 보니 방안의 어둠이 더 짙어졌다.

"커튼 좀 열어줘."

명자가 말했다. 나는 서둘러 창문을 향해 다가갔다. 커튼은 쉽게 말을 듣지 않았다. 온 힘을 다해 거의 뜯어내다시피 커튼을 열어젖혔다. 눈앞에 믿을 수 없는 광경이 펼쳐졌다.

"말세군."

탄식에 가까운 남 법사의 목소리가 들렸다. 말 그대로였다. 재난 영화의 가장 끔찍한 장면을 뚝 떼어다 붙인 것처럼 바깥은 온통 어둠에 휩싸여 있었다. 시야에 들어오는 모든 것들이 잿빛이었다. 두터운 먹구름 사이로 비쳐 드는 가냘픈 햇살들은 세찬 빗줄기에 씻겨 내려가는 중이었다. 바람은 흉포하고 무자비했다. 나뭇가지며 쓰레기, 정체 모를 천 쪼가리 같은 것들이 공중에서 맹렬하게 맴을 돌았다.

번쩍!

한줄기 섬광이 허공을 수직으로 갈랐다. 번개는 통유리로 된 창문을 일순간에 거울로 바꾸어놓았다. 화장실 문이 활짝 열려 있었다. 그 안에 도사리고 있던 시커먼 형체가 휙 사라졌다.

나는 재빨리 뒤를 돌아봤다. 사방은 다시 어두워졌다. 곧 무시무시한 천둥이 하늘을 훑고 지나갔다.

"화장실에!"

내 외침은 천둥소리에 묻혀 사라졌다. 만식이 몸을 날리는 게 보였다. 동시에 차가운 물방울이 얼굴에 떨어졌다.

"뭐야?"

길태가 소리쳤다. 천장에서 물이 쏟아지기 시작했다.

"으아아아아!"

만식이 짐승처럼 울부짖었다. 녀석은 어느새 낫을 들고 있었다.

순간 집이 크게 흔들렸다. 귀신의 수작이 아니었다. 집 자체가 기우뚱했다. 뒤틀리고 부서지고 내려앉는 소리가 들렸다. 바닥이 쑥 꺼진다 싶더니 마당을 향해 순식간에 기울었다. 제일 먼저 명자가 쓰러졌다. 내가 손을 내밀었지만 나 역시 버티지 못하고 바닥에 나동그라졌다. 남 법사와 창현도 차례로 넘어졌다.

"조심해!"

남 법사가 외쳤다.

주방에서 튀어나온 식탁이 김 형사에게로 달려들었다. 거대한 원목 식탁은 무시무시한 기세로 미끄러져 내려왔다. 길태가 손을 뻗어 김 형사의 허리를 낚아챘다. 간발의 차이였다. 식탁은 김 형사의 다리를 아슬아슬하게 스치고 지나가 거실 통유리를 강타했다. 하늘 위로 번개가 내리긋듯 유리 전체에 금이 가는가 싶더니 곧 폭발하듯 깨져버렸다. 압축된 두꺼운 유릿조각들이 우리 위로 쏟아져 내렸다.

"저기!"

명자가 소리쳤다. 나는 그녀가 가리키는 쪽으로 고개를 돌렸다. 만식이 보였다. 어느새 넘어져 창틀에 걸려 있었다. 유리가 빠져나간 자리로 어마어마한 바람이 불어닥쳤다. 만식은 입을 크게 벌렸다. 정말이지 웃는 것처럼 보였다.

"으아아아아!"

비명인지 웃음인지 모를 소리가 바람에 날려 흩어졌다. 만식은 고개를 돌려 우리를 바라봤다. 물에 젖어 번들거리는 녀석의 얼굴

위로 이번에는 진짜 미소가 스치고 지나갔다. 그게 마지막이었다. 천지를 뒤흔드는 소리와 함께 지붕이 무너져 내렸다. 바닥이 쑥 기울었다. 우리는 바깥으로 튕겨 나갔다. 위태롭게 달려 있던 유릿조각 하나가 만식을 향해 곧장 떨어졌다. 날카롭고, 거대한 유릿조각이다.

"피해!"

누가 내 팔을 잡아당겼다. 창현이었다.

"빨리 저쪽으로!"

길태가 소리쳤다. 나는 벌떡 일어나 만식의 집 위쪽에 자리 잡은 단단한 바위를 향해 달렸다. 명자의 손을 꼭 잡고서.

"이, 이게 도대체……."

먼저 도착한 남 법사가 말을 잇지 못한 채 입만 벌리고 서 있었다. 빗줄기가 따갑도록 내리쳤다. 숨을 고르며 뒤를 돌아봤다. 땅이 꺼졌다. 만식의 집 오른쪽 뒤편에서부터 산이 무너지며 꺼지는 땅으로 쏟아져 들어갔다. 그 사이에 낀 만식의 이 층 양옥집은 그야말로 순식간에 사라져버렸다. 엄청난 양의 토사가 아래로 아래로 흘러 내려갔다. 유유히, 다음 먹잇감을 향해서.

4
솥뚜껑

계속 비를 맞고 있을 수는 없었다. 우리가 디디고 있는 바위도 언제 휩쓸려 내려갈지 몰랐다. 모든 것들이 푹 젖어 금방이라도 녹아내릴 것만 같았다. 그전에 우리 중 누군가가 먼저 쓰러진다 해도 전혀 놀랄 일이 아니었다. 실제로 명자는 이까지 딱딱 부딪히며 떨고 있었다. 나도 추웠다. 뼛속까지 시렸다. 그게 쏟아지는 비 때문인지 방금 전 눈앞에 펼쳐진 끔찍한 광경 때문인지는 알 길이 없었다.

"일단 움직이지."

김 형사가 목청을 높였다.

"어디로요?"

길태가 멍한 표정으로 되물었다. 녀석은 전에 없이 핼쑥해 보였다. 만식의 집을 쓸어 간 산사태는 우리의 정신도 함께 가져가버린 것 같았다. 내가 우라질 태풍에 맞서며 유일하게 할 수 있는 일은 카메라를 지키는 것뿐이었다. 최대한 비에 젖지 않게 옷 속에 넣고 가렸지만 보디 전체는 속절없이 번들거렸다. 금세 습기가 찰 렌즈도 걱정이었다.

"저기."

김 형사가 가리킨 곳에 자동차가 세워져 있었다. 우리가 타고 온 길태의 그랜저였다. 만식의 BMW는 아예 쓸려 내려가버렸고 김 형사의 차도 벌렁 뒤집힌 채 물을 먹고 있었지만 고물 그랜저만 은 무사했다. 흉포한 산사태의 입김이 딱 그 앞에서 멈춘 덕분이 었다.

"위험해요. 땅이 언제 꺼질지 모르잖아요."

창현이 말했다.

"이대로 비를 쫄딱 맞으면서 마을 회관까지 갈 수는 없어. 일단 은 비를 피해야 해. 차를 가지고 갈 수 있는 데까지 가는 거야."

불과 몇십 분 전까지는 신작로였던 곳이 싯누런 흙탕물 천지로 변했다. 쿨렁쿨렁 소리를 내며 흘러가는 물은 우라질 태풍과 마찬 가지로 어떤 의지를 가지고 움직이는 것 같았다. 모든 걸 삼켜버 리겠다는 선명하고 차가운 악의.

"그러면 어서 타죠."

길태가 기다렸다는 듯 그랜저를 향해 달려갔다. 우리는 차에 올 라탔다. 길태가 운전대를 잡고 김 형사가 조수석에 앉았다. 차내 에서 서로의 체온으로 몸을 덥히니 확실히 떨림이 줄어들었다. 길 태는 시동을 걸고 조심스레 후진을 했다. 바퀴가 조금만 엇나가도 만식의 집을 삼켜버린 구덩이로 추락할 판이었다.

"전화가 계속 먹통이야."

담이 큰 건지, 아무 생각이 없는 건지 김 형사는 혼자서 전화기를 잡고 씨름하는 중이었다.

그랜저는 한때 만식의 집 마당이라 불렸던 곳을 꽁무니부터 빠져나가 한때 도로라고 여겨졌던 곳에 간신히 합류했다. 마침 쓰러진 나무 한 그루가 그랜저 옆면을 스치며 떠내려갔다. 금속이 긁히는 기분 나쁜 소리가 들렸다.

"빨리 출발하자. 더 늦었다간 우리도 저 신세가 될 거야."

창현이 말했다. 그랜저를 스치고 지나간 나무는 도랑과 전봇대 사이에 끼여 발버둥치다가 허연 속살을 드러내며 부러지고 말았다.

"알았어."

그랜저는 흙탕물을 가르며 내달렸다. 저멀리 하늘 위에서 다시 번개가 내리그었다.

"도대체 이게 무슨 난리냐."

김 형사가 창밖을 보며 말했지만 누구 하나 대꾸하지 않았다. 차 안에는 서늘한 침묵이 맴돌았다. 나는 만식의 마지막 눈빛을 떨쳐버릴 수가 없었다. 유릿조각이 녀석을 향해 떨어져 내리던 순간이 번개처럼 떠올랐다가 사라졌다. 내가 원했던 결말은 이게 아니다. 한 사람의 목숨이 이토록 허무하게 사라지다니 도저히 믿을수가 없었다.

"젠장, 이게 아닌데……."

길태 역시 나와 같은 마음이었다. 녀석은 그렇게 중얼거린 후 운전대를 꽉 쥐었다.

"이것도 물귀신이 벌인 일일까요?"

명자가 거칠한 목소리로 물었다.

"아니다, 아닐 게야. 산을 무너뜨릴 정도의 힘이 있었다면 지금쯤 우리도 싹 다 죽은목숨이었겠지. 태풍도, 산사태도 아주 고약한 우연이라고 생각하는 게 마음이 편할 게다."

남 법사는 대답한 후 다시 입을 닫았다. 바깥 풍경은 시시각각 변했다. 번개와 천둥의 주기가 점점 빨라져서 하늘은 거의 몇 초에 한 번 꼴로 번쩍이다가 으르렁대기를 반복했다.

김 형사가 말했다.

"저 산도 앞쪽에서 보면 멀쩡하지만 뒤는 여기저기 구멍이 숭숭 뚫렸어. 안주시 외곽에서부터 도로를 낸다고 무지 깎아댔거든. 뭐 그 때문에 무너진 건 아닐 테지만."

그 때문은 아닐 테지만……. 그 말이 썩어 문드러진 부유물처럼 머릿속에 둥둥 떠다녔다.

"물귀신은 만식이를 안 따라온 걸까?"

창현의 질문에 나는 집이 무너지기 전 상황이 떠올랐다.

"내가 봤어! 아까 난리 법석이 벌어질 때 화장실에 서 있던 시커먼 형제를 봤다니까."

"확실해? 동철이였어?"

그렇게 묻자 말문이 막혔다. 정말로, 동철이었을까?

"똑똑히는 못 봤어. 하지만 헛것을 본 건 아냐. 그건 분명해."

"화장실에 있었다면 그것도 역시 탈출을 못 했을 거야. 만식이 집과 함께 땅으로 꺼져버렸을 거라고."

창현은 여전히 표정 없는 얼굴로 말했지만 목소리는 살짝 떨렸다. 아무리 철가면이라 해도 모든 감정을 숨길 수는 없을 것이다. 물귀신이 사라졌을지도 모른다는 가능성은 내 심장도 두근거리게 만들었다.

"아니, 그건 아닐 걸세. 아쉽지만 그건 아니야."

남 법사가 얼굴을 찡그리며 말했다. 그 얼굴이 밉살스러웠다.

"아니라면? 물귀신이 저 집에 없었다는 건가, 아니면 쥐도 새도 모르게 탈출을 했다는 건가?"

김 형사의 목소리에도 가시가 돋친 걸로 봐서 역시 기분이 상한 모양이었다. 졸지에 공공의 적이 된 남 법사는 당혹스러운 듯 작게 한숨을 내쉬었다.

"화장실에 있었다는 게 진짜 물귀신인지 잘못 본 건지는 모르겠습니다."

"진짜……."

나는 말을 하려다가 그냥 삼켰다. 남 법사가 나를 힐끗 봤다.

"저는 착각이 아닐 거라는 데 걸겠습니다. 그래야 모든 이야기가 맞아떨어지거든요. 다만 우리가 알아야 할 건 사람의 몸을 완전히 차지한 물귀신의 힘이 어느 정도인가 하는 겁니다. 우리 모두가 경험했다시피 물귀신은 물이라는 매개만 있으면 어디든 돌아다닐 수가 있습니다. 물귀신이 솥뚜껑에서 처음 불려 나왔을 때도 원혼인 상태로 사람을 해쳤으니까요. 이번 사건에서는 사람의 육체를 가지고 돌아다니지만 그게 꼭 육신 없이는 활동을 못 한다는 의미는 아닙니다. 아니, 오히려 사람의 몸을 완전하게 차지한 지금은 힘이 더 강해져서 물이 없는 곳에라도 원혼의 형태로 얼마든지 나타날 수 있을 겁니다. 쉽게 말하자면 필요한 때에 들락날락할 수 있다는 거지요. 마을 회관에서 그 난리를 치고 곧바로 만식을 따라가는 건 불가능한 일일 수도 있습니다. 게다가 제 부적에 공격을 당하기도 했어요. 모르긴 몰라도 꽤 충격을 받았을 겁니다. 하지만 사람 몸이 아니라 원혼만 따라간 거라면 충분히 설명 가능하죠. 그 정도 힘은 있을 테니까요."

"뭐가 이렇게 어려워! 그러니까 이 좆같은 물귀신은 이제 사람 몸에 들어갔다 나왔다 마음대로 할 수 있다는 거잖아?"

김 형사가 분통을 터뜨렸다. 그 마음은 나도 이해할 수 있었다. 지금 우리가 처한 상황은 심형래나 김정식이 나와 아이들의 배꼽을 빠지게 했던 옛날 영화 같았다. 〈물귀신과 여섯 명의 얼간이들〉. 제목도 그럴듯했다. 얼간이들은 언제나 한발 늦게 도착하고 엉뚱한 슬랩스틱을 선보이며 바보짓을 일삼는다. 그나마 영화는 늘 해피엔딩이지만 우라질 현실은 어떨지 전혀 알 수가 없었다.

"물귀신이 만식이를 노리고 있었는데 때마침 우리가 들이닥쳤다 이거군요. 뒤이어 예기치 않게 산이 무너져 원혼 상태인 물귀신은 금세 자리를 떴다."

이번에도 창현이 깔끔하게 정리했다.

"그러면 우리는 이제 어디로 가요? 무작정 달릴 수는 없잖아요."

명자는 담배 생각이 간절한 듯 손톱을 씹어댔다. 신경질적인 행동과 창백한 피부가 묘한 분위기를 만들어냈다. 나는 엉뚱하게도 명자의 벗은 몸을 떠올렸다.

우라질……

쓸데없는 생각을 떨쳐버리려고 눈을 감았지만 잘되지 않았다. 딱따구리가 푸드덕 날갯짓을 해 내 뒤통수에 사뿐히 내려앉았다. 이제 쪼아대는 일만 남았다.

"동철이가 있을 만한 곳."

창현이 말했다.

"그게 어딘데?"

명자의 물음에 아무도 대답을 하지 않았다. 이야기가 뚝 끊기자마자 빗소리가 다시 달려들었다. 어떻게든 차를 비집고 들어오려는 빗줄기가 그랜저 지붕을 매섭게 때렸다. 그럴 리야 없겠지만 구멍이라도 뚫을 것 같은 기세였다.

"어디로 가건 빨리 결정을 해야 되겠는데요……. 이, 이게 운전하기가 점점 힘들어져서."

침묵을 깬 건 오랜만에 입을 연 길태였다. 아닌 게 아니라 녀석은 뒤에서 보기에도 잔뜩 긴장한 자세로 운전을 하고 있었다. 길태의 말처럼 그랜저를 둘러싼 상황은 점점 안 좋아졌다. 물이 계속 불어났고 떠내려오는 나뭇가지며 각종 쓰레기가 진로를 방해했다.

"여기가 어디쯤이야?"

내가 물었다.

"조금만 더 가면 광선 초등학교야."

"씹할, 태풍이 아예 성형수술을 해주는구먼."

김 형사의 말 그대로였다. 주위 풍경은 완전히 변해버렸다. 논은 아예 잠겼고 길 곳곳에는 무너져 내린 흙이 참호처럼 쌓여 있었다. 먼 하늘 위로 하얀색 비닐이 너풀너풀 날아 올라갔다. 누군가의 비닐하우스가 날벼락을 맞은 모양이었다.

"우리도 잠기겠어."

명자가 불안한 듯 몸을 웅크리며 말했다.

"괜찮아. 조금만 더 가면……."

명자를 달래려고 고개를 돌렸다가 남 법사를 보게 되었다. 어딘가 이상했다. 얼굴 근육이 멋대로 움직이고 있었다. 입을 헤벌리고 침을 줄줄 흘렸다. 고개를 좌우로 빠르게 저었다. 마치 몸속 깊숙이 잠들어 있던 무언가가 밖으로 비집고 나오려는 듯했다.

"남 법사님!"

바로 옆에 앉은 창현도 이상을 눈치했다. 남 법사는 본격적으로 몸을 떨기 시작했다. 눈이 죽은 생선처럼 허옇게 뒤집혔다. 머릿속으로 어떤 예감이 스치고 지나갔다.

"솥뚜껑으로."

남 법사가 말했다. 하지만 남 법사가 아니었다.

"거기…… 가면……."

"유민 오빠?"

명자의 눈이 커졌다.

"뭐라고? 유민이?"

길태가 운전을 하다 말고 뒤를 돌아봤다. 마침 어디서 날아왔는지 모를 커다란 철제 푯말 하나가 모로 뒤집힌 채 물 위로 얼굴을 내밀고 있었다.

"조심해!"

김 형사가 소리쳤다. 길태는 재빨리 핸들을 꺾었다. 그랜저는 푯말을 아슬아슬하게 피하며 멈춰 섰다. 나는 푯말에 적힌 글씨를 읽을 수 있었다.

맑은 저수지의 고장 광선리

마치 물귀신이 우리를 조롱하는 것 같았다. 녹슨 푯말에 적힌 붉은 글씨를 보는 순간 불길한 기운을 느꼈다. 독수리 오형제, 아니 얼간이들이 아무리 발버둥쳐도 동철의 몸을 차지한 물귀신에게는 절대 이길 수 없으리라. 예감이라기보다는 확신에 가까웠다.

"솥뚜껑으로."

남 법사의 몸을 빌려 나타난 유민은 같은 말을 반복했다.

"왜? 거기 가면 뭐가 있지?"

창현은 아예 남 법사의 몸을 잡고 흔들었다. 그러나 유민은 반응이 없었다. 주파수가 맞지 않는 라디오를 앞에 두고 전전긍긍하는 꼴이었다.

"솥뚜껑으로."

유민이 다시 말했다. 억양 없는 짧은 한마디였지만 왠지 모를 절박함이 느껴졌다.

"일단 솥뚜껑으로 가지."

김 형사가 말했다. 그사이 남 법사의 몸은 차츰 떨림이 멈췄다.

유민이 빠져나가고 있었다. 남 법사의 의식이 돌아오는 것 같았다. 그의 입에서 가느다랗게 신음이 새어 나왔다. 그러다가 곧, 한순간 기적적으로 주파수가 맞아 선명한 소리를 쏟아내는 라디오처럼 유민의 목소리가 다시 들려왔다.

"조심해……. 죽어……. 많이."

이번에는 정말로 마지막이었다. 남 법사는 숨을 헐떡이며 깨어났고 차 안에는 유민이 남긴 소름 끼치는 예언만이 조용히 맴돌았다. 그랜저는 솥뚜껑을 향해 힘겹게 달려갔다.

"다 왔어."

길태는 그렇게 말하며 오전에 김 형사와 우리가 차를 멈췄던 곳 근처에 그랜저를 주차했다. 비는 여전히 쏟아붓고 있었지만 솥뚜껑 근처는 이상할 정도로 깨끗했다. 심지어 비바람이 조금 뜸한 느낌도 들었다.

"내가 지금 잘못 보고 있는 거 아니지?"

나는 창문을 내렸다. 저멀리 우리가 달려온 길에서는 태풍이 여전히 난리를 피우는 중이었다. 내가 고개를 내밀자마자 번개가 내리그었다. 꽤 가까운 거리에 떨어진 듯 빛의 파편이 선명하게 보였지만 뒤따라온 천둥은 생각만큼 소리가 크지 않았다.

"맞아, 보고 있는 그대로야. 확실히 여긴……."

창현은 말을 맺지 못했다. 우리는 밖으로 나갈 생각도 하지 못한 채 멍하니 바깥 풍경만 바라보고 있었다.

"거참 이상하구먼."

김 형사가 조수석 문을 열고 밖으로 나갔다. 명자가 내 옆구리를 쿡 찔렀다. 돌아보니 내릴 건지 말 건지 묻는 눈치였다.

"내려야지."

암, 그렇고말고.

내키지는 않았지만 차 안에 틀어박혀 있을 수는 없었다. 게다가 내 눈으로 똑똑히 확인하고 싶었다. 도대체 무슨 일이 벌어지고 있는 건지.

"이런 게 가능한가?"

한발 먼저 내린 길태가 멍하니 하늘을 올려다보며 말했다. 이런 게 가능할 리 없었다. 길태와 똑같은 자세로 하늘을 바라보는 내 얼굴 위로 차가운 빗방울이 떨어졌다. 기관총처럼 난폭하고 요란한 비가 아니었다. 여전히 바람이 불고 빗줄기 또한 굵었지만 세상 모든 걸 박살낼 듯 쏟아지던 비바람과는 분명 차이가 있었다. 그렇다고 해서 태풍의 기운이 수그러든 건 아니었다. 마치 보이지 않는 막으로 경계가 나뉜 것처럼 우리 뒤쪽에 펼쳐진 길, 불과 십여 미터 떨어진 그곳에는 여전히 어마어마한 비바람이 불고 있었다. 경계에 선 나무 한 그루는 이쪽과 저쪽이 각각 다른 모양으로 나부끼는 중이었다. 저쪽 편의 가지는 금방이라도 부러질 듯 휘어 바들바들 떨고 있는데 이쪽의 가지는 비교적 평온했다.

"태풍의 눈이라는 건가?"

김 형사가 말했다.

"그렇다고 하기에는 범위가 너무 좁습니다."

창현이 대답했다.

"초대장일세."

남 법사가 입을 열었다. 우리의 시선이 일제히 남 법사에게로 향했다.

"물귀신이 우리를 부르고 있는 게야."

이런 식의 초대라면 사양하고 싶었다. 차라리 미친놈처럼 발악해대는 태풍 속으로 걸어 들어가는 편이 더 나을지도.

"어쨌든 올라가지."

김 형사는 산속을 향해 저벅저벅 걸어갔다. 우리는 그 뒤를 따랐다.

아무리 비바람이 잠잠해졌다고 해도 산행은 힘들었다. 질척질척한 흙길이 두 다리를 자꾸만 잡아당겼다. 신발은 금세 더러워졌다. 김 형사의 구두도 광택을 잃은 지 오래였다. 우리는 누구 하나 입을 열지 않고 오로지 산을 오르는 데 집중했다. 나뭇잎을 때리는 빗소리와 뻥 뚫린 하늘 구멍에서 쏟아져 내려오는 바람의 울부짖음이 산속에 메아리쳤다.

"아!"

명자가 외마디 비명을 지르며 미끄러졌다. 나는 재빨리 손을 뻗어 그녀의 허리를 낚아챘다.

"미끄러우니까 조심해."

명자는 허리를 굽히고 서서 숨을 골랐다. 서서히 한계에 다다르는 모양이었다.

"오빠 먼저 가. 난 좀 쉬었다가 갈게."

"조금만 더 올라가면 솥뚜껑이야. 자, 힘을 내."

명자는 내가 내민 손을 말없이 잡았다. 먼 하늘에서 또다시 번 개가 쳤다. 명자의 손이 살짝 떨렸다. 덩달아 내 손도 떨리고 내 심장도 떨렸다. 문득 이 산길을 되돌아 내려올 때도 명자의 손을 잡을 수 있으면 좋겠다는 생각이 들었다. 나는 명자의 손을 꼭 쥐 고 묵묵히 걸었다. 발밑으로 흙탕물이 줄줄 흘렀다. 여기저기 나 무가 쓰러진 걸로 봐서 우리가 오기 전까지 솥뚜껑 역시 태풍에게 시달리고 있던 게 틀림없었다.

"가슴이 답답해."

명자가 속삭였다. 동시에 나도 비슷한 느낌을 받았다. 숨쉬기가 힘들고 명치가 뻐근했다. 입을 크게 벌리고 산소를 잔뜩 들이마셨 지만 답답함은 해소되지 않았다.

"솥뚜껑이야."

내 말에 명자는 고개를 끄덕였다.

"이제부터 조심해야 하네."

몇 미터 앞에서 올라가던 남 법사가 걸음을 멈추고 말했다. 피 곤하게만 보였던 그의 얼굴에 다시 생기가 돌아왔다. 지나치게 반 짝이는 눈을 보고 있자니 살짝 걱정까지 되었다. 남 법사는 물귀 신이 내뿜는 기운에 반응하고 있는 것 같았다. 목소리마저 경쾌 했다.

"여기서부터는 완전히 물귀신의 영역이니까!"

그 말을 끝으로 남 법사는 길태가 잡을 새도 없이 성큼성큼 산 길을 올라가버렸다. 어찌나 빠른지 김 형사와 창현도 금세 앞지르 고는 우리의 시야에서 사라졌다. 무릎관절이 아프다고 징징대던 환자로는 도무지 보이지 않았다. 무언가, 거대하고 사악한 힘이 그를 끌어당기고 있는 게 틀림없었다. 덜컥 불안감이 몰려왔다.

"괜찮을까?"

눈이 마주친 길태를 향해 물었다.

"이제 곧 솥뚜껑이야. 빨리 따라잡자."

길태 대신 창현이 대답했는데 나는 그 말을 주의깊게 들을 수가 없었다. 가슴이 철렁 내려앉았다. 내 옆에 선 명자의 눈도 휘둥그레졌다.

"뭐야? 왜 그래?"

이상을 눈치챘는지 창현이 우리를 향해 물었다.

"안개다."

길태도 나와 같은 것을 보고 있었다.

안개였다.

저 위쪽, 솥뚜껑에서부터 내려오는 게 분명한 안개. 보통의 안개는 아니었다. 뚜렷한 질감과 부피를 가진 새하얀 덩어리였다. 너무 짙은 흰색이라 오히려 깜깜해 보이는 안개는 산을 더듬어 내려오며 덩치가 점점 커졌다. 살아 있는 짐승 같았다. 비바람이 부는데 안개가 낄 수 있느냐는 지극히 현실적인 질문은 통하지 않았다. 우리를 향해 달려오는 건 분명 안개였고 명백한 악의를 품은 생명체였다. 아니면 물귀신이 토해낸 차가운 입김이거나.

"빨리 한데 모이자, 그리고 뛰는 거야!"

사태의 심각성을 깨달은 창현이 소리를 질렀다. 나는 명자의 손을 그러쥐고 달렸다. 길태까지 포함한 우리 셋이 김 형사와 창현에게 도착했을 때쯤에는 안개 역시 포위망을 구축해 서서히 좁혀 들어오고 있었다. 안개가 닿는 곳은 곧 하얗게 지워졌다. 나무들이 스르르 자취를 감추고 뻥 뚫린 불길한 하늘은 불투명한 뚜껑으로 막혔다. 안개는 소리도 집어삼켰다. 내가 만나본 안개 중 가장 지독했다. 손을 앞으로 뻗자 그 손 역시 뭉텅 잘려 나갔다.

"서로 손을 꼭 잡아."

창현의 말에 우리는 손을 잡았다. 맨 앞에 선 김 형사가 휴대전화를 꺼내 불빛을 비췄지만 언 발에 오줌 누기였다. 앞을 밝히기는커녕 휴대전화도 사라졌다.

"아무것도 안 보여."

명자는 분명히 내 옆에 서 있었는데 목소리는 저멀리 아득한 곳에서 들려왔다.

"움직이자!"

창현의 목소리도 마찬가지였다. 웅얼웅얼, 저 세상 어딘가에서 흘러나오는 외마디 절규처럼 들렸다. 나는 걸음을 옮겼다. 오른손은 명자를, 왼손은 길태를 잡고 있었지만 감촉만 느껴질 뿐 아무것도 보이지 않았다. 그저 하얀 공간뿐이었다. 상하좌우조차 분간하기 힘들었다. 두려웠다. 눈에 들어오는 건 안개, 온통 안개였다.

"명자야."

아무 대답이 없었다. 손에서 느껴지던 감촉도 어느새 사라졌다.

"길태, 박길태!"

길태 역시 자취를 감추었다. 머릿속이 빙글빙글 돌았다.

"창현아, 김 형사님."

아무런 소리도, 심지어 내 목소리마저 들리지 않았다. 공포보다도 절망감과 고립감이 마음을 흔들었다. 나는 무작정 달리기 시작했다. 위쪽이라 짐작되는 곳으로. 그때 낯선 소리가 들려왔다. 옆인지 뒤인지 분간할 수가 없었지만 안개의 장막을 뚫고 소리가 들렸다는 사실만으로도 마음이 놓였다.

"누구야? 나 여기 있어!"

대답 대신 다시 소리가 들렸다. 물이 흐르는 듯한 소리였다. 아니, 바다에서나 들릴 법한 파도치는 소리처럼 들리기도 했다. 나는 더듬거리며 앞으로 나갔다. 안개는 끈적끈적하게 몸을 옭아맸다. 한 발 한 발 움직이는 게 너무 힘들었다.

"여기야."

누군가의 목소리가 날아들었다. 남자인지 여자인지 분간할 수도 없었다.

"어서, 여기로 와."

어딘지 모르게 다정하게 들렸고, 내 의지와는 상관없이 몸이 먼저 반응해 다리가 움직였다.

"조금만 더. 빨리. 이리로."

"알았어, 기다려."

나는 허공에 대고 대답했다. 제발 혼자 남겨두지 마. 싫어. 나 혼자 있기 싫어! 누가 내 팔을 잡았다. 냉동고에서 막 꺼낸 고깃덩어리가 피부를 문지르는 것 같았다. 차갑고 섬뜩한, 그리고 그걸 뛰어넘는 오싹한 기운이 온몸으로 퍼져 나갔다. 덕분에 정신이 번쩍 들었다. 바람이 불었다. 순간 안개가 휙 걷히고 세상의 민낯이 드러났다. 내 앞에 서서 얼굴을 바싹 들이대고 있는 사람이 보였다. 동철이 아니었다.

"다, 당신은?"

말을 채 끝맺기도 전에 나는 허공을 날았다. 곧 차가운 물이 나를 덮쳤다. 모든 일이 찰나에 일어났지만 내가 솥뚜껑에 빠졌다는 사실만은 확실히 알 수 있었다. 꾹꾹 눌려 있던 공포가 터져 나왔다. 나를 떠민 상대가 동철이 아버지라는 사실과 함께……

눈을 떴다. 뿌연 물 말고는 아무것도 보이지 않았다. 정체 모를 부유물이 둥둥 떠다녔다. 나는 가라앉고 있었다. 차갑고 끈끈한 물이 내 몸을 아래로 끌어당겼다. 고통스럽지는 않았다. 저멀리, 한없이 아득하게만 보이는 공간에 수면이 펼쳐져 있었다. 손을 뻗었지만 닿지 않았다.

이대로 죽는구나. 선명한 깨달음이었다. 나는 마지막을 향해 솥뚜껑 아래로 내려가는 중이었다. 인생의 종착점이 솥뚜껑이라니……. 솥뚜껑을 피해 한평생 도망 다녔는데 결국 이곳에서 죽게 되었다. 얄궂은 운명, 우라질 개통 같은 운명이었다.

물귀신은 동철이 아니었다.

그제야 모든 의문이 풀렸다. 하지만 친구들에게 진실을 전하기도 전에 내 몸에서는 생명이 점점 빠져나가고 있었다. 처음 솥뚜껑으로 내던져질 때 느꼈던 강렬한 공포는 어느새 사라져버렸다. 슬펐다. 목숨 따위에는 미련이 없을 줄 알았는데 아니었다. 내가 집요하게 뒤쫓던 죽음의 영역으로 들어간다는 게 너무도 두렵고

슬펐다.

　팔다리를 휘저었다. 문득 생각이 났다. 내게는 아직 할 일이 있었다. 이 일이 끝나면 명자와 둘이서만 술을 마시기로 했다. 코와 입으로 물이 마구 들어왔지만 멈추지 않았다. 수면을 향해 이를 악물고 헤엄쳤다.

　다리가 움직이지 않았다. 아래를 내려다봤다. 수많은 손이 솥뚜껑 밑바닥에서 뻗어 나와 내 다리를 움켜쥐고 있었다. 허옇고 퉁퉁 분 손이었다. 얼굴들이 하나둘 나타났다. 모두 눈구멍이 뻥 뚫렸다. 모두 웃고 있었다. 그것들이 나를 쑥 잡아당겼다. 그때 누가 물로 뛰어들었다. 억센 손이 내 어깨를 잡았다. 물속이었지만 나는 똑똑히 들을 수 있었다.

　"가자, 이제는 내가 구해줄 차례야."

　길태였다.

　솥뚜껑이 요동치기 시작했다. 길태라는 이물질을 밀어내려는 듯, 아니면 아예 집어삼키려는 듯 거센 물살이 일었다. 내 다리를 붙잡는 손이 점점 더 많아졌다. 뼈마디가 드러난 손가락이 발목을 움켜쥐고 나를 어둠의 한가운데로 끌고 내려갔다.

　같이 가…….

　소리가 들렸다. 망령들이 내뱉는, 원혼들이 쏟아내는 곡성이었다.

히히히히.

소름 끼치도록 차가운 웃음이었지만 그 안에는 원한과 분노, 슬픔이 섞여 있었다. 나는 정신을 잃어가는 중에도 그들이 품은 감정을 읽을 수 있었다. 그것은 닻이었다. 죽어서도 이승을 떠나지 못하고 차디찬 물속에서 떠돌게 만드는 끔찍한 닻. 누군가는 발을 헛디뎌 물에 빠졌고, 누군가는 실연의 상처에 몸부림치다 몸을 던졌고, 누군가는 쥐도 새도 모르게 죽어 버려졌다. 각자 이유는 다르지만 하나같이 물 밖의 인간들을 증오했다. 살아서 숨쉬는 것들, 태양 아래에서 돌아다니며 들숨 날숨으로 생을 연명하는 것들에게 분노를 품었다. 인간의 삶을 질투했다. 파괴하기를 원했다. 질척한 물속으로 끌고 들어와 가라앉은 퇴적물 아래 파묻기를 간절히 바랐다.

모두 너를 기다리고 있어.

물속의 원혼들은 내가 죽음의 현장에서 익히 보아온 얼굴로 변했다. 지하철에 뛰어들어 수십 갈래로 찢어진 사내가 내게 손짓했다. 무너진 건물의 잔해 속에서 얼굴의 반쪽을 잃고 서서히 죽어가던 여자가 뭉개진 나머지 입으로 씩 웃었다. 화염에 휩싸인 비정규직 노동자가 형형한 눈빛으로 나를 바라봤다.

이제는 네 차례야!

숨이 막혀왔다. 가슴을 쥐어뜯었지만 폐 안으로 비집고 들어간 물은 다시 빠져나오지 않았다. 길태가 나를 잡고 끌어올리기 시작했다. 다리를 붙잡는 원혼들의 힘은 더 세졌다. 물살이 어지럽게 돌며 점점 소용돌이쳤다. 내 머릿속도 빙글빙글 돌았다. 길태가 다시 한번 나를 당겼다. 나는 차오르는 숨을 삼키며 녀석을 바라봤다. 고개를 저었다. 안 돼. 너라도 빨리 빠져나가. 나는 이 죽음에서 도망칠 수 없어. 길태 역시 세차게 고개를 저었다. 절대 포기하지 않겠다는 단호한 눈빛으로. 소용돌이를 타고 내 몸 전체가 마구 휘둘렸다. 온몸에서 힘이 빠져나갔다.

그때였다. 누가 밑에서부터 내 몸을 밀어 올리는 느낌이 들었다. 간신히 눈을 떠 아래를 내려다봤다. 눈구멍이 뻥 뚫리고 새빨간 혀를 꿈틀거리며 악을 써대는 망자들 가운데 유민이 있었다. 녀석은 어릴 때 모습 그대로였다. 내가 기억하는 6학년 때 그대로 작고 마르고, 우라질 안경잡이였다.

"너 여기서 뭐해?"

유민이 물었다.

"뭐하긴, 인마. 죽으려는 거지."

"죽으면 하나도 재미없어."

"어차피 모두 죽잖아. 지금 죽으나 나중에 죽으나 마찬가지지."

"아직 우리 모험이 안 끝났잖아. 광선리 독수리 오형제의 모험. 그건 끝마쳐야지."

유민은 나를 향해 웃었다. 정말로 맑고 편안한 웃음이었다. 내 기억이 정확하다면 녀석의 그런 웃음을 본 건 그때가 마지막이었다. 우리가 타임캡슐을 함께 묻었던 여름의 어느 날. 그런 생각들이 머릿속을 스치는 동안 내 몸은 서서히 떠올랐다. 옷깃을 틀어쥔 길태의 손아귀가 느껴졌다. 죽을 만큼 괴로웠지만 죽고 싶지는 않았다. 필사적으로 팔다리를 저었다. 수면이 가까워졌다. 먹구름과 태풍, 물귀신의 차가운 기운을 뚫고 비쳐 든 한줌의 햇살이 나를 기다리고 있었다.

나와 길태는 물 밖으로 솟구쳤다. 갑자기 숨통이 트이자 정신을 차릴 수가 없었다.

"힘을 내!"

길태가 귓가에 대고 소리쳤다. 다른 소리들도 들렸다. 이번에야말로 정말 의식이 멀어졌지만 목소리의 주인들을 확인할 수는 있었다. 창현이 손을 뻗었다. 명자도 마찬가지였다. 남 법사와 김 형사의 주름진 손도 보였다.

"어서 내 손을 잡아!"

모두 그렇게 외쳤다. 나는 손을 내밀었다. 여러 개의 손이 나를 솥뚜껑 밖으로 끌어냈다. 얼굴의 모든 구멍에서 물이 빠져나오며 기침이 쉴 새 없이 쏟아졌지만 그래도 꼭 해야 할 말이 있었다. 나는 길태에게 속삭였다.

"바보 같은 짓이었어. 너도 죽을 뻔했잖아."

"넌 이미 오래전에 내 목숨을 구했어."

"우라질, 기억력도 좋다."

"이번에는 내가 널 구할 차례였나 보지."

"그 말은 물속에서도 했어."

"무슨 말? 난 아무 말도 안 했어. 널 끄집어내기도 바빴는데."

아무렴, 죽음과 거의 키스를 할 정도로 위태로운 순간이었으니 헛소리를 들었다고 해도 이상할 게 없고말고. 나는 혹시나 싶어 물었다.

"다른 걸 본 건 없어? 손이나 귀신이나 아니면…….."

"못 봤어. 뭐가 있었던 거야?"

"아니, 아니다."

길태는 의심스러운 눈빛으로 나를 힐끔 바라봤다. 솥뚜껑은 금방이라도 넘칠 듯 뒤척이고 있었다. 물과 방죽의 높이 차이가 몇십 센티미터도 안 되는 것 같았다. 다행히 안개는 모두 걷힌 상태였다. 대신에 비바람이 점차 강해졌다. 태풍이 송곳니를 드러내는 중이었다.

"일단 아지트에서 태풍부터 피하죠."

창현이 말했다. 모두 고개를 끄덕였다. 묵직한 바람이 휘몰아쳤다. 우리는 바람을 정면으로 맞으며 아지트를 향해 걷기 시작했다. 나는 다리가 풀려 움직이기 힘들었다. 명자가 내 옆에 바싹 붙어 팔짱을 꼈다.

"시간만 되면 그거 한번 파볼 텐데."

길태가 바람에 질세라 목청을 높였다. 상황에 어울리지 않는 경쾌한 목소리였다.

"뭐?"

명자 역시도 악을 쓰다시피 말했다.

"타임캡슐. 까맣게 잊고 있었는데 그때 이후로 자꾸 생각나. 너희들은 안 그래?"

"조폭 새끼가 타임캡슐은……."

나는 김 형사가 나지막이 중얼거리는 소리를 들었다.

"추억은 추억으로 남겨두자. 그 안에 뭘 넣었는지 상상하면서. 때로는 적당히 잊어야 아름다운 것도 있지 않을까?"

창현이 철학과 교수 같은 말을 했을 때였다. 섬뜩한 예감이 불쑥 떠올랐다. 나는 소리쳤다.

"안 돼!"

내 예상보다도 훨씬 큰 목소리가 나왔다. 모두 발걸음을 멈추고 나를 돌아봤다. 하고 싶은, 그리고 해야만 하는 이야기들이 머릿속을 뱅글뱅글 돌았지만 쉽게 입 밖으로 나오지 않았다. 잔뜩 어질러진 책상 서랍에서 무언가를 찾는 꼴이었다.

"무슨 일이야?"

창현이 물었다.

"나를 솥뚜껑에 빠뜨린 건 동철이가 아니었어."

빗소리를 뚫고 이야기를 하느라 악을 썼다.

"너 그냥 실수로 빠진 게 아니었단 말이야? 풍덩 소리가 들리고 네가 허우적거리기에 난 그냥 뛰어들었거든."

길태가 말했다. 물귀신의 정체를 아는 사람은 나뿐이었다.

"동철이 아버지였어."

내 말에 모두 숨을 죽였다. 그 순간만큼은 비바람도 잠잠해진 것 같았다.

"분명해, 똑똑히 봤어. 물귀신은 동철이가 아니라 동철이 아버지야. 나를 솥뚜껑에 빠뜨렸고 지금은 여기 어딘가에서 힘을 모으고 있을 거야."

물에 빠진 후 멍했던 정신이 돌아오며 서서히 머릿속이 맑아졌다. 사건의 윤곽이 보이기 시작했다.

"무슨 소리야? 동철이 아버지라니. 영감님이 왜……."

나는 길태의 말을 무시했다.

"물귀신을 불러냈던 건 동철이가 아니었어. 우리는 오해를 하고 있었던 거야."

내가 말을 하는 사이 솥뚜껑 주변도 야금야금 어두워졌다. 먹구름이 두께를 더해갔다. 그때 희미한 소리가 들려왔다. 바람에 실려 허공에 흩어지긴 해도 분명 사람의 목소리였다. 나는 소리가 나는 쪽으로 고개를 돌렸다. 솥뚜껑 바로 옆, 수풀이 우거진 곳에 키 작은 남자가 서 있었다.

"아버지, 이제 그만해요."

우리는 누가 먼저랄 것도 없이 동철을 향해 달려갔다.

5
진실

"조심해. 섣불리 다가가지 마."

김 형사는 소용없다는 사실을 알면서도 권총을 꺼내 동철에게 겨냥했다. 동철이 정말로 물귀신이라면 총알이 발사되기도 전에 김 형사는 솥뚜껑으로 처박힐지도 모를 일이었다. 그리고 그 안에는 나를 놓친 아쉬움에 이를 바득바득 가는 원혼들이 기다리고 있겠지.

"동철아."

길태가 조심스레 이름을 불렀다. 우리는 동철의 주위로 빙 둘러섰다. 녀석은 아직 우리를 인지하지 못한 듯했다. 약에 취하기라도 한 것처럼, 아니면 아직 잠에서 덜 깬 사람처럼 멍한 얼굴로 솥뚜껑을 바라볼 뿐이었다. 길쭉한 턱을 타고 빗물이 뚝뚝 떨어졌다. 처진 눈매 속의 눈동자는 초점을 잃고 탁하게 흐려져 있었다. 어두운 저수지의 밑바닥에서 퇴화된 눈을 껌벅이며 엎드려 있는 병든 민물고기가 떠올랐다.

"정말이야?"

명자가 나를 돌아보며 물었다.

"정말이냐고? 정말, 동철 오빠가 아닌 거야?"

나는 아무 대답도 하지 않은 채 동철을 바라봤다. 양계장에서
녀석을 목격했을 때의 기억이 떠올랐다. 그때도 비가 퍼붓는 중
이었고 그야말로 찰나의 순간이었지만 녀석의 눈빛은 어딘지 슬
퍼 보였다. 축 처진 눈매 때문만은 아니었다. 흐리멍덩하게 변한
지금의 눈동자 속에서도 그때 보았던 슬픔의 흔적을 찾을 수 있었
다. 그것은 좌절과 절망을 겪은 이의 눈빛이었다.

"박동철, 내 말이 들리면 대답해."

김 형사가 동철을 향해 외쳤다.

"이제 그만하라니까요. 아버지. 이만하면 됐잖아요."

동철은 여전히 허공을 바라보며 딴소리를 했다.

"아무래도 제정신이 아닌 것 같아요. 제가 한번 가볼게요."

창현이 동철에게로 다가갔다. 한 시간 전의 나였다면 미친 짓
이라며 펄쩍 뛰었을 테지만 지금의 내게는 확신 비슷한 것이 있었
다. 창현도 어느 정도 눈치를 챈 모양이었다. 우리가 물귀신에게
씌었다고 철석같이 믿고 있던 동철은 사실 피해자였다. 진짜 물귀
신은 녀석의 아버지, 바로 박 영감이었다. 아내가 죽던 날 술에 취
해 집을 비웠던 남자. 우리를 제외하고는 동철과 함께 가장 오랜
세월 동안 물귀신의 차가운 숨결을 느끼며 살았을 불쌍한 남자.
그가 원흉이었다. 다른 친구들은 아직 납득하지 못했다. 길태가

창현의 앞을 가로막고 나섰다.

"안 돼. 위험해."

"잘 봐. 동철이는 물귀신도 뭐도 아니야. 느낄 수 있잖아."

창현이 말했지만 그다지 확신에 찬 목소리는 아니었다. 내가 나섰다. 나는 조용히 움직였다. 모두의 신경이 창현과 길태에게 쏠린 사이 휙휙 걸어나갔다.

"어, 어……."

명자의 목소리가 들렸지만 멈추지 않았다. 나는 동철을 똑바로 바라봤다.

"너였지? 명자와 나를 구해준 게. 네가 아니었으면 우리는 물귀신에게 꼼짝없이 당했을 거야."

동철에게 물었다. 명자가 물귀신에게 공격을 당하고 나 역시 우라질 상황에 빠졌을 때 방안에는 두 사람이 있었다. 그때의 상황이 머릿속에 생생하게 그려졌다. 박 영감과 동철이 명자의 방으로 숨어든다. 그때까지는 물귀신의 지배에 완전히 놓인 상태가 아니었다. 목적은 우리가 예상했던 것처럼 경고였으리라. 더이상 신경쓰지 말고 돌아가, 뭐 이딴 경고. 물귀신의 정체를 아는 우리가 나서서 들쑤시고 다니면 도로 공사를 막고 만식에게 엿을 먹이겠다는 계획이 실패로 돌아갈 확률이 높으니까. 하지만 박 영감 안에 깃든 물귀신의 의도는 달랐다. 키 큰 여자는 이십오 년 전에 놓친 우리를 다시 솥뚜껑으로 끌고 가기 위해 호시탐탐 기회를 노리고 있었다. 그러니 명자와 나를 앞에 두고 참지 못한 건 어찌 보면 당연한 일이었다.

박 영감과 동철은 당황했으리라. 아니, 아버지 쪽은 아예 의식이 없었을 테고 동철만이 겁에 질렸겠지. 필사적으로 말렸으리라. 옛친구들을 살리기 위해. 결과적으로는 내 카메라가 머리를 때리는 통에 박 영감이 정신을 차렸겠지만 동철이 없었다면 우리는 죽은목숨이나 다름없었다. 맞다, 그전에 창현을 살린 것도 바로 동철이었을 것이다.

"그리고 창현이도 구해줬지."

창현의 위험을 알리고 물귀신을 몰아낸 것은 유민이었겠지만 그전에 동철이 자기 아버지를 말렸으리라. 두 사람은 함께 움직였다. 주도적인 쪽은 물귀신을 불러낸 박 영감이었을 테고 착해빠진 동철은 그런 아버지를 막기 위해 애를 썼던 걸지도 모른다. 그런데 모든 게 틀어졌다. 이제 박 영감은 더이상 동철의 아버지가 아니었다. 물귀신 그 자체였다.

"넌 할 만큼 했어."

내가 말했다. 동철이 천천히 나를 바라봤다.

"조심해."

길태 목소리가 들렸다. 나는 뒤를 돌아보는 실수를 범하지 않았다. 지금은 전진할 때였다. 멈춰 서서 잠시라도 망설였다가는 진실에 다가갈 수 없었다. 동철의 얼굴에 처음으로 감정이 떠올랐다. 입가가 씰룩거렸다. 눈이 조금 커졌다. 동시에 죽은 생선의 그것 같던 눈동자에도 희미하게나마 빛이 돌아왔다.

"네 잘못이 아니야. 난 알고 있어. 아니, 우리 모두 알고 있어. 넌 막으려고 했을 거야. 옛날부터 그랬잖아. 누구에게나 친절하고 다정했지. 물귀신을 불러내서 사람들을 죽이는 일 따위. 너는 상상도 하지 못할 일이었어. 맞지?"

동철은 물귀신이라는 단어에 반응했다. 몸을 부르르 떨었다. 눈이 팽팽하게 커진다 싶더니 입을 크게 벌렸다. 무슨 말인가를 하고 싶은데 그게 입 밖으로 나오지 않는 듯했다. 아니면 누가 억지로 막고 있거나.

"소리 들었어?"

명자가 말했다. 나도 분명 들었다. 상한 우유 1.5리터를 통째로 마신 인간의 뱃속에서나 울릴 법한 소리였다. 어마 무시하고 지독한 설사를 예고하는 소리. 당분간 화장실에서 휴지를 쥐어뜯으며 살아야 한다고 경고하는 듯한 우라지게 불길한 소리였다. 천둥은 아니었다. 비바람과 달리 천둥 번개는 얼마 전부터 잠잠해졌다. 하늘이 동철과 우리의 극적인 만남을 말없이 지켜보고 있는 것 같았다. 그게 아니라면 정말로 극적인 순간을 위해 아껴두고 있거나.

소리는 솥뚜껑에서 들려왔다.

크르릉.

아까보다 더 크고 선명하게 솥뚜껑이 울부짖었다. 분명 엄청난 설사를 쏟아낼 모양이었다. 나는 신경쓸 여력이 없었다. 동철도 마찬가지였다. 우리는 눈을 마주친 채 말없이 서 있었다.

"네 도움이 필요해. 잘못한 놈들은 다 죽었어. 너도 아는지 모르겠는데 투투 그 자식도 이제 이 세상 사람이 아니야. 그러니까 여기서 멈춰야 해. 너희 아버지, 이제는 물귀신이 되어버린 너희

아버지를 찾아야 해. 안 그러면 더 많은 사람이 죽을 거야."

"엄마가 죽었어."

동철이 입을 열었다. 숨이 가쁜 듯 입을 뻐끔거리며 간신히 말을 이었다.

"난 누가 엄마를 죽였는지 알아. 그건…… 사람이 아니었어. 부엌에 들어섰는데 느낌이 이상했어. 아니, 아니야. 그전부터야. 문을 열고 엄마를 불렀는데 아무 대답이 없는 거야. 아빠가 아직 안 들어와서 화가 났나 보다 생각했는데 기분이 이상했어. 심장이…… 쿵닥쿵닥 뛰는 거야. 엄마는 부엌에 있었어. 난 봤어. 똑똑히. 이 두 눈으로. 부엌에는 설명할 수 없는 기운이 떠돌고 있었어."

나는 녀석의 이야기를 계속 들어야 할지 아니면 그냥 끊고 본론으로 들어가야 할지 망설였다. 동철의 목소리가 커졌다. 설핏 광기가 서렸다. 잠잠하던 불안감이 고개를 쳐들었다. 솥뚜껑에서 또다시 무시무시한 소리가 났다. 길태와 김 형사가 뭐라고 소리를 질렀지만 내 귀에는 들어오지 않았다. 나는 동철의 충혈된 두 눈에서 시선을 거둘 수 없었다.

"나는 알 수 있었어. 그거였어, 그거. 어른들이 수군대던 그거. 우리 사이에서 전설처럼 떠돌던 그거. 물귀신. 그게…… 우리 엄마를 데려간 거였어. 하지만 사람들은 믿지 않았지. 아무도 내 말에 귀를 기울이지 않았어. 아빠를 빼고는. 그날 이후로 나는 계속 물귀신 꿈을 꿨어. 아주 키가 큰 여자야. 숨바꼭질을 좋아하는 여자. 늘 이렇게 노래를 부르고는 했어."

어디어디 숨었니?

동철은 달뜬 표정으로 그 노래를 불렀다. 귀를 막고 싶었다. 무언가 잘못 돌아가고 있다는 예감이 들었다. 땅이 진동했다. 명자가 비명을 질렀다. 누가 내 어깨를 잡으며 조심하라고 소리를 질렀지만 나는 뿌리치고 동철에게로 달려갔다.

"그만해, 동철아. 그만해. 물귀신은 막을 수 있어!"

나는 녀석을 끌어안고 소리쳤다. 동철은 노래를 뚝 멈추더니 내 어깨에 고개를 파묻었다. 그러고는 조용히 속삭이기 시작했다. 차디찬 입김이 귀에 닿았다. 비린내가 코를 찔렀다.

"우리는 전부 죽을 거야. 아버지가 그렇게 말했어. 한 명도 빠짐없이 죽일 거라고."

다음 순간, 땅이 크게 흔들렸고 나는 동철과 함께 내동댕이쳐졌다.

눈앞에서 번개가 쳤다. 우르르 쾅. 곧이어 천둥이 몰아칠 것 같았으나 대신에 둔탁한 통증이 이마에서부터 머리 전체로 퍼져나갔다. 뒤통수에 매달려 있던 딱따구리가 깜짝 놀라 날아가버릴 만큼 강렬한 한 방이었다. 뇌가 흔들렸다. 믹서의 칼날이 걸쭉한 주스를 뽑아내기 위해 머릿속에서 맹렬히 회전하는 것 같았다. 쓰러지면서 어딘가에 부딪힌 것 같은데 도무지 정신을 차릴 수 없었다. 물에 빠진 사람처럼 양팔을 허우적거렸다. 귀를 찢는 소음이 들렸지만 그게 실제로 나는 소리인지 망가진 뇌가 만들어낸 울림인지

판단이 되지 않았다.

"……괜찮아?"

귓가에서 누군가의 목소리가 웅웅 울렸다. 분명 아는 목소리인
데 그 주인이 누구인지 떠오르지 않았다. 나는 무심결에 고개를
흔들었다가 욕을 뱉었다. 통증이 머릿속에서 소용돌이쳤다.

"일어나야 해."

다시 목소리가 들렸다. 누가 내 어깨를 잡고 억지로 일으켜 세
웠다. 나는 그만하라고 손을 흔들고 싶었지만 그것도 마음대로 되
지 않았다. 팔이 엄청나게 무거웠다. 다른 곳도 마찬가지였다. 바
베크 탐정의 커다란 탈을 쓰기라도 한 것처럼 고개가 자꾸 앞으로
쏠렸다. 걔네들 보면 말이야, 양손으로 얼굴을 받치는 동작을 자
주 하잖아, 왜 그런지 아니? 탈이 무거워서래. 무게중심이 앞으로
쏠리니까 받쳐주는 거라고. 창현이 했던 말이 문득 떠올랐다. 녀
석은 광선리 독수리 오형제를 만든 주제에 우리의 환상을 깨는 이
야기를 곧잘 했다. 어디서 주워들었는지는 몰라도 태권브이 같은
거대 로봇은 실제로는 사람이 탈 수 없다는 소리를 해서 우리를 실
망시키는 식이었다. 그러면 악당은 어떻게 물리쳐? 유민이 금방이
라도 울 것 같은 표정으로 했던 말도 떠올랐다.

우라질, 별게 다 생각나네.

나는 속으로 중얼거렸다. 그러고 보니 우라지게 아팠다. 정신을
차리라고 끊임없이 채근하는 목소리의 주인은 나를 어딘가에 기대
놓았다. 덕분에 더 아팠다. 구역질이 올라오고 눈앞이 빙글빙글
돌았다. 초점이 맞지 않았다. 카메라의 초점이 맞지 않을 때는 핀

테스트 용지를 놓고 조리개를 최대로 한 다음 AF 미세 조정을 켬으로 바꾸고……

"이대로 죽기 싫으면 빨리 정신 차려."

목소리는 끔찍한 말을 차분히 했다. 덕분에 머릿속을 맴돌던 잡생각들이 서서히 사라졌다. 아무렴, 이대로 죽을 수는 없지. 나는 자꾸만 감기는 눈을 억지로 떴다. 그 간단한 동작을 하는 데도 엄청난 노력이 필요했다. 몇 번 더 눈을 감았다 떴다. 그러고 보니 광선리에 온 후로 비슷한 상황을 여러 번 겪었다. 죽음의 문턱까지 갔다가 돌아왔고 그때마다 내 눈앞에는 누가 있었다.

이번에도 마찬가지였다.

"어때? 정신이 들어?"

시야 한가득 동철의 얼굴이 들어왔다.

"머리가 아파."

나는 간신히 입을 열었다.

"이마가 찢어졌어. 바위에 부딪혔거든. 그것보다 어서 피해야 해. 조금 있으면 우리도 휩쓸릴 거야."

처음에는 동철이 무슨 말을 하는지 몰랐다. 머리는 여전히 멍했고 눈앞도 흐렸다.

"나 뺨 좀 때려봐. 살살."

내 말이 떨어지기가 무섭게 뺨에 화끈한 통증이 느껴졌다.

"아프잖아!"

효과는 확실했다. 흐리멍덩하던 눈앞이 확 밝아지면서 덩달아 머릿속까지 맑아졌다. 제일 먼저 찾아온 깨달음은 동철이 멀쩡하

다는 사실이었다. 방금 전까지 물귀신 이야기를 하며 흰자위를 번
뜩이던 동철이 아니었다. 눈빛은 차분했고 표정도 편안해 보였다.

"나도 바닥에 쓰러졌는데 덕분에 정신이 돌아왔어."

내 마음을 읽었는지 동철이 말했다. 녀석의 이마에는 커다란 혹
이 나 있었다. 나는 이마 주위를 더듬었다. 섬뜩한 통증이 지나갔
다. 손에 피가 묻어났다. 나는 찢어지고 동철은 튀어나왔다. 그 작
은 차이가 한쪽은 정신을 잃게, 다른 쪽은 정신을 차리게 만든 모
양이었다. 그 사실이 왠지 재미있게 느껴져 상황에 맞지 않다는
사실을 알면서도 실실 웃었다. 그러다가 순간 두 번째 깨달음이
나를 흔들었다.

솥뚜껑이 보이지 않았다!

솥뚜껑과 땅과의 경계를 가르고 있는 방죽이 사라진 상태였다.
솥뚜껑은 더이상 솥뚜껑이 아니었다. 터져버린 방죽 너머로 저수
지 안에 고여 있던 어마어마한 양의 물이 뿌연 물보라를 일으키며
쏟아져 나오고 있었다. 동시에 주변 지형도 급속도로 변해갔다.
만식의 집을 덮쳤던 산사태와는 비교도 되지 않을 정도로 많은 토
사가 넘쳐흐르는 물을 따라 아래로 미끄러져 내려갔다. 신경을 자
극하는 기분 나쁜 커다란 소리의 정체는 바로 솥뚜껑이 토해내는
용트림이었다. 물과 토사에 휩쓸린 나무들이 뿌리째 뽑혔다. 물은
끊임없이 쏟아졌다. 내 눈에는 물줄기 하나하나가, 물방울 하나하
나가 기뻐서 날뛰는 것처럼 보였다. 몇십 년, 아니 어쩌면 몇백 년
일지도 모르는 긴긴 세월 동안 쌓여왔던 원한이 터져 나오는 것 같
았다.

"다른 사람들은? 다들 어디 간 거야?"

내 목소리는 떨렸다. 눈으로는 필사적으로 친구들의 흔적을 찾았지만 어디에도 보이지 않았다. 오로지 물뿐이었다. 한번 터진 방죽은 금세 범위를 넓히며 허물어졌다. 동철의 말처럼 우리가 앉아 있는 곳도 안전지대가 아니었다.

"몰라, 내가 정신을 차렸을 때는 이미 보이지 않았어. 우리하고는 다르게 정신이 말짱했으니까 방죽이 터지기 전에 피하지 않았을까?"

"확실해?"

동철 역시 자신의 바람을 말했을 뿐이라는 사실을 알면서도 나는 다그치듯 물었다. 화가 치밀었다. 할 수만 있다면 당장이라도 물귀신의 멱살을 틀어쥐고 한 대 갈기고 싶었다.

"일단 내 이야기를 먼저……."

나는 벌떡 일어났다. 내게 더 중요한 쪽은 따로 있었다.

"명자야! 창현아! 길태야!"

온 힘을 다해 녀석들의 이름을 불렀지만 되돌아오는 건 물소리뿐이었다. 그리고 끔찍한 두통. 다시 한번 소리를 지르려다가 소용없다는 사실을 깨닫고는 털썩 주저앉았다. 내 목소리가 아무리 커도 솥뚜껑이 내뿜는 광기에 찬 웃음과 비바람을 뚫을 수는 없었다. 애초에 가능한 일이 아니었다. 물귀신으로부터 도망친다는 것, 물귀신을 물리친다는 것 모두 불가능한 일이었다. 우라질 착각이었다. 소용돌이에 한번 휘말리면 그대로 영영 맴돌다 가라앉게 마련이었다. 아무리 헤엄친들 어마어마한 힘에서 빠져나올 수는 없었다.

"다 끝났어."

나는 중얼거렸다. 뜨거운 게 뺨을 타고 흘러내렸는데 그게 눈물인지 빗물인지 아니면 찢어진 상처에서 나오는 핏물인지도 알 수가 없었다. 한 가지만 확실했다. 딱 한 가지만.

우리는 졌다. 그게 유일한 진실이었다.

"너 혼자 피해. 난 이제 힘이 없어."

눈을 감고, 기대고 있던 나무 옆에 아예 드러누워버렸다. 차가운 빗물이 콧구멍과 입으로 파고들어 괴로웠지만 조금 있으면 죽을 몸, 까짓 것 조금 참기로 했다.

"죽는 쪽은 네가 아니야. 넌 살아남아야 해."

동철이 말했다.

"뭣 때문에? 이제 아무런 의미도 없어졌어. 난 물귀신을 막지도 못했고 친구들도 모조리 잃었어. 여기서 달아난다 해도 언젠가는 물귀신에게 잡혀서, 그러니까 네 아버지한테 잡혀서 차가운 물속으로 끌려 들어가겠지."

분노를 한껏 담아 소리지르려 했지만 그럴 힘도 없었다. 아니, 분노가 끓어오르지 않았다. 나는 점점 차갑게 식어갔다.

"진실을 알려야지. 왜 이런 일이 벌어졌는지 누군가는 세상 사람들에게 알려야 해."

"진실은 단 하나야. 너도 죽고 나도 죽고 세상 사람 모두가 언젠가는 죽는다는 거."

"그런 같잖은 소리나 하고 있을 때가 아니야. 내 정신이 언제 다시 나갈지 몰라. 그전에 모든 걸 털어놓고 싶어. 조금이라도 말짱할 때 이야기를 해야겠어. 그러니 넌 들어. 제발!"

나는 슬며시 눈을 떴다. 광기가 빠져나간 동철의 눈동자 속에는 간절함이 깃들어 있었다. 축 처진 녀석의 눈꼬리가 유독 슬퍼 보였다. 비스듬히 몸을 일으켰다. 지금은 동철의 이야기를 들어야 할 것 같았다. 우라질 예감이 그렇게 속삭였다. 그래야 후회하지 않는다고.

"대충은 알고 있을 거라 생각해."

동철이 입을 열었다. 나는 녀석을 바라봤다.

"물귀신에 빙의된 건…… 너희 아버지야. 그렇지? 그러니까…… 사람들을 죽인 것도 바로 너희 아버지고."

나는 더듬더듬 말했다. 동철은 고개를 끄덕였다.

"맞아, 아버지야. 아버지가 물귀신이야. 그 여자가 아버지 몸을 빼앗았어. 막으려고 해봤지만 소용없었어. 나는 미쳐 있었어. 제정신이 아니었지. 내 머릿속 어딘가가 탈이 난 건 그때부터였는지도 몰라. 엄마가 죽은 걸 봤던 그때 말이야. 정신이 말짱해진 지금에 와서야 알겠어. 그 순간 내 안에 물방울 하나가 스며들었던 거야. 그 여자의 한이 서린 차가운 물방울이. 그게 점점 커져서 내 정신을 축축하게 적셔버린 거지. 그래서 미쳐버렸어.

아버지는 그런 날 열심히 돌봤지. 물귀신 때문에 두려워하는 나를 위로해주는 사람은 아버지밖에 없었어. 오직 아버지만이 내 이야기를 믿어줬지. 그런데도 나는 점점 상태가 나빠졌어. 언제부턴가 귓가에서 여자 목소리가 들렸어. 모두 죽이라는 말이었지. 나를 불러내. 나를 찾아줘. 그러면 소원을 들어줄게. 나는 그게 물귀신 목소리라는 걸 알았지만 거부할 수 없었어. 그래서 내가 불러낸 거야. 물귀신. 내가 불러냈어."

"뭐?"

예상 외의 말에 머리가 띵했다. 동철은 여전히 평온한 표정이었다. 나는 녀석의 입에서 나올 다음 말이 두려웠다.

"만식이랑 나머지 녀석들, 처음에는 꽤 잘해줬어. 그래도 친구니까. 종욱이하고 다섯이서 자주 어울려 다녔지. 친구들하고 있을 때는 편했어. 무서움도 덜했지. 넌 아마 알 거야. 혼자 있을 때면 뒤통수가 근질거리는 느낌. 누가 내 뒤를 졸졸 따라다니며 훌쩍 높은 곳에서 내려다보는 것 같은 느낌, 너도 알지? 뒤돌아보면 꼭 그 여자가 서 있을 것 같잖아."

우라질.

동철이 자식은 섬뜩한 이야기를 너무도 담담하게 했다.

"계속 그렇게 살았어. 지난 세월 동안 말이야. 내게는 친구들이 전부였지. 자꾸 밖으로 돌았어. 집에 있으면 늘 한기가 들었으니까. 엄마가 죽은 후로 부엌을 막아버렸는데도 한기는 줄어들지 않았어. 식당은 일찌감치 문을 닫았지. 사람이 죽어나간 식당에 누가 밥을 먹으러 오겠어, 안 그래?"

동철은 슬쩍 웃었다. 다시 이상해진 게 아닌가 싶어 유심히 살폈지만 똑같은 얼굴이었다. 나는 말없이 침을 삼켰다. 아까 이야기를 꼭 들어보라고 아우성쳤던 우라질 예감이 이번에는 아주 좆같은 일이 벌어질지도 모른다는 경고를 보내고 있었다. 그사이 물길은 더 넓어졌다. 솥뚜껑의 물은 끝도 없이 흘러나왔다. 저 많은 물이 광선리를 덮친다고 생각하니 등골이 오싹했다. 어쩌면 벌써 물바다가 되었을지도 모를 일이다. 피해야 된다며 나를 깨웠던 동철은 정작 넘쳐흐르는 물 따위에는 관심도 없다는 듯 계속 이야기를 이어갔다.

"그냥 손가락만 빨고 있을 뻔한 나와 아버지를 도와준 게 바로 만식이야. 난 마을 사람들 일을 도우며 근근이 먹고살았거든. 아버지도 마찬가지였어. 광선리에서 아버지와 나는 불길한 존재였어. 일손이 필요할 때는 썼지만 그 외에는 다들 피했지. 재수없다며 대놓고 뭐라고 하는 마을 어른도 있었다니까. 왜 안 그랬겠어. 아버지는 술만 들어가면 물귀신 이야기를 했거든. 나도 그랬어. 친구들한테 틈만 나면 그때 이야기를 했지. 엄마를 죽인 건 물귀신이라고. 언제 다시 찾아올지 모르니 조심해야 한다고. 그러다 보니까 점점 일거리도 줄어들더라. 바로 그때 만식이가 나서서 양계장을 차려준 거야. 처음에는 몇십 마리로 시작했어. 너 기억하지? 옛날에 우리집에서 닭 길렀던 거."

아무렴, 잊을 리가 있겠는가.

"이야기가 얼마나 더 남은 거야? 이대로 죽으려면 바로 물에 뛰어들면 될 것 같고, 그래도 살아야 한다면 네가 말했던 것처럼 피하는 게 좋을 것 같은데."

나는 동철의 뒤쪽을 가리키며 말했다. 마침 몇 미터 아래의 흙바닥이 녹은 아이스크림처럼 흘러내리는가 싶더니 물에 떠내려가버렸다.

"금방 끝나. 아무튼 그때가 제일 행복했던 시절이었어. 아버지와 함께 닭들을 키우며 양계장을 점점 넓혀갈 때가. 마침내 먹고 살기에 부족한 게 없을 정도가 됐지. 나는 닭들을 애지중지 키웠어. 너 그거 아니? 사람들이 닭대가리, 닭대가리 말들 하는데 닭도 주인을 알아봐. 정성껏 키울수록 더 잘 따르는 거지. 고 녀석들이 내가 들어가면 날개를 파닥거리면서 반갑게 맞이하는데 그걸 보면 아무리 힘들어도 피로가 싹 가신다니까. 그런데 좋은 건 한순간이더라. 민호야, 좋은 시절은 정말 순식간에 지나가. 어떤 일이 벌어졌는지 들었니?"

안 좋았다. 녀석의 표정이 차분해질수록 내 안의 경고등은 미친 듯이 돌아갔다.

"종욱이한테 들었어. 안주천 일도, 그리고 너희 양계장 일도."

양계장에서 나랑 마주쳤잖아! 나는 소리를 지르고 싶었다. 동철은 기억을 못 하고 있었다. 아니면 기가 막히게 연기를 하는 중이거나.

"어느 날부터 물에서 냄새가 나는 거야. 처음엔 왜 그런지 알 수가 없었지. 알고 봤더니 공사장에서 흘러든 폐기물 때문이었어. 그러면 안 되는 거잖아. 안 그래? 그래서 만식이를 찾아갔어. 이장이니까, 내 친한 친구니까 뭐든 해줄 줄 알았지. 만식이는 광선리를 진짜로 좋아했어. 그 마음만은 내가 잘 알지. 녀석은 술에 취하면 광선리가 아니라 광선읍을 만들겠다고 큰소리쳤다니까. 읍이 되면 동철 양계장은 안주에서 제일 큰 양계장이 될 수 있을 거라는 말도 했어. 그러자면 도로 공사를 해야 된대. 마을이 반으로 갈리긴 하지만 그래야 발전이 된다는 거지. 난 그렇구나 싶었어. 만식이 말이니까 그대로 믿었지."

동철은 또다시 웃음을 흘렸다. 번개가 쳤다. 하늘과 물과 땅의 경계가 사라진 곳에 섬광이 쏟아졌고 사방으로 퍼져나간 불빛은 동철의 얼굴에 뚜렷한 명암을 만들었다. 그 순간 나는 알아챘다. 녀석의 눈은 전혀 웃고 있지 않았다. 살려달라고 외치며 불난 집에서 뛰쳐나왔던 그 여자의 눈에서 공포의 빛을 찾을 수 없었듯이 동철의 눈동자 역시 흑단같이 검고 저수지처럼 고요하기만 했다.

"그런데 말이야, 만식이는 내 말을 들어주지 않았어. 그깟 양계장보다 도로 공사가 더 중요하다는 거야. 나는 따졌어. 어떻게 이럴 수 있느냐고. 그랬더니 칠성이와 정식이를 동원해서 나를 개 패듯이 팼지. 물을 다른 곳에서 끌어다 쓰라는 말만 하는데, 그럴 수는 없는 거 아냐. 그게 돈이 얼마나 많이 드는데. 애지중지 키워온 닭들이 피를 토하고 허파가 뒤집힌 채로 죽어가는 걸 보는 심정, 넌 혹시 이해하겠니?

그때쯤 유민이 녀석과 친해졌어. 유민이도 같은 친구였지만, 뭐랄까 녀석은 나를 피하는 눈치였지. 그런데 언제부턴가 친해졌어. 가만있어봐, 그게 언제였냐 하면…… 그래, 도로 공사 반대 집회에 나가고부터였어. 맞아, 유민이는 열심이었지. 난 유민이에게 검게 변한 안주천도 보여줬어. 그리고 내 이야기를 들려줬지. 내 딱한 사정을 술 한잔 걸치면서 털어놓는데, 밤이었을 거야, 녀석이 나를 바라보는 게 아니고 내 뒤의 한참 높은 어딘가를 뚫어질 듯 쳐다보고 있는 거야. 그때 바로 기억 하나가 떠올랐지. 엄마가 죽은 그날 너희들과 스쳐지났다는 사실. 그때도 지금처럼 비가 내렸어. 맞지? 축축하게 젖은 유민이 자식은 누군가한테 업혀 있었고. 나는 문득 너희들이 왜 그 시간에 비를 맞으면서 달려 내려갔던 건지 궁금해졌어. 그래서 유민이에게 물었지."

동철은 나를 바라봤다. 진실이 무엇인지 헷갈리기 시작했다.

"너도 이 여자가 보이니?"

동철의 눈동자가 천천히, 아주 천천히 움직였다. 내 뒤편의 어딘가를 향해.

"그랬더니 유민이 뭐라고 했는지 아니? 울었어. 아무 대답도 못하고 펑펑 울더라. 그러고는 털어놓더라고. 무슨 일이 있었는지. 너희들이 어떤 짓을 했는지. 화가 났냐고? 아니, 난 기뻤어. 물귀신이 진짜로 있다는 사실이 못 견디게 기뻤어. 내가 미친 게 아니었던 거야. 그때부터 유민과 어울렸지. 녀석, 꽤 외로웠나 보더라고. 난 조금 관심만 보였을 뿐인데 있는 얘기 없는 얘기 술술 뱉어내지 뭐야. 나는 유민에게 들은 이야기를 또 아버지에게 전했어. 나는 그렇게 점점 물귀신과 가까워진 거야.

아까 말했지? 목소리가 들렸다고. 유민에게 물귀신 이야기를 듣고부터였어. 그 여자가 드디어 말을 걸어오기 시작한 거야. 나는 물귀신을 불러낼 생각을 했지. 물귀신의 힘을 빌려 만식이와 똘마니들을 혼내주고 싶었어. 읍내에 나가 무당을 만나고 유민이의 도움을 받아 올가미를 만들고……."

"그만!"

끝내 소리를 지르고 말았다. 심장이 옥죄어왔다. 익숙한 압박감이 등뒤에서 서서히 뻗어와 나를 내리눌렀다.

"아직까지는 여유가 있는걸."

동철은 솥뚜껑 쪽을 돌아보며 느긋하게 말했다.

"모든 걸 네가 계획했던 거야? 물귀신에 썬 건 아버지잖아? 불러낸 쪽은 넌데 왜 아버지가 물귀신이 된 거야?"

"궁금한 게 많구나. 어차피 다 말해줄 건데 성격이 급하네. 말했잖아. 물귀신을 불러낸 건 나야. 꽤 번거로운 일이었어. 산 짐승의 피가 그렇게나 많이 필요하다니. 예전에 너희들이 부적을 덕지덕지 붙여놔서 그런 거잖아. 안 그랬으면 그냥 고양이 몇 마리로 끝났을 텐데. 결국 스무 마리쯤 죽이고 나서야 물귀신이 대답을 하더라고. 내가 직접 소원을 빌었지."

"말도 안 돼. 물귀신은 소원을 빌었던 사람 몸에 빙의가 된다고!"

"나는 다른 소원을 빌었거든. 아버지 몸에 들어가달라고."

멍하니 동철을 바라봤다. 꼼짝도 할 수가 없었다. 마음은 이 우라질 이야기에서 벗어나 어디로든 도망가라고 채근하는데 정작 몸이 움직이지 않았다.

"그, 그러니까…… 아버지도 동의하신 거야?"

내 물음에 동철은 고개를 저었다.

"아버지는 양계장이 그렇게 되고 충격이 너무 컸던지 아예 정신줄을 놔버리셨어. 안 그래도 술을 좋아하던 양반이었는데 아예 술독에 빠져 살았다니까. 술이건 물이건 언제나 액체가 문제야, 그렇지?"

나는 모든 게 싫었지만 녀석의 짜증나는 농담이 제일 싫었다.

"나는 아버지를 데리고 다녔어. 물귀신도 동의했지. 의외로 아버지가 정신을 차려서 버틸 때가 있었는데 그것도 잠깐이었어. 아버지 몸안에서 그 여자가 슬금슬금 기어나오면 꼼짝없이 내 말에 따를 수밖에 없었거든. 왜 유민을 죽였는지 궁금하지? 당연하잖아. 녀석은 모든 걸 알고 있었으니까 제일 먼저 해치워야 했지. 게다가 그 여자가 간절히 원하더라고. 유민을 데려가고 싶다고. 그래야 너희들이 모일 거라고도 했지. 나는 내 목적을 이루기 위해, 물귀신은 자신의 분노를 풀기 위해 거래를 했던 거지. 도로 공사 따위는 취소돼야 해. 한때는 만식이의 말에 혹했지만 점점 그런 생각이 들었지. 뭐, 광선리를 지키자 같은 거창한 이유 때문은 아니야. 난 그저 복수할 대상이 필요했어. 이제 와서는 시커멓게 변한 안주천도 내 알 바 아니게 되었지. 나는, 나를 이런 상황으로 내몬 모든 것들에게 고약한 맛을 보여주고 싶었어.

그런데 문제가 생겨버렸어. 이년이 너희들을 죽이고 싶어 안달하는 거야. 내 계획대로라면 너희들은 후순위였거든. 하지만 어쩌겠어? 물귀신의 힘이 점점 강해지는데. 그래서 펜션에도 갔던 거야. 근데 웬걸, 아버지가 의외로 강하게 반발하더군. 결국 기회를 놓치고 말았는데 그날 밤에 칠성이 자식을 해치웠으니 나로서는 별로 아쉬울 게 없었지."

"넌 분명 아까 그만하라고 했잖아. 그건 뭐였어? 그건 뭐였냐고!"

나는 튕기듯 일어나 동철의 멱살을 틀어쥐었다.

"물귀신의 힘은 생각보다 강했어. 내가 오판했던 거지. 인간의 육체를 뺏고 싶다는 물귀신의 욕망이 얼마나 큰지 미처 짐작하지 못했던 거야. 아버지는 순식간에 물귀신에게 지배당했고 그때부터는 내 말도 통하지 않았어. 그러면서 내 정신도 오락가락하기 시작했어. 머릿속이 뒤죽박죽이 되었지. 내가 원했던 건 이런 게 아니야. 다 죽이고 싶지는 않았다고. 그저 혼쭐만 내주고 싶었거든. 간단하잖아. 너희들이 물귀신을 불러내서 유민이 아빠를 죽였던 것처럼 그렇게. 그런데 이 모양이 됐어. 봐, 솥뚜껑 속의 물이 인간들을 공격하러 직접 내려가는 꼴을. 이 모든 게 물귀신의 짓인지 아닌지 그건 나도 모르겠어. 다만 이건 믿어줬으면 해. 난 이럴 의도는 아니었어. 그걸 말하고 싶어서 널 붙잡고 이렇게 털어놓는 거야. 내 정신이 다시 빠져나가기 전에, 아니, 아니구나, 나역시 물귀신에게 당하기 전에 이 **진실**을 말해야 했어.

자, 이제 됐어요. 나를 죽여줘요."

마지막 말은 내게 한 것이 아니었다. 녀석의 눈에 처음으로 감정이 떠올랐다. 광기의 그림자를 뚫고 번개처럼 순식간에 스쳐간 그것은 기쁨이었다. 내 뒤쪽 어딘가에 고정된 두 눈에 우라질 기쁨의 빛이 고였다가 사라졌다. 나는 천천히 뒤를 돌아봤다.

내 뒤쪽, 삼사 미터 정도 높은 곳에 동철의 아버지, 박 영감이 서 있었다. 물귀신에게 완전히 몸을 빼앗긴 그는 우리를 내려다보고 있었다. 이마에는 카메라가 남긴 선명한 상처가 나 있었다. 움푹 팬 볼이 쓰윽 밀려 올라가며 검디검은 미소가 떠올랐다.

"하하하하."

동철의 웃음소리가 비바람에 날려 흩어졌다. 나는 녀석의 멱살을 놓고 물귀신을 향해 돌아섰다. 무언가 멋진 말 한마디로 최후를 장식하고 싶었지만 꽉 틀어막힌 목구멍은 쉽게 열리지 않았다. 더이상 도망갈 곳도, 싸울 힘도, 싸울 방법도 없었다. 선명하고 고약한 죽음이 나를 향해 입을 열었다. 끝을 알 수 없는 시커먼 어둠이 입속에 자리잡고 있었다.

찾았다. 드디어 찾았어. 이제 같이 가는 거야.

물귀신은 기쁨에 겨운 듯했다. 나는 선 채로 눈을 질끈 감았다. 서서히 한기가 밀려왔다. 죽음의 기운이었다. 악취가 풍겼다. 온갖 것들이 썩어가며 내뿜는 지독한 냄새, 그리고 죽음의 현장에서 어김없이 맡을 수 있는 바로 그 냄새가 코끝에서 맴돌았다. 역시, 진실은 그것이었다. 누구 하나 죽음을 피할 수 없다는 사실. 나는 입을 꾹 다물었지만 아무 소용이 없었다. 목이 저절로 뒤로 젖혀졌고 차갑고 밀도 높은 물이 몸안으로 쏟아져 들어왔다.

그때였다. 갑자기 모든 것이 멈췄다.

"그만!"

남 법사의 목소리가 들렸다.

7

여름의 끝

1
부적

광선리 독수리 오형제가 서 있었다. 남 박사, 아니 남 법사가 맨 앞, 양옆으로 창현, 길태, 명자가 버티고 섰다. 김 형사는 어디로 갔을까? 의식이 점점 멀어져 눈앞이 흐려지는 중에도 그런 생각이 떠올랐다. 또 하나, 머릿속을 파고드는 이물감이 느껴졌다. 불쾌하거나 괴로운 느낌은 아니었다. 오히려 따뜻하고 편안하며, 묘하게 마음을 울리는 향수가 퍼져나갔다.

뭐지? 눈앞에는 물귀신이 있다. 나는 죽어가고 있다. 생과 사의 갈림길에 선 사람이라 하기에는 마음이 너무 편안했다. 죽음이란 원래 이런 건가? 몸안 깊은 곳부터 차오르는 물도 더이상 무섭지 않았다.

모든 게 잘될 거야.

불쑥 그런 생각이 들었다. 아니, 생각이 아니라 누군가의 목소리였고 나는 곧 누가 속삭였는지 알 수 있었다. 따뜻하고 편안한 느낌을 주는 사람. 오래전 내게 기똥찬 고무줄 총을 선물하며 수줍은 표정으로 자기 꿈을 이야기해주었던 사람.

유민이 친구들 옆에 서 있었다. 마치 처음부터 그랬던 것처럼 아무런 위화감 없이 당당하게 서서 나를 바라봤다. 얼굴에는 미소가 가득했다. 그러고 보니 옛날에도 녀석의 웃는 모습은 참 보기 좋았다. 시간이 정지한 것 같았다. 이십오 년 전 그때, 모두 불행했지만 아무도 슬프지 않았던 그 시절 그대로였다.

"뺑."

나는 유민을 불렀다.

"요망한 것, 이제 정말 마지막이다!"

김 형사에게 옮았는지 남 법사마저 영화 속 주인공 같은 말을 내뱉었다. 나를 향해 달려오는 사람들의 모습이 보였다. 남 법사는 부적을 들고 있었다. 길태의 성난 얼굴도 보이고 울먹이는 명자의 얼굴도 보였다. 창현도 손에 무언가를 들었는데 아무래도 나무막대기인 것 같았다. 바보 녀석. 폼 안 나게 나무막대기가 뭐야. 독수리 오형제의 대장이라면 표창을 날려야지. 유민은 여전히 가만히 서 있었다. 친구들과 내 거리가 가까워질수록 유민은 점점 혼자 남겨졌다. 나는 갑자기 슬퍼졌다. 내가 살아남는다면, 그리고 우리가 광선리를 무사히 탈출한다면 앞으로의 길도 이렇게 갈라지리라. 유민은 제자리고 우리는 전진한다.

그래도 괜찮아. 또다시 목소리가 속삭였다. 그러니까 꼭 살아남아. 유민의 모습이 서서히 흐려졌다. 내 몫까지.

"고맙다. 뺑."

나는 유민에게 마지막 인사를 건넸다.

"물러가라!"

남 법사의 고함과 함께 나와 물귀신을 연결하고 있던 보이지 않는 줄이 끊어졌다. 나는 버티지 못하고 풀썩 쓰러졌다. 죽음의 문턱에서 숨을 죽이고 있던 고통이 일제히 달려들었다. 얼굴의 구멍이란 구멍에서는 모조리 물이 쏟아져 나왔다. 숨이 막히고 콧구멍은 달군 젓가락으로 후비는 듯 뜨거웠다. 생은, 산다는 것은 이리도 고통스럽다. 그래도 살아가는 이유는 함께하면 좋은 사람들이 있기 때문이다.

남 법사의 손에 들린 부적이 내뿜는 강한 기운은 내게도 전달됐다. 대기 전체에 전기가 흐르는 것처럼 피부가 찌릿찌릿했다. 물귀신은 얼굴을 찡그렸다. 검고 주름 가득한 피부, 희끗희끗한 머리카락, 동철과 똑같이 축 처진 눈꼬리까지 어느 모로 보나 늙은 남자의 얼굴이었지만 묘하게 여자의 생김새가 비쳐 나왔다. 키 큰 여자의 시커먼 영혼이 박 영감의 몸속으로 꾸역꾸역 밀고 들어가 완전히 장악해버린 모양이었다.

"안 돼. 이 몸은 내 거야."

목소리 역시 완전히 변했다. 중성적인 느낌이 강하지만 음색이나 말투가 완전히 여자였다. 겉과 속이 다른 그 모습은 혐오스럽고 소름 끼쳤다. 물귀신의 '진짜' 목소리를 듣는 건 처음이었다. 지금까지는 하나의 울림일 뿐이었다. 머릿속으로 곧장 전달되는 일종의 느낌이었다. 성대를 지나 혀의 굴림을 통해 밖으로 나온 소리는 훨씬 더 오싹했다.

"어서 물러가!"

남 법사가 부적을 높이 들고 외쳤다. 친구들은 물귀신과 나 사이를 가로막고 섰다. 명자가 나를 힐끗 돌아봤다. 괜찮아? 눈빛으로 묻고 있었다. 나는 간신히 고개를 끄덕였다. 코에서 뜨겁고 끈적끈적한 물이 주르르 흘러내렸다. 그리고 보니 빗줄기가 약해졌다. 묵직하고 더운 바람만이 세차게 불었다. 태풍이 지나간 건지 아니면 재미있는 싸움을 구경하기 위해 잠시 뜸을 들이고 있는 건지 알 수 없었다.

"박 영감님, 정신 차리세요!"

길태가 소리쳤다.

"저건 이제 더이상 우리 아버지가 아니야."

동철의 목소리가 뒤에서 들렸다. 모두 뒤를 돌아봤다. 동철은 미친듯이 웃었다.

"너하고는 나중에 얘기하자."

길태가 분노를 담아 말했다. 그러거나 말거나 동철의 웃음은 멈추지 않았다. 콸콸 쏟아져 내리는 물소리에 뒤지지 않을 만큼 큰 소리였다. 솥뚜껑은 아직도 속을 게워내고 있었다. 방죽의 무너지는 범위가 점점 더 넓어져 맹렬하게 흐르는 황톳물은 금방이라도 동철의 뒤꿈치를 핥을 것만 같았다.

"나는 이제 밝은 데서 놀 거야. 나를 방해하는 너희들 모두……."

물귀신이 한쪽 팔을 들어올렸다.

"죽일 거야."

살기 어린 바람이 불어닥쳤다. 물귀신의 몸 깊숙한 곳에서 뻗어

나오는 저주의 기운이었다. 남 법사가 휘청거렸다. 그의 손에서 부적이 세차게 춤을 췄다. 금방이라도 찢어질 듯 아슬아슬해 보였다.

"너희들, 빨리 시작해라."

남 법사의 말에 창현이 방울을 흔들기 시작했다. 옛날에 내가 맡았던 역할이었다. 살기가 주춤했다. 물귀신의 얼굴이 일그러졌다.

"지금 당장은 결계를 만들 수가 없으니 부적의 힘으로 강하게 공격해야 한다. 저것의 힘이 어느 정도인지는 모르겠지만 엄청난 고통이 따라올 거야. 그래도 절대 물러서면 안 돼!"

남 법사에게서는 비장한 각오가 느껴졌다. 그는 부적을 앞으로 향하고 주문을 외웠다.

"싫어!"

물귀신이 앞으로 뻗은 팔을 크게 휘둘렀다. 아까와는 차원이 다른 거대한 힘이 덮쳐왔다. 보이지 않는 손 여러 개가 우리를 강하게 떠밀었다. 길태가 넘어지려는 남 법사를 간신히 붙잡았다. 창현은 비틀거리면서도 방울 흔들기를 멈추지 않았다. 명자는 내 위로 쓰러졌다.

"다시 돌아가기 싫어!"

물귀신의 목소리가 귀를 파고들었다. 땅이 흔들렸다. 자잘한 돌멩이들이 하늘 위로 떠올라 빙글빙글 돌기 시작했다. 명자와 나는 서로를 껴안았다. 물귀신이 뒤흔드는 건 땅뿐만이 아니었다. 내 마음속에도 전에 없이 맹렬한 두려움이 소용돌이치기 시작했다.

그때였다. 물귀신의 뒤편 풀숲에서 낯익은 얼굴이 불쑥 모습을 드러냈다.

"꼼짝 마!"

김 형사가 잔뜩 헝클어진 머리카락을 펄럭이며 물귀신을 향해 총을 겨눴다. 무덤 속에서 빠져나온 좀비처럼 온통 진흙투성이였다.

계획된 작전인지, 아니면 독수리 오형제는 전혀 몰랐던 건지 나로서는 알 길이 없었다. 다만 총이라는 선택이 좋지 않다는 사실만은 알 수 있었다. 그 옛날 나는 고무줄 총으로 물귀신을 멈칫하게 만들었지만 어디까지나 운이 좋았던 덕분이다.

"안 돼요!"

창현이 소리쳤다. 녀석의 반응으로 보건대 김 형사의 등장은 계획에 없던 모양이었다. 모두의 시선이 고집불통 늙은 형사에게로 향했다. 형사의 눈은 분노로 이글거렸다.

"바보 같은 짓 하지 마세요!"

나 역시 김 형사를 향해 외쳤다. 그는 미동도 하지 않았다. 물귀신에게 들이댄 총구는 흔들림이 없었다. 어떤 상황에서도 총알을 물귀신에게 박아 넣고야 말겠다는 의지가 느껴졌다.

"이미 박 영감은 끝났어. 너희도 알잖아. 저건 그냥 귀신 나부랭이일 뿐이야."

김 형사가 말했다. 귀신 나부랭이가 뿜어내는 차디찬 기운에 그의 머리카락이 춤을 추듯 날렸다. 물에 젖고 진흙이 잔뜩 묻은 양복 재킷도 깃발처럼 펄럭거렸다. 내게는 그 모든 게 불길하게 보였다. 그중에서도 색깔을 알아볼 수 없게 더러워진 구두가 제일 신경에 거슬렸다. 말했다시피, 우라질 광선리에서의 내 예감은 우라지게 잘 맞았다.

"그런 말이 아니에요. 저 사람이 누구건 중요하지 않아요. 총 같은 걸로는 물귀신을 어쩌지 못한다고요. 그러니까 빨리 총 내려놔요."

"흥, 혼이 들어 있는 몸뚱이가 죽어 나자빠지는데 귀신 따위가 뭘 하겠어. 안 그래?"

나는 남 법사 쪽으로 고개를 돌렸다. 김 형사의 말이 맞는지 확인하고 싶었다. 하지만 남 법사는 길태에게 몸을 의지한 채 눈을 감고 주문을 외는 일에 푹 빠져 있었다. 물귀신이 당장 우리 모가지를 틀어쥐지 못하는 건 주문 덕분이리라. 문제는 남 법사가 눈에 띄게 지쳐간다는 사실이었다. 김 형사와 실랑이를 벌일 때가 아니었다.

"저 부적을 물귀신 몸에 붙이기만 하면 되는데……."

명자가 중얼거렸다.

고양이 목에 방울 달기. 성공하려면 누구 한 명은 희생할 수밖에 없다.

"자, 물귀신 이년아. 사람들 그만 괴롭히고 꺼져!"

김 형사가 총을 쥔 팔에 힘을 주는 게 느껴졌다. 금방이라도 방아쇠를 당길 것만 같았다. 정말로 총알이 발사된다면 어떤 일이 벌어질까? 물귀신이 차지하고 있는 박 영감의 몸에 치명적인 타격을 입히리라는 것은 짐작할 수 있었다. 그렇다면 김 형사의 생각처럼 정말로 물귀신이 머물 곳을 잃고 힘이 약해질까?

"히히."

내 생각은 물귀신이 내뱉은 웃음에 가로막혔다. 물귀신은 재미있어하는 표정이었다. 남 법사의 주문도, 창현이 미친듯 흔들어대는 방울도 인간의 몸을 완전히 차지해 바깥으로 나온 물귀신에게는 통하지 않는 것 같았다. 그것은 김 형사에게로 완전히 돌아섰다. 쏠 테면 쏘아보라는 듯이. 그러고는 나머지 한 손을 앞으로 내밀었다. 주름지고 저승꽃이 가득 핀 늙은이의 손이 허공에서 꿈틀거렸다. 마치 잠자리라도 잡으려는 것처럼 길쭉한 검지가 허공에서 뱅글뱅글 맴을 돌았다. 단지 그 행동뿐이었는데 우리를 둘러싼 공기의 질이 바뀌었다. 산소가 옅어진 것 같았다. 숨쉬기가 힘들고 가슴이 답답했다. 자연스레 머릿속이 빙글빙글 돌았다. 빙글빙글. 빙글빙글. 우라질 소용돌이처럼 두려움과 역겨움과 분노가 한데 섞여 세차고 빠르게 세력을 키웠다.

"어, 어……."

김 형사의 눈이 커졌다. 충혈된 눈동자에 당황한 빛이 스쳤다. 동시에 총을 든 그의 오른팔 팔뚝이 천천히 올라갔다. 보이지 않는 실에 묶인 꼭두각시 인형 같았다. 팔뚝은 팔꿈치를 경계로 기역자로 꺾이기 시작했다.

"예전에 만난 적이 있어. 기억나. 같이 놀고 싶다고 생각했지. 히히. 신난다!"

물귀신의 목소리는 발랄하게까지 들렸다. 손가락은 쉴 새 없이 원을 그렸다. 거기서 뻗어 나오는 기운이 김 형사를 조종하는 게 틀림없었다.

"빨리 총을 놔요!"

내가 소리쳤다.

"아, 안 돼! 손가락을 펼 수가 없어."

김 형사는 입술을 깨물며 버티고 있었지만 얼굴에는 고통이 가득했다. 주름진 목에 핏줄이 툭 불거져 나왔다. 거의 구십 도가 된 팔뚝은 그대로 고정된 채 이제 위팔이 움직이기 시작했다. 어깨가 활짝 열리고 위팔은 바깥으로 서서히 밀렸다.

"으악!"

김 형사가 드디어 비명을 질렀다. 남 법사가 눈을 부릅뜨고 더 큰 소리로 주문을 외기 시작했다. 금방이라도 피를 토할 것 같았다. 창현 역시 주문에 맞춰 방울을 힘껏 흔들었다. 무언가를 할 수 있는 건 나밖에 없었다. 뭐라도 좋으니 물귀신의 주의를 돌릴 필요가 있었다. 그때처럼, 무작정 고무줄 총을 쏘았던 바로 그때처럼.

나는 주위를 둘러봤다. 돌멩이 몇 개가 보였다. 그중 가장 큰 놈을 골라 물귀신을 향해 던졌다. 돌멩이는 물귀신의 뒤통수를 향해 날아가다가 공중에서 우뚝 멈춘 뒤 숲속으로 튕겨져 나갔다. 물귀신이 천천히 고개를 돌려 나를 바라봤다. 축 처진 눈꼬리 안에 검게 변한 눈알이 번뜩였다. 다음은 네 차례야. 그렇게 말하는 것 같았다. 차례대로 죽여줄게.

"형사님!"

길태가 산이 떠나가라 소리를 질렀다. 기묘한 모양으로 완전히 뒤틀린 김 형사의 팔은 이제 멈췄다. 나는 물귀신이 뭘 하려는지 알 것 같았다. 우리 모두 눈치챘다. 방금 전까지 물귀신에게로 향했던 총구가 이제는 김 형사의 관자놀이에 닿아 있었다. 그의 머리카락이 춤을 췄다. 양복 자락이 펄럭거렸다. 광을 잃은 구두는 김 형사에게 어울리지 않았다.

"으아아아!"

명자가 비명을 질렀다. 할 수 있는 게 아무것도 없었다. 심지어는 그 비명마저도 바람에 묻혀 금세 꼬리를 내리고 말았다.

할 수 있는 게 없다. 크나큰 무력감은 곧 공포로 바뀌었다. 남법사의 목소리도 점점 잦아들었다. 창현 역시 한계인 것 같았다. 물귀신은 이십오 년 전의 불완전한 모습이 아니었다. 얼치기 박수무당과 초등학생 넷이 당해냈던 옛날의 키 큰 여자는 없었다. 지금 우리 앞에 선 물귀신은 사람의 영혼을 충분히 맛본 뒤 그걸 자양분 삼아 자라고 또 자라난, 결국 한 인간의 몸을 완전히 차지한 괴물 그 자체였다.

"재미있었어. 또 만나."

친한 친구에게 인사라도 하듯 물귀신이 말했다. 다음 순간 산속 가득 끔찍한 소리가 울려 퍼졌다.

탕!

김 형사는 풀썩 쓰러졌다. 나뭇가지에서 태풍을 피하고 있던 새수십 마리가 일제히 날아올랐다. 명자가 다시 한번 비명을 지르며 주저앉았다. 물귀신이 웃기 시작했다. 길태도, 남 법사도, 창현마저도 얼어붙었다. 셋은 거의 동시에 침을 삼켰다. 튀어나온 목울대가 꿈틀거렸다. 모든 장면들이 슬로비디오처럼 보였다.

나는 앞으로 달려나갔다.

왜 그랬는지는 모르겠다. 나는 거의 공황 상태였고 정신을 차릴 수 없었다. 그런데도 다리가 움직였다. 모든 것들이 정지한 순간 나 홀로 움직였고 순식간에 남 법사에게로 달려가 손에 든 부적을 빼앗았다. 물귀신은 아직 김 형사를 보며 웃고 있었다.

"히히히."

웃을 때마다 날카로운 바늘이 온몸을 찌르는 것 같았다. 남 법사와 물귀신과의 거리는 십 미터 남짓. 나는 바람처럼 달려 거리를 좁혔다. 명자의 목소리가 맴돌았다.

저 부적을 물귀신 몸에 붙이기만 하면 되는데, 저 부적을 물귀신 몸에 붙이기만 하면 되는데, 저 부적을 물귀신 몸에 붙이기만 하면 되는데…….

물귀신의 등이 바로 눈앞에 있었다. 물귀신이 버티고 선 주위는 여전히 소용돌이가 휘몰아치고 있었지만 나는 멈추지 않았다. 돌멩이들이 온몸을 때렸지만 나는 멈추지 않았다. 숨이 막히고 금방이라도 쓰러질 것 같았지만 나는 멈추지 않았다.

"됐다!"

나도 모르게 소리를 질렀다. 손만 뻗으면 끝이었다. 그때 물귀신이 홱 돌아섰다. 그것의 시커먼 눈과 마주쳤다. 물귀신이 입을 벌렸다. 박 영감은 이가 몇 개 없었다. 통통 분 잇몸과 그 아래 심해어처럼 잠들어 있는 새빨간 혀까지 똑똑히 보였다. 움직일 수가 없었다. 김 형사를 옭아맨 우라질 마법이 내 다리를 멈추게 했다. 그것은 입술을 말아 올리며 씨익 웃었다. 주름이 온 얼굴로 물결처럼 번져나갔다. 하지만 곧 웃음은 산산이 흩어졌다. 저수지에 물결이 일어봐야 언젠가는 멈추기 마련이다.

"꺼져."

내가 말했다. 물귀신은 천천히 고개를 내렸다. 쭉 뻗은 내 팔은 이미 물귀신의 가슴팍에 닿았다. 한 장의 부적이 물에 젖어 번들거리는 가슴에 달라붙었다. 박 영감은 "양계협동조합"이라고 적힌 빨간색 조끼를 입고 있었다.

"아아아아아!"

물귀신이 비명을 질렀다. 고통과 분노에 찬 비명이었다. 동시에 엄청난 기운이 가슴을 중심으로 쏟아져 나왔다. 눈을 질끈 감았다. 전기에 감전이라도 된 것처럼 물귀신에게서 손을 뗄 수가 없었다. 바람에 피부가 찢길 것만 같았다. 부적이 휘날렸다. 물귀신은 몸부림을 쳤다. 남 법사의 주문과 창현이 흔드는 방울 소리도 다시 들리기 시작했다. 내 정신은 점점 소용돌이 속으로 빠져 들어갔다. 머리가 텅 비었다. 아니, 몸이라는 껍데기만 남기고 영혼은 하늘 위로 치솟아 이리저리 맴을 도는 느낌이었다. 그런 자각도 잠시, 나는 정신을 잃었고 그 틈새로 박 영감의 기억이 물밀듯이 쏟아져 들어왔다.

이게 다 못난 애비 탓이다.

박 영감은 그렇게 말했다.

2
범람

　어딘가가 망가졌다는 사실은 알고 있었다. 아들의 머릿속 한구석에 들어간 **그것**이 슬금슬금 자라났다는 걸, 박 영감은 옛날부터 알았다. 동철은 자주 물귀신 이야기를 했다. 물귀신이 엄마를 데려갔다고. 매일 밤 꿈속에 물귀신이 찾아와 속삭인다고. 그런 말을 할 때의 동철은 두려움에 떠는 동시에 왠지 모를 흥분에 눈을 반짝이는 것 같았다.

　박 영감은 두려웠다. 키 크고 머리카락 긴 여자가 아들 동철마저 데리고 가는 꿈을 자주 꿨다. 그보다 더한 악몽은 동철이 물귀신처럼 행동하는 꿈이었다. 술을 마시지 않고는 견딜 수가 없었고 고주망태가 된 상태에서는 걸쭉한 공포심이 어느 정도 풀어졌다.

　그렇게 세월이 흘렀다. 박 영감은 몇 번이나 죽을 결심을 했다. 아내 곁으로 가서 편안해지고 싶었다. 끝내 실행에 옮기지 못한 이유는 아들 때문이었다. 자신마저 죽는다면 동철은 어떻게 변할지 몰랐다.

동철은 효자였다. 술독에 빠져 살면서 모든 일에 손을 놓아버린 못난 아비를 끔찍이 위했다. 두 사람이 벌어들이는 쥐꼬리만한 품삯으로 생활을 꾸려나가는 것도 동철의 몫이었고 마을 사람들에게 고개를 숙여가며 일거리를 받아오는 것도 동철의 몫이었다.

"아버지, 걱정 마세요."

동철의 입버릇이었다. 박 영감은 그런 말을 들을 때마다 술에 전 뱃속의 장기가 갈가리 찢어지는 것 같은 아픔을 느꼈다. 아들은 이따금 표정 없는 얼굴로 멍하니 앉아 있곤 했다. 그럴 때의 동철은 깊고 깊은 물속을 헤엄치는 것 같았다. 박 영감은 아들이 그 속에서 무엇을 만나는지 알고 있었다.

기쁜 일이 생겼다. 양계장을 시작하게 된 것이다. 그때부터 동철이 조금씩 변하기 시작했다. 닭들을 돌보는 동안만큼은 이상해지지 않았다. 그것의 기운이 밖으로 새어 나오는 일도 없었다. 박 영감은 내심 안도했다. 아들은 아침부터 밤까지 꼬박 양계장 일에 매달렸고 얼굴에 싱싱한 미소가 번졌다. 인간다운 미소였다. 어린 동철이 광선리를 힘차게 뛰어다니던 시절의 미소였다.

"아버지, 전 요즘 정말 행복해요."

언젠가 한번 동철이 피곤한 몸을 이끌고 돌아와 박 영감에게 말했다. 편안하고 즐거워 보이는 얼굴 어디에도 그것의 흔적을 찾을 수가 없었다. 박 영감은 희망을 품었다. 이대로 시간이 쭉 흘러간다면 긴긴 가뭄에 저수지가 바닥을 드러내듯 아들에게서 그것의 기운이 모조리 빠져나갈지도 모른다는 희망이었다. 더럽고 썩은 물이 모두 마르고 나면 싱싱한 생명력이 그 자리를 채울 터였다. 그 역시 술을 줄이고 아들을 열심히 도왔다. 아내가 죽은 이후 처음 느껴보는 행복한 시간이 술술 흘러갔다. 닭은 수가 늘어나고 통장에 돈도 쌓여갔다. 더이상 꿈도 꾸지 않았다. 아니, 꿈을 꾸지도 않을 만큼 깊은 잠에 빠졌다. 동철 역시 그런 것 같았다.

평화는 오래가지 않았다. 시작은 냄새였다. 물에서 수상쩍은 냄새가 올라왔다. 그리 역하진 않았지만 콧속을 자극하는 날카로움이 있었다. 이상을 먼저 알아챈 건 박 영감이었지만 그만 무시해버리고 말았다. 냄새가 그리 강하지 않았기 때문이다. 무시하고 넘어가도 좋을 정도였다. 얼마 안 가 물에 거품이 끼기 시작했다. 달걀을 낳지 않는 암탉의 수가 늘어났다. 물과 달걀 수 사이의 인과관계를 그때는 짐작도 하지 못했다. 물은 곧 색깔이 변했다. 걷잡을 수 없을 정도로 탁해진다 싶더니 금세 시커먼 색이 되었다. 물고기들이 허연 배를 드러낸 채 떠올랐다. 닭들이 하나둘 죽어나갔다. 그제야 무언가 이상이 있다는 사실을 깨달았다. 하루에도 수십 마리씩 닭이 죽자 동철은 이성을 잃어갔다.

정신을 차렸을 때 상황은 이미 끝나 있었다. 이장을 찾아다니며 돌파구를 찾다가 끝내 포기한 동철이 집안에 틀어박히고 나서야 박 영감은 섬뜩한 예감을 느꼈다. 모든 게 그것의 술수 아닐까? 그는 의심을 품었다. 그때쯤 다시 꿈자리가 뒤숭숭해졌다. 이마에 차가운 물방울이 떨어져서 깨보면 천장에 닿을 듯 키 큰 여자가 자신을 내려다보고 있었다. 비명을 지르며 눈을 뜨고서도 한참이 지나야 꿈인 걸 깨달을 정도로 생생한 악몽이었다.

어느 날 동철이 전에 없이 흥분한 표정으로 박 영감에게 말했다.
　"아버지, 나쁜 놈들 혼내줄 방법을 알았어요!"
　진정한 악몽의 시작이었다. 동철은 유민의 이야기를 들려주기 시작했다. 물귀신이라는 단어가 몇 번이나 등장했고, 박 영감은 몸서리를 쳤다. 믿기 힘든 이야기였으나 믿지 않을 수 없었다. 믿기 싫은 이야기였으나 믿을 수밖에 없었다.
　"그만하자, 욕심이 지나쳐 넘쳐흐르면 사람이 아니게 돼."
　"아니에요, 물귀신만 불러낸다면 복수를 할 수 있어요. 이건 욕심이 아니라 당연한 거예요."
　욕심에 눈이 멀면, 불어난 욕심이 양심을 넘어 밖으로 쏟아져 나오면 눈과 귀가 먼다. 동철 역시 그랬다. 술주정뱅이 아버지의 이야기 같은 건 들은 척도 하지 않았다. 아들의 눈은 전에 없이 번들거렸다. 물비린내가 풍기기 시작했다. 혼자서 중얼거리는 일이 많아졌다. 보이지 않는 누군가와 대화를 나누는 듯했다. 손에 피를 잔뜩 묻힌 채 집으로 돌아온 일도 있었다. 어디에 다녀오는 길이냐고 묻자 동철은 멍한 얼굴로 대답했다.
　"솥뚜껑……."
　아들은 이제 더이상 옛날의 아들이 아니었다. 초저녁부터 괜스레 심장이 두근거렸던 밤이었다. 모처럼 비가 내렸다. 어디에 갔는지 동철은 돌아오지 않았다. 박 영감은 불안한 마음을 억누르며 누워 있다가 설핏 잠이 들었다. 얼마나 잤을까, 이마 위에 차가운 물방울이 떨어졌다. 눈을 떴다. 창문으로 괴괴한 달빛이 비쳐 들어오는 방안에 누가 서 있었다. 달빛의 반경 너머는 아무리 눈을 부릅떠도 보이지 않을 만큼 어두웠다. 그 어둠보다 더욱 짙은 그림자 하나가 박 영감을 내려다보고 있었다.

"누, 누구?"

"아버지, 저예요."

동철의 얼굴이 불쑥 떠올랐다. 물에 흠뻑 젖은 상태였다. 그래서 그런지 얼굴이 밀랍처럼 새하얬다. 온몸에서 물이 뚝뚝 떨어졌다.

"너 도대체 이게……."

박 영감은 말을 잇지 못했다. 방안 가득 차갑고 끈적끈적한 악의가 가득했다. 숨이 막혀왔다. 무슨 일이 벌어진 게 틀림없었다. 우습게도, 그 순간에도 박 영감은 동철을 걱정했다.

"미안해요, 아버지. 이 방법밖에 없어요."

동철의 말이 떨어지기가 무섭게 어둠 속에서 누가 모습을 드러냈다. **그것**이었다. 악몽의 주인, 저주받은 존재, 아들을 꾀어낸 요물, 키 큰 여자. 여자가 박 영감에게로 흐느적흐느적 다가왔다. 입을 벌리자 시커먼 암흑이 드러났다. 순간 박 영감은 무슨 일이 벌어질지 깨달았다. 동철이 무슨 생각을 하는지도 알 수 있었다. 후회가 머릿속을 스치고 지나갔다. 자신의 실수에 대한 후회였다.

그 옛날 일찌감치 아들을 죽이지 못했던 것. 그것이 실수였다.

"이게 다 못난 애비 탓이다."

박 영감은 그렇게 말한 후 눈을 감았다. 물귀신이 자신을 물끄러미 내려다보는 게 느껴졌다. 머릿속에 목소리가 울려 퍼졌다.

갖고 싶어! 갖고 싶어! 이 몸, 갖고 싶어!

이윽고 무언가가 박 영감의 입을 비집고 들어왔다. 정신이 아득해졌다. 끔찍한 고통이 온몸을 달궜다. 아무리 발버둥쳐도 숨을 이어갈 수 없었다. 몸안 깊숙한 곳에서부터 차가운 물이 차올랐다. 그는 이제 끝이라는 사실을 깨달았다. 우습게도, 그 순간에도 박 영감은 동철을 걱정했다. 자신의 아들만은 괴물이 되지 않길 바랐다.

"민호 오빠!"

명자의 목소리가 날아들었다. 나는 현실로 돌아왔다. 눈을 뜨자 진흙 바닥이 덮쳐 왔다. 몸이 기운다고 생각만 할 뿐 중심을 잡을 수 없었다. 그대로 쓰러지려는 순간 단단한 팔이 내 허리를 감았다.

"괜찮아?"

길태였다. 나는 대답 대신 신나게 속을 게워냈다. 다른 이의 정신이 내 몸안에 머무는 건 우라질 일이다. 물귀신을 품고 살면서 야금야금 내면을 잠식당하는 건 아마도 더 끔찍한 일일 것이다. 박 영감의 기억과 함께 그 고통의 일부도 내게 전달되었다. 박 영감은 물귀신에게 몸을 빼앗긴다는 사실보다도 점점 변하는 동철의 모습에 더 고통스러워했다. 아들의 손에 이끌려 유민을 죽이고 길태의 동생을 죽일 때만 해도 그는 정신을 차리지 못했다. 물귀신은 끊임없이 속삭였다. 어서 나가라고, 이 몸은 자신이 차지할 거라고. 그러면서 구체적인 계획을 가지고 움직이기 시작했다. 그옛날 자신을 불러내고 또 저수지에 가둔 우리를 불러모으기 위해 박 영감을 거침없이 움직였다. 창현을 덮치고 나와 명자를 죽음의 문턱까지 끌어내린 것은 물귀신의 의지였다.

그러나 마지막 순간에 멈춰 선 건 박 영감의 의지였다. 그는 사력을 다해 물귀신과 싸웠다. 몸을 거의 다 뺏긴 순간에도 그는 필사의 노력을 했다. 경찰에 전화를 걸어 경고를 한 것 역시 박 영감이었다. 거기까지였다. 마을 회관에서의 사건이 터지기 직전, 박 영감의 영혼은 완전히 사라졌다. 희미하게 깜박이던 촛불이 광풍 앞에 꺼지던 그 순간에도 박 영감에게는 한 가지 생각밖에 없었다. 동철에 대한 걱정……

나는 다시 토했다. 모두 쏟아내고 싶었다. 한 남자의 슬프고 끔찍한 기억이 내 속을 온통 헤집어놓았다. 눈물이 났다. 누가 등을 두드렸다. 보지 않아도 명자의 손길이라는 사실을 알 수 있었다.

"물귀신은?"

목소리가 나오지 않아 쥐어짜내야 했다.

"저길 봐."

길태의 말에 나는 천천히 고개를 들었다. 물귀신, 아니 박 영감은 비명을 지르는 표정 그대로 석상처럼 굳어 있었다. 가슴팍에 붙은 부적은 바람에도 떨어지지 않고 이름표처럼 펄럭였다. 물귀신에게서 쏟아져 나오던 기운이 어느새 잠잠해졌다. 대신에 물귀신 주위를 둘러싼 공기가 급속도로 달아오르는 것 같았다. 실제로도 수증기가 칙칙 소리를 내며 피어올랐다.

그 옆에 동철이 있었다. 동철은 자신의 아버지 손을 잡고 괴로운 얼굴로 숨을 몰아쉬는 중이었다. 녀석 역시 쓰러지기 일보 직전인 듯했다.

"어, 어떻게 된 거야?"

내가 물었다.

"오빠가 부적을 붙인 것과 거의 동시에 동철 오빠도 저 물귀신에게 달려들었어. 그러고는 저렇게……."

명자가 말했다. 나는 그제야 내 옆에 선 명자를 돌아봤다. 눈물이 앞을 가려 그녀의 얼굴이 흐릿하게 보였다.

"그랬다면 저 녀석도 나랑 같은 걸 봤을 거야."

아니, 어쩌면 지금 이 순간까지 더 많은 걸 보고 있을지도 모르지.

"이제 끝난 걸까?"

길태가 중얼거렸다. 그 말을 기다렸다는 듯이 물귀신이 눈을 번쩍 떴다. 약하기는 했지만 다시 한번 그 기운이 몰아쳤다. 길태와 나는 동시에 움찔했다. 물귀신은 우리를 향해 걸어오려는 것처럼 보였다. 멍하니 매달려 있던 동철은 허물이 벗겨져 나가듯 옆으로 쓰러졌다.

"어, 어쩌면 좋아?"

명자가 물었다. 내게는 어쩔 도리가 남아 있지 않았다. 서 있는 것만 해도 용한 일이었다.

"너희들…… 모두……."

물귀신이 입을 열었다. 걸음걸이가 어색했다. 목소리도 많이 희미해졌다. 여자의 날카로움이 사라지고 다시 노인의 목소리 쪽으로 돌아왔다. 박 영감의 안쪽에서 무언가 스르르 빠져나가며 허물어지는 것 같았다.

"죽어…… . 차가운…… 물…… ."

말이 뚝뚝 끊겼다. 물귀신은 괴로운 듯 꿈틀거렸다. 연기가 무럭무럭 피어올랐다.

"이대로…… 끝낼 수는…… ."

물귀신은 우뚝 멈춰 섰다. 내 머릿속에 그 지긋지긋한 목소리가 울려 퍼졌다.

같이 가. 너희 모두.

분노에 찬 목소리가 머릿속을 헤집었다. 길태와 명자도 얼굴을 찡그렸다. 물귀신은 토하려는 것처럼 상체를 앞으로 숙였다. 부적이 펄럭거렸다. 원한과 악의로 가득찬 기운이 다시 휘몰아쳤다.

"싫어!"

홱 상체를 쳐든 물귀신이 마지막 힘을 짜내 앞으로 달려나왔다.

"캬아!"

명자가 비명을 지르고 길태가 숨을 멈췄다. 뒤쪽에서 발소리가 들린 것도 같았다. 창현이나 남 법사 둘 중 하나가 소리를 질렀는데 무슨 말인지 알아들을 수가 없었다. 물귀신은 흙탕물을 튀기며 곧장 달려왔다.

나는 물귀신을 똑바로 바라봤다. 물귀신 역시 나를 바라봤고 망설임 없이 곧장 덮쳐 왔다. 나는 무게를 이기지 못하고 뒤로 쓰러졌다. 내 위에 올라탄 박 영감의 쭈글쭈글한 얼굴이 바로 코앞에 있었다. 무섭지 않았다. 고통스럽지도 않았다. 내게는 확신 비슷한 게 있었다. 박 영감을 통해 알게 된 사실이었다.

마지막에 이기는 쪽은 인간들일 것이다. 내가 죽는다 해도 길태나 창현이나 명자나 남 법사 누구든 악으로 똘똘 뭉친 이 존재를 다시 물속으로 돌려보낼 것이다. 결국, 승리하는 쪽은 우리다. 죽은 채로 배회하는 영혼 따위가 육체를 가진 인간을 이길 수는 없다. 박 영감은 물귀신에게 몸을 뺏긴 게 아니었다. 물귀신을 자기 몸속에 가둔 것이다. 사랑하지만, 한 번도 사랑한다 말해주지 못한 아들이 더이상 나쁜 선택을 하지 못하도록.

"외로워! 싫어! 같이 가! 이대로 끝낼 순 없어! 이 몸은 내 거야!"

물귀신은 소리쳤다. 나는 키 큰 여자의 고통 또한 알 것 같았다. 그래, 그것은 분노도 아니고 악의도 아니었다. 고통이었다. 죽어서도 이승을 떠나지 못하는 불쌍한 영혼. 고통의 크기가 너무나도 커서 인간들마저 고통의 세계로 빠뜨리고 싶었던 것이다.

"그래도 네가 졌어."

물귀신을 향해 말했다.

"그러니까 빨리 돌아가."

네가 있어야 할 곳은 여기가 아니야. 이 우라질 세상은 꾸역꾸역 살아가는 우리 인간들의 몫이야. 실수하고 좌절하면서 살아가는. 그럼에도 누군가를 사랑하는.

이제 그만하자. 욕심이 지나쳐 넘쳐흐르면 사람이 아니게 돼.

박 영감의 말이 떠올랐다.

"너도 마찬가지야. 욕심을 부리면 안 돼. 죽음은 죽음대로, 삶은 삶대로. 그게 이치야."

박 영감의 얼굴에 설핏 미소가 떠오른 것 같았다.

"비켜, 이 자식아!"

목소리와 함께 누군가의 발이 물귀신을 걷어찼다. 귀신에게도 물리적인 타격이 통하리라 생각하는 외골수 남자의 발이었다. 진흙이 잔뜩 묻긴 했으나 한눈에 고급임을 알 수 있는 구두가 눈앞에 나타났다가 사라졌다. 박 영감의 몸뚱이가 나가떨어졌다. 잔뜩 찌푸린 회색 하늘이 보였다. 번개가 먹구름을 더듬으며 지나가고 있었다.

"괜찮나?"

낯익은 얼굴이 하늘을 가리며 나타났다.

"귀신인가요?"

김 형사를 향해 물었다.

"직접 잡아봐."

김 형사는 웃으며 손을 내밀었다. 나는 그 손을 맞잡았다. 따뜻했다. 손바닥의 굳은살이 느껴졌다. 손을 꽉 잡고 몸을 일으켰다.

"이제 진짜 마지막이구나."

남 법사가 물귀신 옆에 서 있었다. 손에는 마지막 부적 한 장을 들고서.

"돌아가거라."

그 말과 동시에 부적을 물귀신의 이마에 붙였다. 물귀신은 이제 몸부림을 치지도 않았다. 가만히 누워 있을 뿐이었다. 그래도 무언가가 달라지고 있다는 사실은 느낄 수 있었다. 나는 박 영감의 얼굴에서 고통의 빛이 사라지고 평온함이 깃드는 모습을 지켜봤다. 서서히, 악의 기운이 옅어졌다.

"이제 정말 끝난⋯⋯."

길태가 입을 열었다.

"쉿! 그냥 조용히 있어."

명자가 길태의 입을 막았다. 나이스. 역시 명자는 최고야! 나는 웃었다. 길태와 명자도 작지만 또렷한 웃음을 터뜨렸다. 공기가 바뀌고 있었다. 비바람은 거세졌지만 부글부글 끓어오르던 기운은 자취를 감추었다.

"수고했어."

창현이 내 옆으로 다가왔다. 나는 녀석을 돌아봤다. 지친 기색이 역력했다. 아직도 방울을 꽉 쥐고 있었다.

"네가 수고했지. 그거 흔들어봐서 아는데 무지 힘들잖아."

내가 말했다.

"응. 무지, 우라지게 힘들어."

창현이 웃었다. 녀석의 얼굴에 피어오르는 환한 미소를 보자 갑자기 눈앞이 흐려졌다. 우라질. 꼴사납게⋯⋯. 그러거나 말거나 눈물이 쏟아졌다. 끝났다. 정말로, 끝났다. 비로소 실감이 났다. 온몸이 우라지게 아팠다. 그래도 견딜 만했고, 두 다리로 버티고

서 있는 게 가능한 동안은 우라질 독수리 오형제들과 기쁨을 나누고 싶었다. 다행히 아무도 죽지 않았다. 아무도, 심지어 머리에 총을 맞은 김 형사도! 그 사실을 깨닫자 눈물이 쏙 들어갔다.

"귀신은 어디로 사라진 거요?"

마침 머리에 총을 맞은 김 형사가 남 법사를 향해 물었다.

"그것보다 어떻게 된 일이에요? 분명히 총에……."

내가 말했다. 김 형사는 연극 무대에나 어울릴 법한 미소를 지어 보이며 흠흠, 헛기침을 했다. 말하고 싶어 입이 근질근질한 표정이었다.

"그거 아나? 첫 발은 항상 공포탄이라는 거."

김 형사는 그렇게 말한 후 으하하 크게 웃었다.

"우와, 그럼 모든 걸 다 계획하시고?"

길태가 물었다.

"그럼, 당연하지. 내가 그렇게 호락호락 당할 줄 알았나? 하하하!"

그런 것치고는 표정이 너무 생생하던걸요. 제가 부적을 들고 달려들 줄 어떻게 아셨나요?

나는 묻는 대신에 명자에게 슬쩍 다가가 손을 잡았다. 지금 내게 필요한 건 사실관계를 따지는 것보다 누군가와의 친밀한 접촉이었다. 상대가 명자라면 더없이 좋고.

"물귀신은 이제 돌아갔을 겁니다."

남 법사가 말했다.

"어디로? 솥뚜껑?"

"보시다시피 솥뚜껑은 저 꼴이니."

남 법사가 범람한 솥뚜껑을 가리켰다.

"어떻게 살아 나왔어?"

나는 명자에게 슬쩍 물었다.

"물이 넘치기 직전에 다 같이 죽어라 달렸어. 중간에 김 형사님하고 갈라졌는데 어찌어찌 물이 쏟아지기 전에 높은 곳으로 피할수 있었어. 김 형사님도 그랬나 봐. 난 정신이 없었어. 오빠를 몇 번이나 불렀지만 대답이 없더라고. 난, 오빠가 잘못된 줄 알고……."

명자는 내 손을 꼭 잡았다.

"그럼 어디 다른 물속으로 들어간 거요?"

김 형사가 다시 물었다.

"아마 하늘나라로 갔을 겁니다. 그렇게 믿어야지요. 옛날에는그저 가둬두는 정도였는데 이번에는 운이 좋았습니다. 실제로 힘은 더 강했지만 부적이 제대로 먹히는 바람에 겨우 물리칠 수가 있었네요."

"저기 누워 있는 건 그냥 사람이라는 거지?"

"네, 사람이긴 하지만 죽은 몸이죠. 영혼이 빠져나가버렸으니. 그래도 몸의 주인 역시 이제는 편안해졌을 겁니다."

남 법사는 홀가분한 표정으로 말했지만 피곤함은 감추지 못했다. 몇 년은 더 늙어 보였다. 어쩌면 제일 고생한 사람은 남 법사일지도 모른다.

"그쪽이 수고 많았소."

김 형사가 내 마음을 대신해 말해주었다.

"무사히 끝나서 다행입니다."

사기꾼인 남 법사는 감히 대한민국 형사에게 손을 내밀었고 둘은 한동안 긴 악수를 나누었다. 모든 게 훈훈하게 마무리되는가 했더니 명자가 갑자기 소리를 질렀다.

"저기!"

동철이 비척비척 걸어오고 있었다. 녀석의 얼굴은 멍했다. 눈은 초점이 맞지 않았고 입도 헤 벌어진 채였다. 솥뚜껑에서 처음 마주쳤을 때처럼 다시 정신이 나가버린 것 같았다.

"아버지."

동철은 속삭이듯 말했다. 마치 잠든 아버지를 깨우듯이.

"이 녀석이 모든 일의 원흉인 건가? 난 아직 잘 모르는 부분이 많구먼."

김 형사가 금방이라도 수갑을 꺼낼 기세로 말했다. 동철은 박 영감의 시체 옆에 털썩 주저앉아 아무 말이 없었다.

"아니요, 동철이도 피해자예요."

내가 말했다.

"그게 무슨 말이야?"

김 형사가 물었다.

"잘잘못은 나중에 따지고 일단은 광선리로 내려가자는 거겠죠. 맞지?"

창현이 나섰다. 나는 고개를 끄덕였다.

"이것참. 어찌된 건지……. 그래도 범인은 꼭 있어야 하는데."

"지금 광선리는 난리가 났을 겁니다. 우리가 도울 일이 있을지도 몰라요."

창현의 말은 설득력이 있었다. 큰 저수지 하나가 통째 범람했다. 지금도 물이 쏟아져 나온다. 솥뚜껑이 아무리 외따로 떨어진 곳에 있어도 분명 광선리에 피해가 갔으리라. 물바다가 된 마을을 생각하자 잠잠했던 소름이 다시 돋아났다.

"그럼 일단 내려가지."

김 형사는 시원하게 돌아섰다. 동철은 여전히 아빠 옆에 앉아서 꼼짝도 하지 않았다. 박 영감의 몸에서 생명과 함께 물귀신이 빠져나간 것처럼 동철 역시 무언가를 잃어버린 것 같았다. 그것은 다시 돌아오지 않으리라. 어쩌면 그게 더 나을지도 모른다. 이대로 영영 정신이 나간 채라면 자신이 저지른 일에 후회하며 아파하지는 않을 테니까.

"내려가는 것도 힘들 텐데 다들 조심합시다!"

길태가 시원시원하게 말했다.

"물귀신하고 싸우는 것보다 힘들겠냐?"

앞서 걷던 김 형사 역시 경쾌한 목소리로 대답했다. 나는 명자의 손을 잡고 내려갔다. 잠시 뒤를 돌아봤다. 아버지와 아들의 슬픈 시간이 켜켜이 쌓이고 있었다. 그리고 잠시 후 굉음이 들려 다시 돌아봤을 때는 거대하고 무심한 물결이 방금 전 우리가 서 있던 곳을 집어삼킨 후였다.

3
작별

삶은 예측할 수 없는 방향으로 흘러간다. 물론 모든 삶의 끝에
는 죽음이 도사리고 있다. 하지만 시커먼 아가리를 벌린 채 뻥 뚫
린 눈으로 차가운 물을 뚝뚝 떨어뜨리는 죽음까지 가는 길은 무수
히 많은 갈림길로 나뉘게 된다. 어느 쪽을 선택할지는 각자의 몫
이지만 가끔은 내 예상과 전혀 다른 길이 펼쳐질 때도 있다.

그날의 광선리가 그랬던 것처럼.

산을 내려가는 일은 생각했던 것보다 훨씬 쉬웠다. 사실 내려간
다기보다는 미끄러진다는 표현이 더 어울렸다. 거센 물살을 버텨
내지 못한 산은 묽은 죽처럼 줄줄 흘러내렸고 그 흐름에 저항하기
보다는 몸을 맡기는 편이 나았다. 우리는 넘어지고, 미끄러지고,
구르고, 또 데굴데굴 구르고, 완전히 뱅글뱅글 돌기를 반복하면서
산을 내려갔다.

솥뚜껑이 비워낸 어마어마한 물 폭탄을 맞은 광선리의 몰골은 우리만큼 비참했다. 산 아래 펼쳐져 있던 논밭은 자취를 감추고 대형 수영장이 생겨 넘실거리고 있었다. 쓰러진 나무와 각종 쓰레기, 흙들이 한데 모여 의지를 가진 생명체처럼 유유히 떠다녔다. 게다가 그것들은 자꾸만 몸을 불리는 중이었다. 우리가 타고 왔던 차는 기적적으로 떠내려가지 않았다. 다만 그 차를 몰고 다닐 길이 없을 뿐이었다. 그래도 내게는 희소식이었다. 차에 두고 내린 카메라가 내내 마음에 걸렸기 때문이었다.

"위험해, 그냥 포기해."

모두의 만류를 뿌리치고 땅과 물의 경계에 아슬아슬하게 걸려 있는 자동차까지 가는 동안에 많은 우여곡절이 있었지만 구구절절 말할 필요는 없을 것이다. 중요한 것은 내가 고물 그랜저에 다다랐을 때 뒷좌석에 놔둔 내 카메라가 반짝, 빛났다는 사실이다. 정말이다! 태풍이 몸을 뒤집으며 으르렁거리는 순간이었지만 카메라 렌즈는 나를 향해 빛나는 얼굴을 보여주었다. 마치 기다리고 있었다는 듯이.

"내가 아직 널 가지고 할 일이 많이 남았나 보구나."

나는 카메라를 향해 그렇게 말했다. 그리고 정말 그런 일이 일어났다.

우리가 비바람을 뚫고 마을 중앙으로 가기까지는 거의 한 시간이 넘게 걸렸다. 길이 사라져서 돌러가야 하는 탓도 컸지만 긴장의 끈을 놓자 밀려온 피로와 통증이 자꾸 발목을 잡았다. 우리는 고통을 씹어 삼키며 한 발 또 한 발을 옮기는 순례자처럼 묵묵히 걸었다. 입을 열어봐야 비만 들어왔기에 떠들 기분도 아니었다. 그저 물의 흐름에 따라 걸을 뿐이었다. 솥뚜껑에서 시작된 거대한 물결은 마을 중앙으로 향하고 있었다.

우리의 순례는 당산나무와 마을 회관 앞에서 끝났다. 진흙과 함께 밀려온 저수지 물에 마을 회관 1층은 완전히 파묻힌 상태였다. 불길한 예감은 들었지만 막상 그 모습과 마주하자 물귀신에게서는 느낄 수 없었던 실제적이고 파괴적인 두려움이 몰려왔다. 내가 기억하기로 마을 회관 1층에는 많은 사람들이 누워 있었다. 대부분 노인들이었다. 재수없는 말상 형사도 있었다. 길태의 동생들과 용역들도 있었다. 만약 그 모든 사람들이 미처 대비하지 못한 상태에서 홍수와 맞닥뜨렸다면……

다른 사람들도 같은 생각을 했는지 마을 회관을 발견하자마자 발걸음이 빨라졌다. 김 형사는 연신 통화를 시도했다. 구급차를 부르는 모양이었다.

"아! 저길 봐."

명자가 내 팔을 잡아당겼다. 이제 마을 회관의 사정이 눈에 똑똑히 들어왔다. 다행히 물이 고여 있지는 않았다. 다만 물살이 할퀴고 간 상처만은 선명했다. 진흙으로 가득찬 1층과 배를 뒤집고 누워 있는 자동차까지. 오로지 당산나무만이 무슨 일이라도 있느냐는 듯 여유로운 모습으로 서 있을 뿐이었다. 그리고 그 상황의 중심에 사람들이 있었다.

사람들.

경찰과 구급대원과 마을 주민과 길태의 동생들과 용역 깡패들.

그들은 모두 필사적인 얼굴로 흙은 파내고 돌을 들어내고 사람들을 **빼내는** 중이었다. 수 개월째 서로를 향해 으르렁거렸던 사람들은 이제 한마음 한뜻이었다.

"가자, 가서 돕자."

창현이 말했다. 역시, 예상 밖의 상황에도 가장 현명한 판단을 하는 사람은 창현이었다. 광선리 독수리 오형제는 리더인 건의 명령에 충실히 따랐다. 나는 곧장 달려가지 않았다. 그러고 싶었으나 그럴 수가 없었다. 비닐봉투에 싸인 채 내 목에 걸려 있던 카메라가 톡톡, 가슴을 쳤기 때문이다.

카메라가 무슨 이야기를 하는지 바로 알아들었다. 여자의 마음을 이렇게 잘 헤아릴 수 있다면 좋으련만. 아무튼, 지체 없이 카메라를 꺼내 들었고 그리고 찍었다. **사람들**의 모습을. **삶**의 모습을. 용역 깡패가 전하는 돌덩이를 길태의 동생들이 받아서 던져버리는 장면들을 카메라에 담았다. 극적으로 구조되어 울음을 터뜨리는 할아버지의 얼굴도, 구급대원이 사력을 다해 누군가에게 인공호흡을 시도하는 모습도 모두 채집했다.

"다행이다, 비가 그쳤어!"

누가 하늘을 올려다보며 외쳤다. 정말로 비는 내리지 않았다. 바람도 거짓말처럼 잠잠해졌다. 태풍이 지나간 건지, 아니면 짠한 삶을 모습을 지켜보느라 슬쩍 물러선 건지 알 수 없었다. 그러나 분명 다행스러운 일이었다.

그날의 홍수로 죽은 사람은 모두 두 명이었다. 부상자는 열한 명. 둘 중 누구도 마을 회관에 있지 않았다. 적어도 홍수로는 마을 회관에서 아무도 죽지 않은 것이다. 재해의 규모로 본다면 그것은 기적이었다. 적어도 그 순간에는 죽음의 신이 칼춤을 추지 않았다.

모든 사건이 일단락되고 우리가 나란히 입원을 한 건 당연한 일이었다. 극구 사양을 하며 이깟 걸로 입원을 한다는 건 건달의 자존심이 허락하지 않는다고 우기던 길태가 사실은 제일 심한 부상을 입은 상태였다. 녀석은 갈비뼈가 부러진 채로 그렇게 쏘다녔고 의사의 말을 빌리자면 부러진 뼈가 폐를 찌르지 않은 게 기적이었다. 그렇다. 어찌되었건 우리에게도 죽음은 비켜간 것이다. 물론 고통의 신과 통증의 신은 한동안 따라다녔지만.

우리가 광선리를 완전히 떠난 건 9시 뉴스에도 보도가 된 "안주시의 기록적인 폭우와 태풍 피해"가 일어난 그날 이후로 일주일이 지난 때였다. 그동안 우리는 안주시의 종합병원에 입원해 있었다. 중간에 한 번 광선리로 돌아갔을 때를 빼고는. 유민을 묻기 위해서였다, 그건.

녀석의 몸은 불에 타 사라졌지만 유민이라는 세계 최고의 친구는 우리 마음속에 영원히 묻혔다.

그리고 일주일 후, 우리는 정말로 헤어졌다.

"가끔 올 거지?"

길태의 물음에 아무도 선뜻 고개를 끄덕이지 않았다. 나와 명자, 창현은 서로 눈치만 보다가 와글와글 웃었다.

"광선리라면 이제 싫어."

창현은 표정 하나 변하지 않고 마음속 이야기를 잘 꺼냈다.

"나도 동감일세."

남 법사도 웃으며 거들었다.

"네가 놀러와. 언제든 환영할게. 서울 원정 이런 거 말고."

내 말에 다시 한번 웃음이 터졌다. 길태는 아쉬움 가득한 얼굴로 우리를 바라봤다. 녀석의 표정이 너무 진지해서 우라질 눈물이 흐를 것 같았다.

"그렇게 보지 마. 정든다."

내가 말했다.

"잘 지내라."

길태가 커다란 덩치를 들썩이며 울기 시작했다. 바보 같은 놈. 그렇게 울면……

"오빠는 생각보다 눈물이 많구나."

놀리듯 말하는 명자 역시 울고 있었다. 심지어는 창현의 눈에도 눈물이 그렁그렁했다! 우리가 이별의 아픔을 달래는 사이 김 형사와 남 법사도 나름의 정을 나누고 있었다. 또다시 길고 긴 악수를 한 것이다.

"언제 다시 만날 수 있을까?"

웬일로 창현이 먼저 말을 꺼냈다.

"언젠가는. 살아 있다면 다시 만날 거야."

내가 말했다. 한 달에 한 번, 아니면 분기에 한 번이라는 헛된 약속을 잡기는 싫었다. 살다 보면 알게 된다. 그런 약속이 얼마나 덧없는지. 대신에 이 세상 어디엔가 한 번쯤 다시 만나고픈 사람이 살고 있다는 사실에 우리는 위안을 받는다.

"뭘 그렇게 폼을 잡아? 다들 스마트폰인데 수시로 연락하고 메시지도 주고받으면 되지."

명자가 혀를 차며 말했다. 우리 사내들은 조금 머쓱해져서 또다시 웃고 말았다. 그 길로 우리는 정말 헤어졌다. 길태 동생이 찾아다 준 내 고물 쏘나타는 언제 사고가 났냐는 듯 멀쩡한 모습이었다.

"태워줄게."

마지막의 마지막 순간, 나는 명자에게 말했다.

"됐어, 거기가 어디라고. 서울하고는 완전히 반대 방향이야."

명자는 무심히 대답했다.

"괜찮아. 우리……."

나는 다음 말을 잇지 못했고 그사이에 명자는 버스터미널로 향하는 길태 동생의 차에 올라타버렸다. 나는 명자와 창현이 멀어지는 모습을 오래오래 바라본 뒤 쏘나타에 시동을 걸었다. 결국 내게 남은 것은 카메라뿐이었다.

안녕히 가십시오.

광선리의 경계에 세워진, 기적적으로 쓰러지지 않은 표지판을 보는 순간 나는 아주 중요한 걸 잊었다는 사실을 떠올렸다. 그 길로 차를 돌렸다. 힘껏 가속페달을 밟아 우리가 묵었던 펜션에 순식간에 도착했다.

"나비야! 나비야!"

나는 목이 터져라 고양이를 불렀다. 입원한 동안에도, 길태의 동생들이 가져다준 짐을 챙기는 동안에도 누구 하나 고양이의 존재를 기억해내지 못했다. 심지어는 나조차도. 굶어죽었으면 어쩌지? 비쩍 마른 고양이 시체가 마당에 뒹굴고 구더기와 파리가……

야옹.

내 헛된 상상을 비웃듯 한층 살이 올라 통통해진 나비가 입에는 쥐 한 마리를 문 채 당당히 모습을 드러냈다. 나는 녀석을 향해 손을 내밀었다. 잠시 망설이던 나비는 꼬리를 꼿꼿이 세우고 돌아섰다. 이제 나 따위는 필요 없다는 듯이.

"잘살아야 돼."

나 역시 웃으며 돌아섰다. 그때 무언가 따뜻하고 거칠거칠한 것이 내 발목을 핥았다. 나비였다. 녀석은 내가 조수석 문을 열어주자 원래부터 그 자리의 주인이었던 것처럼 자연스레 올라탔다.

"그래, 가자."

그렇게 해서 나는 새로운 파트너와 함께 실로 오랜만에 집으로 돌아왔다.

삶은 종종 예측할 수 없는 방향으로 흐른다. 그 끝에 행복이 도사리고 있을 확률은 반반이다. 내게는 그 행운이 웃음을 보여주었다. 광선리에서 찍은 사진들이 잡지에 실린 것이다. 도로 공사를 사이에 두고 다툼을 벌였던 사람들이 구조 작업에서 마음을 모앉다는 배경이 알려지면서 사진은 큰 관심을 받았다. 감동적인 사진 한 장이라는 이름을 달고 인터넷에 돌아다니기도 했다. "죽음을 찍던 사진사, 삶을 마주보다." 거창한 제목의 기사가 나를 집중 조명하기도 했다.

나는 일약 유명해졌다. 더이상 죽음을 따라다니지 않아도 되었다. 온갖 강연 요청과 취재 요청을 거절하느라 바쁠 정도였다. 대신에 조금이라도 시간이 나면 '삶'을 찍기 위해 이곳저곳을 돌아다녔다. 물론 언제나 나비와 함께였다. 여전히 소용돌이를 보면 머리가 아프고 눈앞이 어질어질했지만 정도가 서서히 나아졌다. 악몽도 뜸했다. 내 안의 무언가가 변했다는 사실을, 느낄 수 있었다. 친구들과 남 법사에게서 축하의 메시지를 받기도 했다. 역시 모두 스마트폰이다 보니 연락하기가 무척 쉬웠다. 하지만 명자는 끝내 연락이 없었다. 나는 얼떨떨한 행복의 시간들 속에서도 명자를 생각하면, 명희라는 이름으로 술을 팔고 있을 그녀를 생각하면 마음 한편이 저릿했다.

'잘 지내?'

메시지를 보냈지만 답이 없었다.

그렇게 시간이 흘러갔다. 나비는 더 통통해졌고 내 통장 잔고는 빵빵해졌으며 남 법사는 유명 무속인으로 이름을 날리며 방송에 출연하기 시작했다. 창현은 끝내 이혼을 했다. 뭐, 어쩔 수 없는 일이 생기기도 하는 게 인생 아니겠는가. 길태는 조직의 세력이 더 커졌다며 자랑했고 유민은 가끔 꿈에 나와 말없이 웃기만 했다. 김 형사와는 딱 한 번 연락을 했다. 단체 메시지였다.

'사건은 종결되었음. 도로 공사는 전면 백지화. 박 영감의 시신은 발견했으나 동철의 시신은 끝내 찾지 못함.'

무뚝뚝한 메시지였다. 동철의 이야기가 마음에 걸리기는 했지만 나는 애써 무시했다. 그리고 어제 새로운 메시지를 받았다. 바로 그녀였다.

명자.

'나 가게 정리했어. 그러느라 바빴어. 이제 술 먹고 싶으면 내돈 내고 사 먹어야 해. 그래서 말인데, 언제 술 사줄 거야?'

나는 고물 쏘나타를 몰고 고속도로를 달렸다. 명자에게 술을 사주기 위해. 조수석에 앉은 나비는 잠이 오는지 하품을 했다.

"나중에는 네가 뒤로 가야 한다."

내 말을 알아들었는지 녀석은 야옹, 하고 불만 섞인 소리를 냈다.

나는 내 앞에 펼쳐진 길고 긴 도로를 바라봤다. 이 길의 끝이 행복일지 불행일지 알 수는 없었다. 옛날의 우리가 미래를 짐작할수 없어 짜릿한 나날을 보냈던 것처럼, 사실 삶이란 예측할 수 없는 모험에 몸을 맡기면 신나게 흘러가는 법. 나는 길의 끝 따위 몰라도 상관없다고 생각했다. 행복인지 불행인지 벌써 걱정할 필요는 없다. 내게 중요한 것은 명자가 있다는 사실뿐이다. 이 세상 어딘가에 사랑하는 사람이 있다는 사실, 그게 제일 중요했다.

나는 삶의 뒤를 좇아 가속페달을 밟았다.

4
1991년의 여름 ⑦

아침 햇살이 떠올랐다. 새들이 지저귀고 있었다. 매미는 슬슬 발동을 거는 중이었다. 오늘도 뜨겁고 시끄러운 하루가 될 것 같았다, 광선리는.

"싸게 싸게 먹고 준비해."

외할머니는 어디서 구했는지 비엔나소시지를 구워주셨다. 나는 말없이 밥을 밀어넣었다. 소시지는 기가 막히게 맛있었다. 길태라면 환장을 했을 것이다.

"터미널까지만 가면 혼자 버스 탈 수 있지?"

외할머니는 어젯밤부터 열 번도 넘게 물어본 질문을 또 하셨다.

"네."

조용히 대답했다. 말을 조금이라도 길게 했다가는 울음이 쏟아질 것 같았다.

사내가 울면 쓰나.

악몽을 꾸고 깨어나 어둠 속에서 울고 있으면 조용히 외할머니가 들어오셨다. 외할머니는 내 등을 쓸면서 몇 번이고 같은 말을 하셨다.

사내가 울면 쓰나.

"옷 갈아입을게요."

밥 한 공기를 싹 비우고 방으로 들어갔다. 외할머니가 빨아서 다려놓은 티셔츠와 반바지가 나를 기다리고 있었다.

"같이 살자, 같이 살자. 민호야."

그저께 저녁에 엄마가 전화를 했다. 엄마는 미안하다며 펑펑 울었다. 나는 꾹 참았다. 사내는 울면 안 되니까.

나 역시 광선리에서 도망치고 싶었다. 톰을 피해 도망치는 제리처럼, 언제 물귀신이 찾아와 나를 데려갈지도 모르는 이곳에서 달아나고 싶었다. 솥뚜껑도, 소용돌이도, 우라질 물귀신도 없는 곳으로.

"옷 빨리 갈아입고 우유 한 잔 마시고 가."

외할머니가 마루에서 소리를 질렀다. 귀가 잘 안 들리게 된 후부터 외할머니는 목소리가 부쩍 커졌다.

"알았어요."

덩달아 나도 소리를 질렀다. 매미가 본격적으로 울어젖혔다. 친구들은 뭘 하고 있을까? 창현은, 길태는, 유민은, 명자는…… 더 이상 악몽을 꾸지 않을까? 그럴 리 없었다. 개똥같이 멍청한 소리였다. 녀석들도 나처럼 울면서 깰 게 분명했다. 화장실 가기가 무서워 고추를 꾹 누르고 발을 동동 구를 게 분명했다.

나는 모든 것들로부터 도망치고 싶었다.

창현이 녀석에게 전화를 하고 싶다는 생각을 간신히 눌렀다. 목소리를 들으면 마음이 흔들릴 것 같았다. 길태도 보고 싶고, 유민과 명자도 보고 싶었지만 같은 이유로 참았다. 그저께부터 오늘까지 나는 방안에 틀어박혀 있었다. 도망치듯 광선리를 떠나버린 남법사 아저씨의 마음을 조금은 알 것 같았다.

나는 입고 있던 후줄근한 티셔츠를 벗었다. 도무지 마음에 들지 않는 깡마른 몸매가 거울에 비쳤다. 오른쪽 윗부분을 테이프로 이어 붙인 거울 속에는 겁에 질린 삼팔따라지의 얼굴이 들어 있었다.

"우라질."

거울 속 멍청한 녀석을 향해 말했다.

"어?"

한참 동안 거울을 들여다보던 나는 무언가 이상한 것을 발견했다. 왼쪽 겨드랑이 사이로 까맣고 가느다란 것이 삐져나와 있었다. 재빨리 팔을 들어 겨드랑이를 확인했다.

"하하······ 하하······."

나는 웃었다. 겨드랑이에 털 세 가닥이 나 있었다. 열대우림이 되려면 한참 멀었지만 그래도 완전 민둥산은 아니었다. 오른쪽도 마찬가지였다. 몇 가닥의 털이 수줍게 올라와 파래처럼 흐느적거렸다. 나는 또 웃었다. 분명 웃었는데, 이상하게도 눈물이 났다. 똥구멍에도 털이 나는 게 아닐까 걱정이 될 정도였다. 매미가 울었다. 바람이 불었다. 햇살이 뜨겁게 내리쬤다.

그렇게 그 여름이 지나갔다.

어둠 속에서

해가 지고 어둠이 내려앉는다. 어김없이 밤이 찾아온다. 보이지 않던 것들이 보이기 시작한다. 반짝반짝 빛나는 달과 별, 골목 어귀의 가로등, 도시를 밝히는 야경, 곤히 잠든 아들의 말간 얼굴……. 어둠이 짙어야 더욱 빛나는 것들.

종종 질문을 받는다. 왜 그토록 어두운 이야기만 쓰느냐고. 세상에는 달콤하고 사랑스러운, 그리하여 눈부시게 아름다운 이야기도 많은데 굳이 호러 소설을 쓰는 이유가 무엇이냐고.

나는 어릴 때부터 어두운 이야기를 좋아했다. 귀신이 나오고 저주받은 인형이 등장하며 도깨비불에 홀린 사람들과 이름 모를 무덤에서 시체를 파내 도망치는 이들의 이야기 말이다. 타고난 이야기꾼인 아버지와 어머니는 우리 사형제를 모아놓고 자주 그런 이야기를 들려주셨다.

그런 밤(대개 여름이었다)을 아직도 생생하게 기억한다.

한 이불을 덮고 고개만 쏙 내민 채 와들와들 떨던 사내아이 넷과 털털거리며 돌아가던 선풍기, 불시에 찾아와 창문을 두드리고 가던 바람과 호시탐탐 기회를 노리던 모기 몇 마리. 그리고 단칸방 구석에 도사리고 있던 진득한 어둠. 나는 어둠 속에서 뭔가 튀어나올 것만 같아 이야기가 끝난 후에도 한참 동안 잠을 이루지 못했다.

아! 그럴 때면 왜 그리 소변이 마려운지.

그 모든 것들이 지금의 나를 만들었다. 나는 온갖 기괴하고 무시무시한 이야기를 읽고 들으면서 몇 가지 교훈을 얻었다. 세상의 절반은 어둠이 차지하고 있다는 사실, 그 누구도 어둠을 피할 수 없다는 사실, 어둠 속에서는 간담이 서늘해질 만큼 무서운 일이 벌어지고 있다는 사실을 일찌감치 깨달았다. 가난한 집 사형제의 장남은 그렇게 대가리가 굵어졌다.

하지만 부정적인 것만 받아들이진 않았다. 소변을 참다못해 일어난 새벽, 나는 손바닥만 한 창으로 비쳐 드는 달빛을 보며 위안을 얻었다. 마당에 있는 화장실로 향하는 동안에는 별빛이 함께했다. 화장실 손잡이를 잡을 때쯤에는 노란 불빛이 성큼 날아든다. 어느새 깨어난 아버지가 마루에 앉아 손전등을 비춰주시는 것이다.

"어서 갔다 온나."

아버지의 짧은 말 한마디에 내 마음은 금세 환해졌다. 그런 밤들이 쌓이면서 나는 어두울수록 빛은 더 선명해진다는 사실을 알게 되었다. 언젠가 어른이 되면 어둠 속에서 반짝이는 무언가에 대한 이야기를 쓰고 싶다고 생각한 것도 아마 그때쯤이었을 것이다.

나는 대가리가 충분히 굵어져 어른이 되었고 마침내 소설을 쓰기 시작했다. 당연하게도, 죄다 어두운 이야기들이었다. 귀신이 나오고 저주받은 인형이 등장하며 도깨비불에 홀린 사람들과 이름 모를 무덤에서 시체를 파내 도망치는 이들의 이야기 말이다. 그런 이야기들을 통해 내가 하고 싶었던 말은 결국 하나였다. 오래전 깨달았던 진리.

세상의 절반은 어둠이 차지하고 있지만 그 속에는 빛이 깃들어 있다.

나는 앞으로도 어두운 이야기를 쓸 것이다. 귀신과 유령이 등장하고 늑대 인간과 뱀파이어, 비밀에 싸인 마을과 연쇄살인마가 등장하는 이야기들. 무시무시하지만 너무나 재미있어 도저히 중간에 그만둘 수 없는 이야기들을 쓸 것이다.

내 소설을 읽는 독자들이 어둠 속에서도 한줄기 빛을 찾기를 간절히 바란다.

정말로 그랬으면 좋겠다.

2017년 7월

전건우

소용돌이

1판 1쇄 2017년 8월 16일
1판 2쇄 2018년 8월 16일

지은이 전건우
펴낸이 염현숙

책임편집 이송 ｜ **편집** 임지호 김세화
표지디자인 이경란 ｜ **본문조판** 최미영
저작권 한문숙 김지영
마케팅 정민호 정진아 함유지 김혜연 박지영 김수현 ｜ **홍보** 김희숙 김상만 이천희
제작 강신은 김동욱 임현식 ｜ **제작처** 상지사

펴낸곳 (주)문학동네
출판등록 1993년 10월 22일 제406-2003-000045호
임프린트 엘릭시르

주소 10881 경기도 파주시 회동길 210
문의 031-955-1918(편집) 031-955-8896(마케팅) 031-955-8855(팩스)
전자우편 editor@elmys.co.kr ｜ **홈페이지** www.elmys.co.kr

이 도서의 국립중앙도서관 출판예정도서목록(CIP)은
서지정보유통지원시스템 홈페이지(http://seoji.nl.go.kr)와
국가자료공동목록시스템(http://www.nl.go.kr/kolisnet)에서 이용하실 수 있습니다.
(CIP제어번호: CIP2017016914)